러브 인 캠퍼스

LOVE IN CAMPUS

러브 인 캠퍼스

정가온 지음

2

블라썸

차례

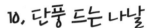

10. 단풍 드는 나날

2학기 개강하고 강의실에서 선미 언니를 만났다. 오랜만에 언니와 같은 수업을 듣게 된 나는 언니 덕분에 몇몇 학과 후배들의 얼굴을 익힐 수 있었다. 그 아이들에게 인사를 받은 지 벌써 보름이 지났다.

"민유 언니, 안녕하세요."

"응. 안녕."

나는 짧게 답인사를 하고 빠르게 후배를 슥 지나쳐 선미 언니 옆에 자리를 잡았다. 언니를 통해 소개받은 그 후배들은 언니가 별말을 하지 않았음에도 내가 자작글 사건의 주인공인 것을 알고 있었다. 그리고 '선우빈'과 사귄다는 것도. 소문으로만 들었던 나를 실제로 알게 된 그 아이들은 내게 인사를 하며 친한 척을 해왔다. 처음에는 인사 참 잘하는 기특한 아이들이라고 생각하며 나 역시 반갑게 인사를 했다. 수다도 몇 번 같이 떨고 조금 친하게 지낼 수 있을 것 같다고 생각

될 무렵이었다.

　후배들은 슬슬 선우빈에 대한 이야기를 꺼내기 시작했다. 아무래도 교내에 소문이 자자한 선우빈이란 남자에 대해, 나를 통해 호기심을 해결할 심산인 듯했다. 그러자 후배들이 친하게 구는 걸 내버려 두면 안 되겠다는 생각이 들었다. 나는 그녀들의 질문에 모른 척 철벽을 쳤다. 나를 향한 호의의 원인이자 목표가 선우빈이라는 것을 안 이상 더는 잘해주고 싶지 않았다. 비단 내 남자친구에게 관심을 보여서만이 아니다. 나를 매개로 저들이 궁금한 것을, 사적인 부분을 건드려왔기 때문에 불쾌했다. 그런데 그녀들은 철벽을 눈치 못 챘는지 기어이 선을 넘었다. 고백은 언제, 누가 했느냐? 이것까지는 괜찮았다. 누구든 물어볼 수 있는 내용이었으니까.

　"첫 키스는 언제 했어요?"

　절친인 내 친구들이 물었다면 쿨하게 대답했겠지만, 질문한 사람은 이제 고작 몇 번 같이 수다 떤 후배들이다. 이 질문은 좀 불편하다고 느끼고 있는데 추가로 선우빈이 키스는 잘하느냐는 질문까지 덧붙인다. 나는 어이가 없어 웃음이 다 나왔다. 이 웃음이 질문에 대한 긍정적 대답이라 생각했는지, 그녀들은 한 발 더 나갔다.

　"그 이외는 어때요? 다 잘해요?"
　"설마. 부족한 점이 있겠지."
　"아냐, 그것까지 다 잘할 것 같아. 옷 입은 태 못 봤어? 천 속에 숨겨진 몸매가 장난 아니게 탄탄한 것 같더라."

"체력까지? 우와, 미친. 진짜 한번 만나보고 싶다."

내가 이 자리에 있는 게 눈에 안 보이는 듯 정신 나간 대화가 이어
졌다. 이것들이 제정신인가? 나는 싸늘히 표정을 굳혔다.

"그게 그렇게 궁금하면 선우빈한테 직접 확인해보든가."

내 표정을 본 후배들은 당황했다. 아차 싶은 얼굴들이었다. 나는 다
급히 사과를 하는 그녀들을 뒤로하고 자리를 벗어났다. 그 후 후배들
은 몇 번이나 날 찾아와 사과를 했고, 나는 그걸 받아들였다. 하지만
그뿐이었다. 더 이상 그녀들과 어울리지 않았다.

"어째 너까지 유명인이 됐어."

내가 그런 후배들을 불편하게 느끼는 것을 선미 언니 역시 잘 알고
있었다. 후배들을 소개해준 언니는 괜히 본인이 더 미안해했다.

"같은 수업 들으면서 앞으로 한 학기 동안 계속 마주칠 거니까 소
개했던 거잖아요. 언니도 뭐 이럴 줄 알았나. 신경 쓰지 마세요. 괜찮
아요."

"너랑 선우빈이랑 계속 손잡고 다니니까 저것들이 부러워서 그런
가 보다."

다음번엔 부러워 죽어보라고 더 진한 걸 해볼까, 하는 생각이 잠시
든다.

"철수 너, 지난 학기 초부터 사귄 거지? 어머, 꽤 됐다? 꼭 사귄 지

한 달도 안 된 것 같은데."

"흐흐. 여전히 깨 볶고 있어요."

이런 자랑질을 할 수 있는 사람이 내 주변에 딱 셋 있다. 선미 언니, 친언니, 서상후.

맙소사. 셋 중에 둘이 혈연관계다. 얄팍한 내 인간관계여.

미미 시스터즈도 이 분야에서는 논외였다. 원래 남의 연애사에 그리 큰 관심이 없을뿐더러, 부모도 간섭 못 하는 영역이니 알아서 잘해라 마인드였다. 그러니 아무리 자랑해봤자 서로의 연애에 반응을 보일 확률은 지극히 낮았다. 이야기 탄에서 메가 히트가 될 법한 쓰레기 같은 남자를 만나거나, 진지하게 누군가가 고민 상담을 신청해야 입질이 좀 오려나. 미미 시스터즈에게 서로의 연애는 오호츠크해에서 살고 있는 플랑크톤의 연애만도 못했다.

"나도 지지 않아."

내 자랑에 언니가 자신 있는 눈빛을 보였다. 혹시 방학 동안 또 커플 해외여행이라도 다녀온 건가. 신혼여행처럼? 그렇다면 좀 부러울 거 같은데.

"어제도 세 번이나 했다니까."

언니는 갑자기 내 귓가에 속삭이듯 이야기했다. 뭘 세 번이나 해?

"세 번이나요?"

"으응. 그렇다니까. 날 보면 가만 못 두는 거 있지."

잠깐, 이거 좀 야릇한, 빨간 얘기 맞지? 그런데 세 번이나라니? 그게 무슨 뜻이야? 어리둥절한 내 표정을 본 언니가 물었다.

"너 아직이니?"

"어흡! 콜록! 콜록!"

언니의 말에 숨을 잘못 들이쉬다가 기침이 터져버렸다.

"철수, 괜찮아?"

언니는 측은한 표정으로 앞으로 아낌없이 조언해주겠다며 내 등을 토닥였다.

"하으, 오빠."

그리고 그날 저녁. 나는 선우빈 씨 집 현관을 벗어나기도 전에 오빠에게 먹혔다. 현관문이 닫히자마자 기다렸다는 듯이 키스를 퍼붓는 오빠다. 그러면서 당연한 듯 내 옷 안으로 손을 뻗어 브라를 풀고 정점을 자극하며 나를 달뜨게 만들었다. 늦게 배운 도둑질이 무섭다더니 그는 이제 방까지 들어가는 것도 못 참고 있다. 결국 현관에서 신발도 제대로 못 벗고 옷만 풀어헤친 채 격정의 시간을 보내고, 거실 바닥에 쓰러져 땀을 한 번 더 흘려야 했다.

오빠가 날 안아 들고 침대로 왔을 때, 나는 지쳐 있었지만 오빠는 마치 이 전에 아무 일도 없었다는 듯 멀쩡한 모습이었다. 누가 보면 한 번이 컵라면 익는 시간 만에 끝나는 줄 알 거다. 아무래도 내 기력은 이 남자가 다 잡아먹나 보다. 어쩜 이렇게 지친 기색도 없니. 나는 끙 소리를 내며 옆으로 누웠던 몸을 기울여 침대 위로 엎드렸다. 잠깐 좀 쉬고 싶다.

"으으응. 하지 마요."

하지만 그것도 잠시. 오빠의 입술이 내 뒷목과 어깨, 등을 훑었다. 입술이 닿을 때마다 다시 찌르르 전기가 돌았다. 이게 문제다. 쉬고 싶은데 선우빈이 닿으면 온몸이 반응을 한다는 거. 내가 이렇게 밝히는 사람이었다니. 사랑꾼 서민유는 하지 말라는 입과는 다르게 아래쪽부터 서서히 불이 들어오고 있다.

"하응."

오빠가 아래로 파고들어 침대에 닿아 있는 내 가슴을 움켜쥐며 슬쩍 몸을 겹쳐왔다. 비벼지고 살짝 꼬집히며 자극받은 정점은 예민하게 부풀어 올랐고, 입에서 절로 달뜬 숨이 나왔다. 내 귓불을 잘근대는 오빠의 숨소리가 사뭇 거칠다.

"오빠, 솔직히잇. 하으, 말해봐요. 으음. 나 몰래 뭐 먹고 다니는 거, 하앗!"

주변을 머물던 오빠가 불쑥 안으로 들어왔다. 오빠가 주는 자극 때문에 이미 젖어 있던지라 그리 어렵지 않게 침입한 선우빈 씨는 한 손으로 내 허리를 안고 몸을 움직였다. 이런 자세는 또 처음이라 나는 어쩌질 못하고 이불만 손으로 꼭 쥐고 오빠 움직임에 몸을 맡긴 채 그저 앙앙거리는 게 다였다. 몸을 마주하고 있는 거랑은 또 달랐다. 시야에 들어오는 거라곤 침대뿐이니 상대적으로 귓가로 쏟아지는 오빠의 숨소리랑 행위가 더 온몸으로 느껴졌다.

하지 말라던 사람 어디로 갔는지. 이젠 기억도 안 난다.

"하아."

오빠가 약간 불만스러운 한숨을 내뱉는 소리가 들린다. 뭐가 문제인가 싶었는데 이내 오빠는 해결책을 찾은 모양이다. 오빠는 잠시 움직임을 멈추고 머리맡에 있던 베개를 가져와 내 배 아래에 괬다.

"하앗!"

베개 때문에 허리가 살짝 들리자 결합이 더 깊어졌다. 나는 신음을 터트렸고, 오빠는 만족스러운 소리를 냈다. 질척질척, 젖은 살이 맞부딪치는 소리가 더 요란하게 울렸다.

신우빈 씨가 스킬을 하나 더 터득하셨습니다.

나는 이렇게 나날이 발전하고 있는 오빠와 기어이 절정을 한 번 더 보고야 말았다. 훌쩍이려는 날 진정시키려는 것처럼 오빠는 침대로 내려와 날 품에 안고 얼굴 여기저기에 가벼이 뽀뽀를 해댔다. 기력도 빠지고 나른해져서 눈이 가물거렸다. 오빠 가슴에 이마를 기대고 꾸물거리는데…… 이 오빠 봐, 은근슬쩍 엉덩이를 더듬네. 오빠를 앙칼지게 팩 쏘아보는데 아래쪽에서 단단한 게 날 쿡쿡 찔러왔다.

"오빠, 잠깐만. 잠깐."

방금 것까지로도 충족이 안 됐는지 오빠는 다시 몸을 겹치려 했다. 나는 그런 오빠를 팔로 저지하며 스톱을 외쳤다.

"세 번'이나'래요."

"무슨 소리야?"

숨소리가 조금 거칠지만 다정하게 묻는 오빠의 눈을 보며 나는 말을 이었다.

"그거…… 세 번도 많은 거라고……."

"흐음."

내 말에 오빠는 콧방귀를 뀌었다.

"믿을 수 있는 사람이 한 말이야?"

"네?"

열기 때문에 나른하면서도 어딘가 따지고 드는 듯한 말투다.

"누구 이 분야에 박사 학위라도 있는 사람이 그래? 아니면 논문이라도 있어?"

응? 뭐 이런 걸 가지고 박사 학위랑 논문까지 따지시나.

"오빤 깨비랑 하면 할수록 좋아. 미칠 것 같아. 그런데 왜 고작 세 번만 해야 하는데? 깨비는 싫었던 거야?"

"⋯⋯그, 그건."

이 남자, 목소리는 달달한데 어투는 단호하기가 이를 데 없다. 점심으로 나 몰래 단호박이라도 드시고 오셨나. 오빠의 진면목을 다시 발견한 기분이었다. 선우빈은 이쪽 방면에선 타협의 여지 없음이 밝혀졌다.

"⋯⋯싫으면 싫다고 했죠. 이 짐승아."

그리고 저도 짐승입니다. 어흥!

"그래도 내일은 밖에서 손잡고 데이트하고 싶어요."

그런 소원은 얼마든지 들어줄 수 있다는 선우빈에게 내일을 위해 이번만큼은 살살해 달라 부탁했다. 어흥, 어흥.

오빠는 졸업 및 취업 준비로 시간이 지날수록 부쩍 바빠졌다. 데이트 횟수도 그에 따라 많이 줄었다. 뭐, 우리의 데이트라고 해봤자 거창할 것은 없었다. 수업 끝나고 교정이나 학교 근처를 거니는 정도? 하지만 그런 소소한 일상도 횟수가 줄어드니 은근히 허전했다. 옆구리에 붙여놨던 핫팩이 떨어져 나간 것처럼 썰렁하고 허전한 나날을 보내던 중, 오빠가 얘기를 꺼냈다.

"깨비야, 우리 저번에 등산 얘기한 거 생각나?"

"응? 산이요?"

"저번에 같이 단풍 보러 가기로 했었잖아."

"아, 맞아요. 단풍놀이."

아무래도 오빠가 바빠서 못 갈 모양이다. 예상한 일이었기에 별로 서운하지도 속상하지도 않다. 하지만 나름 약간의 기대는 하고 있었나 보다. 못 가겠거니 잊고 있었는데 오빠가 말을 하니 바로 생각난 걸 보면.

"학교 산길 있는 데, 거기 가을에 엄청 예뻐요. 우리 오늘 그쪽으로 걸을까요?"

"아니. 이번 주말에 단풍놀이 다녀오자고."

"이번 주말에?"

"응. 너무 미안한데, 멀리는 힘들 것 같아. 청계산이라도 괜찮을까?"

당연히 괜찮죠. 오빠와 함께라면 초등학교 앞 과속방지턱 등산이라고 해도 괜찮아요. 미안할 게 무어란 말인가. 오히려 바쁜 사람 신경 쓰이게 단풍놀이 가자고 한 내가 더 미안할 일이지.

"오빠 요즘 바쁘잖아요. 그러니까 주말이라도 푹 쉬어야죠."

"괜찮아. 주말까지 못 쉴 정도로 바쁜 것도 아니고, 하루 등산했다고 힘들진 않아."

방학 때 잠깐 한 말을 지금까지 기억하고 있는 것만으로도 충분히 감동이다. 깜짝 선물이라도 받은 기분이다.

"진짜 꼭 안 가도 괜찮아요. 사실 오빠가 말하기 전까지 나 끼먹고 있었는걸. 오빠 무리하는 게 더 싫어요."

단풍은 학교 교정에도 예쁘게 들었고, 등산을 꼭 하겠다는 그런 요산요수(樂山樂水) 마음도 내겐 없었다. 그러니 진짜 괜찮은데.

"오빠가 데이트하고 싶어서 그래."

선우빈이 이렇게 말하면 더는 사양할 수 없다.

나는 청계산에 온 적이 한 번도 없었다. 아니, 정정하자. 그 어떤 산도 자의로 온 적이 한 번도 없었다. 그래서 주말에 산이 이런 모습일 거라고는 상상도 못 했다.

"사람 엄청 많다."

산이라고 하면 한적하고 조용한 분위기를 먼저 떠올렸었다. 고즈넉한 곳을 천천히 오르며 몇몇 등산객들과 담소도 나누고, 힘들면 시원한 그늘에서 조금 쉬어주고 그런 거 말이다. 그런데 대체 이 광경은 뭘까.

사람이 많다. 정말 많다. 단체로 온 사람들도 보이고 가족 단위도 보이고 우리 같은 커플도 보이고, 하여튼 엄청났다. 우리나라 국토의 70%가 산이라고 했던가? 그런데 어떻게 이 산 하나에 전 국민이 몰려와 있는 거 같지? 나는 시장통 같은 산길을 보며 입을 다물 수 없었다.

"아무래도 주말이니까."

"주말에 원래 이렇게 사람이 많은 거예요?"

"워낙 유명한 산이잖아."

설악산, 한라산, 지리산 이런 게 유명한 산 아닌가? 청계산도 그 정도 급인 건가.

"올라갈까?"

오빠가 손을 내밀었다. 내가 손을 잡자 오빠는 살짝 자기 쪽으로 나를 끌어당겼다. 못 이기는 척 품에 안기고 싶지만 참아야지. 보는 눈이 너무 많아. 나의 작고 귀여운 욕망이 눈에 보였는지 오빠가 미소를 지었다. 사람이 북적이는 곳답게, 오빠의 소소한 행동 하나하나에도 많은 시선이 쏟아졌다. 하지만 우빈 오빠는 그런 시선들에 아랑곳없이 여전히 덤덤한 얼굴이었다.

"네. 가요. 왔으니까 올라야죠."

사람이 많아 정신은 없지만 그래도 오빠가 바쁜 와중에 시간 내서 일부러 온 참이었다. 이왕 온 거 즐겁게, 신나게 있다가 갈 거다. 그렇게 마음먹고 사람들의 물결 속에서 천천히 걸음을 옮겼다.

"아, 짜증 나. 주말까지 나와서 이게 뭐야."

"이 나라 산을 다 깎아버려야 해."

"산이 문제가 아니야. 박 부장, 저 새끼랑 양 과장 그 새끼가 문제지. 둘만 오든가."

남자 둘이 쑥덕이는 소리가 귀에 확 들어와 박힌다.

'이게 말로만 듣던…….'

직장인의 '강제 등산 출근' 현장을 적나라하게 목격했다. 아직 학생 신분이라 잘 실감하지 못했던 사회의 어두운(?) 단면이다. 방송에서나 나오는 일인 줄 알았더니, 현실이었다. 산에는 회사에서 단체로 온 사람들이 제법 많았다. 회사 이름과 부서명이 적힌 현수막을 펼쳐 들고 기념사진을 찍는 모습도 종종 보였다.

"와, 오빠 저거 봐요. 한송회사 마케팅부래요. 현수막 엄청 튀네요."

한적하진 않았지만 대신 사람 구경하는 재미가 쏠쏠했다. 어디 그뿐인가. 산에 오른 이후, 나는 새로 접한 문화컬처에 계속 놀라고 있었다. 아니 쇼킹충격인가. 올라가는 길에 술이 살짝 올라 얼굴이 벌게진 사람들이 계속 보이고 있었다.

'집에서 술까지 싸들고 올 정도로 애주가가 많구나.'

이렇게 생각했는데 그게 아니었다. 놀랍게도 산에서 술을 팔고 있었다. 산 중턱 너른 자리에선 막걸리 '한판'이 거하게 벌어지고 있었다. 그리고 흡연자는 술이 오르면 담배가 당긴다고 했던가. 나무가 무성한 산에서 담배까지 피우는 사람도 보였다. 아, 술은 몰라도 이건 좀 아닌 거 같은데.

"산이라는 거. 인간에게 참 여러 가지를 주는구나."

직장인에겐 스트레스를, 애주가에겐 술을, 흡연자에겐 낙엽이 수북한 곳에서 담배 피우는 화끈함 같은 뭐 그런 거. 오늘 사회에 대해 또 하나를 배우고 갑니다. 내가 새로운 깨달음을 얻고 있는데 작은 삼각형 모양의 산악회 깃발을 가방에 단 아줌마 무리가 우르르 곁을 지나쳤다.

"아유, 총각 잘생겼네? 여자친구도 예뻐!"

그 가운데 쾌활한 인상의 한 아주머니가 우리를 보고 외쳤다. 저는 좀 곁다리로 칭찬해주신 것 같지만 그래도 감사합니다. 거북이 산악회. 이름도 인상적이네요. 기억할게요.

"오빠, 나보고 예쁘대요."

나는 메인 칭찬을 뚝 잘라먹고, 곁다리의 내 칭찬을 강조하며 방긋 웃었다.

"응. 오빠도 들었어. 우리 깨비 예쁜 거 다른 분들도 다 아시네."

"……그러고 놀아요?"

우리 사이를 귀에 익은 목소리가 불쑥 쳐들어왔다. 소리 난 방향으로 고개를 돌리니 상후가 보였다.

"이런 데서 다 보다니."

애가 등산을 좋아했었나? 신기한 우연이다.

"알은척하려고 왔다가 못 들을 걸 들었어."

그러면서 상후는 귀를 후비적거렸다.

"뭐라는 거야, 이 자식이. 부러우면 너도 연애하든가."

"형 등산도 하세요? 오늘 누나가 끌고 온 거죠?"

어허이. 이 자식은 왜 날 싫다는 사람 억지로 끌고 오는 그런 여자로 만들어?

"아니거든?"

"내가 오자고 했어. 민유랑 같이 단풍 구경 하고 싶어서."

오빠의 다정한 대답에 상후는 제 팔을 벅벅 비볐다. 콱, 내가 긁어 주랴? 손톱자국 빨갛게 남도록? 벌써부터 공처가 기질이 보인다며 중얼거리는 것도 똑똑히 들었다. 오호라. 서상후 너, 나와 오빠의 결혼을 당연하게 생각하고 있구나. 자식, 기특하긴. 내가 흐뭇한 얼굴로 상후를 바라보자 녀석은 왜 그러냐는 표정을 지으며 미간을 찌푸렸다.

"상후, 넌 여기 왜 있는데?"

"동아리."

"뭘 동아리? 너 그런 것도 들었어?"

"봉사 동아리."

"푸핫!"

어처구니없는 일이다. 서상후가 봉사를? 나의 비웃음 소리에 상후가 인상을 구겼다.

"봉사활동 시간 채우려고 들었는데, 그냥 애주가 모임이야."

우리 학교는 정해진 봉사활동 시간을 채우지 못하면 졸업을 못 했다. 졸업이수 리스트 중에 논문이나 졸업시험 이외에도 봉사활동이 있는 것이다. 봉사 관련 강의도 3개 이상은 꼭 들어야 했다. 필수 코스였다. 그래서 학교에 헌혈차가 오는 날이면 헌혈을 하기 위해 긴 줄을 서는 진풍경이 벌어졌다. 헌혈을 봉사활동으로 인정해주기 때문이다. 그 외에도 학교에서는 학생들이 수월하게 봉사를 할 수 있도록 여러 시스템을 마련해줬다. 노인정 봉사나 저소득층 아이들 교육 지원, 학교 특강, 지역 봉사 등 여러 단체나 기관과 연계된 봉사 종류가 다양했다. 이런 각종 프로그램을 통해 학생들은 여기저기 봉사를 하러 많이 다녔다. 나도 지난 휴학 때 시청의 노인 복지센터에서 봉사활동을 했었다.

"맞아. 오빠는 봉사 다 했어요?"

"응. 학교에서 하는 해외 봉사 신청해서 갔었어."

해외 봉사는 학교에서 티켓값과 숙식을 제공했다. 보통 방학 기간에 행해지고 보름에서 한 달 단위의 봉사가 많았다. 신청은 학기 중에 받았는데 시작하자마자 바로 마감되곤 했다. 해외라는 점 때문에 지원자는 언제나 만원이었다. 대신 그 강도가 극과 극이었다. 대륙 단위로 신청을 받아서 거기서 구체적인 나라가 정해졌다. 학교는 학생들이 희망하는 곳으로 최대한 맞춰주려 했지만 공급과 수요가 잘 맞지 않아 거의 복불복이나 다를 바 없었다. 선진국 쪽으로 걸리면 꿀을 빨았고, 그렇지 않은 경우 화장실도 없는 곳에서 고생하다가 오는 경우도 있었다. 봉사다 보니 후자의 비중이 더 높았다.

"오빠는 어디로 갔었어요?"

"인도에 갔었어."

"거기는 괜찮다는 사람하고 극혐이라는 사람하고 갈리던데. 형은 어땠어요?"

상후가 물었다.

"음. 난 그럭저럭 버틸 만했는데, 우리 민유 온다고 하면 말릴 것 같아."

상후가 끄아아 소리를 내며 몸서리쳤다.

"벌레가 정말 많거든."

벌레 소리에 이번엔 내가 끄아아 소리를 내며 몸서리쳤다. 아, 벌레 싫어. 진짜 싫어. 아까도 산에 오르면서 벌레 때문에 오빠 품에서 몇 번 곡소리를 내곤 했었다.

"서상후! 너 거기서 뭐……. 어? 선배님, 안녕하세요."

한 남자가 상후에게 다가오다가 오빠를 보고 꾸벅 인사를 했다. 오빠의 한 학번 아래 후배로 동아리 장이라고 했다. 그 후, 우리의 등산은 어쩌다 보니 봉사 동아리와 함께였다. 너무나 자연스러운 합세에 데이트라고 말도 한 번 못 꺼내보고 말이다. 내 생애 첫 등산 데이트는 그렇게 허무하게 끝나버렸다. 오늘의 결론. 산은 데이트하기 좋은 장소가 아닙니다. 절대로요.

케이크 한 조각을 입에 넣자 등산으로 생긴 피로가 사르르 녹는 느낌이었다. 평소에 잘 쓰지 않던 근육을 써서 온몸이 소금에 절여진 기분이었는데 당이 들어가니 살 것 같다.

"오늘 꿀잠 잘 것 같아요. 몸이 막 나른해."

"그거 다 먹으면 자고 가."

"오빠 집에서?"

"응. 오빠 집에서."

지금 우리가 있는 곳은 오빠 자취집보다 오빠의 본가에 훨씬 더 가까운 카페였다.

"아직 난 오빠 가족께 인사드릴 마음의 준비가 덜 됐는데."

"오빠 자취하는 거 잊었어? 그 집을 먼저 떠올려줘야지."

아우, 내 남자 눈빛 봐. 어쩜 이런 대목에서 섹시하게 빛을 내니.

"선우빈 씨. 자취남이라고 너무 노골적으로 유혹하는 거 아닌가요?"

"유혹은 깨비가 먼전데?"

"유혹? 내가 뭘 어쨌는데요?"

맞은편에 편한 자세로 앉아 있던 오빠가 테이블 가까이, 내 쪽으로 고개를 숙였다. 나도 덩달아 고개를 앞으로 숙여 오빠와 얼굴을 맞댔다.

"방금 케이크 먹었을 때, 오빠랑 키스하고 나서 표정이랑 똑같았는데."

오빠의 돌발 발언에 나는 얼음처럼 굳었다. 뭐, 뭐가 어쨌다고? 볼이 화끈거리는 느낌이다. 정말 그런가.

'둘 다 만족스럽긴 했지.'

아니, 그게 아니고. 앞으로 뭐 먹을 때 나 얼굴 가리고 먹어야 하는 거야? 나는 미간을 찌푸리며 숙였던 허리를 다시 폈다.

"앞으로 표정을 어떻게 하고 먹어야 할지 모르겠잖아요!"

"맛있는 거 오빠랑만 먹어. 그러면 되지."

꺄아아. 뭐야. 뭐지. 이게 혹시 오빠의 독점욕 그런 건가?

"오늘 깨비랑 계속 둘이서만 있으려고 했는데 아쉽네."

그건 나도 마찬가지. 봉사 동아리는 우리에겐 전혀 자애와 희생의 정신을 발휘하지 않았다.

"나도 오빠랑······."

"역시, 맞잖아! 언니! 오빠!"

누군가가 또 불쑥 우리 사이를 치고 들어온다. 이번엔 누구냐. 고개를 돌리니 여진이 방싯거리며 다가오고 있다.

"어머, 여진이?"

여진 곁에는 키가 큰 남자가 있었다. 여진의 남친인 수민은 아니고, 누구지? 첫눈에 들어온 건 남자의 얼굴 절반을 가린 안경이었다. 안경은 한눈에도 압도적인 압축률을 자랑하고 있었고, 그런 안경 뒤에 있는 자그마한 눈이 연신 깜빡이며 나와 오빠를 훑었다.

"네가 여긴 웬일이야?"

"요 앞에서 성빈 오빠랑 우연히 만났어. 그래서 내가 케이크 사달라고 졸라서 왔지."

여진은 오빠의 물음에 답하며 너무도 자연스레 내 옆에 앉았다. 우빈 오빠의 미간이 설핏 구겨졌다가 펴진다.

"성빈이가 무슨 돈이 있다고."

옆에 뻘쭘하게 서 있는 안경 총각이 성빈인 모양이다.

"알바 시작했대. 오늘 월급날이고."

여진은 생글생글 웃으며 내 팔에 팔짱까지 꼈다.

"우리 진짜 인연이다. 쌤, 여기서 만나니까 너무 좋아."

날 이렇게 좋아하는데 가라고 쫓을 수도 없고, 오늘 둘만의 데이트
는 무리인가 보다. 여진이 일어날 생각을 않자, 성빈도 우빈 오빠 옆에
쭈뼛거리며 앉았다.

"아차, 언니. 있지 성빈 오빠는 스무 살이고, 우리 사촌이에요. 오빠,
여기는……."

날 과외 선생으로 소개할지, 제 오빠의 애인이라고 소개할지 여진
은 고민에 빠진 듯 보였다. 잠시 제 오빠의 눈치를 살피던 여진이 입
을 열었다.

"우리 새언니."

"뭐, 뭐?"

여진의 소개에 성빈은 소스라치게 놀랐다. 몸이 움찔할 정도로 놀
라니 내가 다 민망하구나.

"혀, 형. 형, 언제 결혼하셨어요?"

앞의 안경 청년이 놀라서 울어버리기라도 할 것 같아 내가 다시 소
개를 했다. 평범한 신분으로.

"안녕하세요. 여진이 과외 선생이에요."

"아, 아아. 아! 그러셨구나. 여진이가 장난쳤나 보네요."

나는 성빈이 내민 손을 잡고 어색하게 악수를 나눴다. 그리고 옆에

앉은 오빠를 쳐다보는데 얼굴에 한마디가 쓰여 있었다.

'됐으니까, 가.'

그 표정이 너무 생생해 웃음이 나왔다.

"푸흡. 오빠. 포기해요."

내 말에 오빠는 허탈하게 웃었다.

"왜요? 뭘 포기해요?"

우리 여진이 눈치 빠른 줄 알고 있었거늘. 지금만큼은 쌤 싸 먹고 있구나.

"별거 아니야."

"쌤, 여기 크림 묻었어요."

여진이 내 입가를 손가락으로 가리켰다.

"어디? 여기?"

내가 위치 파악을 하기도 전에 오빠가 팔을 뻗어 엄지로 내 입가에 묻은 것을 닦아주었다.

"으앗, 앗!"

그와 동시에 성빈이 컵을 넘어뜨렸다. 탱! 하는 소릴 내며 커피가 쏟아졌다. 당황한 성빈이 급히 컵을 잡아 바로 세웠는데, 힘이 많이 들어갔는지 커피가 사방에 튀었다.

"어, 어떡하지. 죄송합니다! 죄송해요!"

다 같이 휴지로 테이블을 닦고 정리를 했다. 그러는 중에도 성빈은 계속 뻐꾸기처럼 죄송하다고 연신 사과를 해댔다.

"괜찮으니까, 진정하고 좀 앉아요. 사과도 그만하고."

어쩔 줄 몰라 하는 성빈이 딱해 보여 오히려 내가 그를 달래야 했다.

"너무 놀라서 그랬어요. 정말 죄송합니다."

"놀라요?"

뭐에 얼마나 놀랐으면 제 안경에 커피가 저렇게 튀었는데도 닦을 생각을 못할까.

"……형이 그, 그런 짓. 아니 이런 사람인 줄 몰라서."

작디작은 목소리로 성빈은 우빈 오빠 면전에서 디스전을 펼쳤다.

"아니, 제 말은 형은 워낙 쿨해서. 그런 말인데. 아, 저기. 어어. 그러니까."

성빈이 말을 할 때마다 그 말에서 식은땀이 나는 것 같은 느낌이 들었다.

'왜 저렇게 긴장하는 거지?'

우빈 오빠가 성빈에게 꽤나 무서운 형인가.

"안경 닦는 것 없어요? 커피 많이 튀었는데. 말라붙기 전에 닦으세요."

"네, 넷! 감사합니다."

뭘 감사할 것까지야. 나는 새로 시킨 아메리카노를 한 모금 마셨다…… 가 입에서 도로 쏟아냈다.

'뭐지? 내 눈이 미친 건가?'

보고도 믿을 수가 없어서 눈을 비볐다. 내 앞에 있는 저 미청년이 방금 전까지 입에서 땀 토해내던 뱁새눈 청년인 거야?

'눈이 세 배가 됐잖아!'

그러고 보니 눈만 작았지, 얼굴도 뽀얗고 키도 크고 미소년으로서 갖출 건 다 갖고 있었네. 안경 때문에 미모가 안 보였던 거였다. 순정

만화에서 안경만 벗으면 미소년, 미소녀로 변하는 못난이들을 보며 저게 말이 되냐고 욕했었는데 반성해야겠다. 안경 변신은 현실에 존재하고 있었다.

"허어."

놀라서 숨까지 멈췄다가 토해냈다. 이런 내 반응이 웃긴지 옆에서 여진이 낄낄거렸다. 여진을 찌릿 흘겨본 다음 나는 멍하니 성빈이 안경을 닦고 쓰는 것을 지켜보았다. 다시 뱁새눈 청년이다. 라식, 라섹 그것들은 진정 내 앞의 안경 청년을 위해 탄생한 수술인 게 분명하다. 나는 성빈에게서 눈을 떼지 못했다. 그런데 이게 오빠는 불만이었던 모양이다. 내가 그에게 안경 한 번만 더 벗어달라는 요청을 하려는데 오빠가 그를 불렀다.

"성빈아."

"예, 형."

"여진이 옆으로 가."

여진 옆엔 의자가 없었다. 그런데도 성빈은 벌떡 일어나 여진의 옆에 섰다. 오빠가 무섭긴 무서운가 보다. 오빠는 성빈을 보다가 시선을 나에게 돌렸다.

'이거 지금 나 보고도 자리 옮기란 소리지?'

나는 방금 전까지 성빈이 앉아 있던 우빈 오빠 옆자리에 엉덩이를 붙였다.

'그런데 이래 봤자 어차피 나랑 성빈은 마주 보게 되지 않나……'

"어머."

내 허리를 팔로 감싸며 자기 쪽으로 바싹 끌어당기는 오빠다. 이거

31

보여주려고? 아유, 이 오빠도 참. 여진이도 있는데, 너무 적극적이야.

　동생 보기 부끄럽지도 않나 싶었지만, 다행인지 불행인지 여진은 우릴 보며 무지하게 좋아하고 있었다. 연예인 커플의 애정공세라도 보는 양 눈을 번쩍였다. 성빈은 그 옆에서 다른 의미로 눈을 빛내고 있었다. 경악에 가까운 눈이다. 안경을 벗지 않아도 뱁새눈이 동그랗게 커졌다. 거기에 주변 사람들의 시선도 따가웠다.

　"언니랑 오빠 여기서 데이트한 거예요?"

　여진의 질문에 내가 고개를 저었다.

　"우리 산에 단풍놀이 갔다가 돌아온 참이야."

　"혀, 형하고 등산을 갔어요?"

　여진의 반응보다 성빈의 질문이 더 빨랐다.

　"네, 오늘 청계산 다녀왔어요."

　"으에. 거길 갔어요? 청계산 사람 진짜 많지 않아요?"

　여진이 놀란 얼굴을 했다.

　"응. 엄청 많더라. 깜짝 놀랐어."

　"형이, 갔다고……."

　성빈이 무어라 웅얼거렸다

　"네? 지금 뭐라고?"

　"걷는 것도 싫어하는 형이 사람 많은 산을……."

　걷는 걸 싫어해? 내 고개가 휙 오빠에게 돌아갔다.

　데이트를 하면 늘 함께 여기저길 걸어 다녔기에 오빠도 걷는 걸 좋아하는 줄 알고 있었다.

　'오빠, 나 때문에 매번 싫은 걸 했던 거예요?'

앞에 아이들이 있어서 차마 입 밖으로 물어볼 순 없었다.

"누가, 싫어해?"

우빈 오빠는 낮은 목소리로 성빈에게 물었다.

"그게, 형이. 형 걷는 거 싫어해서 차도 일찍 받았다고 숙모가……."

성빈의 목소리가 점점 작아졌다.

"성빈아."

왜지. 오빠의 부름에 왜 나까지 긴장이 될까. 성빈의 긴장이 옮은 건가? 아님 묘하게 목소리에 무언가 날이 선 것 같은 오빠 때문인가. 나도 모르게 오빠만 뚫어져라 보게 된다.

"커피 다 마셨으면, 여진이 데리고 가."

명확한 축객이었다.

"오빠, 아까 얘기요."

아이들이 부리나케 사라지고 난 뒤, 나는 궁금하던 것을 물었다.

"걷는 거? 오빠, 깨비랑 걷는 거 무지 좋아해."

"솔직하게 얘기해줘요. 난 오빠가 억지로 싫은 거 하고, 그런 거 싫어요."

이 카페도 동네를 걸으며 돌아다니다가 발견한 곳이었다. 오빠랑 사귀면서 여기저기 엄청 엄청 걸어 다녔다. 그렇다면 오빤 그동안 싫은데 내색 하나 안 하고 그러고 있었던 거란 말이야? 고마우면서도 뭔가 싫은 기분이다. 내 표정이 사뭇 진지해졌다. 선우빈은 잠시 내 얼굴을 바라보다가 말했다.

"오빠가 민유를 많이 좋아해."

심장이 쿵쾅거린다. 갑자기 이런 고백이라니. 좋긴 한데 조금 뜬금 없다.

"말 돌리지…….."

"좋아한다는 그 안에 서민유에 대한 모든 게 다 포함되어 있어."

"그게 무슨 말이에요?"

"……걷는 것만 본다면 싫어하는 게 맞아. 그런데 깨비랑 같이 걷는 건 좋아. 사람이 많다고 해도, 너랑 같이 있는 거면 얼마든지 괜찮아."

산에서도 카페에서도 오늘 데이트는 망친 줄 알았는데 로맨틱하게 마무리해주는 궁극의 고백이었다.

"서민유랑 같이 있으면 그 어떤 거라도 다 좋아. 그러니까 오빠가 뭘 싫어하는지 신경 쓰지 말고 깨비는 깨비 하고 싶은 대로 해. 그게 내가 하고 싶은 거니까."

마음속에서 단풍이 피어오르는 것 같았다. 눈에 보이지 않는 무언가가 점점 색을 붉게 물들이며 서서히 차오르는 기분. 내 안을 물들이는 무언가는 기어이 눈까지 차올랐다. 흘러넘치지는 않았지만 눈앞이 조금 흐릿해졌다. 눈가가 따끔거리기도 했다.

나는 말없이 우빈 오빠에게 기대 눈을 감았다.

11. 볕 좋은 날

"정말이냐?"

"응."

연우의 눈이 번뜩였다.

오랜만에 미미 시스터즈가 뭉쳤다. 모인 이유는 평소와 마찬가지. 고깃집을 시작으로 2차 토스트, 3차 빙수를 거쳐 지금은 4차로 케이크를 먹겠다고 카페에 왔다. 카페는 커피 마시러 가는 곳으로 알려져 있지만, 아니다. 카페는 빵 먹으러 가는 데다. 물론 커피도 맛있어야 한다. 그래야 케이크의 풍미가 사니까. 그래도 어디까지나 빵이 주(主), 커피는 부(附)다.

"나 너네 학교 갈래!"

연우는 문구뿐만 아니라 아이돌도 좋아했다. 인생의 1/3을 덕질하는 데 바칠 정도로 아이돌에 탐닉했다. 이런 그녀가 최근 푹 빠진 아이돌은 '샤인 가이즈'.

뭔가 입으로 말하기 조금 부끄러운 팀 명이라고 생각했는데, 요즘 대세 아이돌이란다. 내가 '샤인 가이즈'가 누군지 모른다고 하니 다들 기함했다. 관심 없으면 모를 수도 있지!

"야, 아무리 관심 없다고 해도 TV만 켜면 나오는 애들인데 어떻게 모를 수가 있냐?"

피망 연우는 한탄을 하고.

"홍선아, 이름이 가이즈잖아. 설마 여자애들이겠냐. 뭔 여자, 남자를 묻고 있어?"

강해 해준인 나의 지적 수준을 지적했다. 그런 그들 옆에서 농부 민주는 '쯧쯧' 하고 혀를 차며 고개를 가로저었다.

이번 수요일에 우리 학교에서 축제보다 더 핫한 가을 이벤트가 열린다. 관대 올림픽, 일명 관림픽이 바로 그 주인공이다. 매년 10월 마지막 주에 이틀간 벌어지는 관림픽은 수요일 오후에 학교 운동장에서 오프닝 행사를 한 시간 정도 가진 뒤, 본격적으로 시작되었다. 팀은 대학별로 나누는데, 팀 대표를 뽑기 위해 각 대학에선 다시 학부, 학과로 나눠서 사전에 예선전을 치러둔다. 즉, 관림픽은 토너먼트 식으로 결선에 오른 학과들이 각 종목별 최종 우승자를 가리는 체육대회였다. 이런 관림픽 오프닝 무대는 팀을 소개하면서 학교 음악 동아리나 응원단이 나와 짧게 공연을 하는 게 보통이었다. 그런데! 올해 처음으로 연예인을 오프닝 무대에 부른 것이다! 난 '샤인 가이즈'가 초대 가수라는 포스터를 보고 와서 미미들에게 이렇게 말했다.

"처음이라고 듣도 보도 못한 무명 연예인을 불렀나 봐."

그 결과 지금 미미 시스터즈에게 호되게 혼나는 중이었다. 샤인 가이즈의 덕후인 연우는 문학을 응용해 날 비난하기도 했다.

"느 집엔 티비 없지?"

이 구수한 문장을 어디서 들었더라. 이과생인 나는 한참을 고민한 끝에 〈동백꽃〉 점순이 대사라는 걸 생각해냈다.

"샤인 가이즈를 만나면 몰라서 죄송했다고 사과할게."

학교에서 큰맘 먹고 관림픽 첫 초대가수로 엄청 비싼 인기가수를 부른 거였는데, 몰라본 것이 실제로 조금 미안하긴 했다. 연우는 그 뒤로도 한참을 날 비난한 후에 우리 학교에 오겠다고 눈을 빛냈다.

"나 수요일에 과외 있어서 그거 끝내고 오면 오프닝은 놓칠 것 같은데."

그리고 꼭 과외 때문은 아니어도 이런 행사에선 공상철을 만날 가능성이 높아 1학년 때 이후로는 행사 종류는 한 번도 참여하지 않았었다.

"괜찮아. 그날 수업 있댔지? 어디로 가야 하는지, 너 수업 끝나고 안내나 해주고 가."

"나 그날 수업 일찍 끝나서 오프닝 때까지 너 혼자 한참 기다려야 할 텐데."

"덕질은 고독한 거야."

뭔가 그럴듯한 명언 같구나.

"웃기지 마. 넌 일코도 안 하잖아. 대놓고 덕후인 거 다 티 내고 다니면서 뭔 고독이야."

해준이 핵을 찔렀다. 맞다. 연우는 일반인 코스프레 따윈 하지 않았다. 그래서 주변 사람들은 모두 연우가 어떤 연예인을 좋아하는지 훤히 알았다.

"군중 속의 고독 몰라? 콘서트할 땐 몰라도 콘서트 끝나봐. 집에 가는 길에 수만의 덕후들이 같이 있어도 얼마나 외롭고 허무하고 고독한데."

"피망아. 너 뭔가 착각하고 있어. 너 혼자 있는 시간은 공연 후가 아니라 공연 전이다."

"맨 앞자리 명당에서 보려면 어차피 낮부터 대기 타야 해."

"나 전에 가현 보러 갈 때, 한 시간 전에 가도 괜찮았는데?"

사이드 쪽이긴 했지만 앞에서 네 번짼가, 다섯 번짼가에서 봤었다. 그날은 운이 좋았던 걸까? 음. 곰곰이 생각해보니 맨 뒤 스탠드 자리까지 꽉 차 있었는데, 희한하게 앞의 그 두 자리만 비어 있었다. 아마 자리를 맡았던 사람이 일이 생겨 갑자기 빠졌던 거 같다.

"너 지금 우리 샤이들을 가현이랑 비교하냐?"

"아냐. 생각해보니, 꽉 차 있었는데 운 좋게 자리가 둘 비어서······."

"우리 샤이들은 말이지······."

나는 이날 하루 샤인 가이즈에 대해 논문이라도 한 편 써낼 수 있을 만큼 격한 강의를 들어야 했다. 교수는 물론 연우였다. 피망. 내가 잘못했어. 살려줘.

"야! 홍선아!"

사물함에 책을 넣고 있는데 누군가가 우렁차게 나를 불렀다. 나는 놀라서 발을 구르다 들고 있던 책을 떨어뜨렸다.

"악!"

자유낙하한 책 모서리가 발등을 정확히 찍었다. 눈물이 찔끔 나올 정도로 아팠다.

"괜찮아? 깨비, 다친 거야?"

내가 발등을 부여잡고 끙끙거리자 어디선가 빈이 오빠가 순식간에 나타나 날 보살펴주었다.

"아오, 아파. 히잉. 오빠, 책이 떨어졌엉."

웬일인지 함께 공대 건물에 나타난 우빈 오빠와 피망이었다. 나는 피망에게 우리의 분홍분홍 핑크핑크 러브러브를 보여주려고 혀를 반 토막 내보았다.

"얘 미쳤나 봐."

인형처럼 생긴 연우는 바로 독설을 날렸다.

그렇다. 연우는 인정하고 싶지 않지만 참 예쁜 애였다. 우리 미미들은 어디 가서 꿀리지 않는 외모를 지니고 있었다. 그래서 천만다행이었다. 성게같이 삐죽하고 특이한 성격을 그나마 껍데기가 감싸주고 있으니 말이다. 잔디 인형이라 폄하했었지만, 사실 피망은 잔디 인형이 아닌 미미 인형 같은 느낌이었다. 이목구비가 오밀조밀한 것이 무척 귀여웠다. 키가 154cm인데 얼굴 크기가 연예인급으로 작아서 혼자만 놓고 보면 160cm가 넘어 보였다. 그래서 평소엔 작은 줄도 모르고 있었는데 180cm가 훌쩍 넘는 우빈 오빠 곁에 있으니 그 체격 차가 현저했다. 이렇게 작고 귀엽고 사랑스럽게 생긴, 휴. 피망 칭찬하려니까 닭살이 오르는데?

하여튼 연우는 생긴 것과는 달리 내용물은 거친 저격수였다. 애교를 똘똘 뭉쳐 만들어진 것같이 생겼지만 노노. 말투는 아나운서처럼 단정, 단호했으며 혀 끊어진 소리를 혐오했다. 답정너? 그거 퇴치하는 게 유연우다. 그것도 작정하고 물리치는 게 아니라 그냥 평소 언변으로 말이다. 언제나 피망은 촌철살인의 핵직구를 던졌다. 말발? 단순히 좋은 수준이 아니라 말만으로도 사람 하나 우습게 보낼 수 있는 최강 보스였다. 입이 거친 해준과 둘이 합심하면 난 그들이 말로 코끼리도 죽일 수 있을 거라고 확신한다.

"책이 머리에도 떨어진 거야?"

그나마 우빈 오빠와 있으니 최대한 예쁜 말투로 순화해주고 있다.

"차라리 욕을 해."

내 부탁(?)에 연우는 코웃음을 쳤다.

"그건 강해 전매특허고."

"오빠, 어떻게 둘이 같이 온 거예요?"

"입구에서 만났어."

"피망, 넌 나 여기 있는 건 또 어떻게 알았고?"

"공대가 어떤 건물인 줄은 아니까, 들어와서 너한테 전화하려고 했지. 그런데 구해주님 만나서 여기까지 같이 오게 됐어."

"구해주님?"

안 돼. 안 돼! 오빠가 저 말을 들으면!

"피망! 너 오는 길에 운동장 하나 가로질러 왔지? 거기에 무대 설치 안 되어 있든?"

"봤어. 거기야?"

"응. 거기야."

"공연하고 그다음 체육대회는 어떻게 하는데? 무대가 운동장 절반은 차지하던데."

"메인 운동장은 저 위쪽에 있어. 첫날은 양쪽에서 다 해."

"알았어. 너 안 만나도 될 뻔했다. 그냥 바로 거기서 대기 탈걸. 난 또 다른 데 있나 했지."

"아직 시간 많은데. 같이 밥 먹고 가."

"사양할게. 아까 올 때 중고딩들이 무대 근처에서 기웃대는 거 봤어. 어린 것들에게 명당 뺏길 순 없지. 간다."

연우는 오빠에게 꾸벅 인사해 보이고 쏜살같이 사라졌다. 쟤 손에 들고 있던 작은 백 안에 응원봉 본 거 같은데. 공연은 7시인데 그때부터 응원봉을 흔들 셈인가. 아, 하긴 요즘은 6시만 돼도 어둑하긴 했다. 학기도 중반을 넘어섰으니까.

"오빠, 우린 얼른 밥 먹으러 가요."

오늘 점심은 학식이다. 특식으로 간만에 수제 왕돈가스가 나왔기 때문이다. 지난번 연우와 민주가 극찬했던 바로 그 돈가스. 이런 건 먹어줘야 한다.

"근데 깨비야."

"응?"

나는 학생식당으로 순간이동 해 내 얼굴보다도 더 큰 돈가스를 열심히 잘라 먹는 중이었다. 먹어도 먹어도 줄지 않아 사람 신나게 하는 왕돈가스 덕에 한창 기분 좋은 찰나, 오빠가 물었다.

"아까 그게 뭐야? 구해주님?"

깜짝이야. 코로 돈가스 뿜을 뻔했어.

나는 입 안에 있던 음식을 꾹꾹 씹어 목구멍으로 넘겼다. 그리고 못 들은 척 물을 마셨다. 아주 천천히.

"깨비야?"

"모, 몰라요. 모르겠어요. 저도."

아이씨. 나는 연기력도 부족한가 봐. 망했다. 내 말투는 누가 봐도 '알고 있는' 말투였다. 게다가 내 자세는 왠지 형사 앞에 선 범죄자처럼 안절부절못했다.

'구세주'가 아닌 '구해주'.

미미 시스터즈가 우빈 오빠를 지칭하는 단어였다. '홍선이 남자친구'라는 호칭이 너무 길다고 지어놓은 별명이었다. 연애 고자 홍선이를 아가페적 사랑으로 감싸 안은, '모태솔로를 구해주신 주님'이라는 뜻이라 구해주님이었다.

"농부는? 농부는! 농부도 모태솔로잖아?"

"농부는 연애, 사랑, 이쪽으로는 관심의 씨가 전혀 없는 애잖아. 얘는 이 세상의 남자를 농사를 지을 수 있는 사람인지 아닌지로만 구분하는 애라고! 천연철벽! 무성애자! 어떻게 기준을 농부로

잖냐? 얘랑 비교하면 안 되지. 애초에 기준이 다른데 어떻게 같은 필드에서 비교를 하냐."

"이 새끼, 가만 있는 농부 끌어들이는 거 봐. 못돼 처먹어서는."

전자는 연우, 후자는 해준의 말이었다.

해준은 원래 욕을 하는 애가 아니었다. 그런데 중학생 과외와 한 달간의 교생 실습을 거치더니 단어가 거칠어졌다. 나는 해준이 선생님이 되면 무조건 스파르타식 선생님이 될 거라고 자신할 수 있다. 교생 실습 때 교탁을 발로 차 넘어뜨리기까지 했던 애가 아닌가.

"뭐, 정 네가 마음이 언짢으면 나도 같이 계산에 넣어."

적선하듯 던져주던 농부의 말이 더 얄미운 건 뭘까. 그렇게 내 항의에도 불구하고 우빈 오빠는 미미들 사이에서 '구해주님'이 되어버렸다. '당신이 날 구해주셔서 구해주님이에요'라는 말을 차마 오빠에게 할 순 없다.

"깨비야, 돈가스는 왜 수프에 담가."

"어이구야."

내가 생각보다 많이 당황하셨구나. 아니, 했구나.

"문자 왔다."

타이밍 좋게 연우가 메시지를 보냈다. 나는 문자 확인을 핑계로 오빠의 질문을 회피했다.

「점심 대신 저녁이나 같이 먹자. 끝나면 연락할게.」

공연 끝나면 바로 갈 것 같더니 연우가 생각을 바꾼 모양이다.

「응. 좋아. 내가 다시 학교로 갈게.」
「그래? 난 너 과외 하는 데랑 중간 지점에서 만나려고 했는데.」
「우리 학교 놀러 왔는데, 내가 가이드해야지. 학교서 봐.」
「ㅇㅇ」

과외가 먼저 끝날 것 같은데, 연우 연락 올 때까지 뭐 하지? 여진의 과외는 5시로 보통 한 시간 반에서 두 시간 정도를 했다. 물론 그것보다 훨씬 길어질 때도 있으나 보통은 두 시간 전에는 마무리되었다. 오늘 공연은 7시에 시작해 한 시간 30분 정도 한다니 공연이 끝날 때까지 시간이 조금 빈다.

"오빠, 나 과외 끝나면 오빠 집에 잠깐 들러도 돼요? 저녁에 피망이랑 학교에서 만나기로 해서요."

"응. 얼마든지."

잠깐만. 그럼 오빠가 나 학교까지 데려다주겠다고 할지도 모르는데. 연우를 만나면 연우한테 구해주님이 뭔지 물어볼지도 모른다. 오빠가 배웅해준다고 하면 거절해야지.

"그런데 정말 말 안 해줄 거야?"

이 남자, 집요하네. 아니야. 혹시 안 좋은 뜻으로 알고 이렇게 계속 물어보는 거면 어떡하지?

"아, 그게요……."

별명에 관한 어원을 설명해야 하는 일이 자꾸 발생하는구나. 처음에 홍선이 밝힐 때 기분이야.

"……저를 구해주신 주님이라고."

"구해?"

"모태솔로에서 구원을……."

"정말? 정말 그런 뜻이야?"

"그냥 절 데려가 주셔서 감사하다고. 그런 뜻이에요."

오빠가 푸흡, 하고 웃는다. 아, 역시.

"너무 웃지 마요. 그래요, 저 모솔이었어요."

"그래서 웃은 거 아니야. 오빠 친구들도 너 같은 새끼 구원해준 여자니까 민유 너한테 감사하며 살라고 하던데."

우리가 인연은 인연인 듯하다. 주변 친구들의 이런 적극적 지지를 받다니 말이다. 나도 오빠의 말에 하하 웃어버렸다.

시누이, 아니 여진의 과외였다. 지금 학교에 '샤가'가 왔다는 말에 여진은 광분해 날뛰었다.

'샤가? 아아. 샤인 가이즈를 샤가라고 하는구나.'

그마저도 줄여 부르네. 샤가라고 하니까 유럽 어디의 유명 화가가 생각난다.

"아으으. 말도 안 돼. 민유 쌤, 왜 진작 말 안 했어요오. 너무해!"

여진은 연예인에 그다지 관심 없다고 생각했는데, 아니었나 보다. 여진 역시 보통의 중학생이었다. 난 별생각 없이 흘리듯 한 말이었는데 여진은 자신도 샤가의 팬이라며 흥분했다. 다행히 연우만큼은 아니었다. 근처에 온다고 하면 달려 나가는 정도? 연우 레벨이었으면 난 평생 여진에게 구박을 받았을지도 모른다.

"문제, 오늘 분량 다 풀면 일찍 끝내줄게. 그럼 앞부분은 조금 놓치더라도 볼 수 있을 거야."

그 말에 여진은 지금까지 중 가장 열성적인 자세로 과외에 임했다.

"엄마! 나 관화대 갔다 올게!"

마지막 책장이 넘어가자마자 여진은 아래층으로 뛰어 내려가 사모님께 외출하겠다 말했다. 여진의 모친은 갑작스러운 말에 걱정하셨지만 내가 함께 가겠다고 하자 허락해주셨다.

"축제가 아니어서 8시 반쯤이면 공연 다 끝날 거예요. 너무 걱정 마세요."

내 말에 사모님은 시계를 한 번 보시고 고개를 끄덕였다.

"그래. 조심히 다녀와. 민유 양, 부탁할게요."

"예. 여진이 늦지 않게 잘 돌려보낼게요."

내 팔짱을 꼭 낀 여진은 '빨리 빨리'를 외치며 서둘러 집 밖으로 뛰어나갔다. 나는 여진의 기세에 질질 끌려갈 수밖에 없었다.

멀리서나마 보는 것도 좋은지 여진은 신나게 '샤가! 샤가!'를 외쳤다. '샤가' 혼자서 콘서트처럼 1시간 30분을 꾸리는 것이 아닌, 학교 응원단의 무대와 학교 밴드 동아리나 댄스 동아리 등 여러 참가자들의 공연들이 어우러진 오프닝 행사였다. 샤가는 메인 이벤트답게 가장 마지막에 나와 대미를 장식했고, 그 덕에 여진은 처음부터 온전히 그들의 무대를 볼 수 있었다. 원래였다면 오빠 집에서 쉬고 있었을 텐데, 여진 양 덕분에 나까지 샤가 공연을 보게 되었다. 오빠 역시 내 옆에 서서 강제 관람 중이다. 여진이랑 같이 왔다고 보고하자 오빠는 집에 있다가 바로 나왔다.

"꺄아아!"

샤가에 관심 없는 우리 둘의 관전 포인트는 이 함성이었다. 샤가를 보겠다고 온 10대 소녀들은 노란 머리 멤버에 비명을 질렀다. 반면 검은 머리의 남자가 무대 앞으로 나와 안무 동작을 하자 20대 처녀들의 함성이 터졌다. 나이대를 어떻게 아느냐고? 관람픽은 대학 이벤트였다. 그러니 20대가 훨씬 더 많을 수밖에. 그래서 검은 머리 남자가 나올 때의 비명이 더 컸다. 거기다 소리도 미묘하게 달랐다. 10대들은 끄아아아악 하는 고주파 하이톤이라면 20대들은 혼절할 것처럼 꺄아꺄아악 거렸다. 여진도 노란 머리가 나오면 끄아아아악! 하는 반면, 검은 머리가 나오면 아아악! 했다. 노랑과 검정을 제외한 다른 세 멤버는 더 크고 작고 할 것 없이 고른 함성을 받았다.

[30분 후 이곳에서는 사학과 대 경영학과의 400m 이어달리기가 시작됩니다. 이어서…….]

공연이 끝나고 앞으로 진행될 경기들의 장소와 시간이 방송으로 공지되고 있었다. 나는 대충 흘려 들으며 연우에게 전화를 걸었다.

"어디야?"

[와, 역시! 낮부터 기다린 보람이 있었어.]

"어디냐니까?"

[너 내 새끼들 봤어? 어쩜 이런 작은 무대에서도 저렇게 열심히 하지? 쟤들이 내가 가슴으로 낳고 통장으로 키운 자식들이야!]

피망은 꺄꺄거리며 흥분을 감추지 못했다.

"……됐다. 운동장 구석에 큰 나무 보이지? 거기서 보자."

통화 후 10여 분 만에 모습을 드러낸 연우는 얼굴에 즐거움이 충만했다. 볼도 발그레 열이 올라 있다.

"간만에 소리 질렀더니 배고프다. 빨리 밥 먹으러 가자. 응? 옆엔 누구야? 예쁘게도 생겼네."

"내가 과외 하는 학생이야. 여진아, 이쪽은 쌤 친구."

나는 두 사람을 간단히 소개해주었다. 내 친구라는 말에 여진의 눈이 휘둥그레진다.

"진짜요? 헐. 대박. 난 쌤 과외 한다는 그 고등학생 언닌 줄 알았어."

예쁜 연우는 동안이기도 했다.

"우리 저녁 먹으면서 이야기하자. 맛있는 거 사줄게."

오빠의 제안에 다들 격하게 고개를 끄덕였다. 커플인 나와 오빠를 구심으로 친동생과 친구가 낀 묘한 조합. 우리 네 사람은 발걸음도 신나게 학교 근처 식당으로 향했다.

"진짜 내가 나가도 돼?"

"그럼요. 쟤들이 우리 과 사람을 어떻게 일일이 다 알아. 휴학생이라고 하면 돼요."

관림픽을 보고 싶다는 연우와 여진의 요청에 밥을 먹고 학교에 돌아와 여자 발야구를 구경하는 중이었다. 경기는 마침 컴공과 대 영문과의 대결이었다. 근처에서 구경하고 있던 우리를 발견한 것은 상후였다. 좀 더 자세히 말하면, 연우를 먼저 발견하고 달려왔다.

아, 맞아. 우리 상후 고딩 때 연우 좋아했었지. 이제는 추억이 된, 그 옛날 서상후의 가련한 첫사랑이 연우였다. 씩씩하게 뛰어온 상후는 잘됐다며 우리 손을 잡아끌었다. 공 겁나 잘 차는 여자 후배가 있는데 하필 오늘 다리를 접질리는 바람에 불참하게 됐다나. 그래서 우리를 보자마자 대뜸 꺼낸 첫마디가 나더러 대타를 뛰어달란다. 아싸지만 그래도 컴공과 소속 아니냐고 하는 상우에게 난 아까 부상당한(?) 발등을 핑계로 정중히 거절했다. 그러자 상후는 바로 연우에게 부탁을 했다.

연우는 원래 몸을 사부작거리고 움직이는 걸 좋아했다. 그래서 평소에도 동네 주민센터에서 에어로빅이나 재즈댄스 따위를 배우거나 간단한 생활운동 같은 걸 즐겨 했다. 타고난 운동 신경도 제법 있는 편이라 학창 시절에 발야구나 피구 시합 같은 데서 항상 에이스로 활약했다. 그런 연우를 상후도 잘 알고 있었다.

"안녕하세요."

인형 같은 연우의 등장에 주변에서 구경하던 컴공과 사내들이 늑대처럼 환호를 했다. 반면 여자들은 에이스라고 데려온 여자가 작고 가늘기 그지없자 불만인 눈이었다. 그런 눈빛을 연우가 모를 리가 없다. 연우는 슬쩍 가소롭다는 듯 코웃음을 치고 상후가 건넨 컴공과 티셔츠를 제 몸에 꿰차 입었다. 그리고 바로 필드로 입장!

"뭐, 뭐야 저 언니."

여진은 연우의 발에 닿는 순간 밤하늘에 작은 별이 되어 사라지는 공을 보고 입을 쩍 벌렸다. 우빈 오빠도 다분히 놀란 눈치였다.

"상후가 괜히 데려간 게 아니야."

작은 몸에 숨겨진 폭발적인 힘으로 출전하자마자 홈런을 차낸 연우는 단번에 4점을 벌었다. 수비하는 영문과생들이 연우의 가녀리고 작은 체구만 보고 전진수비를 하다 벌어진 참사였다.

'유연우가 어떤 앤데. 쟤는 생활체육으로 단련된 특급 에이스라고.'

그렇게 연우의 활약으로 컴공과가 압도적인 점수 차로 승리, 내일 결승전에 진출하게 되었다. 옆에서 경기를 하던 체교과와 동양화과의 발야구는 의외로 동양화과의 승리였다. 그 밖에도 여기저기서 4강 경기들이 끝을 보이고 있었다.

역시 밤에 하는 경기라서 그런지 스탠드에서 경기를 관람하는 구경꾼들 중엔 술을 즐기는 사람들도 제법 많이 있었다. 맥주 옆에 치킨이 함께 놓인 이들도 상당했다. 다들 야구장에 온 듯 흥겹게 즐기는 분위기였다.

"홍선아, 밤 경기 되게 재밌네. 내일도 밤까지 해?"

"응. 목요일이 메인이야."

원래 예선전, 4강전은 9월 한 달 동안 미리 해두고 관림픽이 열리는 이틀 동안은 결승전들이 벌어진다. 다만 이런저런 일로 4강을 겨루지 못한 몇몇 종목들은 지금처럼 관림픽 첫날에 치러지기도 했다.

"내일 치맥 싸들고 밤에 놀러 올까 봐. 어느 과 경기가 재밌냐?"

"경영학과."

"왜? 구해주님 출전하세요?"

이젠 아주 대놓고 오빠를 별명으로 부른다. 생소한 단어에 여진이 궁금한 얼굴을 했지만 모른 척하기로 하자.

"이번엔 출전 안 해요."

사랑꾼 홍선, 구해주님도 안 나오는데 왜 경영학과를 추천했니, 하는 표정으로 연우가 날 바라보았다. 우리 친구 된 지 꽤 오래 됐나 봐. 눈빛이 술술 읽히네.

"거기에 피망이 좋아할 만한 남자가 있거든."

연우는 여리여리한, 예쁜 남자들을 좋아했다. 정말 딱 요즘의 아이돌 같은 그런 남자 말이다. 그런 남자들의 정점을 찍은 자, '이한수'라는 보석이 경영학과에 존재하고 있지 않던가! 이한수는 키가 크다는 것 말고는 연우의 이상형에 완벽하게 부합하는 외모였다.

"오! 정말? 그런 남자 현실엔 잘 없는데. 키는?"

"키가 좀 커. 180은 넘을걸."

"아, 그건 좀 그런데."

"그거 커버하고도 남을 만큼 네 스타일이야."

그러자 연우는 바로 내일 오겠다며 출사표를 던졌다. 여진의 출사표는 보호자인 친오빠의 '안 돼' 한마디로 당장 막혔지만 말이다.

관림픽은 축제나 다름없는 큰 행사였다. 그래서 이틀 중 메인이라고 볼 수 있는 목요일엔 교수님들은 웬만하면 다 휴강을 해주셨다. 그런데 이 소프트웨어 수업은 얄짤없었다. 관림픽 기간이니 한발 양보해서 출석체크는 하지 않겠다는 작디작은 배려가 있을 뿐, 수업은 원래대로 진행되었다. 그것도 오후 마지막 시간 수업이었다.

"교수님 보강하기 싫으신 거구나."

다들 방방 뜨는 기운이 가득한 이런 시기에 굳이 수업을 진행하는 이유는 아마 이것일 터. 출석을 안 부른다는 말에 자체 휴강을 한 학생들이 제법 있어 강의실은 평소보다 조용했다.

'이 수업만 아니라면 집에서 편히 쉴 수 있었는데, 크흡.'

다른 수업은 다 휴강하고 이거 하나만 남은 것도 싫은데, 마지막 교시라 더 억울했다.

'차라리 오전 수업이었다면 좋았을 텐데.'

나는 늦게 오고 늦게 가는 것보다 일찍 오고 일찍 가는 것을 훨씬 더 선호한다. 사실 제일 좋은 건 늦게 오고 일찍 가는 거지만.

"철수야!"

수업이 끝나자마자 사물함에 들렀다가 조용히 학교를 빠져나가려고 했는데, 선미 언니가 기어이 날 발견했다.

"잘됐다. 너 피구 좀 해라. 결승전 올랐는데 피구 여왕이 빠지면 쓰나."

컴공과는 어찌 된 일인지 여성 경기만 두 개 결승에 올랐단다. 여자도 적은 과에서 말이다. 체육 알짜배기들만 모아놓기라도 했나.

"저 발등 다쳐서 빨리 못 움직여요."

"거짓말 아냐? 나가기 싫어서?"

조금 아프긴 하지만 출전하자면 얼마든지 나갈 수 있는 상태긴 했다. 다만 언니 말대로 나가기 싫은 마음이 클 뿐.

"진짜예요. 보여드려요?"

"응. 좀 보자."

설마 진짜 보겠다고 할 줄이야. 언니는 자신의 눈으로 확인하고야 말겠다는 얼굴이었다.

'이 언니가 왜 이렇게 투지에 불타는 거래?'

나는 꾸물꾸물 신발을 벗었다.

'그런데 나 정말 아직 조금 아픈데 발등이 멀쩡해 보이면 어떡하지.'

걱정되는 마음으로 느릿하게 양말을 내렸다.

"정말이네."

내가 느끼는 미약한 통증과 상당한 괴리가 느껴질 정도로 발등엔 시퍼런 멍이 들어 있었다. 하긴 전공책이라 꽤나 두껍고 단단하긴 했다. 피망! 고맙다. 네 덕분이야. 어제 놀라게 한 거, 신의 한 수였구나.

"봐요, 거짓말 아니라니까요."

"그럼 어제 왔던 그 친구, 또 안 온다던? 피구도 잘할 것 같던데."

내 발을 보며 '아프겠다' 한마디 한 언니는 어젯밤 목격한 연우의 실력에 찬사를 보냈다.

"아마 오늘 밤에나 올 거 같은데요."

"에이. 아쉽다. 근데 넌 여기서 뭐 하고 있었어?"

"수업 끝나서 책 넣으려고 왔어요."

"수업? 휴강 안 한 수업이 다 있다니. 누구? 김해영?"

"네."

"아. 그 교수님. 보강하기 싫어서 그런 걸 거야. 축제 때도 휴강 안 해줘."

역시 그렇군.

"그럼 발 조심하고. 들어가라."

"예, 언니. 다음에 봐요."

언니와 헤어지고 나는 휴대폰을 꺼내 오빠에게 전화를 걸었다.

"집에 가는 길에 잠깐 오빠 얼굴 좀 보고 가야지."

빈이 오빠, 오늘 수업 전부 휴강이라고 그랬지? 지금 집에서 쉬고 있으려나?

[응. 깨비야.]

"빈이 오빠. 지금 집이죠? 나 지금 수업 끝났어요. 가는 길에 오빠 잠깐 보고 가고 싶은데."

[실컷 봐.]

"응? 설마, 오빠 지금……."

휴대폰 밖에서 가깝게 들리는 목소리에 주위를 두리번거렸다.

"꺄아! 오빠아!"

공대 입구에서 날 반기는 오빠의 모습이 보였다. 나는 다다닥 달려가서 품에 와락 안겼다.

"관림픽 중에 즐기는 수업은 어땠어?"

"강의실 조용하니 괜찮았어요. 창문만 열면 신나는 분위기가 흘러 들어 왔지만."

각 과에서 목이 터져라 응원하는 소리. 점수를 얻거나 승리할 때마다 터지는 함성. 그리고 결과를 알려주는 장내 아나운서 방송 소리까지. 강의실에서 한 발자국만 벗어나도 관림픽의 후끈한 열기가 느껴졌다.

"오빠네 과는 결승 올라간 거 뭐 있어요?"

"왕피구인가 짝피구인가 그거 올라갔다고 하던데."

"오, 경영학과도 잘하네요."

워낙 많은 학과들이 있다 보니, 결승에 오르는 것만도 대단한 일이었다. 그리고 체대도 떡하니 버티고 있지 않은가. 당연하다면 당연하게 체대가 여러 종목에서 우승을 하긴 했지만, 예상외로 선전하는 학과들도 제법 많았다. 우리 컴공과부터 보라. 공과대학을 제외하고, 타과에 비해 적은 여자 수로 여성 경기만 무려 두 종목을 결승에 올리지 않았던가.

'말하고 보니 조금 궁금하긴 하네.'

우리 과 결승전은 어떻게 되고 있으려나.

"오빠, 우리 운동장 쪽으로 지나가요."

가는 길에 살짝 구경해야지.

"어머?"

공교롭게도 운동장 한쪽에서는 컴퓨터공학과의 여성 피구 결승전이, 그 옆에서는 경영학과의 왕피구 결승전이 동시에 행해지고 있었다. 오호. 일타이피? 한 번에 두 경기를 모두 관람할 수 있게 되었다.

"우리 조금 보다가 가요."

오빠가 고개를 끄덕이자 나는 운동장 스탠드 쪽으로 오빠를 잡아끌었다.

"아, 맞다."

연우한테 알려줘야지. 경영학과 결승 지금 하고 있다고. 아쉽지만 밤 경기 보러 와봤자 내가 말한 그 남자는 없다는 메시지를 바지런히 써 내려가던 중이었다.

"응?"

돌연 오빠가 나를 확 품으로 당겼다. 얼결에 나는 오빠 품에 안기게 되었다. 그와 동시에 새하얀 무언가가 오빠 등을 통 소리 나게 강타하고는 바닥에 나뒹굴었다.

"으아! 죄송합니다! 괜찮으세요?"

피구 결승전에서 쓰던 배구공이었다. 공격이 엇나가 그대로 오빠 등을 강타한 것이다. 아니 정확히는 내게 날아오던 공이었는데 오빠가 대신 맞았다.

"어? 민유 언니? 다치신 거 아니죠? 정말 죄송합니다!"

내 이름을 부르는 것을 보니 컴공과 짓이렸다? 찌릿, 여성 피구 필드에 시선을 주자 다들 이쪽만 바라보고 있었다. 심지어 옆의 경영학과 왕피구까지 이 상황을 구경하느라 잠시 멈춰 있다. 맞은 게 자신들의 선배니 시선이 갔나 보다. 게다가 그 선배가 선우빈이었으니.

"오빠, 괜찮아요?"

"멀쩡해. 이 정도로 뭘. 공 가져가요."

"네? 아, 넷! 정말 죄송합니다! 민유 언니 죄송해요!"

후배는 다시 한 번 꾸벅 사과를 했다.

"죄송하긴. 일부러 그런 것도 아니고 경기 중에 공이 튄 건데. 괜찮아."

"예. 고맙습니다."

공을 들고 후배가 필드로 돌아가자 경기는 바로 다시 시작됐다. 경영학과 역시 정신 차린 듯, 다시 맹공을 시작했다.

"오빠 정말 괜찮은 거 맞아요? 소리 엄청 크게 들렸는데."

"팔 힘도 약한 여자들이 세게 던져봤자…… 라고 하기에는 조금 따갑긴 하네."

히에엑! 그것 봐. 소리가 엄청 컸다니까. 등 터지는 소리 같았어!

"왜 그걸 맞았어요. 그냥 피하지. 에휴, 속상해."

그것도 나 때문에 맞은 거 아닌가. 우리 오빠 몸이 아프니 내 마음이 다 아프다. 그렇지만 날 구해주다니, 감동이긴 해.

"옆에 벽이 있어서 피해봤자 공이 튕겨서 깨비가 맞을 것 같더라고. 내가 막는 게 나아."

선우빈 씨가 감동을 10% 더 추가하였습니다.

"멍 들면 어떡하지? 아. 맞다. 의무실 가서 파스라도 받아 올게요."

"이 정도론 멍 안 들어. 진짜 괜찮아. 지금도 벌써 하나도 안 아픈 걸."

다친 오빠가 오히려 날 위로하는 것처럼 토닥인다. 아우, 컴공과. 우리 오빨 공으로 쳐놓고도 우승 못 하면 진짜 가만 안 둘 거야!

나의 이런 마음 속 협박(?)이 통했는지, 컴공과 여자들은 결국 피구 우승 트로피를 받아왔다. 그 트로피는 과실에 있는 오래된 선반의 맨 꼭대기 층을 떡하니 차지하게 되었다.

우빈 오빠가 저녁을 해준다며 날 집으로 데려왔다. 어제 어머니가 반찬을 좀 보내주셨다나. 간만에 오빠가 직접 차려준 밥을 배불리 먹고 나는 소파에 널브러져 빈둥거렸다.

"음, 어쩌지."

내일 1교시 수업이 있어서 오빠 집에서 자고 갈까 말까를 고민하는 중이다. 내 고민을 말하면 우리 음흉쟁이 선우빈 씨는 날름 제 침대를 내어주겠지.

"오빠, 잠깐 등 좀. 멍이 있는지 아닌지만 볼게요."

일단 그것부터 확인해보자. 나는 오빠 티셔츠를 걷어 올렸다.

"다행이다. 멍 안 들었어요. 아직도 조금 빨갛긴 하지만."

나는 등의 붉은 부분을 살짝 건드려보았다.

"여기, 아파요?"

"으음."

오빠가 살짝 신음했다.

"아파요? 멍 안 들고 속으로 충격이 갔나?"

오빠의 아프다는 말에 내 심장이 덜컥한다.

"아파. 오빠 마음이."

"응?"

"우리 깨비 보낼 생각하니까."

우와. 세상에. 맙소사. 선우빈 씨 이런 말도 해? 그 눈빛은 또 뭔데?

"어어. 오빠? 저기 그러니까……."

"점점 더 아파오는 것 같아."

강아지 눈이다.

"스톱. 잠깐만요."

왜 자꾸 다가오는 건데요? 어허. 오빠. 정말 이러지…….

아휴, 모르겠다.

오랜만에 오빠와 학교 벤치에서 담소를 나누는 중이었다.

"다시 한 번 말해봐요."

나는 멍한 얼굴로 오빠에게 물었다. 오빠가 여러 기업에 원서를 넣었고 그중 몇 군데 면접을 보고 왔다는 것까진 알고 있었다. 그런데, 그런데!

"S.H. 인턴 합격했어."

"꺄아아!"

S.H.라니! 오빠가 예전에 여기 지원한다고 했을 때, 속으로 움찔했었다. S.H. 소프트 컴퍼니는 국내 굴지의 대기업은 아니었다. 그러나 대기업 못지않은 월급과 최고의 직원 복지로 유명한 회사였다. 아는 사람들은 알고 모르는 사람은 모르는 곳이지만 그 '아는 사람'들이 적지 않아 경쟁이 제법 치열했다. 처음 얘기를 들었을 땐 선우빈도 S.H.를 알고 있었다는 사실에 나는 흠칫 놀랐었다. 그다음엔 오빠가 다른 곳보다 S.H.에 입사하길 몰래 바랐다. 나중에 내가 입사하게 되면 출근 날까지 비밀로 하다가 오빠 앞에 나타나 서프라이즈를 할 속셈이었다. 내가 예전에 말했던 곳이 바로 여기, 'S.H.'였다고, 같은 회사 다니게 되어서 너무 행복하다고 말하면서. 나름의 신비주의 전략이었달까. 하지만 막상 오빠가 그곳에 입사했다고 하니 불쑥 말이 나와버렸다.

"오빠, 내가 전에 말했던 회사 기억나요?"

"고등학생 때 정했다는 곳?"

"응. 거기가 S.H.예요."

"정말?"

나는 고개를 끄덕끄덕해 보였다. 그러곤 오빠와 앉아 있는 이곳이 학교 벤치라는 사실도 잊고 오빠를 꽉 끌어안았다.

"선우빈 씨. 그 합격의 기운을 나한테 줘요."

말이 인턴이지 신입사원이나 다름없는 거였다. S.H.는 최단 3개월에서 최장 1년의 인턴 기간을 거치면 대부분 정규직으로 전환이 되었다. 이런 점 역시 중소기업인 S.H.가 단기간에 성장할 수 있는 원동력 중 하나기도 했다. 인턴사원을 뽑아놓고 정말로 직원 대우를 해주는 곳은 아마도 태경과 S.H.뿐일 것이다. 그 때문에 S.H.는 대기업인 태경과 항상 은근한 비교 대상이 되었고, 두 회사는 매년 공채마다 전년도의 최고 경쟁률을 스스로 갱신해왔다.

"더 확실하게 줄 수도 있는데."

오빠가 내 등을 꼭 껴안아주며 야릇한 목소리로 귓가에 속삭였다.

"이 남자가."

아무도 들은 이는 없겠지만 나는 민망함에 19금 토크로 이어가려는 오빠의 배를 주먹으로 퍽퍽 쳤다.

"아야. 깨비야, 좀 아프다."

좀 셌나? 나는 오빠 배를 슥슥 손으로 문질러주며 물었다.

"2차 주제는 뭐였어요?"

S.H. 입사 시험은 총 3단계로 이루어졌다. 이력서와 자기소개서로 1차 서류전형을 거친 후, 2차로 회사에서 던져주는 주제에 대해 논술 시험을 치른다. 그리고 3차에 면접을 보고 최종 합격자를 선별했다.

2차 시험의 주제는 역사, 사회, 상식, 정치, 문화, 예술 등 온갖 분야 중에서 매년 한 가지를 뽑았다. 즉, 고정적인 분야 없이 매번 주제가 바뀌었다. 회사에서 주제를 주면 그에 관한 자신의 생각을 B4 용지 한 장에 자유롭게 기술하는 형식이었다. 이런 2차 시험은 정해진 정답도 없고, 뭣보다 매년 뭐가 주제로 나올지 몰라 구직자들이 가장 난감해 하는 단계이기도 했다. 이걸 두고 일부에선 특정인을 뽑기 위해 그런 것 아니냐는 비판이 제기된 적이 있었다. 그에 대한 회사의 공식적인 답변은 어떤 특정인을 뽑기 위함은 절대로 아니며, 자기소개서에선 볼 수 없는 지원자의 성격과 직업관을 알 수 있기 때문에 그런 방식을 택 하는 것이라고 했다. 가장 적재적소인 팀에 넣어주려고 하는 거라나.

실제로 2차 시험지에는 절대로 자신이 누구인지 밝혀서는 안 되며 그날 아침에 받은 접수번호만 기재해야 했다. 혹여 은연중에 자신의 정체를 밝히는 내용이 들어가면 아무리 잘 썼어도 무조건 탈락이었 다. 철저히 주제에 대해 자신의 사고만 서술해야 하는 셈이었다. 거기 에 시험 감독도 인사권이 없는 사람만 맡는다고 하였다.

그러면 결국 글을 잘 쓰는 사람이 유리한 거 아니냐는 주장도 나왔 다. 이에 회사는 당사자의 동의를 얻어 2년 전에 합격한 한 사원의 2 차 시험지를 일부 공개했다. 그 해의 주제는 당시 여자 아이돌 그룹의 선두주자 '바빈(Barbi'n)'에 대한 자신의 생각을 서술하라는 것이었다. 세상에 아이돌이 입사 시험 주제라니. 시험지가 공개되자 2차 시험 주 제는 사장님이 시험일 아침 출근 전에 가장 먼저 본 신문 기사가 아닐 까 하는 말도 있었다.

공개된 시험지의 주인은 바빈의 광팬, 일명 '덕후'였던 듯했다. '나 이는 나보다 어리지만 누나라고 부르고 싶어요'라는 문장으로 시작한 글은 앞부분은 바빈을 찬양하는 내용, 뒷부분은 다각도로 바빈이란 그룹을 분석한 내용이었다. 그룹의 방향, 이미지, 전략 등을 쓰고 마치 기획사 사장이라도 된 양, 앞으로의 활동 전망까지 예상해 기술했다. 팬의 시각에서 본 단순한 절대적 찬양이 아니라 연예계 시장을 연구하고 어떻게 해야 더 잘될지에 대한 팬의 애정 어린 철저한 분석. 글을 통해 열정과 분석력이 돋보여 뽑았다는 S.H.의 답변에 사람들은 고개를 끄덕였다.

하지만 포인트는 이 사원의 글이 머리로는 말하고자 하는 바를 알겠는데 이상하게 눈으로는 이해가 안 되는 문체였다는 점이다. 기묘하기 짝이 없는 신(新)문체라고나 할까. 일부러 쓰려고 해도 힘든 희한한 문체가 탄생한 것은 아마 좋아하는 연예인이 주제로 나와 엄청 흥분한 탓이 아닐까 싶었다. 문장을 잘 쓰는 사람에게 높은 점수를 줬다면 해당 사원은 낙방했을 것이었다. 이것으로 '글발' 되는 사람만 뽑히는 것도 아니라는 사실이 확실히 입증되었다.

그 글은 인터넷상에서 한동안 회자되기도 했다. '무슨 말인지 알겠는데 모르겠어' 이런 제목을 달고 말이다. 여기저기 퍼져 나간 글은 결국 바빈의 눈에까지 들게 되었다. 그리고 바빈의 멤버가 친히 그 사원의 SNS에 덧글을 달았다. 그렇게 박** 사원은 이른바 '계 탄 덕후'가 되었다.

이 일련의 사건을 지켜보며 나도 얼마나 입사 투지를 불태웠던가. 그런 곳을 선우빈이 간다니. 세상에나. 나까지 설레고 신나는 기분이다. 마치 내가 입사한 것 같았다. 나는 흥분에 찬 얼굴로 오빠의 대답을 기다렸다. 이번엔 주제가 뭐였을까.

"노출."

"예?"

"그냥 그 한 단어였어. 노출."

이젠 뭐 문장으로도 안 주네. 단어 하나야. 그것도 노출이라니.

"흐음. 오빠 뭐라고 했어요?"

"직사광선에 노출되면 피부에 안 좋으니 자외선 차단제를 열심히 바르는 게 좋겠다, 그런 식으로 시작해서 밝은 곳에서 사진 찍을 때는 렌즈 노출을 줄이자, 이렇게 끝냈던 거 같아."

노출이라는 단어에 가현같이 짧은 치마를 입은 섹시 콘셉트의 연예인들만 생각났던 나를 반성해야 하는 순간이었다. 사람에 따라 이렇게 다양한 각도에서 생각할 수 있는 거였다. 그래서 S.H가 논술을 보는 건가. 사고력을 키워야겠다.

"분위기는 어땠어요?"

"논술 보는 거 은근히 긴장되더라. 입시 때보다 더."

"진짜?"

"최종 면접에서 오히려 덜 떨었던 것 같아."

어머나. 논술 시험이 그 정도로 압박이란 말이야?

"2차는 어디서 봤는데요?"

"회사에 있는 강당에서. 사람이 많으면 그나마 좀 덜 긴장됐을 것 같은데, 예상보다 적었어. 그래서 다들 열심히 손을 움직이는 게 눈에 자꾸 들어오더라고. 그거 때문에 더 긴장했어."

사람들의 시선에 단련된 덕에 웬만한 일에는 꿈적 안 하는 천하의 선우빈을 떨게 하다니. 놀랄 노자다.

"몇 명이나 있었어요?"

"한 30명? 그 정도 있었던 것 같아. 교실 하나 정도 느낌이었으니까."

"으으. 왜 갑자기 나 떨리지?"

1년 뒤 나에게도 닥칠 일이라 생각하자 심장이 쿵덕쿵덕한다.

"깨비, 벌써부터 떨어?"

오빠가 진정하라는 듯 등을 토닥여주었다.

"나 글쓰기 연습이라도 시작할까요?"

"아하하하. 이런 열혈 사원이 곧 들어간다는 거 아시면 좋아하실 거야."

"누가? 사장님?"

"응. 사장님이."

"당연하죠. 나 같은 복덩이 데려가면 좋아하셔야지."

"그럼, 우리 깨빈 복덩이지."

오빠는 정말 복을 껴안기라도 하는 것처럼 나를 한 번 꽉 안았다가 팔을 풀었다.

사실 그간 오빠의 구직활동이 어떻게 돼가고 있는지 묻지 못했다. 부담을 느낄 수 있기 때문이다. 예민한 문제니 옆에서 쉽사리 찔러볼 수가 없었다. 그래서 이 주제에 대해서는 오빠가 먼저 말을 꺼낼 때까지 아무 말도 하지 않았다. 이번엔 어디 공채 넣었다고 오빠가 알려주면 그때마다 잘될 거라고 열심히 응원만 해주었다. 오빠가 합격한 지금에서야 그 상황에 대해 이렇게 꼬치꼬치 궁금한 걸 물어볼 수 있게 된 거다. 그동안 조금 답답했는데 오빠가 합격한 것도 행복하고, 이렇게 마음껏 말할 수 있는 것도 속이 시원하다.

"오빠가 잘돼서, 좋은 데, 바라던 데 합격해서 정말 좋다. 내가 다 행복해요."

"깨비 일처럼 행복해하니 이거 감동인데? ……우리 깨비, 오늘 오빠 감동시키려고 작정하고 나온 건가?"

"그동안 오빠 은근히 마음 졸였잖아요. 그거 보답받은 게 나도 참 좋아서."

과장이 아니라 진짜 내 일처럼 행복하고 뿌듯하다. 지나가는 사람 붙잡고 막 이야기하고 싶을 만큼 자랑스러워!

"이제 오빠한테 궁금한 거 다 물어볼 거야."

"그동안 참았던 거야?"

나는 고개를 가로저었다. 그렇다고 하면 오빠는 미안해할 게 분명하니까.

"저도 엄청 바쁘거든요? 맨날 오빠 생각만 하는 줄 아셨나."

"깨비가 물어보면 얼마든지 알려줄 수 있는데. 아……. 미안. 오빠가 먼저 말했어야 했구나."

"이럴까 봐 아니라고 한 건데."

기어이 오빠 입에서 '미안' 소리가 나오게 됐다.

"취업은 예민하고 스트레스 받는 일이잖아요. 그거 준비하는 사람한테 신경 쓰이게 하고 싶지 않았어요."

게다가 오빠는 원래 자신에 대한 이야기를 미주알고주알 늘어놓는 타입이 아니다. 그런 사람이 진행 과정을 일일이 이야기하려고 하면 스트레스가 될 것이다.

"깨비한테 이야기하는 건 괜찮아."

"그래도 오빠는 그런 말 하면서 에너지 쏟는 거 좋아하진 않잖아요."

나는 오빠 손을 잡고 토닥였다.

"앞으로도 하지 마요. 오빠 체질에 안 맞는 거. 특히 이런 중요한 일 앞두고서는요."

그런 이야기 좀 안 해준다고 서운해하지 않는다. 오빠가 불편해하는 거 아는데, 그걸 알면서 듣고 싶지도 않다. 오빠가 불편한 수다를 떨어야 한다면 차라리 내가 안 듣는 게 더 낫다.

"이렇게 잘되고 나서 한꺼번에 듣지 뭐."

오빠는 내 눈을 아주 오랫동안 들여다보았다. 말은 하지 않았지만 눈빛에서 오빠의 목소리가 읽히는 것 같았다. 나도 가만히 마주 보고 있었다.

"이런 여자, 또 있을 거 같아요?"

"전혀. 절대 없어. 이런 멋진 여자는 우리 깨비뿐이야."

"그 사실 잊지 말아요, 선우빈 씨."

"그럼요. 절대 안 잊을게요."

"아유, 예뻐라. 우리 우빈 오빠."

나는 오빠의 등을 토닥였다. '궁디 팡팡' 대신이었다. 오빠는 순한 대형견처럼 얌전히 내게 귀여움(?)을 받았다.

"혹시 2차 시험 볼 때 무슨 일은 없었어요?"

"특별한 건 없었어."

하긴. 입사 시험장에서 무슨 일이 있을 리가. 있으면 큰일 나는 거지.

"아, 맞다. 나가면서 다른 사람이 통화하는 얘기를 본의 아니게 살짝 들었는데…….."

웃긴 이야기인지 오빠가 살짝 피식거렸다.

"노출을 주제로 시를 한 편 썼다고 하대. 그 사람은."

"우하하하! 논술 시험인데 시요? 대박이다. 진짜 발상의 전환이네. 여자예요, 남자예요?"

"여자였는데, 최종 면접 때 만났어. 시를 잘 썼나 봐."

얼굴 한 번 본 적 없는 여자에게 걸크러시를 살짝 느꼈다. 그 언니랑 우정 맺고 싶다.

"그 언닌 합격했어요?"

"글쎄. 그건 오빠도 모르겠어."

"아무튼 울 오빠, 그간 고생 많았어요. 합격 너무너무 축하해요."

"고마워. 우리 깨비가 응원해줘서 그런가 봐."

"다음엔 내가 오빠 응원받고 합격할 일만 남았네? 오빠, 조금만 기다려요. 나도 갈 거니까."

"같이 있을 생각 하니까 좋다. 기다릴게."

오빠가 나를 꼭 끌어안았다. 나는 그런 오빠 가슴에 이마를 폭 기대며 더 찰싹 오빠에게 달라붙었다.

"햇볕 냄새 난다."

코에 닿은 오빠의 보드라운 카디건에서는 청명한 햇살의 향기가 났다. 섬유 유연제 냄새도 살짝 섞여 있었는데 그마저도 좋았다.

"볕이 좋아서 옥상에 빨래 널었더니 그래."

오빠의 주부 9단 발언에 웃음이 터졌다.

선우빈이 빨래 바구니를 들고 옥상에 터덜터덜 올라가는 모습을 머릿속에 그려보았다. 빨래를 야무지게 팡팡 털어서 집게로 집고 하는 그런 광경을.

날씨는 맑음. 새파란 하늘 아래 편안한 옷차림의 선우빈이 약간 부스스한 머리를 하고 서 있다.

빨래를 너는 모습인데 화보가 따로 없다. 상상 속에서도 멋있네. 내 남자.

"사실 코트도 그냥 물빨래하고 싶은데, 이건 드라이클리닝 해야 하는 거라서 아쉬워."

"아하하하!"

귀여워 미치겠어, 울 빈이 오빠.

"오빠, S.H. 신입 자리 나한테 주고 전업주부 해요. 살림 솜씨가 야무지네. 내가 바깥일 할게. 나 오빠 충분히 먹여 살릴 수 있어요."

"그럴래?"

바깥일 하는 서민유와 집안 살림하는 선우빈의 미래 설계를 막 시작하려는데, 어떤 여자의 목소리가 들려왔다.

"우빈 오빠?"

오빠는 날 안은 상태 그대로 고개만 소리가 나는 쪽으로 돌렸다.

"계속 학교 다니셨구나. 저 이번 학기 복학했어요."

살갑게 구는 여자 목소리에 나도 시선을 올렸다.

"복학하고 처음 오빠 모습 보는 것……"

"허어머."

겁나 예쁜 여자였다. 연예인인가. 나도 모르게 이상한 감탄사가 나

올 정도였다. 예쁜 여자는 선우빈 품에서 내가 꿈질거리며 나오자 눈에 보일 정도로 흠칫 놀랐다. 오빠가 벌어진 내 입을 검지로 슬쩍 닫아주었다. 나 입까지 벌리고 여자를 감상했나 보다.

"큼큼."

민망해서 내가 시선을 아래로 깔고 큼큼거리는데, 오빠가 입을 닫아준 손가락으로 내 입 주변을 쓸었다.

'설마 침이라도 흐른 건가?'

오빠의 손가락이 지나간 자리를 내 손으로 다시 훑어 내렸다. 다행히 축축하진 않다.

"⋯⋯학기 시작하고 처음 보는 거라 인사하려고 왔어요. 그럼 갈게요."

예쁜이는 향수 잔향을 남기고 사라졌다. 오빠 후배인가. 인사만 하고 제 갈 길 가는 뒷모습조차 예쁘다. 뭘 먹어야 저렇게 생길 수 있는 거지?

"누구예요? 진짜 예쁘다."

선여진 이후 이렇게까지 넋 놓고 본 여자는 처음이다.

"⋯⋯후배."

오빠가 반 박자 늦게 대답했다.

"경영학과에 저렇게 예쁜 사람이 있었어요? 왜 난 못 봤지."

그때 불현듯 예전에 선미 언니가 했던 말이 생각났다.

"아아, 진세연. 경영학과에 진짜 예쁜 애 있어. 선우빈 여자친구."

"진세연?"

내 입에서 나온 이름에 오빠의 표정이 난감함으로 물드는 것이 보였다.

맞구나. 저 여자가 그 말로만 듣던 소문의 진세연이었어. 제길! 그런 줄도 모르고 넋을 놓고 봤어! 아유, 자존심 상해! 나는 주먹을 부들거렸다.

"깨비야, 서민유. 오빠는 정말 우리 민유밖에……."

"조용히 좀 해봐요."

게다가 예쁘다고 칭찬까지 하다니. 분하다. 흥, 선우빈, 저런 여자랑 사귀었다 이 말이지? 어?

우리는 방금 전까지만 해도 세상에 둘도 없을 것 같은 알콩달콩 커플이었다. 하지만 진세연이라는 존재의 등장으로 부유하던 핑크빛이 삭막한 회색빛이 되었다.

"아, 정말."

내 자신을 저주하고 싶다. 어쩜 넋을 잃다니! 너무너무 분했다. 마음을 가라앉히려 심호흡을 했지만 씩씩거리는 소리는 더 커졌다. 내가 어깨까지 들썩이기 시작하자 오빠는 한층 더 새파래진 얼굴로 나를 꽉 품에 안았다.

"오빠가 죽일 놈이다."

"알긴 아네? 아후! 내가 정말!"

"무조건 오빠가 잘못했어."

사실 오빠 잘못은 하나도 없었다. 내가 혼자 넋 놓고 혼자 충격 받은 거지. 그리고 과거 없는 사람 어디 있…….. 있다. 여기 나. 선우빈을 만나기 전까진 엄마 뱃속에서부터 지금까지 혼자였던 모태솔로 서민유가.

오빠가 과거에 애인이 있었다는 건 익히 잘 알고 있는 사실이었다. 하지만 그 사실을 그냥 알고 있는 것과 이전 애인이 알은척 인사하는 것을 눈앞에서 보는 것은 천지 차이였다.

"오빠, 나도 알고는 있었거든? 선우빈 과거. 근데 있잖아, 생각해보니까 나 너무 억울해서 안 되겠어."

"뭐가? 뭐가 억울해? 뭘 하려고……?"

오빠가 불안한 눈빛으로 물었다.

"나도 딱 한 명만 더 만나보자."

"뭐? 뭘 만나?"

오빠가 기함하는 얼굴을 했다.

"한 명만 더 만나보겠다고요! 안 그러면 화병 나서 쓰러질 거 같아!"

"민유야, 제발 그러지 마. 오빠가 잘못했어."

오빠가 곡을 하듯 말했다.

한참을 날 달래느라 절절매던 오빠는 협상 카드를 하나 꺼내 들었다.

"오빠 나가서 돈 벌게. 맞벌이하면서 살림도 오빠가 다 하고 아기도 내가 다 볼게."

그러니까 제발 다른 사람 만난다는 소리만 말아 달라며 오빠는 애원했다. 생각지도 못한 전개다. 오빠한테 조금 투정만 부리려던 거였는데.

"방금 그거, 정말이죠?"

독한 구석이 있는 서민유는 오빠의 공약을 휴대폰에 동영상으로 찍어두는 치밀함을 보이며 협상에 응했다.

12. 민유의 인생 카드

"정말 참으려고 했는데."

그러면서 나는 또 초콜릿 한 알을 집어 입에 넣었다. 과외 내내 꾹
눌러뒀던 욕망은 결국 과외 끝물에 터져버렸다. 여진이 마지막 문제
를 푸는 사이 나는 또 초콜릿 박스에 손을 대고야 말았다.

"쌤이 여태 먹은 것만 여덟 알이에요. 뭘 이제 와서. 쌤 먹으라고 둔
거라니까."

여진의 아빠, 즉 선우빈 씨 부친께서 출장 갔다 오신 길에 사 온 초
콜릿이라고 했다. 여진이 먹으라고 사 오셨을 게 분명한 이 초콜릿은
지금 내 입 속에서 녹아가는 중이다. 여진이 같이 먹자며 꺼내놓았는
데 나 혼자만 빠르게 흡입하고 있다. 조금 민망했지만 유혹을 뿌리치
기 힘들었다. 한 알에 5천 원 가까이 한다는 초콜릿답게 풍미가 상당
했으니까.

"쌤이 초콜릿을 국밥 먹듯 먹는 여잔 거, 우리 오빠도 알아요?"

"너 지금 나 협박하니?"

벌써 시누이 스킬을 시전하겠다는 건가. '언니 이렇게 많이 먹는 거 오빠 알아? 오빠, 언니 다 내숭이야!' 이러려고?

"아냐! 절대 아니에요! 그냥 물어본 거야!"

여진이 정색을 하며 부정했다. 미래의 어린 시누는 새언니에게 텃세 부릴 생각은 조금도 없어 보였다. 헛, 이런 생각을 하다니. 주입식 프러포즈 제대로 뇌새김 됐나 봐.

"쌤 먹는 거 진짜 맛있게 잘 먹거든요. 보고 있으면 배고파져. 그러니까 어설프게 내숭 떠느라 덜 먹고 그러지 마요."

"걱정 마. 너희 오빠도 당연히 알고 있지."

"오빠도 나처럼 언니 먹는 모습 좋아할 거예요."

"이러다 너한테 먼저 프러포즈 받을 것 같다?"

내 말에 여진은 내가 먹고 있던 초콜릿 상자를 손에 들고 내 앞으로 성큼 다가왔다.

"왜 이러는데?"

여진인 대답 대신 한쪽 무릎을 꿇으며 이렇게 말했다.

"서민유 쌤, 제 새언니가 되어주시겠어요?"

"으하하하하!"

깜찍한 프러포즈에 웃음이 터지고야 말았다. 한참을 깔깔거리던 나는 여진이 내민 초콜릿 상자를 받아 들며 말했다.

"윤허한다. 남은 여섯 알은 모두 내 것인가?"

"드시옵소서. 소녀는 한 박스가 더 있나이다."

그때 노크 소리가 들렸다.

"네. 들어오세요."

여진이 방문을 향해 씩씩하게 외쳤다.

"어머?"

당연히 가사도우미분일 줄 알았는데 모습을 보인 건 우빈 오빠였다.

"뭐 즐거운 일 있어? 웃음소리가 문밖까지 들리네."

여진은 제 오빠의 등장에 꿇고 있던 무릎을 펴고 원래 자리로 가서 앉았다.

"여긴 무슨 일이에요?"

나 보겠다고 결국 본가에 온 건가. 아힛. 난 몰라. 울 오빠 나한테 푹 빠졌구나?

"아버지 생신이라 왔어."

나 때문이 아니었군. 입으로 발설하지 않아서 다행이다. 엄청 창피할 뻔했어.

"그리고 여기는 이것 때문에."

오빠가 손에 들고 있던 작은 접시를 내려놓았다.

"어머, 예뻐라."

생자몽이 들어 있는 푸딩이었다.

"과외는 다 끝났어?"

"네. 지금 막 마무리했어요."

"그런데 여진이 넌 무릎 꿇고 뭐 하고 있는 거였어?"

여진은 제 오빠 질문에 머쓱한 미소를 지으며 날 흘끔 쳐다보았다.

"프러포즈요."

여진 대신 내가 대답을 했다.

"프러포즈?"

오빠의 질문에 나는 여진이 반지 대신(?) 내민 초콜릿을 한 알 더 입에 집어넣으며 다시 대답했다.

"자기 새언니가 되어달래요."

"이런, 선수 뺏겼네."

"여진이 혼낼 거예요? 우리 선우빈 씨, 표정이 묘하네."

내 농담에 오빠는 여진을 바라보며 살짝 굳은 얼굴로 '흐음' 하는 소리를 냈다. 여진은 오빠의 반응에 조금 움찔하며 날 방패 삼으려는 듯 내 곁으로 와 내 팔에 팔짱을 꼈다.

"진짜 동생 혼내려고요?"

나는 눈을 동그랗게 뜨고 물었다.

"설마."

오빠는 피식 웃으며 부정했다. 그리고 손을 뻗어 내 입가를 손가락으로 부드럽게 문질렀다.

"초콜릿 묻었어."

오빠의 이런 행위는 워낙 자주 보다 보니 별거 아닌 일이라 생각했는데, 옆에 있던 여진은 다른 모양이었다. 눈빛이 좋아하는 아이돌을 눈앞에 둔 것처럼 반짝반짝 빛이 났다. 왜 이렇게 강렬하게 쳐다보니. 처음 보는 것도 아니면서. 지난번에 봤을 때보다 더 좋아하잖아?

"언니, 이러니까 우리 진짜 가족 같아요."

그러면서 여진은 내 팔을 더 꽉 껴안아왔다.

"우빈이 아직 거기……."

그 순간 선우빈의 원본, 복사 붙여넣기 주인공이 방으로 들어오려다 우릴 보고 멈췄다. 사모님의 시선은 정확히 오빠의 손에, 그러니까 내 입술에 닿은 그 손에 꽂혀 있었다. 나는 눈도 깜빡이지 못하고 굳었다. 내 팔에 매달려 있던 여진은 움찔하더니 천천히 내게서 몸을 일으켰다. 오빠 역시 놀랐는지 일순 움직임을 멈췄다. 하지만 이내 다시 손가락을 움직여 내 입술을 마저 닦아주고는 모친을 향해 몸을 돌렸다.

"네. 이제 내려가요. 과외는 다 끝났고요."

선 자세 그대로 자신의 아들과 나를 당황한 눈동자로 번갈아 보시던 사모님이 나에게 시선을 고정하고는 조심스레 입을 열었다.

"민유 양, 혹시……."

바로 앞에 아들 두고 왜 저에게 물으시는 건가요. 아아, 눈 피하고 싶어.

"맞아요. 어머니 생각하시는 거."

나 대신 오빠가 부드럽게 미소를 지으며 대답했다.

"어, 어머. 어머. 너 그럼 그 공문……."

사모님이 무언가 말을 하려는 것을 오빠가 끊었다.

"그럼 과외도 다 끝났고, 아버지 아직 안 오셨으니까 민유, 집까지 데려다주고 올게요."

난 이렇게 놀랐는데 선우빈은 왜 저렇게 평온하지? 혹시 저 남자 일부러 어머니 부른 거 아냐?

"아니, 우빈아 잠깐만."

사모님은 오빠를 잡아 세우면서도 눈은 여전히 나와 마주치고 있었다.

옷을 예쁘게 입고 와서 그나마 다행이었다. 사람에겐 육감이란 게 존재한다더니, 나에게도 그런 날이 왔다. 육감적인 날. 오늘 왠지 모르게 원피스가 입고 싶어 간만에 잘 차려입고 학교에 왔다. 여진의 집에 오기 직전엔 무려 화장을 손보기까지 했다. 어쩌면 무의식으로 '어머니'에게 잘 보여야 한다는 생각을 했던 걸까. 그 덕을 톡톡히 보고 있는 중이다.

나는 지금 선우빈 씨 아버지의 생신을 축하하는 '가족 저녁 식사 자리'에 앉아 있다.

"민유 양, 오늘 애들 아빠 생일이라 가족끼리 식사하러 갈 건데, 같이 가요."

사모님의 제안에 나는 크게 당황했다. 내가 어찌 가족 식사에 끼어드느냐, 괜찮다 했지만 선여진이 적극적으로 날 섭외했다.

"언니도 가족이니까 함께 가요. 우리 엄청 맛있는 거 먹을 거예요."

사모님께서도 거들었다.

"민유 양, 갑자기 이러면 부담스러운 거 알아요. 그래도 이왕이면 한 명이라도 더 많은 사람이 축하하면 좋잖아?"

"제가 준비한 게 아무것도 없어서……."

"가족끼리 무슨 선물이야. 그냥 같이 가요, 쌤!"

여진의 말에 내 얼굴엔 한층 더 당황한 표정이 나오고야 말았다.

"그럼 우빈이 여자친구가 아니라, 여진이 선생님으로 함께해줘요. 그러면 좀 덜 부담스럽겠죠?"

사모님이 이렇게까지 말씀을 하면서 자꾸 권유하시는데 더 이상 거절할 수가 없었다. 나는 미안함이 가득한 얼굴인 오빠에게 괜찮다며 웃어 보이고 오빠의 가족들과 함께 예약한 장소로 향했다. 부친께서는 일을 마치고 이쪽으로 바로 오신다고 해서 가는 길은 그나마 조금 덜 부담스러웠다.

"여진이 넌 어쩜 엄마한테 말도 안 하고 혼자만 알고 있었니."

"나도 몰랐어. 안 지 얼마 안 됐단 말이야."

죄송합니다. 미리 말씀 못 드려서. 나는 괜히 큼큼거렸다.

"자, 물 마셔."

내 목 가다듬는 소리에 옆에 앉은 오빠가 물컵을 건네주었다. 나는 오빠가 내민 물을 마시다가 맞은편을 보았다. 두 사람의 시선이 초롱초롱 나를 향해 빛나고 있었다. 나는 얼른 고개를 숙였다.

저 눈빛, 마주치면서 물을 넘기긴커녕 뿜어낼 것만 같았다.

"선우빈이 간 거 아니지!"

급작스레 들린 격한 목소리와 벌컥 열린 문에 놀라는 바람에 사레가 들려 기침이 터져 나왔다.

"쿨럭! 으읍! 쿨럭, 쿨럭!"

"민유야!"

"쌤!"

"민유 양, 괜찮아요?"

세 사람의 목소리가 귓가에 합창처럼 들렸다. 나는 치마 위로 물을 질질 쏟아내며 기침을 내뱉어 댔다.

오빠가 재빨리 손수건으로 내 입가를 닦아주었고 냅킨으로 치마 위의 물을 털어냈다. 나는 오빠가 쥐여준 손수건을 오빠 손과 함께 꼭 잡고 입을 가렸다. 하지만 기침은 쉽게 멎지 않았다.

"쿨럭! 쿨럭!"

"왜 그렇게 벌컥 들어와요? 민유 양 놀랐잖아요!"

쿨럭이는 사이로 사모님의 핀잔 소리가 들렸다. 아, 창피해. 이건 또 무슨 꼴이야. 빌어먹을 망신살 녀석. 이제 떨어져 나간 거 아니었어?

"많이 놀랐어요? 아이고, 미안해요. 혹시 우빈이가 먼저 갔을까 봐 내가 너무 마음이 급했네."

"아니요, 괜찮습니다. 제가 원래 다른 사람들보다 잘 놀라……."

겨우 기침을 수습한 나는 고개를 들어 선우빈 씨 부친을 보았다.

"……어어?"

이게 무슨 일이야? 뭐지 대체?

"아까 전화로 아내한테 얼핏 들었는데, 우리 우빈이랑 교제 중이라고요?"

"S.H. 소프트 컴퍼니 사장님 아니세요?"

사장님의 질문과 내 질문이 동시에 나갔다.

"예. 제 여자친구예요."

사장님 질문엔 오빠가 대신 대답했고, 내 질문에는 사모님이 대답했다.

"맞아요. 그걸 어떻게 알았어요?"

얼이 빠진 듯한 내 반응에 여진이 놀라 물었다.

"혹시 쌤 가고 싶다는 회사가 S.H.였어요?"

과외 하면서 입사 이야기를 잠깐 한 적이 있었다. 물론 여진에게도 사명(社名)은 말하지 않았었다. 내가 고개를 끄덕이자 여진이 활짝 웃었다.

"꺄, 대박! 우리 진짜 인연이다, 쌤!"

"우리 회사에 오고 싶어 했어요?"

사장님의 말에 나는 맞은편에 앉아 있는 여진과 사장님의 얼굴을 보았다. 날 속이기 위해 S.H. 사장님을 섭외한, 일반인 몰래카메라는 아닌 것 같다. 오빠가 말했던 대로 여진은 정말로 사장님 복사 붙여넣기였다. 누가 봐도 피가 섞인, 그것도 아주 진하게 섞인 가족이었다. 이렇게 닮았는데도 가족이 아니라면 도플갱어밖에 없다.

"이전에 고등학교에서 강연하신 적 있으시죠? 저 그때 그 학교 학생이었어요."

"허허, 이런 우연이 있네."

"아빠, 울 쌤 대학 오기도 전에 S.H. 입사할 생각부터 했대!"

"그랬어요?"

"네. 강연 정말 인상 깊게 잘 들었거든요. 그거 듣고 제 친구는 사학과로 진학했어요. 저희 둘에게 인생강연 해주셨던 거예요. 그때 강연 끝나고 인사드리고 싶었는데 바로 가버리셔서……."

사장님은 쑥스러워하시며 '뭘 인생강연씩이나' 하고 껄껄 웃으셨다. 기분 좋으신 듯한 웃음이었다.

"여진이가 항상 과외 선생님 좋다고 칭찬을 했어요. 그래서 어떤 학생인지 보고 싶었는데, 이렇게 만나네요. 불편해하지 말고 많이 먹어요."

사장님 내외는 어린 나에게도 계속 존대를 하시며 정중하게 대해주셨다. 그런 정중함 속에 오빠와 나 사이를 좀 더 구체적으로 알고 싶어 하는 압박(?)이 느껴져서 그게 참 난감했다.

"……봄부터예요."

"응?"

"저희 이번 봄부터 사귀기 시작했어요."

호기심 가득한 두 분의 눈빛을 오빠도 느꼈던 모양이다. 그렇게 말하며 오빠는 제 접시에 있던 새우를 내 접시로 옮겨주었다. 애피타이저로 나온 새우 한 마리를 더 먹고 싶은 내 마음을 역시 빠르게 눈치 챈 선우빈 씨다.

"제가 많이 좋아해요."

"그래, 그런 것 같구나."

"저도 많이 좋아하는데요."

오빠에게 질 수 없지. ……가 아니라 저렇게 말하니까 꼭 오빠 짝사랑 같잖아! 나도 엄청 좋아하는데.

"우우, 닭살."

여진이 제 팔을 벅벅 긁었다.

"이렇게 예쁜 학생이 우리 막둥이 과외 선생님이었다니."

"과찬이세요."

사장님의 칭찬에 나는 얼굴을 붉히며 고개를 가볍게 흔들었다.

"저 녀석이 그런 부탁을 다 하기에 보통은 아니겠거니 했지만. 허허. 지 애인 예뻐서 그랬던 거구만?"

"그러니까요. 공문을 써달라니."

사장님의 말에 사모님이 맞장구를 쳤다. 하지만 나는 어리둥절했다. 부탁? 공문?

"공문이요?"

"아, 어머니. 아버지. 그건……."

우빈 오빠가 난감한 기색으로 부모님을 말린다.

"무슨 일이에요?"

오빠를 보며 내가 물었다.

"뭔데? 뭔데요? 나만 빼놓고!"

여진도 합세했다.

"알게 하고 싶지 않았는데. ……그 CCTV 화면 얻게 해달라고 두 분께 부탁드렸었어."

"어머나."

CCTV라면 그 후궁들 거? 선우빈 덕분에 CCTV 화면 얻었다더니, 이런 배경이 있었을 줄이야. 판검사 찾아가서 영장 받아 온 게 아니라 부모님 찾아가서 공문을 받아 온 거였다. 오빠 성격에 누구한테, 그것도 부모님께 그런 부탁 절대 안 할 것 같은데, 진짜 감동이었다.

'근데 공문으로 어떻게 화면을 받은 거지?'

공문만 보내면 주는 건가? 내가 궁금해하는데 사장님께서 말씀하셨다.

"허허허, 그냥 부탁이 아니었지. 부르르 떨면서 관대 학생 뽑지 않겠다고 협박하라는데, 원 녀석도."

"네에?"

"아버지!"

"아차."

사장님은 순간 당황한 얼굴이었다.

"관대를 뽑지 않겠다고요?"

이건 또 무슨 말이야? 그 공문에 대체 무슨 말이 쓰여 있던 거야? 내 시선이 우빈 오빠를 향했다.

"깨비야, 그냥 넘어가면 안 될까?"

내 입을 막으려는 듯 오빠는 먹기 좋게 썬 스테이크 한 조각을 내 입에 넣어주었다.

"응. 안 돼요."

하지만 나는 고기만 쏙 받아먹고 바로 고개를 저었다.

"별거 없어요. 학교에서 CCTV 안 보여주겠다고 했었다면서요? 그거 보여달라고 한 거예요. S.H. 대표 이름으로, 관화대 학생들의 악의적인 행위로 피해를 입은 동문 학생이 있는데, CCTV가 중요한 증거가 될 것 같으니 협조 부탁한다고요. 인터넷으로 많이 유명해진 사건이라 그대로 두면 학교 이미지도 실추될 수 있어 곤란할 게 분명하니, 조용히 해결하자고 했죠."

사장님이 친절하게 설명해주셨으나 아까 들었던 '관대 학생 뽑지 않겠다'는 대목이 빠졌다.

"관대 학생 뽑지 않겠다는 건 무슨 말씀이세요?"

"아, 그게……."

사장님은 아주 난감한 표정을 하셨다. 말씀하기 어려운 부분인 것 같아 죄송했지만 난 꿋꿋이 물었다. 내가 관대 학생이기도 했고, 나 때문에 일어난 일이었기 때문이다. 당시에도 어떻게 화면을 얻었는지 궁금했지만 오빠가 곤란해하는 것 같아 더는 묻지 못했었다. 하지만 지금 여기까지 왔으니 들어야겠다.

"하아……. 경찰을 통해 요청할 수도 있지만 그렇게 사건을 키우고 싶진 않다, 무엇보다 관대 학생이 피해를 입은 상황 아니냐. 이렇게 말을 하긴 했지만 학교 측이 움직일 만한 결정적인 카드가 필요했죠. 아무래도 CCTV 화면을 보여준다는 건 예민한 문제니까요."

사장님은 잠시 말을 끊고 차를 한 모금 마셨다.

"그래서 고민 끝에…… 안 보여주면 앞으로 관대 학생들 채용 않겠다고 했지. 익명으로 남을 비방하는 사람들을 감싸주는 학교의 학생들을 채용할 순 없다고. 결국 학교 측에선 외부인이 아니라 관대 학생인 서상후 군에게만 보여주는 조건으로 수락했고요."

협박이었구나! 아무리 중소기업이라고 해도 S.H는 업계에서 어느 정도 입김이 있는, 제법 유명한 회사였다. 게다가 이젠 복지왕 회사로 대중적으로도 꽤 알려져 있었다. 이런 S.H.가 대놓고 그 학교 학생들은 안 뽑겠다고 하면 대체 무슨 일이 있었는지 네티즌 수사대들이 눈에 불을 밝히고 사건의 내역을 캐고 다닐 것이었다.

"이게 참, 권력 남용이나 다름없으니까 난감하긴 했는데."

그러면서 사장님은 다시 물을 드셨다.

"평생 부탁이라고는 안 하던 아들놈이 찾아와서 머리를 조아리니 쉽게 내칠 수도 없고."

날 위해 그렇게까지 움직인 우빈 오빠에게 고맙고, 본의 아니게 권력을 휘두른 셈이 된 사장님껜 죄송해서 할 말을 잃었다.

"······정말 죄송합니다."

"이게 왜 민유 양이 사과할 일이야? 어서 고개 들어요."

자작글 사건은 후궁 및 악플러들의 혐의가 인정되었고 나는 고소인 진술을 위해 출두해달라는 요청을 받아 며칠 전에 경찰서에 다녀온 길이었다. 선처하지 않겠다고 마음 굳게 먹길 잘했다. 만약 그냥 넘어갔다면 이렇게까지 해준 오빠와 오빠 부모님께 엄청나게 더 죄송해졌을 것이다.

"내가 그렇게 해달라고 부탁드렸어. 학교 측에선 혹시나 문제가 커질 걸 우려해서 그냥 덮으려고 하는 것 같았거든. 웬만한 말로는 까딱하지 않을 것 같아서 그런 거야."

단호한 표정으로 오빠가 설명을 덧붙였다.

"괜히 오빠랑 부모님만 힘들게 해드린 것 같아 죄송해요. 상후가 찾은 자료로도 충분했을 텐데······."

"그랬을지도 모르지. 하지만 확실하게 하고 싶었어."

심장이 울컥했다. 지금이 오빠 가족들과 함께 식사하는 자리만 아니었어도 오빠를 꼭 껴안아줬을 거다. 눈물이 차오를까 봐 나는 괜히 입을 삐죽였다.

"나도 관대생인데 나까지 입사 못 할 뻔했네?"

"설마. 그게 안 됐으면 다른 길 찾았을 거야."

그러면서 오빠는 삐죽 튀어나온 내 입술을 엄지와 검지로 살짝 잡았다가 놓았다. 맞은편 관중석에선 '캬' 하는 탄성이 작게 터져 나왔다. 본의 아니게 어른들 앞에서 애정행각을 벌였다 싶어 부끄러워졌다.

"난 이번 일로 아들을 다시 보게 됐어요. 뭔가 좀 더 가족이 된 기분이랄까. 저 녀석이 워낙 냉해서. 그리고 그 일이 정말 불합리하다 생각했다면 아무리 아들의 부탁이라도 절대로 써주지 않았을 거야. 우리 아내도 말렸을 거고."

그러면서 사장님은 '난 아내 말은 잘 듣거든' 하고 껄껄 웃으셨다. 그 말에 사모님과 여진도 고개를 끄덕이며 큭큭거렸다. 가족들의 웃음으로 조금 분위기가 유해졌다.

"그나저나 우빈이가 평소에 민유 양을 깨비라고 부르나 보지?"

"예? 어떻게 아셨어요?"

"방금 전에 우빈이가 말했는데."

아! 맞다. 아까. 어머, 이젠 깨비가 익숙해서 그렇게 부르는 줄도 몰랐다. 홍선, 철수에 이어 깨비가 내 이름으로 등재되는 순간이다. 이름은 하나지만 별명은 서너 개라는 노래가 있더니 그게 내 이야기였나 보다.

"민유 양은 우리 우빈이를 뭐라고 부르나?"

사장님의 질문에 맞은편 세 사람의 눈동자가 기대에 차 초롱거렸다. '자갸'나 '내꼬', '내 사랑', '마이 스윗 하트' 같은 엄청 닭살스러운 애칭 정도는 나와야 저 기대치를 충족시킬 수 있을 것 같은데.

"그냥 오빠라고……."

내 대답에 역시나 세 사람은 눈에 띄게 실망을 했다. 기대에 부응하지 못해 죄송합니다.

"'빈이 오빠' 하고……."

"꺄, 어머 세상에. 귀여워라."

"우빈이가 시켰어?"

"언니, 아우 이름 끝만 부르고, 뭐야아."

세 사람은 서로의 팔을 탁탁 쳐가면서 좋아했다. S.H. 사장님의 유쾌한 경영마인드는 가정에서 나오는 모양이다. 이런 집안 분위기 속에서 사장님 표현을 빌리자면 '워낙 냉한' 선우빈이 나왔다니 신기하기 짝이 없다. 어? 잠깐. 그러고 보니, 선우빈 씨 S.H. 사주 아들이라는 거잖아! 헉. 이런 중요한 사실을 지금에야 깨닫다니. 선우빈은 선우빈, S.H. 사장님은 S.H. 사장님. 이렇게 별개로 생각하고 있었다. 사실과 사실을 자연스레 연결하는 내 문과적 두뇌는 소멸 직전인 모양이다.

"깨, 민유야?"

자연스레 깨비로 날 부르려던 오빠가 가족들의 눈치를 보며 이름으로 불렀다. 가족들의 반응이 오빠도 부담스러웠나 보다.

"어어. 오빠."

"조금 민망하지? 그래도 좋아서 그러시는 거니까 네가 조금만 이해해줘."

우빈 오빠가 떠들썩한 세 사람의 시선을 피해 작게 내 귓가에 속삭였다. 내가 갑자기 멍해진 게 가족들의 호들갑 때문에 민망해서라 생각한 모양이다.

"저 예뻐해주시는 건데요. 하나도 안 민망해요."

"왜 이젠 깨비라고 안 부르니? 민유 양도 편하게 불러요. '빈이 오빠' 하고."

둘이 속삭이고 있으니 사장님이 디저트 접시 주변을 포크로 통통 두드리며 싱글벙글한 얼굴로 오빠를 놀리고(?) 있다. 앞으로 사장님이 자신의 아들을 종종 '빈이 오빠'라고 부를 것 같다는 느낌이 강하게 왔다.

"놀리지 마세요. 우리 깨비 부끄럼 많아서 이러면 편히 못 있어요."

어이고. 선우빈이 부모님과 쿵짝을 맞추고 있다.

"아들 키워봤자 소용없다더니. 부모보다 제 여자친구 챙기는 것 좀 봐. 아휴, 여진이 넌 제발 네 오빠 닮지 마라."

사모님의 핀잔에 여진이 답했다.

"왜에? 난 오빠 같은 남자랑 결혼할 거야. 전형적인 차도남이잖아! '난 차가운 도시 남자. 하지만 내 여자에겐 따뜻하겠지' 이거!"

여진이 부모님 위세를 빌려 제 오빠 놀리기에 동참을 했다.

"이거 분위기가 참."

오빠는 난감한 듯 웃었지만 그리 싫지만은 않은 눈치였다.

"잠깐만. 민유 양, S.H. 입사하고 싶다고 했지? 올해 지원했었나?"

"아니요. 전 아직 3학년이라 내년 공채에 지원할 예정입니다."

"아, 이런. 내년에도 또 재미를 놓치겠네."

사장님이 진한 아쉬움이 묻어나는 말투로 말했다. 어리둥절한 내게 사모님이 대신 설명을 해주셨다.

"2차 논술 시험지, 이이도 검토하거든. 지원자들 글 보는 걸 엄청 좋아해."

"별별 말이랑 생각이 다 나와서 그거 보는 재미로 1년을 기다리는데 말이야. 올해 아들놈이 입사 지원했다기에 혹시나 말 나올까 봐 시험장 근처에도 안 갔어. 2차 시험지도 안 봤고."

조금이라도 말이 나올 빌미를 차단하기 위해 사장님은 3차 최종 면접에도 빠지셨다고 했다.

"태경 같은 대기업 가라니까 왜 이런 중소기업으로 와? 월급도 여기보다 많을 텐데 말이야. 너 거기 면접도 갔었다면서."

"그래도 직원 복지가 더 좋은 건 S.H.니까요."

"……보는 눈은 있어가지곤."

오빠도, 사장님도 대단하시구나. S.H. 사주 아들이 인턴 됐다기에 신분을 숨긴 실장님 같은 걸 생각했는데 똑같이 시험 보고 일반 사원으로 들어간 거였다.

"혹시나 기대했다면 민유 양도 빨리 마음 접어요. 난 자식이라고 내가 가진 걸 고스란히 대물림할 생각도 없고, 뭔가 특혜를 주는 일도 없을 거니까."

전혀 기대를 안 했다면 거짓말이겠지. 그래도 이렇게 공사 구분 확실한 사장님이라니 믿음이 가고 S.H.가 더욱 좋아졌다. 강연을 듣고 사장님께 반했었는데 실제로 뵙고 나니 더 존경하게 되었다.

"그럼요. 당연한 말씀이세요. 그리고 아무것도 안 주신다니 오히려

다행이에요. 사실 오빠가 S.H. 사주 아들인 거 알고 나니까 순간이나마 좀 멀게 느껴졌었거든요. 빈이 오빠에게 아무것도 안 주셔도 돼요. 오빠는 지금도 저한테 아주 벅차고 완벽한 사람이에요."

오빠가 테이블 아래로 내 손을 꼭 잡아주었다.

"그리고 저도 S.H. 정도는 제힘으로 들어갈 수 있게 공부 열심히 하고 있습니다. 내년에 꼭 S.H.에서 뵐 거예요."

자신감 넘치는 내 포부에 사장님과 사모님은 조금 놀란 얼굴이었다. 다시 한 번 말하지만 난 고등학교 때 이미 이 회사에 입사하기로 결심했다. 2차 시험을 위해 책이나 기사도 이것저것 꾸준히 읽고 있었다.

"우빈아, 너 1년 동안 정성 다해서 민유 양 모셔야겠다. 졸업하면 민유 혼자 학교 다니는데 이런 똑소리 나는 예쁜 아가씨를 주변에서 가만 두겠니?"

사모님의 격한 칭찬에 내 광대가 방글 올라갔다. 꺄하하하핫. 아우, 어쩜 좋아 표정 관리를 못하겠어!

"안 그래도 벌써 고민이에요."

좋아서 표정 관리 안 되는 내 얼굴을 보며 오빠가 방긋 웃었다.

"우리 빈이 오빠는 좋아 죽네?"

역시나.

사장님은 아들을 빈이 오빠라 부르기 시작했다.

13. 선우빈과 함께하는 마지막 학기

　경영학과는 발표 수업이 많았다. 그런데 채점 기준은 교수님마다 상이했다. 기여도나 과제 수행력에 따라 학생 개별로 점수를 주는 교수님도 있고, 무조건 협동을 외치며 조별로 점수를 주는 교수님도 계셨다.

　조별 과제는 이탈자가 나오는 경우가 꽤 있었다. 그랬을 때 채점이 전자의 경우라면 상관없지만, 후자인 경우 열심히 한 학생들은 고혈압에 걸리게 된다. 하지만 안타깝게도 '협동심'을 요구하며 후자의 방식으로 점수를 매기는 교수님들이 상당수였다. 그런 이탈자들도 잘보듬고 이끌어가는 것이 바로 조별 과제의 의의라는 게 이유였다.

　교수님, 조별 과제를 하면 공산주의가 왜 망했는지 알 수 있는 거래요.

　그래서 나는 발표가 없는 통계나 재무 수업을 위주로 듣는 그런 얍

삽함으로 3학년 마지막 학기를 버티는 중이었다. 이수 학점을 생각해보면 내년엔 발표 수업을 피하기 힘들 것이 분명했다. 그러니 올해만큼이라도 편한 수업만 들어보자는 생각이었다. 오빠와 함께하는 마지막 학기니 조금이라도 여유를 가지고 싶어서 그랬는데, 예상치 못한 복병이 숨어 있었다. 바로 '범죄와 현대사회' 교양 수업이었다. 재미있을 것 같아 신청한 교양은 5명에서 6명이 한 조가 되어 발표하는 방식으로 수업이 진행되었다. 범죄에 대한 교수님의 재미난 강의를 기대했던 나로서는 맥이 탁 풀렸다. 수업을 빼려고 했지만, 이름순으로 조를 짜겠다는 말에 그대로 두었다. '서' 씨 서민유가 '선' 씨 선우빈과 같은 조가 될 것 같아서였다. 다행히 예상대로 선우빈과 같은 조가 되었지만, 오빠가 이번 달에 취업을 하면서 12월은 나 혼자만 수업을 듣게 되었다.

우빈 오빠가 취업하기 전에 우리 조가 발표를 했으면 좋았겠지만, 순서 정하는 제비뽑기에서 우린 마지막 조가 되고 말았다. 기말시험 코앞에 하는 발표라니. 타이밍 참 별로다. 시험공부랑 겹치기 전에 조금씩 준비를 해두는 게 좋을 것 같았다. 조원들과도 미리 해두자고 합의를 봤는데, 초반에 조금 준비한 것 말고는 아직 감감무소식, 진척이 없다. 하하하. 발표가 다 그렇지 뭐. 기간이 가까워지니 쪼이는 맛이 있지 않은가. 빨리 털어내고 기말고사 대비를 해야 했다.

5명으로 구성된 우리 조는 경영학과, 중문과, 행정과, 무역과, 컴공과가 어우러진 인문대, 상경대, 공과대의 다채로운 전공 다발이었다. 각자 전공 소개를 하다가 당연한 것처럼 PPT는 내 몫이 됐다. 발표는 원래 선우빈이 하기로 했으나, 취업으로 아예 수업 참여가 불가능하게 되어 자료 조사로 빠졌다. 그래서 오빠 다음으로 연장자인 중문과 오빠가 발표를 맡기로 했다. 그리고 나머지 스물한 살 2학년 막내 두 사람도 자료 조사 담당이었다.

"오늘까지 자료 주기로 했는데."

흠. 요것들 봐라. 자정이 넘었는데도 일전에 우빈 오빠가 넘겨준 것 말고는 아무것도 온 자료가 없다. 조가 편성되고 첫 대면을 했을 때 우리는 세 가지를 외쳤다. 잠수 타지 말기, 하기 싫음 빨리 백기 들고 나가기, 민폐 끼치지 말기를 포명했던 우리 13조였다. 다들 의욕에 차 공언했는데 지금은 공허한 외침이 되어버렸다. 나는 단체 채팅방에 메시지를 띄웠다.

「자료 왜 안 보내?」

15분 뒤 알림음이 들렸다.

「누가 아직도 자료 안 보냈어? 아무리 늦어도 오늘까지는 꼭 보내기로 했잖아.」

발표 담당인 중문과 송재진 오빠였다. 우리가 방금 쓴 대화 위로 자료 보내라는 닦달과 애원이 가득한 채팅 내용이 보인다. 발표 수업만 하면 퍼진다는 고질병에 우리 조원도 걸린 모양이다. 나와 우리 빈이 오빠, 재진 오빠를 제외한 나머지 두 사람이 말이다. 교양 수업 시간 내내 휴대폰을 놓지 않으면서 다음 날만 되면 휴대폰을 집에 두고 와서 연락이 안 됐다, 친척이 아파서 병원에 다녀왔다, 자료는 대충 찾았는데 정리해서 주겠다 등등. 이걸 정말 믿을 거라 생각하고 말하는가 싶은 거짓말이 한가득이었다.

「둘 다요.」

저 말 이후 내가 잠들 때까지 둘은 아무 대답이 없었다. 아침에 눈을 뜨자마자 휴대폰부터 확인한 나는 안도의 한숨을 쉬었다.

「늦어서 죄송해요. 자료 보냈어요.」

자료 담당 무역학과 소하은의 메시지였다. 메시지를 읽고 메일함을 보니 첨부 파일이 있는 메일이 하나 와 있었다. 보낸 시간은 내가 독촉을 한 뒤 30여 분 만이었다.
"그나마 한 명은 했고, 한 명은 메시지를 읽고 씹었구나."
나는 급하게 메일을 열었다.
"어후."
첨부 파일을 보자 명치에서 슬슬 짜증이 치미는 느낌이 들기 시작했다. 대충 봐도 처참한 자료였다. 모양새가 아마 연락을 받고 대충 인터넷 지식들을 긁어온 듯했다. 자료 정리는커녕 읽어보지도 않았는지 자료의 순번부터 엉망이었다. 1이 아닌 3으로 시작하는 문장에 뒤죽박죽된 내용. 거기에 출처 하나 표기되어 있지 않았다.
"갓 입학한 새내기가 해도 이것보다는 낫겠다."

자료가 오면 두 사람의 것을 잘 취합해서 재진 오빠에게 넘겨주고 빨리 PPT도 만들어야 하는데.

'나와 재진 오빠에게 업혀갈 속셈인가. 아님 다 같이 D져보자는 걸까.'

주변 상황에 무관심한 편인 난 원래 전투력이라곤 100 중 40 정도밖에 안 되는 여자였다. 하지만 학점이 걸려 있으면 단호박을 열 개는 먹은 여전사로 변신했다. 인턴 경험이니, 해외 연수니 그런 게 전혀 없는 상황에 S.H.에 입사하려면 최소한 학점이라도 든든해야 했다. 물론 S.H.는 이력서의 기재 내용보다 자기소개서에 비중을 더 두고 있긴 하지만 만약 동점이 나온 경우 학점이 더 높은 사람을 우선순위로 둘 터였다.

"안 받는다 이거지."

또 다른 자료 담당 성상범은 아예 전화도 받지 않았다. 이어서 하은에게 전화했지만 역시 전화를 받을 수 없다는 연결음만 들렸다. 교양이라고 쉽게 본 건지, 아님 나와 재진 오빠가 다 할 것 같으니 무임승차를 하려는 것인지. 그네들의 속내는 알 수 없었다. 하지만 이 상황은 아침부터 내 혈압을 올리는 데에 탁월한 효과를 발휘하고 있었다.

나는 급히 재진 오빠에게 전화를 걸었다. 어젯밤 자료가 오지 않았다는 소리에 전전긍긍하고 있을 거였다. 재진 오빠는 이른 시간임에도 전화벨이 채 세 번 넘어가기도 전에 전화를 받았다. 역시나 연락을 기다리고 있었나 보다.

[어떻게 됐어?]

"상범인 아직도 연락 없고 하은이 보내준 것은……. 후, 독촉 받고

급하게 한 30분 인터넷 뒤진 자료가 전부네요."

[하, 그 새끼들 처음엔 하는 척이라도 하더니.]

"그래서 말인데요, 오빠, 그냥 우리끼리 하는 건 어떨까요? 걔들 둘계속 이런 식일 것 같아요. 시간도 없고. 차라리 걔들 빼고 지금부터 우리 둘이 같이 자료 찾고 발표 준비를 하는 게 더 빠를 것 같아요."

[그래. 그게 낫겠다. 오늘 학교에서 좀 보자. 언제 공강이야?]

재진 오빠와 말이 통해 다행이었다. 수업 시작 전에 만나 찾을 자료를 분담하기로 결정한 뒤, 나는 바로 대화창에 빠르게 말을 입력했다.

「하은아, 너 자료 읽어보지도 않았지? 중복되는 내용에 순번은 엉망이고 출처도 없네. 정리 잘해서 준다고 시간 더 달라더니 그게 이거야? 그냥 인터넷 지식글 복사 붙여넣기 하는 데도 그렇게 시간이 필요했어?」

「이런 식으로 할 거면 그냥 하지 마. 더 이상 기운 빼기 싫다.」

「아직까지 상범이는 연락도 없네. 빠질 거면 진작 말을 하던가. 대책도 못 세우고 이게 무슨 무매넌지 모르겠다. 상범이 너 빠지는 걸로 알고 진행할게.」

내 말에 이어 재진 오빠도 바로 메시지를 띄웠다.

「교수님께 셋이 한다고 말씀드릴 거니까 하은이 너도 그냥 그만둬라.」

그 말을 끝으로 오빠는 단체 채팅방을 나갔다. 나는 그간 우리가 했던 대화 내용들을 모두 캡처한 뒤에 방을 나갔다. 혹여 교수님이 협동심을 들먹이며 허락을 안 해주실 경우, 우린 할 만큼 했다고 증거자료로 보여드릴 셈이었다.

"속 시원하다."

넷이서 하던 걸 재진 오빠랑 둘이서 바싹 할 생각을 하니 조금 걱정
됐지만 불순물을 걷어내니 차라리 속은 후련했다. 나는 홀가분한 마
음으로 방을 나섰다.

"억! 깜짝이야!"

주방으로 향하던 난 엄마를 도와 아침 준비를 하는 호연 오빠를 보
고 놀라 발을 굴렀다. 맞은편 방에서 모습을 드러낸 언니는 요란한 내
탭댄스를 감상하더니 '앤 또 아침부터 왜 이 난리인가' 하는 표정이
다.

"언니, 호, 호연, 호연 오빠가······."

인상을 찌푸리는 서민아 씨에게 나는 놀란 이유를 설명했다. 내 말
에 언니는 고개를 돌려 주방 쪽을 한 번 흘긋 보고는 '아아' 하고 작게
감탄사를 내뱉고 욕실로 향했다.

"언니 알았어?"

"아니. 내가 어떻게 알아."

언니는 호연 오빠가 우리 집에서 아침을 차리고 있는 것에 전혀 신
경 쓰지 않았다.

"근데 왜 그렇게 태연해?"

"오빠가 우리 집에서 밥 먹는 게 하루 이틀이냐. 놀라는 니가 더 이
상하다."

그러면서 나의 혈육은 잠옷 자락을 펄럭이며 욕실 안으로 들어갔
다. 영감님과 절친인 호연 오빠는 언니 말대로 우리 집을 제집 드나들

듯 하던 위인이었다. 그러니 놀라는 게 이상할 수도 있겠지만, 영감님이 결혼한 이후 호연 오빠 발걸음도 자연스레 예전보다 뜸하던 차였다. 잠시 활동을 쉬었다가 재개한 건가. 나는 부엌으로 들어갔다.

"오빠. 그냥 호적 들고 우리 집으로 들어와요. 와서 나 용돈도 좀 주고."

호연 오빠는 식탁 위에 수저를 놓다가 내 말을 듣고 웃었다.

"용돈 떨어졌어? 내가 좀 줘?"

오빠의 말에 나는 손을 배꼽 위로 곱게 포갠 뒤 90도 인사를 했다.

"만수무강 하시옵소서."

유호연 님은 시원하게 웃고 사임당 여사를 하사했다. 나는 냉큼 받아 주머니에 넣었다. 미소가 절로 지어진다. 방금 전까지만 해도 머리 끝까지 차올랐던 조별 과제의 분노가 5만 원에 깨끗이 잊혔다. 감정 위에 자본이 있다.

"엄마, 식빵 있어? 있으면 나 그거 좀 구워줘요."

"밥 안 먹고?"

"응, 먹을 시간이 없어. 최대한 빨리 학교 가야 해서."

"서 씨 집안 먹순이가 어쩐 일로 밥도 못 먹고?"

호연 오빠가 놀라 물었다.

"조별 과제 하는데 자료 담당자가 퍼져서요. 그거 수습해야 해요, 어르신. 지금 빨리 준비하고 나가야 합니다."

나에게 있어 우리 오빠는 영감님, 호연 오빠는 어르신이었다.

"조별 과제라. 대학생 탈모 원인 1순위지, 그거."

"어르신도 잘 아시네요. 그래서 전 탈모가 제대로 오기 전에 탈모

원인을 잘라내었습니다. 그 덕에 학교 빨리 가봐야 해요.”

“먹순이가 밥 안 먹으면 어떡해? 밥 먹고 가. 내가 학교까지 데려다줄게.”

“진짜? 진짜? 어르신 회사는요?”

“너 데려다주고 가도 돼.”

“예쓰! 성은이 망극하옵니다. 엄마! 나 밥!”

씻고 옷까지 잘 차려입고 나온 언니도 합세해 온 가족이 다 같이 아침을 먹었다. 통학 시간 때문에 언제나 내가 먼저 먹고, 그다음으로 출근하는 언니가 먹었었다. 하지만 오늘은 호연 오빠 덕분에 간만에 식탁이 다 찼다.

“학교 오랜만이네.”

관대 출신 호연 오빠가 저 앞에 보이는 학교 건물을 보며 추억에 젖었다. 조수석에 앉은 언니는 슬쩍 졸고 있었고 뒷좌석에 앉은 나는 간만에 편하게 등굣길을 즐기고 있었다.

“어르신, 여기 떠난 지 10년 됐던가요?”

“아직 안 됐어.”

“아차, 어르신은 군대 갔다 왔으니까 아직 10년은 안 됐겠구나. ……어?”

그때, 창밖으로 낯익은 뒷모습이 보였다. 큰 키에 코트를 입고도 감출 수 없는 저 매끈한 몸매. 사람들이 모두 흘끗거리는 인물. 내가 아는 한 이 학교에 저런 섹시한 뒷모습은 내 남자 하나뿐이다. 출근해야 할 사람이 왜 학교 입구를 지나고 있는지는 모르겠지만, 그건 만나서 물어보면 되는 일이다.

"어르신, 스톱! 스톱! 저 여기서 내릴게요!"

내 외침에 언니가 졸다가 깼다.

"깜짝이야. 화통을 삶아 먹었나."

"어르신, 고맙습니다! 덕분에 편하게 왔어요!"

"별말씀을."

나는 차에서 총알처럼 튀어나가 마구 달렸다. 입김이 하얗게 퍼지는 날씨지만 오빠를 발견한 기쁨에 전혀 추운 느낌이 들지 않았다.

"빈이 오빠!"

내 목소리에 우빈 오빠가 뒤를 돌았고 나는 그대로 달려가 품에 안겼다.

"꺄앗! 역시! 여긴 어쩐 일이에요?"

"교수님께 드릴 서류가 있어서 회사에 양해 구하고 왔어."

오빠도 팔로 내 등을 감싸 안았다. 그대로 오빠 품에 안겨 있는데 주위 사람들의 따가운 시선이 느껴졌다. 아이고, 내 정신 좀 봐. 등굣길에 이런 애정 행각을. 내가 오빠를 안은 팔을 풀자 오빠도 내 등에서 팔을 내리고 자연스레 내 손을 잡았다.

"깨비한테 비밀로 하고 몰래 와서 놀래주려고 했는데."

"실패해서 어쩌죠?"

"실패했지만, 이렇게 일찍부터 만나니까 좋네."

아, 힐링된다. 선우빈한테서 피톤치드라도 나오나 봐. 나는 오빠 입에서 새어 나오는 입김을 보며 말했다.

"오빠, 춥겠다. 우리 빨리 건물로 들어가요."

"응. 근데 깨비야. 혹시 저기 저 검은 차 안에 계신 분, 깨비 언니 맞아?"

오빠가 가리키는 방향으로 고개를 돌리자 아직 떠나지 않고 그 자리 그대로 머물러 있는 호연 오빠의 차가 보였다. 내 시선에 언니와 오빠가 손을 흔들어 보였다.

"언니 맞아요. 어떻게 알았어요?"

"뭔가 시선이 느껴져서 혹시나 했지. 운전석에 계신 분이 깨비 오빠?"

뭐라고 해야 하지. 형부가 됐었을지도 모르는 사람? 어쩌면…… 될지도 모르는 사람?

"우리 친오빠 소꿉친군데, 친오빠나 마찬가지인 어르신이에요. 오늘 나 학교까지 태워다 주셨어요. 참, 오빠 선배예요. 우리 학교 경영학과 나왔어요."

"그럼 가서 인사 드려야겠네."

"그럴래요?"

오빠와 손을 잡고 차로 다가가니 문이 벌컥 열리며 언니가 튀어나왔다.

"언니, 내 남자친구야."

"처음 뵙겠습니다. 선우빈이라고 합니다."

"어어, 네에."

언니는 우빈 오빠 얼굴에서 눈을 떼지 못한 채 멍하니 인사를 받았다.

"사진으로만 봤는데, 실물이 훨씬 낫네요. 서민유가 찍었던 사진인가 보네."

선우빈 칭찬에 서민유 악평을 같이 시전하는 서민아 씨였다.

"우리 막둥이가……."

언니가 말을 시작하는데 뭔가 기분이 엄청 서늘해졌다. 이 느낌이 썩 낯설지가 않아 언제 느꼈는지 곰곰이 생각해보는데, 이내 한국대 축제가 생각났다. 미미 시스터즈가 떠오르는 순간 막을 새도 없이 언니의 다음 말이 이어졌다.

"식욕 말고는 많이 부족해요. 그래도 애가 착하고 나름 똑똑해서 부끄럽게 할 일은 없을 거예요. 만나려면 식비가 많이 들겠지만 자기 밥값은 알아서 잘 벌 테니까, 너무 걱정 말고 우빈 군이 많이 보듬어줘요. 계속 보면 가끔 귀여울 때도 있어요."

혈육의 진지하고도 솔직한 조언이었다. 언니를 따라 내린 호연 오빠가 공감한다는 듯 미소를 지으며 고개를 끄덕였고, 나는 민망함에 얼굴이 터질 것 같았다.

"언니! 서민아 씨, 왜 그래애!"

"막둥이 보낼 생각하니까 언니 마음이 허해서 그래."

허하다니? 허하다니! 허한 사람이 그래? 우리 언니, 영감님하고만 물어뜯는 사이 아녔어? 이렇게 모두까기 인형처럼 다 까는 거야? 나 빨리 시집가라며? 자빠지라며! 그런 소리 하면 안 되지!

"민유 보낸다고 생각하지 마시고, 남동생 하나 생긴다고 생각하세요."

어라, 우빈 오빠도 싱글벙글한 얼굴이었다. 내 속만 타나 보다.

"먹순이 어렸을 때는 오빠랑 결혼한다더니."

호연 오빠가 옆에서 불을 질렀다. 그게 언제적 이야긴데 지금 꺼내시나. 서민유가 미취학 아동이던 시기, 빵 사주는 호연 오빠에게 홀려서 했던 말이었다.

"이 오빠 봐. 내가 빵에 홀려 딱 한 번 그랬던 이야기를 아직도 기억하네? 난 그때 유호연이 아니라 빵이 좋아서 그랬어!"

"진짜? 우와, 오빠 상처 받았어."

"어딜 넘봐요? 우리 빈이 오빠 정도는 되어야 나랑 사귈 수 있거든요?"

흥. 풋. 치.

"우빈 군, 이래도 얘가 좋아요?"

어이없다는 듯한 언니의 질문에 오빠가 고개를 끄덕이며 좋다고 답했다.

"말만 해요. 원한다면 당장 내년 3월에라도 식 올릴 수 있게 민유준비해둘게요."

4개월 뒤에라도 보내주겠다는 언니의 말에 우빈 오빠는 씩씩하게 '감사합니다, 처형'이란 인사로 답했다. 어허, 이 남자. 이런 넉살은 또어디서 나온 거야.

그렇게 모두까기 인형 씨와 빵보다 못한(?) 남자가 사라지니 살짝적막이 감돌았다.

"깨비 첫 프러포즈는 언제였어? 어릴 때부터 많이 했나 보네."

"아니거든요? 호연 오빠 고등학생 때 우리 집에서 거의 살다시피했었는데, 그때 올 때마다 빵 사 와서 어린 마음에 그런 거예요. 저 오빠랑 결혼하면 평생 빵 무지하게 많이 먹을 줄 알고. 일곱 살이 뭘 알

왔겠어요."

"오빠! 나는 오빠랑 결혼해야 할 것 같아."
"결혼해야 할 것 같은 건 뭐야?"
"그래야 빵을 많이 먹을 수 있잖아."
"으하하하!"

친오빠는 나를 귀찮아했지만, 호연 오빠는 항상 날 자기 여동생처럼 챙겨주곤 했었다. 그래서 호연 오빠가 내 친오빠가 되게 해달라고 기도한 적도 있었다. 나는 호연 오빠 다리에 앉아 호연 오빠가 사준 크림빵을 두 개째 흡입하면서 저런 깜찍한 프러포즈를 했었다. 고작 크림빵 두 개에 결혼이라니. 사탕 하나로도 유괴가 가능할 게 분명했던 어린 서민유가 무사히 잘 큰 건 주변 사람들의 보살핌 덕분이리라.
"우리 깨비, 어린 시절 못 본 거 엄청 아쉽네."
"저야말로 오빠 어린 시절을 실제로 못 본 게 아까워 미치겠거든요."
"심지어 나도 못 받은 프러포즈를……."
"에이! 아니라니까! 그건 포함하면 안 되죠! 프러포즈가 아니라 빵 사랑 고백이었다니까."
"흐음."
"어머, 아유. 오빠 왜 이래요."
"앞으로 서민유는 빵 사주는 남자가 생기면……."
"난 선우빈이 입에 넣어주는 마카롱 말고는 빵 종류는 쳐다도 보기 싫은 여자야!"

아침부터 왜인지 서민유 데미지 매치가 이어지고 있다. 1라운드 서민아, 2라운드 유호연, 3라운드 선우빈. 어쩌다가 이렇게 됐지? 아, 그래 서민아. 서민아 씨한테 인사시키는 게 아녔어. 언니가 빨리 가버리라던 게 시집이 아니라 뭐 저승 그런 거였나. 게다가, 우리 빈이 오빠 은근히 질투쟁인데 유호연 씨가 아침부터 불을 질러놓고 가는구나.

"오빠 전업주부 해요. 내가 돈도 다 벌어오고, 오빠 손에 물 한 방울 안 묻히게 해줄게! 아기도 내가 다 볼게."

이거 어디서 들었던 얘긴데. 내가 기시감에 언제, 어디서 나왔던 말인가를 잠시 고민하는데 오빠가 코트 주머니에서 휴대폰을 꺼냈다.

"동영상?"

씨익 웃는 오빠의 얼굴에 생각이 났다. 이런, 인생 카드 상쇄구나.

써먹어 보지도 못한 카드가 저 멀리 하늘 위로 사라졌다.

나는 탈모균 퇴치와 아침부터 펼쳐진 서민유 데미지 매치로 너덜너덜해진 기분이었다. 아침부터 지친 내가 도서관 매점에 도착하자 먼저 와서 기다리고 있는 재진 오빠가 보였다. 우리를 발견한 오빠가 인사를 해왔다. 25세 중문과 재진 오빠는 군대 가기 전에는 F 두 개, 일명 '쌍권총'을 찰 정도로 노는 걸 좋아하는 학생이었다. 복학 후 정신을 차린 오빠는 빵꾸 난 학점을 메우기 위해 나보다 더 학점 관리에 예민했다.

우빈 오빠도 함께 자리에 앉았다. 도서관으로 오는 동안 나는 우빈 오빠에게 자료 담당자들의 만행을 폭로했다.

"선배가 어쩐 일이세요? 회사 안 가셨어요?"

"학교에 볼일이 좀 있어서. 발표, 둘이서 하게 생겼다며?"

"네. 걔들 아직도 연락 없어요."

"이번 주 발표 아냐? 찾을 자료 뭐 남았어?"

우빈 오빠는 재진 오빠가 적어놓은 자료 목록을 훑더니 여성 범죄에 대한 부분을 손가락으로 가리켰다.

"이 부분은 내가 찾을게. 모레 낮까지 보내줘도 돼? 대신 정리 깔끔하게 해서 보낼게."

"형이 하시게요?"

"나도 13조잖아. 갑자기 빠져서 미안했는데, 내가 할 수 있는 건 해야지."

"오빠 괜찮겠어요?"

"응. 이 정도는 괜찮아. 더 못 해줘서 미안하지."

"형 진짜 고마워요. 자료가 많아서 조금 막막했는데."

우리 셋은 역할 분담을 마치고 도서관에서 일어섰다. 둘 다 첫 교시 수업이 있어 서둘러야 했다. 재진 오빠는 꾸벅 인사하고 먼저 떠났다.

"오빠 그럼 지금 교수님만 뵙고 바로 가는 거예요?"

"팀장님이 점심때까지 편의 봐주셔서, 오전에 볼일 보고 깨비랑 오랜만에 점심 먹고 가려고."

"와아! 그럼 오빠, 수업 끝나면 전화할게요."

얼굴 한 번 본 적 없는 팀장님이지만 사랑합니다. 나는 오빠에게 손을 흔들어 보이고 공대 건물을 향해 뛰었다.

선우빈 씨와 단둘이 즐기는 오붓한 점심 데이트…… 는 물 건너갔다. 13조 세 사람은 빠르게 학식을 먹고 도서관 컴퓨터실로 와서 자료수집 중이다. 이번 주 발표라서 빠듯하기 그지없었다. 그나마 교양이니까 이렇게 벼락치기를 하지, 전공 수업이었다면 어림도 없을 시간이다.

"어, 왜. 아니 됐어. 우빈 선배도 오셔서 같이 하니까 필요 없다."

재진 오빠가 냉한 목소리로 전화를 받았다. 보아하니 소하은 혹은 성상범이 뒤늦게 사태의 심각성을 느낀 모양이었다. 내가 누구냐고 묻자 재진 오빠는 '소하은'이라고 대답했다. 몇 번 실랑이가 오가더니 재진 오빠가 내키지 않는다는 투로 우리가 있는 장소를 말했다.

"하겠대요?"

"응. 절절 매는 거 보아하니 아차 싶었나 봐."

"그럼 하은이 다시 받을 거예요?"

"글쎄. 솔직히 난 별로야."

"저도 좀 그래요."

얼마 지나지 않아 멀리서 하은이 우리 쪽으로 뛰듯이 걸어오는 게 보였다. 때맞춰 우빈 오빠가 자리에서 일어났다.

"이제 가게요?"

"응. 들어가 봐야 할 것 같아. 나머지 자료 정리하는 대로 바로 보내줄게."

"배웅할게요."

"한양 가시는 서방님이냐?"

점심을 같이 먹으면서 우리와 부쩍 친해진 재진 오빠가 놀리듯 물었다.

"네. 서방님 배웅 좀 하고 올게요."

그렇게 대답하고 내가 우빈 오빠 팔에 팔짱을 끼자 재진 오빠가 입을 턱 벌렸다.

"어어? 어?"

그동안 내색을 하지 않았더니 커플인 걸 몰랐던 모양이다.

"안녕하세요!"

하은이 다가와 인사를 건넸다.

우빈 오빠는 고개만 살짝 끄덕해 보이고는 '깨비야, 가자' 하고 날 이끌었다. 나도 '안녕' 한마디만 남기고 바로 따라나섰다.

"오빠, 1년만 유급당하지. 같이 졸업하게."

"우리 깨비 섬뜩한 소릴 귀엽게도 하네."

"앞으로 1년을 어떻게 혼자 다니지?"

올해 봄까지만 해도 서민유는 외로운 늑대였는데, 지금은 외롬쟁이 토끼가 되어버렸다. 선우빈이 이렇게 바꿔놓았다. 오빠 없이 학교 다닐 생각을 하니 벌써부터 옆구리가 시려오는 기분이다.

"오빠 자취집 아직 계약 1년 더 남아서 계속 여기서 살 거야. 그러니까 오빠 집으로 와. 시험 보다가 자고 싶으면 오고, 쉬고 싶을 때 마음대로 오라니까 왜 한 번도 안 와?"

"그래도 주인 있는 집인데, 아무리 허락받았다고 해도 함부로 불쑥 쓰기가 조금……."

"함부로 불쑥 쓰라고 비밀번호 알려준 거야. 와서 자고 있는 오빠 덮쳐도 돼. 아니, 그러면 고맙겠어."

누구야! 누가 우리 냉한 선우빈 씨를 이런 남자로 만든 거야? ……
아흐, 좋아. 이런 선우빈도 매력 있네.

"오빠가 아침에 그 동영상 지우면 내가 덮칠게요."

"……오빠는 그냥 순결을 지켜야겠다."

쳇. 실패다.

"깨비 입술 또 삐죽이네."

카드 날린 게 그렇게 억울하냐며 웃던 오빠는 손목시계를 봤다. 그
리고 고개를 살짝 끄덕이곤 대뜸 내 손을 끌고, 방향을 획 틀어 반대
쪽으로 성큼성큼 걸어갔다.

"왜 그래요? 갑자기 어딜 가는 거예요?"

오빠는 내 말에 대답도 없이 그저 슥슥 다리를 움직이기만 했다. 대
체 어디로 데려가려고 이러나?

도착한 곳은 도서관 뒤편에 있는 구 기숙사였다. 기숙사를 신축한
후 이제는 더 이상 사용하지 않는 건물이다. 도서관 뒤라곤 했지만 길
목에서 꽤 떨어진 위치였다. 학교 본관이나 다른 건물과도 떨어져 있
어 거의 다니는 사람이 없었다. 공사 관리자가 아닌 이상 올 필요가
없는 곳이다. 사람들의 손을 타지 않은 지 오래된 건물은 조금은 을씨
년스러운 분위기였다.

"여긴 왜 온 거예요?"

"키스하려고."

내가 채 눈을 감기도 전에 내 입술부터 삼키는 오빠였다. 나는 오빠
허리에 손을 두르고 스르르 눈을 감았다.

하은은 조장인 재진 오빠에게 앞으로 제대로 하겠다며 통사정을 했다. 뒤늦게 정신이 들었는지 간절하게 매달렸다. 그래도 재진 오빠가 꿈쩍 않자, 나를 찾아와 다시 부탁했다. 나는 일단 하은을 돌려보낸 뒤 재진 오빠와 만났다.

"오빠, 어쩌죠?"

"귀찮아 죽겠네. 아, 그러게 진작 잘하던가!"

재진 오빠가 짜증을 냈다.

"재진 오빠. 우리 이 부분도 찾아야겠는데요?"

"아오씨."

우린 결국 어쩔 수 없이 하은을 받아들였다.

"대신 앞으로 프린트나 간식비, 과제 관련 비용 전부 네가 부담해."

"네. 그럴게요."

재진 오빠의 말에 하은은 고맙다며 절이라도 올릴 것처럼 인사했다. 그리고 이틀 동안 열심히 나와 재진 오빠를 도와 밤새 자료를 모아 정리했다. 우빈 오빠도 말했던 마감일보다 하루 빨리 자료를 내게 넘겼다. 오빠의 자료는 역시 완벽하게 정리되어 있었다.

「저기 프린트 비용이 너무 많이 드는데, 그거 같이 내면 안 돼요?」

뒤늦게 들어와 가장 조사를 적게 한 하은이 얄미워서 나와 재진 오빠는 컬러로 프린트를 하는 복수를 했다. 교수님께 드릴 것이니 잘 보이는 걸로 내야 한다는 이유에서였다. 원래도 중요한 부분은 컬러로 하려고 했었지만 이렇게 된 거 풀컬러를 선택했다. 사실 교수님께 드릴 프린트 외에도 이것저것 잡다한 자료들을 많이 출력하긴 했다. 대신 하은에게 내라고 했던 간식비는 각자 알아서 해결했다. 그러니 가만있었음 좋았을 텐데 하은은 기어이 저런 말을 남겼다.

'얘 좀 봐. 그동안 자기가 했던 일은 생각 안 하나?'

내가 뭐라고 한마디 하려는데 재진 오빠가 빨랐다.

「싫으면 나가. 솔직히 말하면 굳이 너 없어도 돼.」

하은의 반항은 바로 꼬리를 내렸다. 그리고 그제까지도 아무 소식 없던 상범은 어제 뒤늦게 연락을 해왔다. 하지만 발표 준비는 우리끼리 거의 마무리하고 있었고, 교수님께 양해도 구한 상태였다. 친척분이 돌아가셔서 그랬다는 상범에게 재진 오빠는 사망확인서 들고 교수님께 말씀드리라고 딱 잘라 말했다. 우리가 참여하지 않는 조원을 배제하겠다 말씀드렸을 때, 교수님은 처음엔 허락하지 않으셨다. 단체 미션인데, 그 의미가 없어진다는 게 이유였다. 나는 캡처한 단체 채팅방 화면을 교수님께 내밀었다. 취업한 학생까지 참여했는데 발표를 앞두고 연락 안 되는 조원까지 챙겨가며 하는 건 어려운 일이라고 강력하게 어필했다. 교수님은 휴대폰 화면을 말없이 쭉 읽어보시고는 고개를 끄덕이셨다. 범죄 수업 교수님이셔서 그런지 증거자료가 명확하니 수긍하신 듯했다.

이로써 우리 13조는 발표 수업 마무리를 향해 장애물 없이 착착 달려갈 수 있게 되었다. 그리고 선우빈과 함께하는 마지막 수업도 착착 진행되었다. 빨리 흐르는 시간이 여러모로 아쉬웠다.

"다 했다!"

발표 과제를 완료했다. 전송 버튼을 누르고 나는 책상 위에 엎어졌다. 새벽 2시 47분. 드디어 끝났다. 재진 오빠에게 자료를 송부했으니내 할 일은 다 끝낸 셈이다. 오늘은 이제 좀 자고 내일부터 시험공부를 시작해야겠다. 선우빈 아니었으면 이렇게 빨리는 못 끝냈을 거다.아마 밤을 새워야 했겠지.

"깨비, 수고했어."

우빈 오빠는 이미 본인의 역할을 다 했음에도 내 작업을 돕느라 덩달아 잠을 못 잤다. 성상범과 선우빈을 제외한 13조 세 사람이 모여학교에서 늦게까지 자료를 정리한 뒤, 나는 마지막 PPT 작업을 위해오빠 집으로 왔다. 등하교 시간을 줄이고 최대한 빨리 과제를 하기 위한 선택이었다. 우빈 오빠도 퇴근을 하자마자 곧바로 과제를 도와주었다. 우리 둘은 책상 위에 나란히 노트북을 두고 앉아 서재를 불태울기세로 작업을 했다.

"뭘요. 오빠가 고생했지. 내일 출근해야 하잖아요."

"깨비도 학교 가는걸."

내가 오빠를 끌어안자, 우빈 오빠는 날 자기 무릎 위로 끌어당겨 더꽉 끌어안았다. 그러곤 쪽쪽 내 목에 입술을 묻는다.

"어머?"

이젠 내 등을 손으로 훑어 내리며 가슴까지 침범한다. 애초에 이게목적이었던 듯 오빠는 거침이 없다.

"아, 오빠. 안 돼. 지금 못 자면 내일 피곤…….하웃"

속옷 안으로 파고든 손길에 살짝 정점을 꼬집히자 내 잠도 깨는 기분이다.

"한 번만. 웅? 한 번만."

오늘 한 과제, 이걸로 오빠와 함께 듣는 모든 수업이 끝인 거였다. 이 사실이야말로 나에겐 최고의 데미지다. 오빠도 아쉬운지 여느 때보다 집요했다. 몸은 피곤했지만 나도 울적함을 이렇게라도 달래겠다는 야릇, 음흉한 의지로 눈을 감았다. 양손으로는 부지런히 오빠 옷을 벗겨내는 성실함도 잊지 않고.

"……졸려."

졸리다고 하는 내 목소리는 옆 동네 멍멍이 짖는 소리로 여기는지 선우빈 씨는 계속 내 몸을 입술로 지분거리고 있다. 이제 그만하라는 의미로 오빠 손을 꼭 잡았는데, 이 남자는 아랑곳 않고 찰떡같이 나한테 붙어서는 떨어질 생각도 않는다.

"선우빈 씨, 졸려요. 네 시 다 돼가네. 이제 좀 자자."

진하게 한 번 달렸으면 좀 잡시다, 하는 눈빛으로 오빠를 찌릿 쳐다보니 오빠는 슬쩍 내 눈을 피했다. 나 봐요, 내 눈을 바라봐. 졸린 내 얼굴을 보라고요. 분명 이 말을 한 것 같은데 졸려서 소리가 나가는 대신 입만 뻐끔거렸다. 이런 내 모습을 보며 오빠는 '붕어 같다'며 키득거리고는 입을 맞춰왔다. 입술을 가볍게 비벼대는 감촉이 좋아서 배시시 웃은 것까진 좋았다.

내가 키스에 취한 채 멍해 있다 정신을 차렸을 때, 선우빈 씨는 내 위로 올라와서 숨이 막히도록 깊은 키스를 하고 있었다. 그러면서 단단해진 곳으로 내 몸 여기저기를 콕콕 건드리고, 비벼대며 농도 짙은 자세를 연출하고 있었다. 나는 고개를 돌려 입술을 떼어냈다.

"하아. 내일 출근 안 할 거예요?"

"해야지."

"그런데 이렇게 있어요?"

내 질문에 선우빈 씨는 씩 미소를 지었다. 저 미소 위험한데. 다급히 한마디 덧붙였다.

"나 아침 수업 있어요. 밤새우면 힘들단 말이야."

그 말에 오빠가 살짝 움찔했다. 온몸이 찰싹 달라붙어 있어서 이런 약간의 진동도 바로 알 수 있었다. 내가 힘들다는 말에 오빠의 눈빛이 흔들렸다.

"……우리 깨비 힘들면 안 되지."

잠시 고민을 끝낸 오빠가 내 위에서 내려왔다. 그러고는 나를 품에 안고 등을 토닥인다. 그러나 오빠의 선한 마음에도 불구하고 해결 안 된 오빠의 욕망은 내 배를 쿡쿡 쑤셔댔다.

"오빠. 근데, 그. 그거. 그러니까……."

나는 손가락으로 슬쩍 아래를 가리키며 물었다.

"괜찮아요?"

"괜찮아. 이건 알아서 해결할게. 깨비는 신경 쓰지 마."

잔뜩 욕망에 달뜬 남자가 순순한 얼굴로 괜찮다고 하니 이게 또 그렇게 사람 마음을 찡하게 만든다. 마음 약해진 서민유는 피곤함에 밀려 저 구석에 박혀 있는 음란마귀를 다시 깨우기로 했다. 그럼 그렇지.

한 번만은 무슨. 나는 등을 안고 있던 손을 내려 오빠 엉덩이를 조물 거렸다.

"깨비야, 이러면 오빠 오해해."

"오해 아니에요."

멈칫. 2초 정도 잠시 동그랗게 뜬 눈으로 날 바라보던 오빠는 단박에 내 위로 올라와 입술을 찾아 물었다. 다시금 진득하게 혀가 얽히기를 잠시. 오빠가 조금씩 아래로 입술을 내렸다. 잔뜩 흥분한 뜨거운 숨이 가슴 위로 흩어지더니 이내 열기가 정점을 삼켰다. 내 몸도 순식간에 달아올라 달뜬 숨이 흘러나오기 시작했다.

"으음. 흐으."

내 허리를 더듬던 오빠는 손을 좀 더 아래로 내려 엉덩이를 움켜쥐더니 이내 허벅지를 부드럽게 쓰다듬었다. 그 손짓에 절로 슬쩍 다리가 벌어졌다. 관계를 가질 때, 오빠는 한 번도 성급하게 들어온 적이 없었다. 내가 오빠를 최대한 아프지 않게 받아들이고 즐길 수 있을 때까지 손으로, 입으로 온 정성을 들여 달래줬다. 몇 번이고 괜찮냐고 내 상태를 확인하고 어디가 기분 좋은지 세세하게 물어가며 그렇게 몸을 맞췄다. 오빠의 섬세한 배려 덕분에 삽입도 전에 절정에 오를 때도 종종 있었다.

"아, 아앙."

앞서 한 번 했다고 안으로 파고든 오빠의 손이 배로 더 예민하게 느껴졌다. 내 표정, 숨소리, 몸짓 어느 하나 놓치는 법 없는 선우빈은 내가 흘리는 신음을 듣고는 집요하게 내가 느끼는 곳을 건드렸다. 찌릿찌릿. 아래쪽에서 퍼지던 전류가 온몸으로 퍼지면서 젖은 살이 비벼지는 질척이는 소리가 좀 더 크게 방에 울렸다. 아무래도 지금 손가락으로 가버릴 것 같은 느낌이다. 나는 내 안을 휘젓는 오빠의 손을 잡아서 살짝 밀어냈다. 흥분으로 잔뜩 젖은 아래쪽에서 따뜻한 액이 흘러나오는 게 생생하게 느껴진다.

"하아, 오빠아. 빨리 들어와요."

칭얼거리며 단단하게 서 있는 오빠 걸 살짝 내 쪽으로 잡아당겼다. 내 재촉이 마음에 드는지 정말이지 아주 나른하고 섹시하게 씩 웃어 보인 오빠는 재빨리 콘돔을 씌우고는 단번에 안으로 파고들었다.

"하윽!"

손가락과는 비교도 안 되는 굵고 큰 기둥이 안으로 밀려들어 올 때면 처음엔 숨이 턱 막히는 기분이다. 아프지 않다는 건 거짓말. 언제나 삽입은 버거웠지만 그것과는 별개로 기분 좋은 쾌감이 몰려와서 고통을 지워냈다.

사랑하고 있다. 사랑받고 있다.

말로 하지 않아도 오빠의 행동 하나하나에서 애정이 흘러넘치기에 즐거운 시간이 될 수 있다는 걸 나는 잘 알고 있다. 그래서 이 남자가 사랑스러워 견딜 수가 없는 거다. 당장 내일 아침에 정신 차리기 힘들 걸 알면서도 하나로 이어져 있는 쾌락의 순간을 참을 수가 없어서.

그렇게 우리 둘은 다시 한 번 절정을 맞았다. 그리고 나는 세 번까지 달려 나가려고 하는 선우빈을 겨우 말리고서야 잠이 들 수 있었다.

오늘 잠은 세 시간 조금 넘게 잤으려나. 피곤이 덕지덕지 온 몸에 달라붙었다. 할 때는 좋았는데, 후폭풍이 참 거세다. 아침에 출근 준비로 정신없는 와중에도 오빠는 부지런히 몸을 움직여 식사 준비까지 해두었다. 우리 깨비 아침은 먹여야 한다면서. 오빠도 피곤할 텐데 대단하다. 난 일어나기도 힘들어서 오빠가 깨워줘서야 겨우 눈을 떴는데 말이다. 감동의 물결이 해일처럼 몰려와 눈물을 쏟을 뻔했다. 주방에 있는 선우빈 씨에게 격한 백허그를 한 후, 오빠가 아침을 차리는 동안 나는 선우빈 씨가 입을 옷을 골라주었다. 셔츠에 넥타이까지 슈트의 정석으로 입혀놓으니, 정말 나와 같은 인종이 아닌 것 같다.

"우리 빈이 오빠는 슈트도 정말 잘 어울리네요."

"깨비가 잘 골라줘서 그래."

완벽한 차림의 선우빈이 지나치게 섹시해서 나는 넥타이를 슬쩍 풀었다.

"넥타이는 왜?"

"너무 완벽해서요. 뭔가 흠을 하나 만들어야겠어."

나 없는 데서 남에게 이런 모습을 보여줄 수야 없지. 안 그래도 회사에서 어떤 여자가 오빠에게 추파를 던질까 봐 신경이 곤두서 있는 중이었다. 하지만 넥타이를 느슨하게 매도 선우빈은 완벽했다. 아예 풀어버려야겠어. 그래도 크게 달라지진 않을 것 같긴 하지만. 크으. 고고야, 너 왜 힘을 안 냈던 거니. 네가 꽃만 빨리 피웠어도 새빨간색으로 선우빈 볼에 문신 새길 수 있었을지도 모르는데.

"선우빈 씨, 사원증에 내 이름 새길래요?"

내 질문에 오빠가 질문으로 답했다.

"서민유 씨, 학생증에 내 이름 새길래요?"

"아우, 진짜. 선우빈 왜 이렇게 멋있어서 나 불안하게 해요? 오늘 그냥 빨간 내복 입고 가요. 아니, 앞으로도 계속."

내가 투정하자 오빠는 녹아버릴 것 같은 미소를 지으며 내 볼에 뽀뽀를 했다. 볼도, 심장도 간지러운 느낌이다. 나는 피식 웃음이 났다.

"내가 갈 때까지 일 잘하고, 사장님 말씀 잘 듣고 있어요. 아부 잘하고. 내 인사 청탁도 할 수 있게."

"네. 그럴게요."

비리를 저지르란 내 말에도 오빠는 고분고분하게 대답을 해줬다. 오빠가 싱크대에 시선을 보내자 내가 말했다.

"설거지 내가 하고 갈게요. 그냥 두고 가."

나야 걸어서 갈 수 있는 거리에 학교가 있지만, 오빠의 회사는 차를 타고 가야 했다. 게다가 나는 30분 뒤에 출발해도 충분하지만 오빤 지금 바로 나가야 한다.

"고마워. 부탁 좀 할게."

선우빈은 나보다 먼저 제집을 나서게 됐다. 내가 골라준 옷을 입고 회사로 가는 선우빈을 현관에서 배웅하고 있자니 가슴속이 찌릿찌릿, 뭉클뭉클한 기분이었다.

"이제 시험이니까, 공부하다 힘들면 여기로 와."

"응. 그럴게요. 빈이 오빠, 잘 다녀와요."

오늘 하루 힘내라는 응원의 포옹을 하고, 보답으로 오빠에게 가벼운 키스를 받았다. 현관문 너머로 사라지는 선우빈의 모습이 왜 이렇게 아쉬운지. 오작교에서 헤어지는 견우, 직녀의 마음이 이랬을 것 같다. 이래서 사람들이 결혼을 하게 되는 걸까. 오빠를 보내고 삽시간에 조용해진 집 안에서 나는 쓸쓸함과 피곤을 느꼈다.

"오빠 침대에서 조금 뭉개다 갈까?"

오빠 냄새로 외로움이나 달래볼 겸. 아니다. 이러다가 푹 잠들면 아마도 저녁에 오빠가 퇴근할 때나 일어나서 땅을 치며 울고불고하게 될 것 같다. 나는 무거운 몸을 일으켰다. 그리고 정신이 들도록 조금 차갑게 느껴지는 물로 맨손 설거지를 했다. 뭔가 시험이 채 시작되기도 전에 체력을 한 번 방전한 느낌이다.

복도를 엄청 빠른 걸음으로 서성이고 있는데 상후를 만났다. 이전에 산에서 한 번 만나고, 관립픽 때 만나고 그 외에 학교에서는 한 번도 마주친 적이 없었다. 한 학기가 다 끝나가는데 강의실 근처에서 처음 만나다니. 둘 다 참 대단한 마이 웨이다.

"상후 너 학교 다녔니?"

"관립픽 기억 안 나?"

"아니 뭐랄까. 교내에서 한 번도 만난 적 없잖아. 하도 안 보여서 군대 간 줄 알았다?"

"안 그래도 내년에 간다, 가."

그러면서 상후는 덧붙였다.

"나 군대 갔다 오면 누나 뭘로 나 괴롭히려고 그러냐?"

그러게. 그거 내가 올해 초부터 고민하던 거였는데 말이다. 그나저나 내년은 상후도 없고, 선미 언니도 없고, 우빈 오빠도 없다. 서민유는 사무치게 고독한 4학년이 되고야 말겠구나.

"상후야, 군대 1년만 더 미루면 안 되냐? 내년 생각하니까 벌써부터 외로운데."

"'혼자서도 잘해요'의 산 증인이 뭐가 외롭다고. 지금도 우리, 이번 학기 들어 두 번째 본 거거든?"

"안 만난다고 해도 아는 사람이 조금이라도 있는 거랑, 없어서 전혀 못 만나는 거랑 같은 선상에 놓을 순 없잖아."

"아웃사이더 주제에 그런 소릴 하다니. 나약해졌군."

"나 원래 좀 연약해."

내 말에 상후가 인상을 팍 구겼다. 나는 그런 상후의 배를 주먹으로 툭툭, 조금 무게를 실어 쳤다.

"근데 왜 꿀 위치 알려주는 벌처럼 그렇게 빙빙거리고 있었어?"

"졸려서 잠 깨느라고."

"커피나 한 잔 사 먹지."

"아침에 학교 오면서 한 잔 먹었어."

마셨다 뿐이냐. 들고 오면서 졸다가 커피 빨대에 윗입술을 찔려 피까지 봤다. 걸으면서 먹는다고 뜨거운 커피에 빨대를 꽂아 조금씩 먹던 중이었다. 그냥 마시면 될 걸 왜 오늘따라 굳이 빨대를 쓰다가 봉변을 당했는지 나도 모르겠다. 아마 잠이 덜 깼던 모양이다.

"아침에 형 만났어? 주둥이가 왜 그래?"

내 입술을 본 서상후가 거침없이 남의 애정생활을 치고 들어왔다. 왜, 그렇다고 하면 부러워할 것이냐, 솔로여?

"졸면서 커피 먹다가 빨대에 찔렸어."

내 솔직한 대답에 상후가 우렁차게 웃고 나서 말했다.

"인생이 시트콤이냐. 별걸로 다 웃기네."

그러게 말이다. 어제 아침부터 계속 데미지 받아왔는데 빨대까지 날 공격하고 있다.

빨대 공격이 끝인 줄 알았는데 아직도 서민유에게는 데미지 매치 최종 라운드가 남아 있었다. 이번 수업만 버티면 점심시간이었다. 이 번에도 잠을 깨려 메뉴 고민을 하는데, 우아하게 스테이크를 먹겠다 고 결정을 내리자마자 잠이 쏟아졌다.

'안 되겠다. 디저트도 고민해야겠어.'

그렇게 디저트에 이어 저녁 메뉴까지 고심하는데, 세상에나. 메뉴 를 고민하는 꿈을 꾼 거였다. 게다가 꿈이라고 자각하는 순간 내 몸은 이미 강의실 바닥으로 기울어지고 있었다. 쓰러지는 와중에도 사람들 의 시선이 내게 꽂히는 게 느껴졌다. 여기서 넘어지면 휴학 확정이다. 12월, 기말고사 직전이었지만 무조건 휴학이다. 나는 넘어지지 않기 위해 잡을 것을 찾아 손을 버둥거렸다. 필사적으로. 하지만 결국 옆 분 단에 있는 이름 모를 여학생의 가방을 움켜쥐며 바닥으로 굴렀다.

"큭, 크큭."

교수님의 웃음을 시작으로 강의실 여기저기서 폭소가 터지기 시작 했다. 난 눈앞이 캄캄해졌다.

"아이고, 학생. 안 자려고 하는 건 기특하다만, 그렇게 피곤하면 그 냥 엎드려 자지 그랬어요."

심지어 교수님은 직접 내게 다가와 날 일으켜주기까지 하셨다. 아 아, 아아아, 아아아악!

아마 지금 악마가 와서 나의 영혼을 걸고 '너 S.H. 들어갈래? 시간을 앞으로 돌릴래?' 하고 묻는다면 나는 무조건 시간을 돌릴 것이다. 100% 진심이다.

다신 없을 오늘의 그 치욕스러운 사건 때문에 나는 하루 종일 몇 번이나 허공에 발차기를 해야 했다. 지금 나는 누군가의 위로가 절실히 필요했다. 그래서 수업이 끝나자마자 저녁도 안 먹고 총알같이 오빠집으로 달려왔다. 스테이크는커녕 점심부터 아무것도 안 먹었는데도 배가 안 고팠다. 서민유 23년 인생, 생전 처음 입맛을 잃었다. 나는 이전에 고춧가루가 되어 사라지고 싶었던 흑역사 생성 장소, 오빠 집 거실 바닥에 앉아 멍하니 꺼진 TV만 바라보았다. 아니 그냥 시선만 그곳에 둔 거였다. 초점 따윈 없었다. 머리가 멍해서 밖이 어두워지는데 불 켤 생각도 못하고 있었다. 퇴근한 선우빈이 불을 켜다가 날 발견하고 놀라서 가방을 떨어뜨릴 때까지 멍하던 서민유. 나는 몇 시간을 우두커니 나란 인간, 나란 존재, 나의 운명 이런 것들을 생각했다.

"깨, 깨비야? 불도 안 켜고 뭐 하고 있……."

"빈이 오빠아아!"

오빠를 보자마자 눈물이 왈칵 쏟아져 나왔다. 내가 앉은 자세 그대로 오빠를 부르며 닭똥 같은 눈물을 뚝뚝 흘리자 오빠는 사색이 되어 달려왔다.

"왜 그래, 무슨 일이야?"

오빠는 나를 품에 안고 토닥이며 걱정스러운 어조로 말했다. 나는 끅끅거리며 오빠에게 오늘 있었던 참사를 더듬더듬 늘어놓았다.

"어헝헝."

내가 오빠 품에서 눈물 콧물 쏙쏙 빼고 있는데 오빠는 웃고 있었다. 웃음을 참으려고 안간힘을 쓰는지 맞닿아 있는 오빠 가슴이 파르르 떨렸다.

"울지, 크큭. 울지 마. 깨비야."

"아아, 어헝. 너 때문인데 왜 웃어어? 난 심각한데에에!"

내가 심각할수록 선우빈은 웃음을 참기 힘든가 보다. 점점 더 그의 어깨가 떨려왔다. 위로받으려고 왔더니 웃고 있다. 너무해. 난 이 상황에 더 서러움이 밀려왔다.

"휴학할 거야아아."

"이제 곧 기말인데, 괜찮아. 흐으음, 크큭. 다들 잊을 거야."

"선우빈이 자꾸 웃어, 허어엉."

그렇게 오빠는 웃음과의 사투를 벌이며 날 달랬다. 하지만 내 울음은 쉽게 그치지 않았다. 나는 난생처음으로 탈진할 것처럼 울었다. 피곤하고, 쓸쓸하고, 창피하고, 서럽고. 여러 복합적인 감정들이 작용했다. 계속 키득거리던 오빠는 뒤늦게 심각성을 인지하고 안절부절못했다.

"우리 깨비, 누워서 조금 쉬어야겠다."

오빠는 내게 물을 먹이고 침대로 옮겨주었고, 기진한 나는 곧바로 잠이 들었다.

이마에 따뜻한 손길이 느껴졌다.

"……오빠?"

"미안. 오빠가 깨운 거야?"

나는 고개를 저었다. 손길이 닿기 전에 조금씩 정신이 들던 차였다.

"열이 있나 확인해보느라."

"괜찮아요. 자고 나니까 좀 낫다."

갈라지던 목소리도 평온을 찾았다. 많이 운 탓에 눈이 조금 쓰라리지만 컨디션은 그럭저럭 괜찮았다. 이렇게 많이 울어본 건 처음이었다. 그런데 슬퍼서도 아니고, 아파서도 아니고 창피해서 이렇게 울다니. 정신이 조금 돌아오고 나서 보니까 참 황당한 이유다.

"목 괜찮아? 배고프지? 밥 먹자. 먹기 편하게 죽 끓였어."

"응."

자취남 선우빈의 부축을 받으며 나는 터덜터덜 주방으로 향했다. 맛있는 죽을 먹으면서도 이렇게 또 거대한 흑역사가 하나 더 생겼다는 생각에 나는 우울함을 떨칠 수 없었다. 강의실에서 졸다 넘어지고, 창피해서 남친 앞에서 탈진할 때까지 울고. 어디에서 이런 소재를 쉽게 보겠는가. 다시 눈물이 나오려 했다. 나는 훌쩍이며 오빠가 차려준 저녁을 먹고 집으로 돌아왔다.

방에 들어오자마자 털썩 침대에 누워 진지하게 휴학을 한 번 더 고려했다. 하지만 오빠의 조언대로 2주 후가 기말고사니 딱 2주만 버텨보기로 했다. 차마 그대로 다닐 순 없어 성형 메이크업이라는 얼굴이 바뀌는 메이크업 방법을 인터넷에서 찾아 시도해보았다. 하나 화장에 영 소질이 없는지라, 그냥 서민유 얼굴에 낙서한 것 같은 결과만 나왔다. 앞으로 그 수업이 두 번 남았으니 메이크업 아티스트에게 맡겨볼까 하는 생각도 했다. 그래서 우리나라 굴지의 메이크업 아티스트의 홈페이지에 가격을 의뢰해보았다.

"헐."

원장님 메이크업은 한 번당 100만 원, 실장님 메이크업은 80만 원. 나는 깔끔히 포기했다. 감정 위에 자본이 있는 줄만 알았는데 창피 위에도 자본이 있었다.

성상범은 설마 정말로 자기 이름을 뺄까 생각했던 모양이었다. 적어도 이름 정도는 넣어줄 줄 알았던 그는 PPT 조원 이름에 자신이 없는 것을 보고 얼빠진 얼굴을 했다. 하지만 이름이 올랐어도 그다지 좋은 평가는 받지 못했을 것이다.

학생들의 질의응답은 보통 발표자가 대답했다. 그러나 교수님은 조원 전체에게 각자 맡은 파트에 관한 질문을 퍼부으셨다. 그뿐 아니라 우리 조는 다른 조에 비해 교수님 질문이 유독 날카로웠다. 아마도 팀원을 빼겠다 사전에 보고를 드렸던 사실 때문일 것이다. 남은 사람들끼리 잘 해왔나 확인해보려 일부러 그렇게 하신 듯했다. 이 수업은 중간고사를 발표로 대체하고 기말시험만 본다고 했다. 그러니 기말고사를 아무리 잘 본다고 해도 발표를 날린 성상범은 잘해야 C를 받을 것이 분명하다.

'잘 가라. 다신 만나지 말자. 그리고 앞으론 그렇게 살지 마라.'

마음속으로 기원했다.

"어떻게 이럴 수가 있어요!"

기원이 무색하게 수업이 끝나자마자 상범이 씩씩대며 다가왔다. 우

리를 향해 너무하다며 버럭 소리를 치는 상범이었다. 진상은 지가 진
상인 줄 모른다더니. 재진 오빠는 침착하게 대응했다.

"돌아가셨다는 친척분 사망진단서 교수님께 안 드렸어? 그럼 기말
고사 보기 전에 빨리 가져다 드려. 그럼 적어도 B는 주실 거야."

그리고 오빠는 말을 마치자마자 잽싸게 강의실을 벗어남으로써 상
범의 발광을 차단했다. 하은이 한마디 더 덧붙였다.

"교수님도 SNS 하시는 것 같으니까, 너 SNS 거기, 클럽에서 찍은 사
진 꼭 지우고 교수님 찾아가."

2연타였다. 하은과 상범은 약간 썸을 타는 듯했었다. 보아하니 상
범의 꼬임에 하은이가 낚였던 모양이었다. 그래서 둘이 나란히 잠수
를 타고 자료 조사를 안 했던 거고. 하은은 그나마 뒤늦게라도 정신을
차린 듯했지만 상범은 여전히 억울하다는 기색이다. 정신을 차리려면
먼 것 같다. 이렇게 우리 발표는 마무리가 되었다.

남은 것은 문제의 그 수업. 서민유 데미지 매치 최종 보스.

이 판은 미미 시스터즈에게 해결책을 얻었다. 선우빈 외에는 절대
함구하고 싶은 내용이었지만, 어떻게든 날 사람들의 기억에서 삭제할
조언이 필요했기에 힘겹게 털어놓았다. 물론 그들은 바로 답을 해주
진 않았다. 두 시간을 웃는 데 허비한 뒤 평소대로 하고 가라고 조언
했다.

「다음 주 수업, 언니가 회사 갈 때 입는 정장 바지랑 블라우스를 빌려 입고 가
려고.」

내 말에 미미들은 학생답지 않게 정장을 입거나 화장을 진하게 하고 가면 오히려 더 튀어 보인다고 했다. 괜히 사람들의 시선을 끌게 될 거라며, 최대한 평범하게 학생처럼 입으라고 했다. 자리도 뒤에 앉지 말고 중간 벽 쪽으로 앉으라고 팁을 주었다. 그들의 조언은 제법 효과가 괜찮았다. 내 옆자리에 앉은 몇몇을 제외하곤 다른 사람들은 내게 전혀 관심을 두지 않았다.

살다 보니 니들한테 도움을 받는구나. 고맙다. 미미들아!

14, 인생 카드, 두 장

한기가 드는 느낌이 나서 몸을 살짝 웅크리고 바르르 떨었다. 오빠는 내가 추워하는 걸 알아채고는 곧바로 나를 꼭 껴안아왔다. 서로 맨몸으로 꼭 부둥켜안고 있자 이내 한기가 가셨다.

"……가기 싫다."

오빠가 내 어깨에 입술을 묻으며 칭얼거렸다.

"본인 졸업식인데요?"

"졸업식, 별거 있나. 여기서 깨비랑 이렇게 있고 싶어."

오빠에게 폭 안긴 나는 손만 겨우 움직여 머리맡에 두었던 휴대폰을 확인했다. 배경 화면으로 설정된 교복 입은 17세 선우빈 씨의 사진 위로 7시 47분이란 시간이 보인다.

"이제 가야 하니까 가슴에서 손 떼요. 내 몸도 그만 더듬고."

내 몸에 붙어 있는 오빠 손을 떼어내고 이불을 감으며 몸을 일으키자, 오빠도 마지못해 침대에서 일어났다.

"이 사진은 어디서 났어?"

오빠가 내 휴대폰 화면을 가리키며 물었다.

"지난주 과외 때요. 여진이가 오빠 방 구경시켜 주면서 앨범도 같이 보여주던데요."

오빠의 10대 학창시절 사진은 그리 많은 편이 아니었다. 하지만 하나하나가 모두 주옥같았다. 앨범을 통째로 훔치고 싶은 욕망을 겨우 참아내던 나는 카메라를 보며 살짝 미소 짓고 있는 이 사진을 보고 '나 줘!'를 불쑥 외쳐버리고 말았다.

"아우, 쌤. 철컹철컹!"

여진은 수갑 차는 흉내를 내며 웃었다.

"철컹은 무슨. 이 소년은 지금 훌륭한 성인이 되었어!"

"꺄하핫. 근데 쌤, 나도 주고 싶은데, 이거 우리 집에서 귀한 사진이라 내 맘대로 줄 수가 없어요."

"귀한 사진?"

"네. 우리 오빠 교복 입은 시절에 카메라 보고 웃고 있는 사진이 몇 장 없어서요."

비싼 남자 같으니. 나는 어쩔 수 없이 내 휴대폰으로 어린 시절 선우빈을 잔뜩 찍어왔다.

오빠 가족들과 만찬을 가진 지도 벌써 3개월 가까이 지났다. 그 후
로 사모님의 행동은 이전과 크게 달라진 점이 없었다. 내가 신경 쓸까
봐 조심해주고 계신 것이리라. 사모님의 그런 배려가 너무 감사했다.
여진이 날 이끌고 집 여기저기를 보여주는 행동을 해도 저지하지 않
으셨다. 오히려 사모님이 직접 나서서 오빠에 대해 알려주려고 하셨
다. 하나하나 따져보면 내가 오빠에게 부족할 수 있는데도 사모님과
사장님은 전혀 개의치 않는 분위기였다.

내 연애, 망신살의 상쇄 조건으로 가족복이 딸려 온 건가. 그런 거라
면 망신살쯤은 참아주겠어. 이미 흑역사 기록을 갱신했으니까 앞으로
그보다 더한 건 없겠지. 아니, 없어야 한다.

"오빠 진짜 여진이 머리 자주 말려줬나 봐요. 머리 말려주는 사진이
많더라."

지금 내 휴대폰 잠금 화면은 6세 유아 선여진의 머리를 16세 청소
년 선우빈이 말려주고 있는 사진이었다. 이 화면을 열면 미소 짓는 17
세 선우빈이 있다. 교복을 입은 채 제 다리 위에 여동생을 앉히고 머
리를 말려주는 소년의 옆모습은 무지하게 예뻤다. 지금처럼 성숙한
매력은 없지만 현재보다 더 뽀얗고 선이 고운 얼굴이었다. 이런 단정
한 교복 차림의 선우빈이 10년 전에 존재해서 다행이었다. 만약 지금
선우빈이 이런 모습의 10대였다면 나는 블링블링한 은팔찌에 시크한
블랙 전자발찌를 차고 있을지도 모른다. 어릴 때부터 잘생겼다더니
맞는 말이었다. 이런 남자를 지척에서 보고 자란 여진은 웬만한 남자
애들은 눈에도 안 찰 게 분명하다. 반전 있는 안경 총각도 사촌이었고
말이다. 아직까지 여진과 잘 사귀고 있는 수민도 인근에서 알아주는

'매끈남' 아닌가. 그러고 보니 수민이랑 윤찬인 잘 있나 모르겠네. 과
외 선생님 바뀌고 살려달라는 메시지를 몇 번 보내오긴 했었는데.

"오빠, 오늘 교복 입고 졸업식 갈래요?"

"그거 이제 안 맞아."

"아니, 중학교 말고. 고등학교 교복 있을 거 아녜요."

"우리 아가씨가 무슨 생각이실까?"

"음, 오빠를 일찍 알지 못한 것에 대한 아쉬움?"

내 말에 오빠는 내 입술에 가볍게 키스를 남기며 말했다.

"앞으로 같이 있을 시간이 훨씬 더 많아. 아쉬워하지 마."

당연하게 미래를 이야기하는 오빠다. 혹시 오빠도 나처럼 하루 한
마디 세뇌 교육 프로젝트라도 진행 중인 건가. 그렇담 질 수 없지.

"선우빈, 누구 거?"

"서민유 거. 앞으로도 계속."

우리는 오늘도 서로를 세뇌 중이다.

오늘은 오빠의 졸업식 날이다.

오빠를 위해 난 특별히 예쁜 꽃다발을 주문해놓았다. 학위수여식을
하는 동안 살짝 나가서 받아 올 예정이다.

"언니!"

저 멀리서 여진이 넘어질 듯 빠르게 달려오는 모습이 보였다. 내가
손을 흔들어 보이자 여진은 더 빠르게 달려와 그대로 날 껴안았다. 그
기세에 몸이 휘청했는데 뒤에서 오빠가 잡아주어서 다행히 넘어지진
않았다.

"누가 보면 내가 졸업하는 줄 알겠다."

"아, 그럼 우리 오빠도."

여진은 날 껴안은 팔을 풀고는 뒤에 있는 제 오빠와 함께 날 겹쳐서 다시 껴안았다. 그런 여진이 귀여워서 피식 웃는데, 여진의 뒤로 해사한 미소를 짓고 계신 사모님이 보였다.

"안녕하세요."

나는 여진의 팔을 풀어내고 꾸벅 인사를 했다. 하루 만에 다시 보는 여진과 사모님이다. 어제 오빠는 퇴근하고 곧장 본가로 왔다. 그리고 과외가 끝나고 모두 함께 여진이네 집에서 저녁까지 먹었다. 여진이 자고 가라는 걸 극구 사양하고 오빠와 함께 집을 나섰는데 함께 차에 탄 짐승 한 마리가 제 자취집으로 가자고 유혹하는 데에 낚여 그대로 외박. 친언니 서민아 씨가 알면 어깨춤이라도 출 것 같은 노선으로 하루를 마쳤다.

"어젠 잘 들어갔니?"

하하하. 최대한 어색하지 않은 표정으로 웃어 보이려 애썼다.

"네. 걱정해주신 덕분에 잘 들어갔어요."

오빠 집에 내 옷을 두어 벌 가져다 두길 잘했지. 아니었으면 이틀 연속 같은 옷을 입고 사모님을 만나는, 민망한 상황이 벌어질 뻔했다.

"둘이 오늘 데이트해야 하는데 우리가 너무 눈치 없이 온 건가?"

12월에 오빠가 입사한 뒤로 기말고사는 나 홀로 외로이 공부했고, 1월부터 방학이라 더 자주 보기는 무슨, 직장인 오빠는 퇴근 이후에나 만날 수 있었다. 예상했던 일이지만 적잖이 쓸쓸했다. 사람이란 이렇게 간사하다. 지금껏 아웃사이더, 아싸로 마이 웨이를 걸어오던 내가 옆에 선우빈이 없다는 것 하나만으로 외로움을 느끼다니. 나약해진 듯 눈물이 나려 할 때마다 휴대폰 속 17세 선우빈을 보고 위안을 삼았다. '하, 요놈 잘생겼다 진짜. 이런 아들이라면 나 안 닮아도 될 것 같다'는 그런 생각을 하면서.

"아뇨, 졸업식인데 가족이 오시는 게 당연하죠."

다시 한 번 강조하지만 내 졸업 아니다. 선우빈 졸업이다. 선우빈도 선우빈이지만 그 모친의 위력은 대단했다. 워낙 유명인물인 선우빈인지라 졸업하는 기회를 틈타 알은척하려는 사람이 많았다. 그런데 거기에 그와 똑같이 생긴 예쁜 어머니가 등장하자 사람들의 시선은 찰싹 정도가 아니라 강력 본드처럼 두 사람에게 들러붙고 있었다.

"어머니, 이쪽으로 오세요."

오빠가 사모님의 어깨를 살짝 감싸 안으며 학위식이 거행되는 강당 쪽으로 방향을 틀었다. 그러면서 다른 팔로 내 어깨를 감쌌다. 나는 여진과 손을 잡고 있었다. 그 덕에 넷이서 한 줄로 쪼르르 강당에 들어가는 그림이 연출되었다. 강당에 도착한 우리는 우빈 오빠를 남겨두고 뒤쪽으로 와 자리를 잡았다. 졸업생들 자리는 강당 단상 앞쪽이었다. 일행이나 손님들은 뒤쪽 자리에서 그들이 학위를 수여받는 광경을 지켜보았다.

진짜 마지막이라 그런지 평소에 오빠에게 인사만 건네던 사람들이 오빠에게 다가와 축하를 하거나, 꽃을 주거나, 사진을 함께 찍었다. 오빠는 북적이는 사람들에게 열심히 응해주었다. 가족이 함께 있으니 매몰차게 거절하는 모습을 보일 수 없어 그런가. 조금은 귀찮아하는 기색이지만 오빠는 잘 참아내고 있었다. 놀랍기도 하고 기특하기도 했다.

"쟤가 별일이네."

"마지막이니까 오빠가 그냥 참아주나 봐."

선우빈의 의외의 모습에 사모님과 여진 역시 놀라는 눈치였다.

"저기, 저 잠깐 실례 좀 하겠습니다."

나는 사모님께 잠시 양해를 구하고 강당을 서둘러 빠져나왔다. 그리고 학교 앞에서 택시를 타고 화원으로 갔다.

"어서 오세요."

"전화로 주문했는데요."

"성함 말씀해주세요."

"선우빈이요."

"네에. 아. 여기 있습니다."

"감사합니다."

미리 주문해두었던 꽃다발을 받아 들고 다시 잽싸게 학교로 돌아왔다. 내가 준비한 것은 선우빈을 닮은 고고한 장미꽃 다발이었다. 흰 꽃잎 끝 부위에 분홍빛이 도는 장미로 이루어진 다발이다. 처음 이 장미를 봤을 때 왜인지 오빠에게 주고 싶어서 단박에 선물로 결정한 것이었다.

"잠깐이라기에 화장실 다녀오는 줄 알았더니, 웬 부케를 다 들고 왔네?"

사모님이 날 반기며 어머나, 하는 표정으로 말했다. 부케 같다는 말에 다시 살펴보니 꽃을 감싼 포장지 색만 흰색으로 바꾸면 그럴싸했다. 이것도 무의식중에 세뇌 교육이 빛을 발한 결과인가.

"이거 오빠한테 주면 이상할까요? 이 꽃 보자마자 우빈 오빠 생각나서 바로 산 건데요."

사모님이 하핫 하고 웃으셨다.

"어울릴 거 같긴 하네. 쟤가 내 아들이지만 날 닮아서 꽃 같은 구석이 좀 있어."

"아들 자랑이야? 엄마 자랑이야? 노선 확실하게 해요."

오빠의 학사모를 쓴 여진의 말에 사모님은 또 '하하하' 하고 웃으셨다. 가족석에 평범하게 앉아 호탕하게 웃고 계신 이분이 S.H. 사모님이라는 걸 그 누가 알까. 사장님은 바빠서 못 오셨다고 했지만 그보단 혹여 자신을 알아보는 사람이 있을지 몰라 일부러 여기 안 오신 건지도 모른다. 선우빈이 아들인 걸 알면 그의 입사에 의문을 가질 사람들이 분명 생겨날 걸 누구보다 잘 알고 계시는 분이니 말이다.

"오빠 학위 수여는 아직이죠?"

"이제 곧 있으면 받을 것 같은데. 아, 지금이다."

학장님께 인사하는 오빠의 뒷모습이 보인다. 나는 선우빈이 영화제 대상을 수상하기라도 한 것처럼 손바닥이 부서져라 박수를 쳤다.

"가서 얼른 꽃 주고 와."

사모님이 내 등을 떠밀어주셨다. 나는 의자 사이 복도를 빠르게 걸어서 단상에서 내려오는 오빠에게 다가갔다.

"이런 건 언제 준비했어?"

오빠는 내가 내민 꽃을 받아 들며 활짝 웃었다. 어떤 게 꽃이고 어떤 게 선우빈인가. 부케 같은 장미꽃 다발은 내 예상보다 훨씬 더 선우빈에게 잘 어울렸다. 검은 정장 차림의 선우빈이 하얗고 살짝 분홍

빛이 도는 장미를 들고 있으니 그 장미가 보석이라도 된 것처럼 반짝이는 것 같았다.

"고마워, 깨비야."

"오빠, 졸업 축하해요."

오빠는 팔을 뻗어 나를 가볍게 품에 안았다. 우리 주위로 사람들의 시선이 조금씩 모이는 게 느껴졌다. 주변 시선, 특히나 저 멀리 앉아 계신 사모님과 여진의 시선이 조금 신경 쓰였다. 하지만 선우빈의 포옹을 어찌 거부할쏘냐. 나 역시 오빠 등을 팔로 감싸 토닥였다.

"앞으로 개강하면 오늘같이 예쁜 옷 입지 말고, 학과 점퍼만 입고 학교 다녀."

오빠가 귓가에 속삭이는 내용이 귀여워서 나는 웃음을 터트렸다.

점심은 중식이었다. '졸업식 하면 짜장면'이라는 진리를 따라야 한다며 사모님이 적극 추천했다. 학교 근처에 이런 고급 중식집이 있는 줄은 몰랐다. 무려 3년을 지나쳤던 길인데 말이다. 사전에 예약을 해두셨는지 오빠 이름을 대니 직원이 바로 자리로 안내해주었다.

중국 요리를 코스로 먹어보긴 처음이었다. 짜장면뿐만 아니라 갖가지 요리가 줄줄이 세팅되었다. 네 사람이 둘러앉은 둥근 테이블 위에는 빙그르르 돌아가는 원형판이 있었다.

'요리를 판 위에 두고 돌려가며 먹는 구조구나.'

상 위에 가득한 음식들을 보고 있자니 들고 있는 젓가락을 마이크 삼아 노래라도 부르고 싶을 만큼 신이 났다.

"울 쌤 눈 초롱초롱한 것 봐."

"응, 신나."

여진의 말에 절로 속마음이 튀어나갔다. 중식이라곤 짜장면, 짬뽕, 탕수육이 전부였던 나다. 처음 보는 요리에 엄청 흥분 중이다.

"민유 양, 많이 먹어."

사모님이 웃으며 말을 건넸다. 또 한 번 강조합니다만, 선우빈 씨 졸업식 날입니다. 우리는 선우빈의 졸업을 축하하며 즐겁게 식사를 시작했다.

"민유 쌤, 아니 언니. 언니 우리 오빠한테 프러포즈한 거예요?"

사모님이 잠시 화장실에 가신 사이 내 옆에 앉아 있던 여진이 물었다.

"아니, 왜?"

"오빠한테 정중하게 부케 내밀길래."

내 꽃다발은 졸업 꽃다발이 아니라 부케가 되었구나.

"그러게. 오빠도 언니가 꽃 들고 오기에 프러포즈할 줄 알고 기대했는데."

오빠의 응대에 여진의 눈이 떨어질 것처럼 커졌다. 여진아, 왜 그렇게 놀라.

"울 오빠, 이런 말도 하는 사람이었구나……."

멍한 말투로 솔직한 심경을 내뱉는 여진이었다.

"근데, 언니. 언니는 결혼식 어떻게 하고 싶어요?"

"어떻게라니?"

"왜, 호텔에서 하고 싶다, 아니면 전망 좋은 데서 간단하게 하고 싶다, 그런 거 있잖아요."

한 번도 생각해본 적이 없다. 나는 오빠를 만나기 전까진 결혼은 그저 먼 훗날의 일이라고만 막연히 여기고 있었다.

"딱히 생각해본 적이……."

"왜애? 어째서? 지금이라도 생각해봐요."

여진의 질문에 오빠는 들고 있던 젓가락을 앞접시에 살짝 내려놓고 내게 시선을 보냈다. 내 이야기를 집중해서 듣겠다는 제스처였다. 하지만 선우빈 씨, 미안. 정말이지 난 특별히 생각한 게 없어요.

"아, 그건 있다. 즐거운 결혼식이었으면 좋겠어."

"즐거운 결혼식이요?"

"응. 축가로 〈이등병의 편지〉나 이별 노래를 불러도 상관없을 정도로."

"그게 뭐야. 결혼식 축간데 왜 그런 걸 불러요?"

"축가라기보다는 그냥 내가 좋아하는 노래를 축하공연식으로 즐겁게 듣고 싶다는 거지."

그러고 보니 예전에 이런 얘기를 나눈 적이 있었다. 미미 시스터즈와 고등학교 야자 시간에 몰래 수다 떨다가 나온 화제였다. 어쩌다 연애와 결혼에 대한 말이 나왔는데, '결혼식은 신났으면 좋겠다'에 모두의 의견이 하나로 모였다. 그리고 서로의 결혼식에 축가를 불러주자는 걸로 결론이 났다. 그 후로도 종종 축가에 대한 이야기를 하기는 했는데 이게 정말로 실현될지는 미지수였다. 일단 누군가 하나 결혼을 해봐야 알 수 있을 것이다.

내가 미미 생각에 빠져 있는데 여진이 물었다.

"그럼 쌤은 〈이등병의 편지〉가 좋아요?"

"그것도 좋지만 나는 1세대 아이돌들 노래가 좋아."

"왜요? 쌤 그 세대 아니잖아요."

"위에 나이 차이 많이 나는 언니 오빠 있으면 저절로 그렇게 돼. 그들의 전성기에 내 취향이 맞춰져."

"난 안 그런데?"

선여진이야 당연히 안 그럴 것이다.

"그야 네 오빠가 선우빈이니까."

선우빈이 특정 연예인의 노래를 따라 부르고 팬클럽 풍선이나 응원봉을 흔드는 모습. 전혀 상상이 되질 않는다.

우리 언니와 오빠는 같은 연예인을 좋아했다. 어린 시절, 여느 남매들처럼 서민준 씨와 서민아 씨 둘은 맨날 누구 하나가 피를 봐야 끝날 것처럼 싸워댔다. 그러면서도 TV에 요정, 여신 같은 세 여자가 나오면 당장 싸움을 멈추고 하나가 되어 '누나!', '언니!'를 외쳤다. 방금 전까지 싸웠던 게 무색할 정도로 둘은 함께 응원구호를 외치며 얼쑤덜쑤 춤도 따라 췄다. 그런 남매를 보고 큰 게 나였다. 언니, 오빠가 덩실거릴 때면, 옆에 있던 꼬마 서민유도 언니 오빠와 함께 노래를 따라 부르며 덩실덩실했다.

"오빠는 학창 시절에 누구 좋아했던 연예인 없어요? 아니면 즐겨 듣던 노래라도?"

내 질문에 오빠는 잠시 생각하는 듯하더니 이내 인상을 팍 썼다.

"고등학교 때, 그 새……."

오빠의 입에서 '그 새끼들'이 튀어나오려다 급히 사라졌다. 대체 무슨 일이 있었기에.

"친구들이 좋아하는 여자 그룹이 있었는데 개네 때문에 그 그룹들 노래를 강제로 들어야 했어. 평가도 해줘야 했고."

오빠 친구들은 각자 좋아하는 걸그룹이 달랐단다. 그래서 강압적으로 오빠에게 노래를 들려주며 어떤 노래가 더 좋은지 답을 강요했다고 한다. 오빠가 듣기 싫다고, 모르겠다고 해도 대답을 할 때까지 닦달했다고. 귀찮아서 아무 답이나 내놓으면 그 가수의 팬이 아닌 남은 3인방이 듣고 일어났다. 자신이 좋아하는 그룹의 노래가 왜 별로냐며. 오빠들은 그 문제로 언제나 선우빈을 달달 볶았단다. 아마 그들은 오빠가 곡을 열심히 듣고, 논리적으로 분석해 모두가 만족할 만한 대답을 했어도 오빠를 닦달했을 것이다. 나머지 둘은 잘 모르지만 축제 때 이후로도 몇 번 만나본 진송우, 김태한으로 추측건대 확실하다.

"여진이 넌 오빠 고등학교 친구들 알아?"

"응. 알아요. 오빠 친구들 짱 좋아! 길에서 만나면 맛있는 것도 사주고 그래요."

제 오빠랑 달리 오빠 친구들에게 싹싹하게 굴었을 게 분명한 귀여운 인형 같은 여진이다. 나 같아도 예뻐할 것이다.

식사가 끝나고 사모님은 볼일이 있다며 먼저 가셨고, 여진이 학교 구경을 시켜달라고 해서 입구부터 천천히 교정을 걸었다. 연일 추운 날씨였는데 오늘은 조금 날이 풀려 걸을 만했다. 졸업식이 모두 마무리됐는지 학교엔 사람들이 별로 없었다. 입구에 즐비하던 꽃다발 장사들도 전부 철수하고 없었다.

"봄에 한 번 더 놀러 와. 언니가 안내해줄게. 꽃 피면 학교가 더 예쁘거든."

"네!"

우리 셋은 나란히 손을 잡고 봄에 왔으면 더 좋았을 벚나무 길을 지나갔다. 떨어지는 꽃잎 맞으며 오빠 손잡고 이 길을 걸었던 게……. 벌써 작년 일이 됐잖아?

"시간이 너무 빠르다. 이 길에서 오빠랑 꽃 보고 걸었던 게 며칠 전 같은데."

그때만 해도 옆에 없던 딸이 하나 생긴 기분이 들어 나는 여진의 손을 꼭 잡았다. 나중에 내가 낳은 아이들이 여진만큼 크면 그때 학교에 한번 놀러 와봐야겠다.

"그러게. 벌써 1년 다 되어간다."

"여기서 우리 빈이 오빠가 여자친구 돼달라 했는데."

"오빠가 고백했어요? 여기서?"

여진이 화들짝 놀라며 물었다.

"응. 내가 먼저 고백했어."

여동생의 질문에 선우빈이 대답했다.

"너 왜 놀라냐? 나 조금 기분 나빠지려고 한다."

나는 여진을 찌릿한 눈으로 쳐다보았다.

"아유, 쌤. 여기서 고백했다고 해서 놀란 거야. 오빠가 먼저 고백해서 놀란 게 아니라아."

"흥."

"아아앙, 우리 예쁜 민유 언니 왜 이래요오."

여진이 내 팔을 껴안고 비비적댔다.

"흥흥!"

내가 대차게 여진에게서 고개를 돌리니 오빠는 그런 내가 귀엽다는 듯 내 뺨을 어루만졌다. 추운 날에 장갑도 끼지 않았는데 오빠 손은 따뜻했다. 더 만져달라는 듯 오빠 손바닥에 얼굴을 바싹 붙이자 오빠가 내 뺨을 살며시 감싸왔다.

"여진아."

"응, 오빠."

"학교 구경 다 하면 바로 집으로 가."

참 다정한 목소리로 동생에게 귀가 명령 내리는 선우빈 씨였다.

한창 경영학과 강의실을 구경하던 중이었다.

"나 잠깐 화장실 좀."

여진이 손 좀 씻고 오겠다며 화장실로 쪼르르 달려 나갔다. 떠들썩하던 녀석이 없으니 강의실은 금세 조용해졌다. 평소에 그렇게 학생들로 복작이던 강의실인데 텅 비어 조용하니 낯설었다. 방학 중에도 계절 학기나 기숙사에 남아 있는 학생들이 있기 때문에 이렇게까지 고요하진 않았는데.

"학교에서 이런 고요를 느끼다니."

신기한 기분이다. 유독 조용한 걸 보니 '졸업'이라는 것이 실감 난다. 나는 강의실 가운데 있는 책상에 몸을 살짝 기대며 읊조렸다.

"조용하다. 그죠?"

"조용하네."

내 말에 작게 호응해준 오빠가 내 앞으로 마주 섰다. 이렇게 서 있으니 오빠는 훨씬 더 커 보였다. 고개를 많이 꺾어야 오빠의 얼굴이 온전히 다 보인다. 강의실 문에서 이쪽을 보면 오빠에게 가려 내가 보이지도 않을 것이다.

"강의실에 이렇게 사람 없는 걸 보긴 처음이야."

그러면서 오빠는 책상을 손으로 짚으며 양팔에 날 가뒀다. 불쑥 다가오는 오빠의 얼굴을 보며 스르르 눈을 감으려는 찰나, 여진의 까랑까랑한 목소리가 들렸다.

"뭐 하세요?"

코앞에 있는 오빠의 표정에서 순간적으로 짜증이 훑고 지나가는 게 보여 웃음이 나왔다.

"뭐 하나니까요?"

그런데 여진의 목소리가 심상치 않다. 독 오른 여진의 목소리에 오빠가 뒤를 돌았다. 나는 오빠의 몸에 막힌 시야를 확보하기 위해, 고개를 빼꼼 오른쪽으로 기울여 뒤쪽 상황을 살폈다.

"오호라?"

"하아……."

내 입에서 날 선 목소리가, 선우빈의 입에선 난감함과 짜증이 섞인 작은 한숨이 나왔다. 여진이 강의실에 막 들어서려던 듯한 진세연과 강의실 입구 바깥쪽에서 대치 중이었다. 진세연이 왜 여기 있는지 모르겠지만, 여진은 지난날의 한풀이를 하려는지 독기 서린 눈으로 진세연을 보고 있었다. 나는 여진에게 가려는 오빠의 팔을 잡았다.

"오빠 여기 가만히 있어요."

나는 그렇게 오빠를 뒤로하고 강의실 밖으로 나와 문을 닫았다. 오빠를 진세연에게 조금이라도 노출되게 하고 싶지 않다.

"여진아."

나는 여진을 부르며 다가갔고, 이런 나를 본 진세연은 흠칫 놀랐다. 아마도 오빠 혼자 강의실에 있는 줄 알았나 보다. 이런 타이밍에 오빠 앞에 나타난 걸 보니 오빠와 단둘이 하고 싶은 말이 있는 모양이다. 지난번 인사한답시고 왔을 때 분명히 내가 오빠 여자친구라는 걸 알았을 텐데. 그 여자친구가 없다고 바로 전 남친한테 찾아와? 아무래도 내가 우습게 보였나 보다. 겉으로 봐선 내 외모가 꿀리는 것은 사실이니 자신의 경쟁 상대가 되기에 부족하다고 여기는 듯했다. 기가 막혀. 이 무슨 무매너인가. 저런 앨 예쁘다고 입까지 벌린 나를 내가 걷어차 주고 싶은 심정이다.

"사생팬인가? 왜 이렇게 우리 오빠 따라다녀요? 그거 연예인한테도 실례인데, 일반인한테 이러면 안 되지. 개념 없게."

여진은 진세연에게 다다다 쏘아붙이고 있다. 말하는 투가 '네가 예전에 그랬잖아'다. 진세연이 선여진에게 했던 말이 딱 저거였나 보다. 저런 말로 데미지를 주려면 온화하게 웃으며 나긋하게 말하는 게 훨씬 효과적인데. 아직 어린아이라 내공이 부족해 여진은 그저 화만 내고 있었다.

'아마도 진세연은 나긋나긋하게 말했겠지.'

우리 예쁜 여진이 오빠 없는 곳에서 그렇게 당했다고 생각하니 내가 다 천불이 난다. 나는 여진의 곁으로 가까이 다가가 손을 꼭 잡아주며 진세연의 눈을 똑바로 쳐다보았다. 열 받지만 얘는 오늘도 참 예뻤다. 나랑 동갑이라고 들었는데, 나보다 훨씬 성숙한 예쁜 언니 느낌이다.

"우리 시누가 아직 어려서 말을 솔직하게밖에 못해요. 돌려 말할 줄 몰라서 듣기에 조금 거칠게 느껴지죠? 이해해요. 여진이가 어디서 듣고 온 말 같은데, 완화해서 말을 못하네."

그리고 나는 진세연이 뭐라 대꾸하기도 전에 여진에게 말했다. 시선은 여전히 앞을 향한 채로.

"아가씨, 어디서 그런 망발을 배워왔어? 못써. 그런 버릇없는 소리 처음 만나는 사람한테 막 하는 거 아니야. 못 배워먹은 것도 아니고, 무슨 사정인 줄도 모르면서 어떻게 그런 말을 막 해?"

표면상으로는 여진을 야단치는 말이었지만 똑똑한 여진은 내가 제 편을 들어 진세연을 까고 있다는 사실을 바로 인지했다.

"안 그럴게요, 새언니. 저 원래는 이런 막말 안 해요."

여진은 내 팔에 팔짱을 끼고는 시무룩한 얼굴을 하는 척했다.

"그리고, 그쪽. 왜 자꾸 선우빈 근처에서 알짱대요?"

"뭐라구요?"

"선우빈, 내 남자친구예요. 주인 있는 거 탐내면 안 된다고 초등학교 때 안 배웠어요?"

"하, 이봐요. 지금 뭔가 오해하고 계신 것 같네요. 난 그저 후배로서 선배한테 졸업 축하한다고 말하려던 거였어요."

"그러니까. 그거 하지 말라고요. 후배라고 해도 내 남자 혼자 있는데 여자가 찾아오고 그러는 거 싫으니까. 상식적으로 생각해봅시다. 진세연 씨 같으면 자기 남자친구 근처에 알짱거리는 여자가 있으면 좋겠어요?"

"이렇게 집착하는 여친 때문에 오빠 주위 사람 다 떨어져 나가면,

우빈 오빠가 참 좋아하겠어요?"

진세연의 빈정대는 어투에 여진이 화가 나는지 내 팔을 잡고 있는
손에 힘이 들어가는 게 느껴졌다.

"그걸 왜 그쪽이 걱정해요? 네 남자예요? 무슨 자격으로 그런 말을
하시나. 남의 일에 참견하면 사람들이 참 좋아하겠어요?"

나 역시 진세연 못지않게 빈정거려줬다. 하지만 진세연도 순순히
물러나지 않았다.

"지금 우빈 오빠랑 오빠 가족까지 그쪽 편 들어주니까 세상 다 가
진 것 같죠? 그게 평생 갈 것 같나 봐?"

뭐? 뭐시라? 얘 지금 나 대놓고 까는 거지?

"여자가 웬만큼 변변찮아야 말이지. 우리 오빠가 워낙 착하다 보
니 챙겨줘야 할 것 같고, 측은해서 그런 거지. 조금만 지나봐요. 질려
서······."

"아아. 그래서 네가 금방 질렸나 보네."

나는 내 팔에 여진이 매달려 있다는 사실을 잠시 잊었다.

"하. 뭐가 어째요?"

공격은 진세연 제가 먼저 해놓고 반격당하니 화가 치미는 모양이
다. 진세연은 기가 찬 얼굴을 하고선 말을 이었다.

"지금 그쪽이 오빠랑 사귄다고 뭔가 착각······."

"선우빈이 내가 좋다잖아!"

참다못한 내가 소리를 버럭 지르자 진세연은 놀란 토끼 눈을 했다.

"내가 주변 여자 다 떨구고, 오빠를 고립시켜도 그 선우빈이 내 곁
에 있는다고 하잖아! 조금만 지나보라고? 조금만 지나서 헤어질 것

같으면 진세연 씨는 닥치고 그 기회나 기다리면 될 걸 왜 여기 와서 시비야? 거기다 감히 우리 예쁜 시누를 사생 취급했어? 너야말로 무슨 자격으로 그 지랄을 했는데?"

"하, 지금 너무 흥분한 거 같은데……."

내가 멍하니 당하기만 할 줄 알았던 모양이지? 광포한 내 모습에 진세연은 당황한 듯 보였다. 나는 진세연의 말을 끊었다.

"흥분? 나 참. 누가 먼저 시작했는데? 거기다 내 동생이 욕먹었는데 너 같으면 흥분 안 해? 내가 마지막으로 경고하는데, 한 번만 더 나나 우리 우빈 오빠, 우리 시누 주변에서 알짱거리면 그땐 진짜 오늘처럼 안 끝나! 알았어?"

한바탕 쏘아붙인 나는 강의실 문을 확 열어젖혔다. 문 근처에 와 있던 선우빈이 놀라 흠칫하는 게 느껴졌다.

"가요, 오빠."

나는 한쪽에 여진의 손을, 다른 한쪽엔 오빠 손을 잡고 상경대 건물을 벗어났다. 분한 얼굴로 씨근덕거리는 진세연에게 오빠는 눈길조차 주지 않고 조용히 내 손에 끌려 나왔다.

"언니, 아까 진짜 고마웠어요. 눈물 나게 속 시원했어요. 그리고. 음, 저기……. 저는 이만 가볼게요."

건물 밖으로 나오자마자 여진은 나와 오빠 사이의 심상치 않은 기류를 눈치채고 도망치듯 떠났다. 나중에 생각해보니 택시를 태워주지도, 버스 정류장까지 데려다주지도 못해 미안했다. 하지만 나는 지금 선우빈과 끝장전을 앞두고 있기에 미처 챙겨줄 생각을 못 했다.

"선우빈 씨."

"응."

뭐라고 말을 꺼내야 할지 모르겠다. 내가 남친의 구 여친을 남친 앞에서 처단하는 날이 올 줄이야.

"……후우."

나는 속으로 치밀어 오르는 무언가를 삼키며 심호흡으로 화를 다스렸다.

"깨비야."

선우빈은 죄가 없다. 그의 죄라면 너무 잘나서 주변에 자꾸 파리가 꼬인다는 것뿐. 그런데도 오빠는 자신이 대역죄인인 것처럼 어쩔 줄 모르는 얼굴이었다. 이 남자를 못생기게 만들 수도 없고, 1년 내내 다 떨어진 빨간 내복만 입힐 수도 없으니, 나는 지금 화가 나는 거다.

"아우씨! 회사에서도 이래?"

한마디 꺼냈을 뿐인데 눈물이 쏟아질 것 같았다. 오빠는 한층 더 새파래진 얼굴로 다급히 내 양손을 꼭 잡았다. 그리고 이내 내 팔을 잡아당겨 제 품에 안았다가 다시 팔을 풀고 내 양 뺨을 감싸는 등 안절부절못하는 모습을 보였다.

"그럴 리가 없잖아. 오빠는 서민유밖에 없어. 정말이야."

화를 가라앉히려 씩씩대며 숨을 고르는 나를 오빠가 조심스럽게 품에 안았다. 그러곤 내 정수리뿐만 아니라 귀, 볼, 뺨 온 얼굴에 키스를 퍼부으며 계속 사과를 했다. 오빠는 잘못도 없는데. 하지만 속상한 마음은 어쩔 수 없었다. 알고는 있다. 너무 잘 안다. 선우빈은 흘리지도, 여지를 주지도 않음을. 그 사실을 계속 마음속으로 되뇌며 내 숨을 평온히 돌리려 애썼다.

한참 만에 겨우 진정이 되자, 나는 오빠 가슴에 묻고 있던 고개를 들고 한마디 했다.

"내 동영상 지울래요? 아님 내가 한 명을 더 만날까?"

내 질문에 오빠는 고민할 것도 없다는 듯이 곧바로 주머니에서 휴대폰을 꺼내 들었다. 그리고 내가 보는 앞에서 직접 동영상을 삭제했다.

"오빠. 앞으로 또 저런 애가 나타나서 날 막 공격하면……."

"없어. 그런 일 절대 없어. 만약 저런 일 또 생기면 오빠 평생 서민유 노예야. 민유가 하자는 대로 다 하고, 시키는 대로만 살 거야. 숨 쉬는 것도 허락받고 쉴게."

"정말이에요?"

"응. 진심이야."

나는 주섬주섬 휴대폰을 꺼내 들며 말했다.

"……동영상?"

서민유는 이렇게 선우빈 졸업식 날, 다시 인생 카드를 얻었다.

그것도 두 장이나.

15. 러브 인 캠퍼스!

새 학기가 시작되었다.

아직 3월이라는 말이 채 익숙지도 않은데 벌써 시간표 정정 기간까지 지났다. 신년의, 새 학기 특유의 부산함과 약간의 소란스러움이 가득한 강의실을 나서는데 누군가가 날 불렀다.

"민유 쌤!"

내가 몸을 다 돌릴 틈도 없이 그 누군가가 나를 덥석 안아왔다.

"어머! 신애야!"

우리 학교에 오겠노라 당당히 선언했던 신애였다. 신애 정도라면 당연히 합격할 거라고 생각했었지만, 이렇게 학교에서 실제로 만나니 그 기쁨과 반가움이 배는 컸다.

"정말 여기 왔구나! 그럴 줄 알았어, 축하해!"

"그럼요! 제가 누군데요, 쌤. 아니다, 이젠 선배님이라고 불러야겠네요."

이제는 당당한 관대 경영학과 새내기 노신애다.

"오구오구. 우리 예쁜 똑순이. 수업은 어땠어? 대학 수업 들을 만했니?"

"네! 대학 별거 아니네요."

그러면서 신애는 잔뜩 들떠 소문의 관대 학식을 먹은 것과 이한수의 외모를 찬양했다. 이전에 짝사랑한다던 남자아이와는 잘되진 않았지만, 그게 다 이한수를 보기 위해 하늘이 정리해준 거라며 쿨하게 넘기기도 했다. 당장 다음 주 신입생 환영회가 무척 기대된다는 신애를 데리고 학교 앞 카페로 향했다. 이제는 동문 후배가 된 신애에게 선배가 쏘는 디저트였다.

"딸기다. 쌤, 나 이거 먹어도 돼요?"

신애가 카페 진열대에 있는 딸기 타르트를 가리키며 물었다. 생글생글 웃는 그녀의 얼굴에서 나는 작년의 내 모습이 겹쳐 보였다.

"딸기 케이크 나왔다."

"어디요? 우와! 드디어 딸기가!"

나는 그때 선우빈이 그랬던 것처럼 새로 나온 딸기 케이크와 딸기 타르트를 모두 주문해 테이블에 내려놓았다.

"쌤, 무리하신 거 아녜요? 두 개씩이나?"

"무리는 무슨. 괜찮아. 입학 선물이라고 생각해."

"그럼 잘 먹겠습니다!"

"빈이 선배⋯⋯. 국사 잘하세요?"

"흥선대원군?"

신나게 포크를 휘젓는 신애 모습 위로 우빈 오빠가 떠올랐다. 아직
도 그날의 대화가 귓가에 선명하다.

"어? 언니, 손에 그거 뭐예요?"

햄스터처럼 볼에 빵빵하게 케이크를 밀어 넣은 채 신애가 내 손을
가리키며 물었다.

"설마, 설마! 울 공대 언니, 그거 커플링?"

나는 자랑스럽게 왼손을 들어 보여주며 고개를 끄덕였다. 내 대답
에 신애는 제가 고백이라도 받은 것처럼 소리를 지르며 호들갑을 떨
었다.

오빠 졸업식 나흘 뒤.

갑작스러운 폭설로 온 세상이 멈춰버렸다. 3월이 오기 전에 눈구름
이 마지막으로 힘을 내는지 거센 바람과 함께 눈보라가 휘날렸다. 원
래 밖에서 데이트를 하기로 했었지만 기상 상태가 이런 만큼 본의 아
니게 데이트 장소가 오빠 집으로 바뀌었다. 원래는 분위기 좋은 레스
토랑에서 밥 먹고 이런저런 곳을 돌아다닐 예정이었다. 조금 아쉬워
하는 내게 선우빈 씨가 요리를 대접해주겠다고 했다. 우린 오빠 집 근
처의 마트로 가서 신혼부부처럼 함께 장을 봤다. 이쪽이 더 마음에 드

는 건 안 비밀.

"허어어어. 영롱해. 같이 살고 싶다."

선우빈 씨가 선택한 두툼한 1등급 한우 고기의 선명한 붉은빛은 참
으로 영롱했다. 고기 주제에 이렇게 섹시하다니. 앤 전생에 나라를 구
했…… 다면 이렇게 소로 태어나 도축되진 않았겠구나. 전생은 취소.
그냥 현생에서 잘 자란 소라고 하자.

"오빠는 선여진한테도 밀리고, 깨비네 어르신한테도 밀리고 이제는
고기한테도 밀리네?"

고기에서 눈을 떼지 못하는 날 보며 오빠가 뾰로통하게 말했다. 고
기한테도 질투하는 선우빈은 귀엽다. 정말 귀엽다.

"얘를 요리하는 오빠 모습을 상상하니 눈을 못 떼는 거지."

나는 오빠 허리를 안고 가슴에 볼을 비비적거렸다. 내 말에 오빠의
표정이 온화해진다.

"선 셰프, 우리 애기 잘 부탁드려요."

"예. 걱정 마시고 우리 깨비님은 가서 편히 쉬세요."

오늘 밖에서 못 먹었지만 대신 밖에서처럼 손 하나 까딱 안 할 수
있게 대접해주겠다며, 오빠는 내게 주방 퇴실 명령을 내렸다. 다 될 때
까지 TV나 보고 있으라고 리모컨을 내 손에 쥐여주기까지 해서 나는
얌전히 소파에 앉아 오빠가 부를 때까지 기다렸다. 머지않아 고기 향
기가 맛있게 피어나고, 오빠는 더 분주히 손을 움직였다. 나는 TV도
잊고 오빠가 바지런히 요리하는 모습을 넋을 잃고 보았다. 그리고 결
국 참지 못하고 식탁으로 향했다.

"우와. 선우빈 씨. 이게 정말 우리 빈이 오빠 손에서 나온 작품이야?"

오빠가 접시를 하나하나 내려놓을 때마다 나는 탄성을 뱉을 수밖에 없었다. 이 남자 요리 학원이라도 다녔나. 인터넷에서 찾아보고 그대로 플레이팅한 거라고 하지만 일류 레스토랑의 코스 요리 못지않았다. 박수가 절로 튀어나왔다.

"스테이크는 만들기 쉬워. 좋은 고기 사서 소금 후추만 잘 뿌리면 되니까. 아니면 소스 사다 먹어도 되고."

"아무리 쉬워도요. 이렇게 예쁘게 만들다니. 존경합니다, 셰프!"

나는 멋지게 오빠에게 경례까지 해 보이고 오빠의 볼에 쪽 소리가 나도록 뽀뽀를 한 후 자리에 앉았다. 휴대폰으로 사진을 찍어 기록을 남기고서야 설레는 마음으로 포크와 나이프를 들었다.

"저녁 답례로 설거지 내가 할래요. 그러니까 오빠는 밥 다 먹으면 소파에서 TV 보세요."

"우리 먹깨비 양, 오늘 풀코스로 대접한다고 했잖아. 그러니까 맛있게 먹고 편안히 쉬기만 해. 오빠가 다 할게."

"우리 빈이 오빠만 고생하는 것 같아서 뒤처리 정도는 내가 하고 싶어서 그래요."

오빠는 내 제안을 거절했지만 나도 오빠의 거절을 거절했다. 몇 번의 작은 실랑이 끝에 선우빈을 제치고 내가 고무장갑을 차지하게 되었다.

"다 했다."

"수고했어."

설거지가 끝나고 고무장갑을 막 벗었을 때, 오빠가 다가와 날 뒤에서 감싸 안았다.

"어머!"

소중한 것을 감싸는 것처럼 부드러운 포옹에 마음이 간질거렸다. 그리고 오빠의 체온이, 심장 박동까지 온몸에 느껴졌다. 나는 아직도 우빈 오빠의 이런 모든 스킨십에 설렌다. 따뜻하게 안아주는 그 손길이, 뒤에서 나처럼 쿵쿵 울리는 심장 소리가, 오빠의 모든 게 좋아서 나는 가만히 오빠에게 등을 기대며 날 안고 있는 오빠의 팔을 잡았다.

"깨비야."

"네."

"우리 먹깨비."

"응."

"서민유."

"응."

귓가에 잔잔하게 울리는 오빠 목소리도, 신경을 써서 들으면 들리는 작은 숨소리까지도.

선우빈의 모든 것이 나를 향했다.

"오늘, 정말 좋은 곳에서 공주님처럼 앉혀놓고 주고 싶었어."

두근두근. 심장이 거세게, 하지만 기분 좋게 울린다.

"집에서라도 분위기 멋있게 잡고 주려고 했는데."

"……"

"지금 오빠 마음이…… 너무 차올라서, 더 기다렸다간 터질 것 같네."

내 심장이 갈비뼈를 뚫고 나올 것처럼 더 거세게 뛰었다. 오빠가 내 왼손을 조심스럽게 잡고 네 번째 손가락에 반지를 천천히 끼워주었다. 오빠가 계속 손에 쥐고 있었는지 차가운 금속의 느낌이 전혀 나지 않았다. 따뜻하고 부드럽게 반지가 내 손가락을 감쌌다. 마치 오빠처럼.

"우선은 이걸로 임자 있는 티 내고 다녀. 졸업하면 결혼반지 끼워줄 테니까 빨리 졸업해, 서민유."

"이게 프러포즈예요? 우리 빈이 오빠 무드도 모르나 봐. 막 설거지 끝낸 사람한테. 음, 이런 건 꽃다발에, 으음. 무릎 꿇고 반지. 으으음."

"프러포즈가 아니라, 그냥 프러포즈 예고편이야. 그러니까, 깨비야. 울지 마."

울지 말라는 오빠 말에 툭툭 떨어지던 눈물이 주르륵 흘러내렸다.

신애는 내 손을 끌어다가 반지를 살펴보았다.

"이거 무슨 보석이에요? 색이 되게 예쁘다."

"자수정이야."

오빠의 탄생석인 자수정이 박힌 반지는 내가, 내 탄생석인 에메랄드가 박힌 반지는 오빠가 꼈다. 서로의 얼굴에 문신은 못 새겼지만, 손가락에 '임자 있음' 커플링은 끼게 되었다. 문신보단 약해도 엄연한 표식을 붙이고 나니 마음도 좀 놓였다.

"쌤 남자친구는 어떤 사람이에요?"

신애가 눈을 초롱초롱하게 빛내며 물었다. 교생 선생님에게 첫사랑 얘기를 물어보는 학생의 눈빛이다.

"네가 작년에 입학했다면 아마 만날 수 있었을 거야."

"헐, 뭐야. 쌤 CC였어요?"

"응. 그것도 경영학과. 하지만 올해 졸업했으니까 이젠 CC 아니야."

"올해 경영학과 졸업생? 이름이 뭐예요? 어떤 사람인데? 쌤이랑 몇 살 차이 나?"

신애는 내 남자친구가 무척이나 궁금한지 내가 대답할 틈도 주지 않고 계속 질문을 퍼부었다.

"워워, 진정해. 지금 이쪽으로 오고 있다고 했어."

"우왁! 정말요?"

"데이트하러 갈 거거든."

"꺄악. 울 민유 쌤, 데이트래."

그때, 카페 문이 열리고 키가 훤칠한 남자가 신발에 묻은 눈을 툭툭 털고 안으로 들어섰다. 카페 안의 시선이 모두 남자에게 쏠렸다. 하지만 그런 시선에 전혀 개의치 않는 얼굴인 남자는 이내 날 발견하고 활짝 웃으며 다가왔다.

"작년에도 이맘때쯤 딸기가 나왔던가? 우리 깨비, 벌써 먹었구나."

우빈 오빠는 테이블 위에 남은 딸기의 잔해를 보고 '역시' 하는 표정을 지었다.

"오빠, 여긴 올해 경영학과에 입학한 오빠 후배예요. 노신애라고 제가 가르쳤던 학생이에요."

"그 야무지다는 학생?"

"네."

"반가워요. 선우빈이에요."

신애는 입도 못 다물고 멍하게 오빠 얼굴만 쳐다보다가, 오빠의 인사에 그제야 정신을 차렸다.

"안녕하세요. 저는 노신애…… 입니다. 선. 우. 빈. 선배님."

이름 한 글자, 한 글자를 힘주어 발음하는 걸 보니 신애는 머릿속에 선우빈이란 글자를 새기려는 듯했다. 원래부터 궁금한 것에 대해선 끝까지 파고드는 성격이니 아마 내일 당장 학과사무실에 가서 오빠에 대해 낱낱이 물어볼 것이다.

"오빠가 너무 일찍 왔나? 두 사람 얘기 아직 다 못 했지?"

우빈 오빠가 미안한 얼굴로 물었다. 나보다도 먼저 신애가 대답했다.

"아니요, 얘기 다 했어요! 쌤이랑은 앞으로 또 학교에서 계속 만날 건데요, 뭐. 그때 해도 돼요."

그러면서 신애는 빨리 데이트하러 가시라며 내 등을 힘차게 떠밀었다. 우빈 오빠와 나는 쫓겨나듯 카페에서 나왔다. 우리가 문을 나설 때까지 신애는 우릴 보며 손을 흔들다 나와 눈이 마주치자 '파이팅!' 하듯 주먹을 불끈 쥐어 보였다.

"으, 춥다."

카페를 나오니 찬바람이 확 불었다. 3월인데, 분명히 계절상 봄인데 날씨는 여전히 겨울이다. 이번 겨울엔 유난히 눈이 많았다. 2월 말까지 내린 눈 때문에 3월인 지금도 사방에 눈이 쌓여 있었다.

"왜 오늘은 과 점퍼 안 입었어? 오빠가 겨울에는 무조건 그것만 입으라고 했잖아."

"며칠 내내 그 차림이었잖아요. 그리고 오랜만에 데이트하는 건데,

오늘만큼은 오빠한테 예쁘게 보이고 싶어서 안 입은 거예요."

선우빈 씨의 입술이 기분 좋게 호선을 그린다.

"그러는 오빠는 왜 빨간 내복 안 입었는데?"

"그것만 입으면 춥잖아. 그래서 겉에 슈트 걸친 거야. 벗겨서 확인
해볼래?"

선우빈 말발이 언제 이렇게 상승했지? 심지어 자기를 벗겨달라는
말까지 자연스러워.

"벗겼는데 빨간 내복이 없으면요?"

"음, 그럼. 민유한테 그대로 잡아먹히는 거지."

"저 오빠 맨몸만 보면 덤벼드는 그런 여자 아니……."

그런 여자 맞다. 솔직한 짐승녀 서민유 아닌가. 어흥, 어흐웅!

하지만 대놓고 인정할 순 없어 나는 가볍게 헛기침을 하며 화제를
돌렸다.

"흠흠. 오늘 저녁은 뭐예요?"

오빠가 퇴근하면 학교 앞에서 만나 오빠 집에서 저녁을 먹고 가는
건 이제는 자연스러운 일상이었다. 학기가 시작하면서 나는 자연스레
오빠의 집에 드나들게 되었다. 그게 오빠와 제일 오래 시간을 보낼 수
있는 방법이었으니까. 그러다 한 번은 일하고 온 오빠에게 서프라이
즈를 해줄 생각으로 저녁 식사를 만들고 기다렸다. 그런데 그에 대한
보답이라며 다음 날은 오빠가 저녁 대접, 그다음 또 서민유가 보답. 이
루트의 무한 반복. 이런 식으로 자연스레 둘이 번갈아 가며 저녁을 같
이하고 있었다.

"갈비찜. 어머니가 보내주셨어."

음식 솜씨가 좋으신 사모님의 갈비찜이라니 군침이 돈다. 마침 딱 적절하게 입맛도 돋아 있다. 방금 전에 먹은 딸기 케이크와 딸기 타르트는 갈비를 영접하기 위한 훌륭한 애피타이저가 된 셈이었다. 나는 식전에 두 종류의 빵과 커피를 먹고도 고기 500g은 거뜬히 먹을 수 있는 여자다.

"꺄핫! 오빠, 빨리 가요. 빨리!"

나는 오빠 손을 힘차게 흔들며 걸음을 재촉했다.

전공 수업 6개 교양 수업 1개의 여전히 빡빡한 시간표.

학교, 도서관, 선우빈, 우리 집.

이것이 내 4학년 1학기.

난 지금도 여전히 러브 인 캠퍼스 중이다.

16. 민유가 모르는 이야기

【한정식집에서】

민유가 화장실로 간 틈에 상후는 민유가 있을 때 하지 못했던, 아까부터 궁금하던 것을 물어보았다.

"형, 혹시 민유 누나 좋아해요?"

매점에서 선우빈과 눈이 마주쳤을 때부터 지금까지 쭉, 우빈의 신경이 온통 민유에게 쏠려 있다는 것이 느껴졌다. 선우빈이 민유를 좋아할 수 있다. 충분히 인정한다. 민유는 예쁘니까.

하지만 보아하니 민유와 그는 만난 지, 아니 서로 안 지 얼마 되지 않은 사이가 분명했다. 민유는 예쁘고 새침하게 보이는 외모와는 달리 털털함이 넘치는 여자였다. 그래서 민유의 여성스러운 외모만 보고 달려들었다가 실망해 후두두 떨어져 나가는 남자들을 상후는 많이 봐왔었다. 떨어져 나간 놈들 중엔 술자리에서 민유를 도마 위에 올려놓고 이러쿵저러쿵 안주로 삼는 경우도 있었다. 자기들이 외모만 보고 제멋대로 '서민유라는 여자'에 대한 환상을 만들어놓고선 실제의 모습이 그 환상과 부합하지 않자 가차 없이 험담을 하는 것이다.

다행인지 불행인지 민유는 그런 남자들의 호감을 전혀 알아채지 못했다. 하지만 뒤늦게 그들의 뒷담화를 전해 듣고 상처 아닌 상처를 키웠던 것을 상후는 잘 알고 있었다.

그래서 그에 대한 방어기제로 민유는 처음 만난 사람들에게 일부러 더 털털하게 굴곤 했다. 처음부터 얌전하고 가녀린 인형 같은 이미지가 심어지지 않도록 하기 위해서였다. 모든 것을 터놓고 지내는 '미미 시스터즈' 친구들이 아니었다면 민유는 외모와 성격이 다르니 어쩌니 하는 소리가 듣기 싫어서 아예 고독한 '개썅 마이 웨이'파가 되었을지도 모른다. 그래서 상후는 이번에도 걱정이 되었다. 앞에 앉은 이 남자도 그저 민유의 외모만 보고 덤벼드는 거라면 애초에 잘라버리는 편이 나았다. 사촌이라도 해도 친누나나 다름없는 민유였다. 누나가 상처 입는 건 절대 바라지 않았다.

"……아마 그런 것 같아."

우빈의 대답에 상후의 미간이 찌푸려졌다.

"그게 뭐예…….'

상후가 확실히 말하라고 하려는데 우빈이 무언가를 생각하는 듯하더니 이내 피식 웃음을 지었다. 그 미소가 참 사람 심장 떨리게 했다. 상후가 남자임에도 말이다. 저 얼굴로, 저 미소로 고백하면 안 넘어갈 여자가 없겠다 싶을 정도였다.

"누나, 형이 생각하는 그런 여잔 아닐지도 몰라요."

상후의 말에 우빈은 '뭐지? 이 친구도 민유한테 관심 있나? 제 여자를 지키려는 남자의 방어?' 이런 생각이 잠깐 들었다. 하지만 우빈은 이내 고개를 저었다. 처음 상후를 봤을 때부터 지금까지, '여자'를 보는 '남자'라기엔 상후는 지나치게 건조하고 담백한 얼굴이었다. 그래서 민유와 상후 둘이 친해 보여도 별로 불쾌한 감정은 들지 않았다. 아까 매점에서 둘이 나란히 서 있는 모습을 보고 신경이 쓰여 단박에 다가갔던 우빈이었다. 하나 가까이서 살펴본 두 사람 사이엔 별다른 기류가 느껴지지 않았다. 우빈은 잠시 고민하다가 입을 열었다.

"나도 하나만 물어보자. 서민유 별명이 홍선이야?"

"예?"

우빈이 민유를 처음 본 것은 작년이었다.

"……친구들이 홍선이라고 부르는 걸 들은 적이 있어. 그래서 여태껏 그게 민유 이름인 줄 알았지. 그런데 홍선이란 이름을 가진 사람은 내가 알아본 선에선 남자밖에 없더군."

우빈의 말에 상후가 멈칫했다. 민유는 대학에서 친구라곤 저와 선미 누나 둘뿐이다. 게다가 대학 사람들은 민유를 '철수'라고 부르지 '홍선'이라 부르지 않았다.

"홍선이요? 친구들이 그렇게 불렀다고요?"

상후가 이해할 수 없다는 얼굴로 물었다. 그의 표정에 우빈이 천천히 입을 열었다.

"작년에 학생 식당에서 친구들이랑 밥 먹는 걸 봤거든. 그런데 그 친구들이 이 학교 학생은 아닌 것 같았어. 말하는 걸 들어보니 아마, 한국대 학생들이었던 것 같아."

우빈의 말에 상후의 입이 벌어졌다.

"친구들이라는 게 여자 셋이었죠? 수다가 엄청 장난 아닌. 이상한 드립 치면서 놀지 않았어요?"

마치 그 현장을 보기라도 한 것처럼 생생한 표현에 우빈이 웃으며 고개를 끄덕였다. 상후도 아는 사람들인 것 같았다. 우빈이 긍정하자 상후가 다시 놀란 얼굴을 한다.

"그날…… 민유 누나 처음 본 거였어요?"

우빈이 본 것은 미미 시스터즈. 민유의 절친인 고등학교 친구들이다. 그리고 민유가 편안하게 본인의 모든 것을 드러낼 수 있는 유일한 사람들이기도 했다. 그들과 만났다면 분명 온갖 엉뚱한 이야기들이 난무했을 텐데.

"본 걸로만 치면 그것보다 조금 전?"

우빈이 민유와 직접적으로 '만난' 적은 없었다. 정말로 '보기만' 했었으니까.

"누나를 보고 나서, 누나 친구들이 얘기하는 것도 들으셨던 거예요? 그, 그런데도 민유 누나가 좋아요?"

"응."

우빈의 명쾌한 대답에 상후가 허탈한 웃음을 보였다.

'민유 누나 원래 성격을 알고도 반했다는 말인가.'

제발 그때 누나들이 19금 토크만은 하지 않았길 바라며 상후가 입을 열었다.

"정말 그런데도 괜찮겠어요?"

"……그게 귀여웠는걸."

우빈은 그녀와 친구들이 종알종알 내뱉는 수다가 마치 토크쇼라도 듣는 것처럼 재미있었다. 몰래 엿듣고 있다는 사실을 잊고 크게 소리 내어 웃을 뻔했을 만큼. 작년, 강의실에서 처음 민유를 본 후로 우빈은 계속 그녀에게 눈이 갔다. 민유와 한 번 마주쳐보겠다고 안 가던 길까지 찾아가기도 했었다. 이런 일, 그에게는 처음이었다.

"그런데 상후 넌 어떻게 그렇게 민유에 대해 잘 알고 있는 거야?"

"어릴 때부터 봐왔으니까요."

서민유와 자신은 '친척'이라는 이름으로 묶여 있는 사이라 설명한 상후는 우빈에게 한마디를 더 덧붙였다.

"형. 나중에 콩깍지 떨어지고 나서 그때 왜 말리지 않았냐고 나 원망 마세요."

상후가 말을 마치자마자 민유가 모습을 드러냈다.

'원망할 일이 과연 생길까?'

우빈은 민유가 손을 탈탈 털며 다가오는 모습마저도 사랑스러워 보였다. 그런 그에게 단단히 달라붙은 깍지는 웬만해선 떨어져 나갈 것 같지 않았다.

【카페에서】

"지금 몇 시죠?"

민유는 우빈이 시계를 보기도 전에 제가 먼저 우빈의 왼쪽 손을 잡아 제 쪽으로 당겼다. 그녀에게 잡힌 손에서 은근하게 열기가 피어올랐다. 조금 전에 자신이 민유의 손을 잡았을 때처럼. 그녀의 작은 손은 그의 손에 너무도 쉽게 쏙 들어왔다. 평소보다 조금 더 빠르고 거칠게 뛰기 시작하는 심장 박동을 들킬까 봐 우빈은 잡고 있던 손을 이내 떼어냈었다. 하지만 아쉬움이 남아 느릿하게 손을 놓았다.

그 순간에 눈치를 챘지만 지금 손목을 잡히자 다시 한 번 깨달았다. 자신이 생각보다 꽤나 민유를 마음에 들어 한다는 사실을.

"으아, 늦었다! 저 먼저 가볼게요!"

늦었다며 꾸벅 인사를 하고는 놀라서 달려 나가는 민유를 보며 그가 급히 입을 열었다.

"잠깐……."

과외 하는 곳까지 데려다주겠다고 말하려고 했는데 그녀는 이미 빠른 속도로 카페를 벗어나고 있었다. 우빈은 급히 먹던 것들을 치우고 민유를 따라나섰다. 저 앞에 버스 정류장으로 뛰어가는 민유의 뒷모습이 보였다. 민유에게 전화로 잠시 기다리라고 하려던 우빈은 휴대폰을 꺼내 들다가 멈칫했다.

"이런."

카페에서 꽤 오래 얘길 나눴으면서도 그게 즐거워서 바보같이 전화번호도 물어보질 않고 있었다. 서둘러 달려가서 잡으려는데 민유가 버스에 올라버렸다.

"하아."

이 타이밍에 도착한 버스가 야속했다.

"다음번에 만나면 무조건 번호부터 알아둬야겠다."

그녀의 손바닥에 적었던 과외비 '100'은 100원도, 100만 원도 아니라 사실 하루에 100번씩 나와 눈 마주쳐달라는 의미였다. 이렇게, 볼 때마다 자꾸자꾸 빠져드는 사람은 민유가 처음이었다. 그리고 이런 상황이 우빈은 의외로 굉장히 기분이 좋았다. 게다가 그의 가벼운 터치에 민유는 거부감을 보이지 않았다. 혹시 싫어하면 어쩌지 걱정했는데 살랑거리는 그녀의 눈동자가 그에게 호감이 있다는 것을 여실히 보여주고 있어 다행이었다.

"조금씩 밀고 나가면 될 것 같은데."

마음 같아선 당장에라도 손을 붙잡고 다니고 싶었다. 처음부터 저를 '빈이 선배' 하고 부르는 것이 조금 이상했지만 이젠 애칭처럼 느껴져 굳이 정정하고 싶지 않았다. 그녀가 정말로 애칭으로 부르는 게 맞는지 아닌지 상관없이 말이다.

【골목에서】

경영학원론 수업 책이 자취하는 집에 있는 줄 알았는데, 아무리 찾아도 보이질 않았다. 우빈은 본가에 전화를 걸어 그 책이 거기 있다는 걸 확인하고 간만에 집으로 향했다. 주말에 다녀와도 될 일이었지만 그랬다간 가족들이 주말 내내 자신의 연애를 주제로 삼아 시끄럽게 굴 것 같았다. 그래서 책만 가져가자는 생각에 밤늦게 간 것이었다.

선 씨 집안 막내딸은 우빈의 얼굴만 보면 쉴 새 없이 '그 여자는 반대!'를 외쳤다. 대체 그가 여자친구가 있다는 것을 어떻게 알게 된 것인지, 또 그 여자친구는 언제 봤는지 모르겠지만 여진은 진심으로 진세연을 싫어했다. 그 덕에 부모님들까지 대체 어떤 아가씨이기에 여진이 저러냐고 물어올 정도였다. 우빈이 지금 여자친구가 없다고 사실을 말했지만 가족들은 믿지 않았다. 그가 말하기 싫어서 거짓말을 한다고 생각했다. 아마 동생이 너무도 강경하게 난리를 피워대서일지도 모른다.

"하아. 그 녀석 지금쯤 자고 있으려나."

제발 여진이 잠들어 있길 바라며 우빈은 동네 골목에 들어섰다. 시간이 늦어 동네는 조용했다. 가끔 지나다니는 차는 있어도 인적이 드문 골목 저 앞쪽에서 빠른 걸음으로 걸어오는 여자가 보였다. 동네에 도착해 처음 본 사람이라 우빈은 저도 모르게 시선이 갔다.

"어?"

낯이 익은 모습이다. 아니, 그가 알고 있는 사람이다. 몇 시간 전에 자신과 함께했던, 그의 심장을 기분 좋게 두근거리게 해주던 사람이었다. 의외의 장소에서 의외의 인물을 만나니 반가움이 더했다. 그는 차를 세우고 민유를 부르려 했지만 민유는 아까처럼 빠른 걸음으로 휙 옆 골목으로 들어가 버렸다. 그가 있는 골목은 일방통행이라 우빈은 바로 그쪽으로 갈 수가 없었다.

과외 하러 간다는 곳이 이 동네였나 보다. 과외를 시작한 지 2년이라고 했으니 어쩌면 더 일찍 민유를 만날 수 있었을지도 모를 일이었다. 그가 좀 더 자주 본가에 왔다면 말이다.

"버스 정류장이 어디더라."

민유는 버스를 타러 갔을 테니 그쪽으로 가면 만날 수 있을 것이다.

'그런데, 만나서 뭘 하지?'

우연이랍시고 이 시간에 또 카페에 가자는 것도 이상하고. 집까지 데려다준다고 하면 되려나?

"……되겠지."

자신이 내린 질문에 스스로 답을 하고 우빈은 정류장에서 마주할 민유의 표정을 상상했다.

'아마도 온몸이 움찔할 정도로 화들짝 놀라서 눈을 동그랗게 뜨고
'빈이 선배?' 하고 외치겠지?'

골목을 돌며 민유를 떠올리는 동안 우빈은 저도 모르게 입가에 미
소를 지었다.

"어?"

하지만 정류장이 막 눈앞에 보이는 찰나, 버스 한 대가 그의 차를
앞질러 가 정류장에 섰다. 이번에도 역시 그가 경적을 울리기도 전에
민유는 포르르 버스에 올라탔다.

"하. 이런."

아까 낮에 버스 정류장에서부터 묘하게 타이밍이 엇갈린다. 내일
민유를 만나면 제일 먼저 번호부터 받아둬야겠다고 우빈은 다시 한
번 결심했다.

【민유의 미래도】

교양 원예는 원래 우빈이 취소하려고 하던 수업이었다. 한 학기 동
안 식물을 키워야 한다는 과제가 썩 내키지 않았기 때문이다. 그래서
정정 기간에 수업을 빼려고 했는데 민유의 시간표를 보고 생각을 접
었다. 정정 기간이 지나고 처음보다 인원이 배 가까이 늘어난 인기 수
업이었다. 아마 삭제하고 다시 신청하려 했다면 쉽지 않았을 것이다.

교양 원예까지 해서 우빈은 민유와 꽤나 많은 수업을 함께할 수 있
게 되었다. 그가 예전에 A를 받았던 과목 재수강까지 무릅쓴 덕분에
일주일 중 4일이나 민유와 당당히 만날 수 있었다. 왜 이렇게 계속 민

유가 좋아지는 건지 우빈 자신도 알 수 없었다. 하지만 그녀 때문에 학교 가는 것이 즐거웠다. 저번 학기까지만 해도 가기 싫어 꾸물대던 것과는 사뭇 다른 지금이다.

방금 전 민유가 통화를 하며 그의 허벅지를 찰싹찰싹 쳤을 때, 조금 당황스럽긴 했지만 계속 쳐줬음 싶을 정도로 좋았다. 고작 그 정도의 터치에도 좋아서 어쩔 줄 모르던 자기 자신이 어이가 없어 웃음이 나올 지경이었다. 그 웃음을 꾹 누르며 그가 천천히 민유의 머리를 쓰다듬자 민유가 방긋 웃었다.

아이를 좋아하느냐는 그의 질문에 고개를 끄덕이는 민유. 아직 태어나지도 않은 조카가 벌써부터 기대된다며 볼에 홍조를 피우며 말하는 모습이 꽤나 사랑스러웠다. 앞으로 자신이 아이를 가지게 된다면 아들이건 딸이건 자길 많이 닮았으면 좋겠다는 소망도 귀여웠다. 민유의 이야기를 귀 기울여 들으며 우빈은 그녀의 미래 사진에 슬쩍 자신의 모습을 넣어보았다.

어라. 그런데 민유가 그리는 광경에 남편의 모습은 보이질 않는다. 그 점을 지적하니, 잠시 고민하던 민유가 답했다. 남편은 주차 중이란다.

'주차장에 있을 때 외롭지 않게 아빠 곁을 지켜줄 딸도 하나 낳아달라고 해야겠다.'

저도 모르게 거기까지 생각이 미치자 우빈의 입에선 또 웃음이 가볍게 새어 나왔다. 단단히 빠졌나 보다. 몇 번 만나지도 않은 서민유에게. 그녀의 미래에 불쑥 자신을 끼워 넣은 것도 모자라 더 구체적인 그림을 그릴 정도로. 마음만은 신랑 곁에 꼭 붙어 있다는 민유의 말에 우빈은 제 가슴께를 슬쩍 손바닥으로 눌렀다.

혹시나 심장이 뛰는 게 그녀의 눈에 보일까 봐.

【오금치기】

우빈은 다시 한 번 강의실을 확인했다.

「405호」

인문대 교양은 오랜만이었다. 우빈은 어떤 경영학과 수업이 좋은지 알려주면서 그녀의 시간표를 머릿속에 기억해두었다. 그리고 남은 학점을 민유가 듣는 프랑스 교양 수업으로 채웠다. 다행히 그리 인기 있는 수업은 아니었던지 쉽게 등록이 되었다.

그는 지금 그 교양 수업을 듣기 위해 인문대 강의실 앞에 서 있었다. 상경대에서처럼 여기서도 역시나 그를 힐끔거리는 무수한 시선들이 날아들어 왔지만 으레 있던 일이라 개의치 않았다. 우빈이 막 강의실에 들어서려고 하는데 저 멀리서 민유가 다가오고 있는 것이 보였다.

"민……."

민유를 부르려고 보니, 그녀는 그가 자신을 못 본 줄 알고 있는 것 같았다. 살금살금 그에게 다가오고 있는 모습에 우빈은 그대로 속아주기로 했다. 그리고 어떻게 대응할지를 생각했다.

'아마도 뒤에서 '왁!' 하고 놀라게 하겠지? 그럼…….'

최대한 자연스럽게 반응하려고 마음을 먹었는데, 민유는 우빈이 예상한 대로 움직이지 않았다. 갑작스러운 오금 공격에 우빈의 무릎이 앞으로 풀썩 꺾였다.

놀란 그가 급히 손을 벽에 디뎌 넘어지지 않게 버티는 순간, 민유가 비명과 함께 그의 허리를 꽉 껴안았다. 휘청이는 그의 모습에 민유는 제가 장난을 하고도 소스라치게 놀란 듯했다. 우빈도 예상 못한 오금 치기에 놀라긴 했지만, 진짜 놀란 이유는 따로 있었다.

그가 놀란 것은 민유의 포옹이었다. 어찌나 꽉 안았는지 두툼한 옷을 입었는데도 그의 등에 와 닿은 민유의 가슴이 느껴졌다. 그리고 그 사실이 인지되자마자 우빈의 심장이 발작 난 것처럼 뛰기 시작했다. 심장이 더 뛰기 전에 얼른 그녀를 떼어내야 하는데 그건 또 싫었다. 그 대신 우빈은 최대한 민유의 가슴을 인식하지 않으려 노력했다. 그러나 인식하지 않겠다고 생각하니 오히려 더 생생하게 느낌이 전해져 오기 시작했다. 우빈의 숨소리가 거칠어졌다. 하반신에 피가 쏠리기 직전 그는 겨우 입을 열었다.

"민유야, 오빠 좀 이제 놔줄래?"

민유는 좀 전보다 배는 요란하게 비명을 질렀고, 그 후 우빈은 얼굴도 제대로 못 드는 민유를 위로해줘야 했다. 빨개진 얼굴에 울 것 같은 모습으로 우물우물 말하는 민유는 숨 막히게 귀여웠다.

"오빠랑 많이 친해진 것 같아서……."

처음으로 그를 '선배'가 아닌 '오빠'라 부른 게 너무 좋아서 우빈은 그대로 손을 뻗어 그녀를 안을 뻔했다. 별거 아닌 호칭 하나에 조금 더 친밀해진 것 같다고 느껴졌다. 민유가 자신을 어느 정도 거리로 느끼고 있나 내심 노심초사했는데 많이 친해졌다고 생각하고 있었다니 마음이 풍선처럼 부풀어 오른다. 우빈은 '오빠가 똑같이 안아주면 복수가 되려나?' 하고 진심 섞인 농담을 하고 싶었지만 차마 할 수 없었다. 뭐라고 한마디라도 더 하면 민유가 울어버릴 것 같아서였다. 계속 미안해하고 울먹이는 민유를 보고 있자니 조금은 난처한 기분도 들었지만 이 상황이 꽤나 즐거운 것도 사실이었다.

'앞으로 더 편하게, 많은 장난을 쳐줬으면 좋겠는데.'

민유가 어떤 장난을 쳐올지 우빈은 생각만 해도 웃음이 나왔다.

앞으론 지금보다 더 친해질 거니까. 자신이 그렇게 다가갈 거니까.

【소문 1】

경영학과에 묘한 소문이 돌았다.

소문에 대해, 혹은 자기 자신에 대한 이야기라 해도 별 관심 없던 우빈이었다. 어린 시절부터 잘난 얼굴과 넉넉한 가정환경 탓에 그를 둘러싼 별별 이야기가 많이 돌곤 했었다. 때문에 일일이 소문을 신경 쓰기도 쉽지 않았고, 또 신경 쓰고 싶지도 않았다. 하나 이번 소문은 그가 아니라 다른 이에 관한 이야기였다. 아마도 인문대에서 민유가 장난을 치는 광경을 목격한 누군가가 말을 흘린 모양이었다. 하지만 그 내용이 사실과 약간 차이가 있었다.

'웬 여자가 인문대에서 우빈에게 백허그를 했다.'

이게 소문의 주축이었다. 백허그라기엔 실상은 조금 차이가 있었지만 이 정도 수준이라면 그냥 그러려니 넘어갈 수 있었다. 남들 눈에는 그렇게 보였을 수도 있으니까. 어찌 됐든 민유가 소문에 얽힌 것은 거슬리지만 우빈은 한 번은 넘어가기로 했다. 이번 한 번은.

【수작】
민유와 함께 샤브샤브를 먹으러 갔다.

식사가 끝나갈 무렵, MT 이야기를 나누던 중에 갑자기 당황한 얼굴을 한 민유가 우빈의 곁으로 왔다. 우빈은 왜 그러느냐는 질문 대신 민유의 시선을 따라갔다. 그 시선 끝에는 막 식당에 들어선 남자가 있었다. 안절부절못하는 민유를 보니 무슨 일인지는 모르겠으나 일단은 이곳을 피하는 게 우선일 듯싶었다.

"아이, 오빠 오늘 저녁은 제가 살 거라니까요."

카운터로 와서 계산을 하려는데 뒤따라온 민유가 제가 사겠다며 나섰다.

"다음에 사. 오늘은 오빠가 살게."

이런 와중에도 자신이 계산하겠다니. 우빈은 절로 살짝 미소가 지어졌다.

"저 잠깐 몸 좀 숨겨야……."

그런데 가게를 나서자마자 민유가 숨을 곳을 찾기 시작했다. 혹시 그 남자가 이전 남자친구는 아닐까 하는 생각이 떠올랐지만 바로 치워버렸다. 상상만으로도 불쾌했다. 과거에 누굴 사귀었든 상관은 없지만 그 사실을 굳이 상기하고 싶진 않았다. 게다가 민유의 행동은 이전 남자친구를 피하는 것보다는 무언가 싫은 것을 마주하고 싶지 않다는 쪽에 더 가까워 보였다.

"자."

"네?"

"빨리. 다 나왔다."

우빈은 제 품 안으로 민유를 불렀다. 명백한 수작질이었다. 순진한 민유는 그에게 풀썩 안겼고, 우빈은 조심스레 민유를 팔로 감싸 안았다. 부드럽고 따뜻하다. 이런 부드러움과 온기가 기분 좋게 그의 심장을 두드리는 기분이었다. 그냥 안고만 있어도 충분했지만, 우빈은 민유에게 좀 더 닿고 싶어 굳이 코트 안에 가뒀다. 그런데 막상 안고 보니 당장에라도 튀어나갈 것 같은 제 심장박동이 조금 신경 쓰였다. 이런 느낌은 처음이었다. 설레고 마냥 좋은 기분.

연애라는 거, 그냥 제 곁에 괜찮은 사람이 있다, 이 정도인 줄 알았다.

우빈은 처음으로 사랑에 빠진 기분을 느꼈다. 그 기분을 만끽하며 그는 한참이나 꼼짝하지 않았다.

"오빠. 아직도 있어요?"

담배 한 대를 다 태운 남자가 식당으로 들어간 지 한참이었다.

"통화가 길어지나 봐."

우빈은 오래 전에 사라진 남자 핑계를 대며 민유를 한동안 품에 안고 있었다.

【상경대 정문에서】

"오빠, 오랜만이에요."

우빈이 교수님과 면담을 마치고 상경대 건물을 나서려던 참이었다.

누가 불러 돌아보니, 인사를 해온 것은 세연이었다. 개강 직전에 교통 사고로 팔을 다쳐 병원에 입원했다는 말을 듣기는 했었다. 헛소문은 아니었던지 실제로 그녀는 왼팔에 깁스를 하고 있었다.

'대체 무슨 생각으로 이렇게 뻔뻔하게 내 앞에 나타난 걸까?'

이전에 교제를 했었고, 좋지 않게 헤어졌다는 것이 진세연은 불편 하지 않은가 보다. 아니면 아예 상관없다고 생각하는지도. 세연이 무 슨 생각이든 우빈은 세연이 불편했고, 한편으론 불쾌했다.

"⋯⋯그래."

세연은 우빈의 냉한 반응에 조금 당황했다. 우빈도 제 소식을 들었 을 것이 분명했다. 세연 자신이 적극적으로 교통사고 이야길 알렸으 니까. 혹여 듣지 못했다고 하더라도 눈앞에 깁스를 보면 다쳤다는 것 을 알 터였다. 그런데도 우빈은 안부를 묻기는커녕 아무 말도 하지 않 고 걷기만 했다. 그런 우빈의 모습에 세연은 속으로 으득, 이를 갈았 다.

우빈이 헤어지자고 한 뒤 세연은 한수를 완전히 정리했다. 그리고 우빈을 다시 찾아갔지만 우빈은 꿈쩍도 하지 않았다. 무려 '진세연'이 사정하는데도 말이다. 세연은 무척 자존심이 상했지만, 우빈은 매달릴 가치가 있는 남자였다. 학생 신분에 외제차라니. 우빈의 행색을 보고 집안이 여유가 있겠거니 짐작은 했지만 이 정도일 줄은 몰랐다.

'왜 차 있다는 말을 안 한 거예요?'

사실 묻고 싶은 건 이거였지만 그러면 속이 너무 보일 테니 꾹 참 고, 세연은 우빈에게 오빠를 잊을 수가 없다고, 너무 좋아한다고 매달 렸다. 하지만 무표정한 우빈의 얼굴에 귀찮음이 보인 순간 세연은 자신이 '진세연'임을 자각했다. 뭇 남자들이 못 가져 안달인 그 '진세연' 말이다.

지금 우빈은 한 번 찬 여자를 다시 받아들이기가 자존심 상해서, 아니면 한수가 사귀었던 여자를 사귀었다는 것이 자존심 상해서 그 때문에 자신을 내치는 걸 것이다. 하지만 시간이 조금 지나면 다시 돌아올 것이 분명했다. 그렇게 만들 수도 있었다. 자신은 다름 아닌 진세연이었으니까. 이것이 한평생 여왕으로 살아온 세연의 프라이드였다.

거기에 생각이 미치자 그녀는 더 이상 매달리지 않았다. 알겠다고 쿨하게 떠난 뒤 예전처럼 철저하게 선배로만 대했다. 선우빈에게 어울리는 사람은 진세연 같은 여자였다. 지금이야 차갑게 대해도, 머지않아 우빈 그도 본인의 급에 맞는 사람이 누구인지를 깨닫게 될 것이다. 그리고 다시 자신을 찾을 것이다. 그러니 방학 동안 거리를 두고 무심하게 있다가 개강하고 나서 서서히 그를 유혹하면 다시 넘어올 것이란 자신감이 있었다.

한데 예기치 못한 사고로 세연은 학기 직전에 입원을 해야 했다. 계획이 어그러져 세연은 짜증이 났다. 그것도 모자라 시큰거리는 팔 때문에 이번 학기는 아예 휴학을 하게 될 판국이었다. 어쩔 수 없이 다음 수를 구상하며 세연은 일단 휴학계를 내러 학교에 왔다가 우연히 우빈을 만났다. 휴학하면 무슨 핑계를 대고 우빈을 만나야 하지, 고민했었는데 하늘이 준 기회였다. 그녀는 속으로 쾌재를 부르며 그에게 다가가 인사를 건넸다. 우빈은 여전히 사람을 밀어내는 것 같은 냉한 분위기였지만 세연은 그것을 무시하며 다시 입을 열었다.

"저 휴학해요."

"휴학?"

"네. 생각보다 다친 데가 안 좋아서 당분간 치료가 좀 필요하대요."

"많이 안 좋은 거야?"

"저 걱정해주시는 거예요? 조금 아프긴 해도 오빠가 그렇게 걱정하실 정돈 아니에요. 괜찮아요."

그리곤 세연은 예전처럼 자연스럽게 그의 팔을 툭 쳤다. 그 순간 우빈은 걸음을 우뚝 멈추고 건조하게 말했다.

"함부로 내 몸 건드리지 마."

우빈은 볼일이 있어 먼저 간다며 세연이 뭔가 말을 더 붙이기도 전에 빠른 걸음으로 사라졌다.

【소문 2 - 모임】

시간이 지나면 소문이 사그라들 줄 알았는데 반대로 점점 더 노골적인 살이 붙기 시작했다.

'선우빈을 꼬시려고 공대면서도 일부러 경영학과 수업을 듣는다.'

'학기 초부터 계속 수작을 부렸는데, 선우빈이 안 넘어오니까 그 앞에서 옷을 벗고 사귀어달라고 난동을 부린 적도 있다.'

이런 말들이 퍼졌다. 어이없는 소문에 우빈은 단단히 화가 났다. 도저히 내버려둘 수 없었다.

대체 누가 이런 개소리를 지껄였는지, 절대 가만두지 않을 것이다.

아니 땐 굴뚝에 연기? 굴뚝 근처에 가보지도 못했다. 지금 애가 타는 건 서민유가 아니라 선우빈 저였다.

"민유가 몰라야 하는데."

이런 더러운 이야기가 민유 귀에 들어가지 않길 우빈은 간절히 바랐다. 이런 소문은 여기서 끝내야 했다. 우빈은 소문의 진원지를 찾기 시작했다.

왜 소문이 이렇게까지 변질됐는지, 우빈은 얼마 지나지 않아 바로 알게 되었다. 누군가 인터넷에 민유를 사칭해 글을 올렸고, 그 글이 화방에 그대로 옮겨지면서 소문에 소문이 더해진 거였다. 그 글이 꽤나 자극적이었기에 '카더라'의 추측성 발언들이 얽혀 마치 진짜인 것처럼 퍼져 나간 것이다.

"이걸 그 애가 썼다고?"

자신이 아는 서민유는 이런 짓을 할 사람이 아니었다. 남들 다 하는 SNS도 하나 안 하는 데다가, 절대 이런 말투를 사용하지 않았다. 무엇보다도 글에서처럼 상후와 연인 관계도 아니었다. 이건 그저 민유를 음해하기 위한 악의적인 자작글이었다.

"민유가 이 글을 보기 전에 빨리 처리를 해야 하는데."

글을 잘 읽어보면 범인에 대해 어느 정도 분석이 가능했다. 선우빈과 민유의 행적에 대한 부분을 보면 그 글을 올린 범인은 둘이 자주 붙어 다닌다는 것을 아는 사람이었다. 경영학과 수업에 대해 꽤 자세히 서술하고 있으니 아마도 경영학과 학생일 확률이 높다. 컴퓨터 수업에 대해서는 입도 방긋 않고 있는데 경영학과 수업은 강의명뿐만 아니라 강의실의 위치나 분위기까지 확실하게 나와 있으니 말이다.

그는 경영학과 친목 도모 모임에 나가기로 결심했다. 많은 사람들이 모인 자리에서 소문에 대해 추궁하고 누구인지 밝혀낼 셈이었다. 민유는 안 올 것 같으니 마음껏 수사를 할 생각이었다.

하나, 그의 예상과 다르게 그녀는 모임에 참가를 했다. 소문의 핵심이자 당사자인 그녀가 가만히 있는데, 우빈이 나서면 민유의 입장이 난처해질 게 분명했다. 그가 나설 수 없는 상황이 되었다. 대신 우빈은 이참에 모두에게 두 사람의 사이를 제대로 보여주고자 결심했다. 그래서 눈에 띌 만큼 더 적극적으로 다정하게 굴었다. 제가 민유를 좋아하고 있다는 것을 보여주면 소문은 어느 정도 진화할 수 있을 것이고, 그럼으로써 소문을 증폭하는 데 관련된 사람들에게 이를 박아 넣으려 했다. 하지만 자신의 행동이 지나쳤는지 민유가 조금 부담스러워하는 기색이었다. 그녀가 화장실에 간다며 자리를 뜨자 우빈은 반성했다.

'아직 이 정도는 불편한 거구나. 내가 너무 과했나 보다.'

심지어 화장실에서 돌아온 민유는 우빈이 있는 테이블이 아니라 한수네 테이블에 앉았다. 민유가 없는 자리에 계속 있을 필요는 없어, 우빈도 그쪽으로 자리를 옮겼다. 한수가 저를 불편해하는 것을 알았지만, 그건 문제가 아니었다. 화려하고 친절한 한수에게 혹시 민유가 시선이라도 주는 게 아닐까, 그게 더 걱정이었다. 그런데 그 자리에서 예의 '자작글'이 화제로 올랐다. 그것을 꺼낸 이는 다름 아닌 민유였다.

소문에 둔감한 것 같았던 민유는 이미 그 글을 알고 있었을 뿐만 아니라 제 손으로 범인을 찾아내려 하고 있었다. 여기서 학과에 퍼진 소문을 추궁한다면 민유가 자작글 외에 더러운 소문까지 알게 될 테니 우빈은 섣불리 입을 열 수가 없었다. 일련의 상황에 우빈은 저와 민유의 사이가 제대로 꽃을 피우기도 전에 어긋나는 기분이 들어 속이 뒤틀렸다.

【소문 3 - MT】

우빈은 원래 과 MT 따위 관심도, 참가할 생각도 없었지만, 자작글 범인을 생각해 마음을 바꾸었다. 그 글이 자작임이 밝혀진 후, 불같이 활활 타오르던 소문은 삽시간에 가라앉았다. 사람들은 이미 그 일은 까맣게 잊은 듯했다. 그러니 범인은 반성은커녕 지금쯤 마음 놓고 편히 지내고 있을 것이다.

우빈의 참석 소식에 MT 신청자가 늘었다. 그 소리를 듣자 민유가 말한 '미끼 상품' 생각이 나 우빈은 저절로 웃음이 나왔다. 민유 말대로 자신은 제법 괜찮은 미끼인가 보다.

MT는 생각보다 화기애애했다. 한수의 설득이 먹혔는지 타과생들도 10명 넘게 참여해서 한 무리를 이루고 있었다. 해가 지기 시작하면서 본격적으로 술판을 벌이려는 움직임이 보였다. 넓은 회관으로 사람들이 모여들기 시작했고, 술병들도 하나둘씩, 아니 한 박스씩 세팅되기 시작했다.

술자리가 시작되자 우빈은 사람들이 가장 많이 모인 곳으로 다가갔다. 그 자리엔 한수 그리고 세연과 친한 세 명의 후배가 있었다. 이 셋은 학과에서 가장 입이 가볍고 여러 소문을 듣고, 뿌리고 다니는 아이들이었다. 거기다 우빈 옆에 붙어 다른 사람들의 접근을 막았다. 우빈은 그걸 알면서도 여기저기 들러붙는 사람들이 더 피곤했기에 그냥 내버려두었다. 하지만 이번 소문 확장에 한몫했을 게 분명한 그녀들을 더 이상 제 곁에 둘 수는 없었다. 아니, 두기 싫었다. 앞으로 다신 그들과 엮이는 일은 만들지 않을 것이다. 잠시 사람들과 어울리던 우빈이 그들에게 말했다.

"난 이만 가볼게."

"이제 시작인데 왜요? 무슨 일 있으세요?"

승주가 물었다. 옆에 있던 현지와 선화도 그를 붙잡아두려 했다.

"벌써 가시려고요? 아직 판도 못 벌였는데. 오랜만에 오셨는데 제대로 놀다 가셔야죠."

"우빈 오빠 간만에 이런 데 참여하셔서 좀 어색하시구나? 에이, 술 조금 들어가면 금방 괜찮으실 거예요."

"혹시 뭐 불편한 거 있으세요?"

그러면서 셋은 한수를 흘끔 바라보았다. 그 시선에 한수가 입을 열었다.

"선배, 혹시 제가 불편하신 거면⋯⋯."

분위기가 묘해지자 사람들이 우빈 쪽으로 시선을 보냈다. 한수와 우빈은 가만히 있어도 절로 눈에 띄는 사람들이었다. 그런 둘이 뭔가 심각한 분위기를 연출하고 있자 사람들은 그들이 무슨 이야기를 하는지 들으려고 집중하기 시작했다.

"그게 아니라 여기 계속 있다간 무슨 소리가 날지 몰라서야."

"네? 소리라뇨?"

한수가 물었다. 우빈이 얼굴을 굳히며 말을 이었다.

"얼마 전, 소문."

세 사람의 표정이 굳었다.

"어떤 미친 새끼가 날 여자가 옷 벗고 덤비기만 하면 넘어가는 병신으로 만들었는데."

우빈의 입에서 거친 말이 나오자 주변이 술렁였다. 한 번도 들어본 적 없는 우빈의 욕은 파장이 컸다.

"내년에 졸업이고 해서 이런 행사 참여하는 것도 마지막인 것 같아서 왔지만······."

우빈은 살짝 말을 끊었다가 한 호흡을 쉰 뒤 이었다.

"다시 생각해보니 내가 있으면 이상한 소문이 돌 것 같다. 특히나 이렇게 사람 많은 곳이니 어떤 말이 어떻게 생겨서 퍼져 나갈지 누가 알겠어."

그렇게 말을 하며 우빈은 주변을 한 번 둘러보았다. 제가 한 욕설이 다른 자리에도 들렸는지 시선이 마주치니 멀리서도 움찔하는 사람들이 보였다.

"소문의 근원은 아무래도 그 자작글 때문이겠지. 거기에 더럽게 살이 붙어서 돌아다닌 거고."

"선배, 그런 소문 그냥 두지 마세요."

한수도 살짝 화가 나는 듯 말했다. 한수는 세연과의 일 때문에 우빈을 불편해했다. 언제나 밝은 한수지만 우빈 앞에선 그런 기색을 숨기지 않았다. 하지만 그것과는 별개로 한수는 괜찮은 녀석이었다. 한수 역시 사람들의 시선을 몰고 다녔는데도 그에 휩쓸리지 않고 중심을 잘 잡았고, 우빈을 불편해해도 후배로서 예의 없이 군 적은 없었다.

"······글 쓴 사람이 설마 소문이 더 심하게 날 것까지 예상했겠어요? 그냥······ 장난 좀 친 모양인데. 게다가 얼마 전에 글도 지웠고요."

우물쭈물 말을 내뱉는 현지의 모습에 우빈의 눈빛이 일순 날카로워 졌다. 보아하니 현지가 범인이거나, 그게 아니더라도 범인을 알고 있을 수 있다. 항상 붙어 다니는 승주와 선화까지 가담했는지는 모르겠으나, 어쨌든 소문이 증폭된 원인은 예상대로 저 셋인 듯했다.

"장난?"

"오, 오빠. 기분 나쁘셨을 거 아는데 진정하세요. 그 소문, 그냥 자작인 거 사람들이 이제 다 알잖아요. 그러니까 기분 푸시……."

우빈이 승주의 말을 잘랐다.

"나뿐만 아니라 내가 좋아하는 사람이 상처 받고, 평판이 땅바닥으로 떨어졌는데, 장난? 진정하라고? 왕따 가해자가 할 법한 말이군."

우빈의 말에 주변 사람들이 숨을 훅 들이켜며 수근대는 소리가 들렸다.

"뭐야, 진짜야?"

"뭔가 있다 싶었지만 설마설마 했는데."

"어쩐지 모임에서 그렇게 걔를 챙기더라니."

지난번 모임에서 우빈이 보인 행동이 단순한 친절이 아니라 우빈이 정말로 민유를 좋아해서 그랬다는 사실에 놀라는 사람도 많았고, 눈치를 채고 있었다던 사람도 있었다.

"혹시 너희들 뭐 아는 거 있어? 왜 그런 변명 같은 말을 하지?"

우빈은 눈으로 누군가를 짓이기라도 할 것처럼 셋을 보며 말했다.

"아, 아니에요!"

세 사람은 동시에 고개를 저으며 바로 부정을 했다. 이 행동 역시 의심스럽다. 뭔가 결정적인 증거가 필요하다고 느끼며 우빈은 이를 갈았다.

"그 글 쓴 새끼, 가만 안 둬. 보아하니, 우리 과 사람인 것 같던데 찾아봐야지."

우빈이 낮게 뇌까린 이 말은 다른 사람들은 듣지 못했다. 우빈과 마주한 네 사람만 들을 수 있었다. 한수는 소문을 만들고 증폭하고, 그런 일엔 전혀 관심이 없는 사람이었다. 그러니 지난번 모임에서도 편견 없이 민유와 자연스럽게 마주하고 있을 수 있었던 거였다.

문제는 나머지 셋. 무엇이든 우빈에 관한 이야기를 들으면 그대로 말을 옮길 아이들이었다. 그러니 범인이 경영학과인 것 같다는 말이 학과에 퍼진다면, 이 셋은 범인이 아닐 것이다. 아무리 우빈이 한 말이라도 자신들과 관련되어 있다면 차마 퍼트릴 수는 없을 테니까. 그렇게 되면 이들을 제외하고 다시 범인을 찾기 시작하면 된다. 반대로 퍼지지 않는다면, 이 셋이 범인일 확률이 더 높아지는 것이고. 함정 아닌 함정을 파두고 우빈은 '분위기 깨서 미안하다'는 사과를 전한 뒤, 한 번 돌아보지도 않고 자리를 벗어났다.

이곳은 하루에 버스 운행이 고작 8번이 전부인 동네였다. 막차는 저녁 8시면 끊겼고, 그나마도 작은 버스로 운행이 되었기 때문에 단체로 버스를 대절해서 이곳에 왔다. 그런데 우빈은 마치 먼저 떠날 것을 예상했던 듯 아무렇지도 않게 회관을 나섰다.

"일부러 온 거구나."

그 모습을 본 한수는 깨달았다. 그리고 아마 다른 사람들도 눈치챘을 것이다.

우빈이 경고하러 굳이 여기까지 찾아왔다는 걸.

우빈은 회관을 뒤로하고 마을 입구로 걸어갔다. 가로등조차 드문드문 있는 조용한 동네여서 멀리서 차가 다가오는 소리가 잘 들렸다. 우빈이 입구에 서서 기다리자 곧 차 한 대가 우빈 앞에 와서 섰다.

"택시 부른 거 맞아요?"

"네. 접니다."

우빈은 회관에 오기 전에 미리 불러둔 택시에 올라탔다. 그리고 미련 없이 MT 장소를 떠났다.

우빈이 파놓은 함정은 잘 먹힌 듯했다. MT 후 며칠이 지났지만 우빈이 한 말은 비슷한 것조차 돌지 않았다.

"흐음. 역시 그 애들이었을까? 그 셋을 중심으로 알아봐야겠네."

상후가 범인을 찾고 있다고 했으니 그를 먼저 만나봐야 할 것 같다.

【고백】

우빈은 빠른 걸음으로 정문으로 향했다. 민유가 학교에 도착할 시간이 다 되었기 때문이다.

오늘 민유의 수업은 오후 원예 강의 하나가 전부였다. 그녀는 언제나 수업 시작보다 30분, 빠르게는 한 시간 정도 일찍 학교에 오곤 했다. 평소에 수업을 마치면 바로 다음 강의실로 옮기던 우빈이었지만 오늘은 민유를 마중 나가는 중이었다.

과 모임 이후 왜인지 민유가 그를 피하고 있었다. 대놓고 무시하고 피하는 것은 아니었지만, 우빈과 눈을 잘 마주치지 않았다. 그를 보더라도 부드럽게 휘어 있는 눈, 그가 좋아하는 그런 표정이 아니었다. 이유를 알 수 없는 민유의 회피에 우빈은 불안해졌다.

지금까지 우빈의 주변 사람들은 그가 약간의 호감만 보여도 저에게 애정과 관심이 있다고 여기는 경우가 대부분이었다. 거기다 조금만 더 친절하게 챙겨주면 우빈이 저를 좋아한다고 착각하고, 심지어 사귄다고 생각하기도 했다. 하지만 민유는 우빈이 그녀를 여자친구처럼 대하고 있음에도 그것을 인지하지 못했다. 민유는 확실하게 말로 표현을 해야 그의 마음을 알아차릴 것 같다.

'그런데 만약, 민유가 알면서도 내가 부담스러워서 피하는 거라면 어떻게 해야 하나.'

단지 친한 선후배 사이라고만 생각하고 있다면?

그 생각이 들자 마중 나가는 걸음이 갑자기 무거워졌다.

"……그래도 말해야겠지."

차일 때 차이더라도 민유에게 고백은 할 생각이었다. 이대로는 답답해서 견딜 수가 없다.

'고백은 처음인데 어떻게 해야 하지?'

그런 고민을 하며 걷고 있는데, 정문 쪽 벤치 근처에 민유의 모습이 보였다. 우빈의 얼굴에 저도 모르게 미소가 떠올랐다. 그리고 그 미소는 민유의 곤란한 표정과 민유의 어깨에 손을 얹고 있는 웬 남자의 모습을 보는 순간 바로 사라졌다.

"아파요! 손 놓고 얘기하세요."

아프다는 민유의 목소리가 들리자마자 우빈은 달려가 남자의 손을 쳐냈다. 자신이 오기 전에 두 사람이 어떤 상황이었는지는 모른다. 하지만 민유가 싫어한다는 것 하나만으로, 감히 민유를 함부로 만진다는 것만으로 화가 났다. 녀석에게서 민유를 떼어낸 우빈은 민유의 손을 잡고 걷기 시작했다. 순순히 따라오던 민유는 남자의 시야에서 벗어나자마자 잡힌 손을 살짝 빼냈다. 이런 민유의 행동에 우빈은 자신의 마음이 거절당한 것처럼 가슴이 욱신거렸다.

"손 빼지 마. 오빠 상처 받아."

그의 말에 비로소 민유가 제대로 우빈의 눈을 바라보았다.

"우리, 무슨 사이예요?"

고백을 하려고는 했지만, 이런 상황에서 이렇게 고백하게 될 거라곤 우빈도 예상하지 못했다. 하지만 지금 확실하게 말하지 않으면 제 눈앞의 아가씨를 놓칠 것 같았다.

"오빠, 어때? 서민유 남자친구로."

그의 고백에 많이 놀랐는지 민유의 눈동자가 파르르 떨렸다.

"진세연이 여자친구라고……."

아. 이거 때문이었구나. 민유가 그동안 자신을 피했던 이유.

"진세연 내 여자친구 아니야."

그가 명확히 말을 하지 않은 탓에 불필요한 오해를 하게 만들고 말았다. 앞으론 확실하게, 말로 표현해야겠다 결심하며 우빈은 민유에게 제 마음을 꺼내 보였다.

네가 내 여자친구가 되어주길 바란다고.

【고고와 추추】

민유의 별것 아닌 행동 하나하나에 우빈은 설레었다. 아무 의미도 담지 않은 게 분명한 민유의 눈빛이나 손짓 모두가 다 그에겐 유혹으로 느껴졌다. 고백 이후, 그의 마음은 둑 허물어지듯이 와르르 민유에게 무너져 내렸다. 신기하게도 말로 표현하고 나자 민유가 점점 더 좋아지고 있었다. 민유가 우빈의 손가락 끝을 앙 하고 물자 그는 손가락의 아픔보다 순간 다른 쪽으로 힘이 쏠리는 바람에 당황했다. 고작 손가락 하나였다. 민유는 그 행동에 어떤 사심도 담지 않았다. 이번에도 우빈 혼자 유혹당한 거였다.

"고고, 오빠 집으로 데려와."

"진짜? 오빠 나만큼 잘 키워줄 거예요? 나 수시로 가서 물 주고 확인할 건데?"

순진한 민유는 모르고 있다. 그녀가 그의 집에 자주 오도록 만드는 것이 바로 우빈이 노리는 바임을.

"얼마든지."

우빈은 가족 외에 다른 사람은 한 번도 자신의 자취방에 들인 적이 없었다. 가족이라고 해도 여동생이 가끔 오는 정도였고 부모님은 단 한 번도 오신 적이 없었다. 자신만의 공간을 중시하는 그는 누군가가 그곳에 침입하는 것을 극도로 싫어했다. 하지만 이상하게 민유만은 그의 공간에 들어오길 바랐다. 그것도 간절하게. 정말 이상한 노릇이었다.

【범인 찾기】

컴퓨터공학과 과방에 우빈이 등장했다. 낯선 이가 문을 열고 들어서자 시선이 몰렸고, 그가 소문으로만 듣던 '경영대 선우빈'이라는 것이 알려지자 작은 소란이 일었다. 주변에서 쏟아지는 시선을 아무렇지도 않게 넘기는 우빈을 보며 상후는 역시 제 앞의 인물이 보통이 아닐 거란 생각이 들었다.

"형이 여기까지 어쩐 일이세요? 혹시 누나 찾으세요?"

"아니. 상후 너 찾아왔어."

상후와 우빈이 아는 사이라는 것도 컴공과 사람들에겐 화제가 될 일이었다. 과 사람들의 시선을 피해 두 사람은 자리를 옮겼다.

"네가 추적하고 있다고 들었는데."

목적어가 없어도 상후는 충분히 알아들을 수 있었다. 자작글 사건에 우빈도 얽혔으니 화가 난 것이라 생각하며 상후가 입을 열었다.

"언제, 어디서 벌인 일인지까지는 다 알아냈어요. 누군지도 이제는 대충 알겠고. 안 그래도 누나한테 말하려던 참이에요."

우빈은 혹시 상후가 갈피를 못 잡고 있다면 경영학과의 세 명을 먼저 타깃으로 삼으라고 하려 했다. 그런데 상후는 벌써 누군지 얼추 알아낸 상태였다. 우빈은 그의 빠른 속도에 놀랐다.

"어떻게 알아냈어?"

우빈의 질문에 상후는 어깨를 으쓱해 보였다.

"걔 고등학교 때 학교 컴퓨터 해킹해서 한 학기 내내 봉사활동한 애야."

그렇게 말하던 민유의 목소리가 떠올랐다. 민유 말대로 서상후는 능력자였다.

"상경대 제2컴실에서 어떤 스물두 살짜리가 한 일이에요. 더 확실하게 알아보려고 학교에 얘기해서 CCTV 자료 요청했는데 거절당했어요."

상경대. 스물두 살. 그 세 명과 일치한다.

"그렇단 말이지?"

우빈의 눈이 싸늘하게 빛났다. 뭔가 작정한 듯한 눈치에 상후는 슬쩍 겁을 먹었다. 우빈의 본성은 보통 성깔은 아닐 것 같았다. 자주 본 건 아니지만 언제나 온화하던 우빈이 지금은 서늘하기 그지없다. 민유가 이런 사실을 알려나.

"그 글 때문에 과에서 민유를 두고 더러운 소문이 생겼어. 민유는 몰라. 알리기도 싫고."

상후는 어떤 소문이냐 물어볼 수 없었다. 우빈의 눈이 누군가를 베어버릴 것처럼 한층 더 날카로워졌기 때문이다. 초식 동물처럼 온순하고 뭐든 감싸줄 것 같은 사람이라는 인상은 민유 앞에서만이었나 보다. 초식 동물 껍데기를 쓴 육식 동물은 지금 눈앞에 둔 먹이를 뼈까지 발라내 씹어 먹으려는 얼굴이었다.

"……CCTV만 확보하면 완벽한 거지? 그거, 내가 해결해볼게."

"예? 형이요?"

"그래."

아마 상후가 움직이지 않았더라도 우빈 혼자 범인을 찾아내 날려버렸을 게 분명했다.

성큼성큼 너른 보폭으로 멀어지는 우빈의 뒷모습을 보며 상후는 어느새 소름이 돋아 있는 제 팔을 문질렀다.

【공문】

연락도 없이 불쑥 찾아온 아들을 보며 세희가 반색했다.

"어머, 아들! 어서 와. 이제 곧 시험이라 바쁠 것 같다더니."

"네. 갑자기 부탁드릴 일이 좀 생겨서요."

"어쩐 일로 부르기도 전에 왔나 했더니 속셈이 있었구나?"

세희의 가벼운 핀잔에 우빈이 멋쩍게 웃었다.

"여진인 집에 없어요?"

"걔 요즘 밖에 나가 노느라 바빠. 그나마 과외 할 때나 집에 붙어 있지. 계집애가 겁도 없어. 며칠 전엔 간신히 뛰어서 막차 타고 왔다고 자랑하더라. 내 속 타는 것도 모르고."

한창 제 또래 친구들과 밖에서 노느라 정신없을 때라며 거실에 있던 운학이 한마디 거들었다.

"아버지 계셨어요?"

항상 아홉 시가 넘어서야 집에 들어오는 운학이었다. 그래서 우빈은 당연히 아버지가 올 때까지 기다려야 할 거라 생각했었다.

"오늘은 좀 일찍 왔다. 무슨 일 있니?"

우빈은 운학의 맞은편에 앉았다. 부탁이 있어 왔다는 아들의 말에 운학은 별일이 다 있다고 생각하는 중이었다. 어릴 적부터 말수 적고 점잖았던 아들은 커서도 부모가 주는 만큼만 받고 이런저런 요구나 부탁 한 번 없이 제 앞가림을 잘해나가는 아이였다. 그래서 딸인 여진과는 다르게 조금 대하기 어려운 그런 아들이었다. 그런 우빈이 '부탁'이란 단어까지 쓰는 걸 보니 보통 일은 아닌 듯싶었다.

"저희 학교에 공문 같은 거 하나만 보내주세요. S.H. 대표 이름으로."

"뭐?"

아들이 요구한 내용은 운학의 예상을 뛰어넘는 황당한 것이었다. 금전적인 쪽을 생각하고 있던 운학은 회사 대표 이름으로 정식 공문을 보내달라는 말에 자신도 모르게 말까지 더듬고 말았다.

"고, 공문? 무슨 공문을……. 대체 뭘 어떻게?"

세희까지 당황한 얼굴로 우빈의 얼굴을 쳐다보았다.

"관대 출신 학생들은 절대 채용하지 않겠다고요."

"뭐어?"

세희가 놀라 버럭 외쳤다.

"너 지금 관대라고 했어. 네가 다니는 학교. 알고 있어?"

운학이 확인하듯 물었다.

"네."

"우빈아, 무슨 일이 있는 거야?"

어지간히 놀랐는지 동그랗게 커진 세희의 눈동자는 줄어들지 않고 있었다. 우빈은 자신의 맞은편에 앉아 있는 부모의 얼굴을 똑바로 바라보며 소문에 대해 설명을 했다. 제 손이 아닌, 부모님의 힘을 빌리는 일이니, 거짓을 고하고 싶지는 않았다.

"지금 말고 제가 두 분께 앞으로 이런 무리한 부탁을 드릴 일은 없을 겁니다."

그렇게 말하며 우빈이 이야기를 마치자 운학과 세희의 눈빛이 바뀌었다. 황당하고 어이없어 하면서도 얼굴엔 숨기지 못하는 미소가 감돌았다. 타인에 대해 지독히도 관심이 없던 아들이었다. 어릴 적부터 예쁜 외모로 주변 사람들의 시선에 이래저래 시달렸던 아들. 때문에 우빈은 어느 순간부터 주변에 벽을 치기 시작했다. 친하게 지내는 고등학교 때 친구 몇을 빼놓고 나머진 그저 적당히 알고 지내는 관계의 사람들만 있는 듯 보였다.

부부는 그런 아들을 이해하면서도 한편으론 안타까웠다. 뭣보다 쟤가 저러다 연애나 제대로 할 수 있을까 걱정하던 차였다. 여진이 오빠 여자친구 싫다고 하도 욕을 해서 '그래도 쟤가 연애를 하긴 하는구나' 하고 생각하던 터였다. 하지만 연애하는 사람치고는 너무 덤덤해서 사실은 믿기 힘들었다. 우빈에게 물어봐도 그저 미소만 지을 뿐이었다. 게다가 얼마 전엔 '여자친구가 없다'고까지 했다. 그게 정말 없는 것인지, 자신들이 계속 물어서 귀찮아서 그렇게 대답한 것인지도 알 수 없었다. 진짜 하는지 안 하는지조차 모를 정도로 아들의 연애는 무미건조한 느낌이었다. 그런데 지금은 아니었다. 제가 '좋아하는 여자'라고 말한 것도 처음이고, 헛소문을 낸 사람에게 진심으로 분노하는 것이 훤히 보였다. 감정 표현이 무딘 아이라고만 생각했는데 아니었던 모양이다. 처음 보는 아들의 모습에 부부의 표정은 사뭇 밝아졌다. 이러니까 이제 좀 사람 같고, 아들 같다.

"CCTV 화면이 필요합니다. 이런 일 절대 안 하시는 거 아는데 이번 한 번만 도와주세요, 아버지. 어머니."

정확히 이틀 뒤, S.H.에서 관화대 앞으로 공식 문서가 도착했다. 이러이러한 이유로 문제의 그날 CCTV 화면을 보여달라는 요청에 이어, 그렇게 하지 않으면 관화대 학생들은 S.H.에 받지 않겠다는 협박성 공문이었다.

그로부터 다시 이틀 뒤, 상후는 학교에서 연락을 받았다.

【대변인들】

자작글 사건에 대한 사과글이 올라온 후, 사건의 주범인 세 사람은 학과에서 겉돌게 되었다. 그녀들은 아무렇지 않은 척했지만 주변 사람들은 그렇지 못했다. 자기들끼리 얘기를 하다가도 그녀들이 오면 입을 다물거나 피했다. 몇몇은 '뻔뻔하다' 대놓고 욕하기도 했다. 늘 남의 뒷담화를 하고 다니던 셋은 자기들이 욕을 먹는 상황이 되니 몹시 불안해했고, 얼마 지나지 않아 쭈뼛거리며 우빈을 찾아왔다. 이전 같지 않은 싸늘한 우빈의 표정과 태도에 그녀들은 겁을 먹었지만 나름 무슨 각오라도 하고 왔는지 덜덜 떨면서도 입을 열었다.

"세연 언니는요? 세연 언니가 이 사실을 알고는 계신 거예요?"

왜 세연의 이름이 나오는지 우빈도 사과글을 봐서 알고 있었다. 하지만 그녀들이 진세연의 대변인이라도 되는 양 따지고 드는 게 어이가 없었다.

"그게 진세연이랑 무슨 상관이지? 또, 너희랑은 무슨 상관이고?"

우빈 제가 생각해도 참 차갑기 그지없는 목소리였다. 그의 표정에는 보기도 듣기도 싫다는 기색이 역력했다.

"정말 언니랑은 끝나신 거……."

우빈이 그녀들의 말을 잘랐다.

"그것도 너희가 상관할 일이 아니지 않나? 대체 어디까지 날 화나게 할 셈이지?"

아이들의 얼굴이 점점 파랗게 질렸다.

"너희와 이런 얘기 하고 싶지도, 얼굴 마주하고 싶지도 않지만, 자꾸 진세연 핑계를 대니 확실히 말하지. 그 애랑은 끝난 지 오래야. 그러니 진세연 팔아서 뭘 어쩌겠다는 생각하지 마. 아, 또, 내 여자친구 앞에 얼쩡대지도 말고."

마지막 경고라는 것을 알리듯 우빈의 표정은 매서웠다.

"너희가 싸지른 그 역겨운 글들. 생각만 해도 토할 것 같으니까, 그거 떠오르지 않게 다신 내 앞에 얼굴 들이밀지 마."

그는 글을 쓴 현지와 그 글에 악의적인 덧글을 단 승주와 선화를 명예훼손으로 고소하려 했다. 하지만 사건의 직접적인 피해자가 아니라 어렵다는 답변을 받았다. 우빈은 그녀들에게 주먹이라도 날리고 싶은 것을 참았다. 어쨌든 여자에게 그럴 순 없었으니까. 그저 다신 저 아이들이 제 눈앞에 안 보이길 바랄 뿐이었다.

【불면】

우빈은 소파에서 잠든 민유를 보고 그 앞에 다가가 앉았다. 보기만 해도 미소 짓게 하는 여자는 앉아 있는 자세 그대로 고개만 살짝 기울여 소파에 기대 잠이 들어 있다.

"이렇게 피곤하면서 왜 안 잔다고 고집을 부려, 이 아가씨야."

혹여 민유가 깰까 봐, 아주 조심스러운 손길로 우빈은 민유를 안아 들어 방 침대에 뉘었다. 가끔 막차를 놓친 여동생이 와서 잘 때 빼고는 누구도 누워본 적 없는 침대에 민유가 자고 있다. 그 사실이 묘한 기분이 들게 했다. 자고 있는 민유를 만지고 싶어 몸이 근질거렸지만, 우빈은 꾹 참아냈다.

"후우."

우빈은 방 밖으로 나와 서재로 사용하는 방에 이불을 펴고 누웠다. 몸은 피곤한데 정신은 자꾸 다른 방을 향해 또렷해져만 갔다.

사실 우빈은 식물을 잘 못 키웠다. 정확히는 식물이나 다른 생물에 아예 관심이 없었다. 하지만 이번만큼은 추추를 키우는 데 공을 들였다. 민유의 조언대로 모종을 화분으로 옮긴 뒤 제때 물도 챙겨주고, 인터넷을 뒤져 고추 키우는 법을 알아보고 식물 영양제까지 사다 꽂아주었다. 내기에서 정말 이기고 싶었기에 고고에겐 물을 주지 말아볼까, 하는 생각도 아주 잠시 했었다. 하지만 고고를 볼 때마다 민유가 떠올라 오히려 추추보다 고고에게 더 신경을 쓰게 되었다. 이렇게 그의 인생에서 처음으로 관심을 받은 식물, 추추는 그의 손에서 무럭무럭 자라 민유의 화분보다 먼저 꽃을 피웠다. 민유에게 어떤 소원을 빌지, 우빈은 즐겁게 고민했다.

【첫 키스】

"네가 내 앞에 나타났어. 그럼 놓치면 안 되는 거잖아."

"그 교양 수업, 오빠도 들었던 거예요? 왜 몰랐지."

우빈의 고백에 민유의 볼이 달아올랐다.

"그럼 오빠는 내가 홍선인 것도, 먹깨비인 것도 다 알았던 거네요?"

"고기 먹을 때 밥 먹는 거 고기에 대한 예의가 아니라며? 그리고, 아. 소위, 중위, 대위?"

이어지는 말에 더욱 얼굴을 붉히는 민유는 숨 막히게 사랑스러웠다.

"아우, 난 몰라."

발그레한 볼을 하고서 민유가 우빈을 꼭 껴안았다. 우빈은 그런 그녀를 더 꼭 끌어안았다. 귓가에 느껴지는 민유의 숨소리가, 가늘게 떨리는 그녀의 몸이 그를 저릿하게 만든다. 우빈은 어지러움에 눈을 살짝 감았다가 떴다. 제 품의 민유와 더 닿고 싶은 욕망이 우빈의 몸을 휘감았지만, 이런 상황에 섣불리 민유에게 손을 댔다가 그 이후를 주체 못 할 것 같았다. 우빈은 욕망을 억누르려 애썼다. 하지만 완전히 막을 수가 없었다.

"아."

당장 더 강하게 민유에게 다가가고 싶지만, 그랬다간 품 안의 아가씨가 놀랄까 봐 우빈은 조심스레 민유의 목에 제 입술을 묻었다. 따뜻하고 부드러운 촉감과 민유의 떨림이 고스란히 느껴진다. 민유가 놀라지 않도록 하려 했건만 정작 민유에게 닿고 우빈이 놀라고 있었다. 고작 이 정도에도 숨 막힐 것처럼 좋았다. 우빈은 터질 것 같은 마음을 억누르며 조금씩 위쪽으로 입술을 옮겼다.

"하아."

우빈이 민유의 숨을 차지했다.

'미치겠군.'

입술이 닿고 가장 먼저 든 생각이었다. 이번이 우빈의 첫 키스는 아니었다. 하지만 이런 기분은 처음이었다. 정말 미치게 좋다. 더 닿고 싶고, 더 느끼고 싶고. 이대로 끝내기 싫은 그런 감정. 민유는 우빈에게 아주 놀라운 '처음'을 선사했다. 그리고 앞으로도 민유는 그에게 온갖 '처음'을 경험시켜줄 게 분명했다.

다음은 어떤 '처음'일지 벌써부터 설레었다.

【놀이공원】

우빈은 민유 손에 이끌려 이런저런 놀이기구를 탔다. 기구를 잘 못
타는 그에겐 고역이었지만, 내내 지옥이었던 것은 아니었다. 기구를
타는 잠깐의 2~3분 정도만 견디면 나머지 시간은 오히려 천국에 가까
웠다. 물론 그 2~3분이 무척 끔찍했지만.

놀이기구를 못 타는 것도 있지만 그보다, 기다리는 것을 싫어하는
우빈은 몇 시간씩 줄을 서서 기다려야 하는 놀이공원 자체를 잘 가지
않았다. 하지만 옆에 있는 민유의 얼굴을 보고 있자니 기다리는 그 시
간이 지루한 줄도 몰랐다. 우빈의 팔짱을 꼭 끼고 신나서 종알종알 이
야기를 하는 민유와 함께 있는 것만으로도 충분히 즐거운 일이었다.
기다리기만 하고 기구는 타지 말까 하는 생각도 했지만 민유가 하는
것은 그도 함께하고 싶었다. 그리고 기진한 그를 민유가 걱정해주는
것도 왠지 기분이 좋았다. 그는 이제 동물원에 가자며 생글거리는 민
유에게 사탕을 한 봉지 선물했다. 그리고 민유가 관심을 가진 빨간 장
미꽃 반지도. 뭐든 맛있게 잘 먹는 우빈의 아가씨는 역시나 신나게 사
탕과 젤리를 입에 넣었다.

"예뻐요?"

젤리를 오물거리는 민유의 입술이 우빈을 유혹하는 것처럼 보였다.

'이거 중증인데.'

민유는 뭘 하든 유혹적이었다. 그는 불쑥 차오르는 욕망을 꾹 누르
며 엄지로 민유의 입술을 느릿하게 쓸었다. 키스 대신이었다.

"예쁘네."

"그, 그게 아니라 반지 나한테 예쁘냐고 묻는 건데."

"그것도 예뻐."

제 눈에 어린 욕망이 순진한 아가씨의 눈에도 보일 정도였나 보다. 민유가 볼을 살짝 붉히며 부끄러워하는 게 우빈의 눈에 들어왔다.

"이제 동물원 갈까?"

민유가 복숭아빛 뺨을 하고 고개를 끄덕였다.

【생일 선물】

"오늘, 내 생일."

왜 진작 민유 생일을 알아둘 생각을 하지 못했을까. 우빈은 후회를 거듭했다. 기념일 같은 걸 챙기거나 하는 성격이 못 되었지만, 그래도 제 여자친구의 생일은 반드시 챙겼어야 했는데.

"무언가를 바랐다면 진작 이야기했을 거예요. 근데 난 그냥 이렇게 보내고 싶었어요."

그렇게 말하는 민유는 그가 생일을 묻지도, 챙겨주지도 못한 것이 전혀 불만이거나 속상하지 않다는 얼굴이었다. 정말로 그와 '평소처럼' 함께하길 바랐던 거였다.

"오빠가 정 아쉽다면 내년에 올해 것까지 두 배로 챙겨주세요."

아쉬워하는 그와는 다르게 진심으로 오늘 즐거웠다는 표정의 민유다. 제 생일을 충분히 즐겼다는 천진한 민유를 보고 있자니 머릿속의 무언가가 툭 끊어지는 기분이 들었다.

"아직 열두 시 안 지났어."

아마도 그건 오늘 내내 그의 욕망을 묶어둔 끈이었던 모양이다. 우빈은 안전벨트를 풀고 바로 민유에게 다가갔다.

"내년에, 기대해."

그리고 하루 종일 노리고 있던 민유의 입술을 삼켰다. 민유를 더 가지고 싶어 어쩔 줄 모르는 그의 마음은 키스에 취해 몽롱해진 와중에도 착실히 손을 움직이게 만들었다.

"으음."

그의 손이 가슴에 닿자 민유가 놀란 게 느껴졌지만 멈출 수 없었다. 아니 멈추기 싫었다. 그의 손에 부드럽게 감겨오는 가슴 아래로 터질 듯이 뛰어대는 민유의 심장박동이 손바닥을 울렸다. 아마 자신은 이거보다도 더 뛰어대고 있겠지. 조금 더, 조금만 더 느끼고 싶지만 지금은 길가에 세워둔 차 안이다. 이 이상 진도를 나가면 저 자신이 이성을 완전히 잃고 민유를 덮칠 것만 같아 우빈은 한참 만에 가까스로 민유에게 제 몸을 떼어냈다.

"생일 축하해."

다음에는 절대 여기에서 안 멈출 거라고 생각하며 우빈은 겨우 마음을 달랬다.

【사탕, 누구나】

근래 민유가 사탕을 끊임없이 먹기 시작했다. 가방 안에 사탕 병을 넣고 다니는 모양인지 그녀가 움직이면 '달그락' 하는 소리가 들렸다. 그래서 우빈은 소리만으로도 민유의 등장을 알 수 있었다.

"그때도 잘 먹긴 했지만……."

놀이공원 갔을 때, 워낙 맛있게 사탕을 먹던지라 좋아하는 걸 알고는 있었지만 이렇게 며칠 동안 내내, 하루에도 몇 개씩 먹을 줄은 몰랐다. 그게 싫은 건 아니었다. 사탕을 핑계 삼아 단내를 풍기는 민유 입술을 탐할 수 있었으니 우빈에겐 오히려 즐거운 일이었다.

"장미?"

사물함에서 민유의 책을 꺼내 들던 우빈의 눈에 장미꽃 한 송이가 보였다.

'오늘 성년의 날이라고 하더니……'

기념일에 둔감한 우빈이었지만 아침부터 학교가 떠들썩해서 알 수 있었다. 매년 성년의 날 아침에 학교 앞에서 장미꽃을 한 송이씩 해당 학번 학생들에게 나눠줬기 때문이다. 정확히 나이 확인을 하는 것이 아니라 '몇 학번이세요?' 하는 질문에 대답하면 주는 거라서 성년이 되는 나이가 아닌 학생들도 종종 자신의 학번을 속여 장미를 받아오곤 했다.

'민유가 받아 왔나.'

그렇게 생각하고 우빈은 장미를 대수롭지 않게 여겼다.

"뭐지?"

그런데 사물함에는 장미꽃 말고 이질적인 것이 하나 더 있었다. 민유가 급하게 책을 넣고 간 모양인지, 그녀의 전공책에 밀려 사물함 깊숙이 낯선 물건이 들어가 있었다. 우빈이 손을 뻗어 그 물체를 집어 들었다.

"향수?"

그것은 자그마한 향수병이었다.

'민유가 향수를 뿌렸던가?'

우빈은 고개를 갸웃하며 향수병을 사물함에 넣으려다 불현듯 다시 눈앞에 가져왔다.

"······페로몬?"

향수병엔 「Pheromone」이라고 쓰여 있었다.

'서민유가 페로몬 향수를 뿌린다고?'

인공적인 향기 없이 언제나 풋풋한 향을 풍기던 민유다. 그런 그녀가 갑자기 향수라니. 의아했지만 다른 향수도 아닌 '페로몬 향수'라는 점에 우빈은 피식피식 웃음이 나왔다.

"우리 순진한 깨비가 성년의 날이라고 작정을 했나?"

그럴 리 없다고 생각하면서도 우빈은 저도 모르게 아주 조금 기대가 되었다.

"빈이 오빠아!"

'깨비의 유혹'을 기대했으나 민유를 감싸고 있는 것은 특유의 상큼한 체향이었다. 우빈은 민유 목 가까이로 고개를 숙였다. 역시나 아무 향도 없다. 혹시 아직 뿌리지 않은 걸까, 생각했지만 민유는 향수의 존재 자체를 모르는 눈치였다.

"꺄아. 오빠 잘못했어요. 하지 말아요!"

그가 키스할 것처럼 행동하니 기겁하는 민유다. 페로몬 향수는 확실히 그녀의 것은 아닌 모양이다. 발그레한 볼로 쩔쩔매는 민유는 삼켜버리고 싶을 만큼 예뻤다. 이런 반응 때문에 점점 건드리고 싶어진다. 하루하루 즐거움이 더해가는 기분에 그는 키스 대신 다시 한 번 민유를 꼭 품에 안았다.

'그럼 대체 그 향수는 뭐지?'

우빈은 궁금증을 참지 못하고 물었다.

"오빠가 모른 척하고 싶었는데 너무 궁금해서. 그 향수, 깨비 거야?"

"무슨 향수요?"

"사물함에 있는……."

"사물함에 향수가 있었어요?"

역시나 민유는 향수를 보지도 못했단다. 이어 요 며칠간 리본 달린 사탕을 받았다는 민유의 말에 우빈은 그제야 깨달았다. 정성스럽게 맨 리본이 달린 사탕에 장미꽃과 향수.

그것은 '고백'이었다. 그것도 민유를 향한.

하지만 그녀는 도통 그쪽으로는 생각도 안 하고 있었다.

"그럴 리가 있겠어요? 선우빈 사물함인데."

'이걸 천연 철벽이라고 해야 하나?'

이런 서민유의 모습까지도 하나하나 사랑스럽다. 우빈은 계속 웃음이 나왔다. 어쩌면 민유는 저도 모르게 여기저기서 고백을 많이 받아 왔을지도 모른다. 민유가 철벽녀라서 정말 다행이다. 우빈은 환히 웃으면서 더 철저하게 민유 곁을 지켜야겠다고 생각했다. 이런 고백조차도 하지 못하게 말이다.

사물함 속 사탕에 대한 의문은 오래지 않아 해결됐다. 민유는 수업 시작 전후로 매번 사물함에 들렀다. 그때마다 우빈이 동행했지만, 딱

이 시간만은 우빈이 수업이 있어 민유 혼자 사물함에 갔다. 우빈은 수업 도중에 강의실을 나와 사물함 앞에서 민유를 기다렸다. 강의 중에 쉽게 나오기 위해 바로 뒷문 앞에 앉아 있던 그였다. 교수님께는 죄송하지만, 지금 우빈에겐 민유에게 꼬이려는 벌레 퇴치가 더 중요했다. 예상 밖의 그의 등장에 민유는 선물이라도 받은 것처럼 좋아했다. 그 모습에 우빈도 덩달아 기분이 좋아졌다. 그리고 그런 그녀 너머로 보이는 한 남자.

방금 전 민유에게 말을 걸던 그가 사탕을 넣어둔 장본인임을 우빈은 직감적으로 알았다. 앳된 모습이 새내기인 듯했다. 민유는 종종 자물쇠 잠그는 걸 까먹곤 했다. 그걸 알고 몰래 선물을 넣어둔 모양이다.

'정성은 갸륵하지만······.'

가만둘 순 없지.

"오빠?"

우빈은 느릿한 동작으로 민유 목에 코를 묻었다. 그러면서 날카로운 눈빛으로 복도 끝에 여전히 서 있는 남자를 쳐다보았다. 남자는 움찔하더니 도망치듯 사라져버렸다.

【축제에서】

우빈은 민유의 과외 학생이라는 두 녀석의 낯이 익었다. 누군지 곰곰이 생각해보는데, 여진이 저와 사귀는 오빠라며 보여줬던 사진이 기억났다. 그리고 다른 한 놈은 제 본가 근처에 사는 고등학생이라는 것도. 이렇게도 연결이 되는구나 싶어 웃음이 나다가 방금 전 그 녀석들이 덥석 민유를 끌어안던 장면이 떠오르자 얼굴이 굳었다. 민유와 그들은 선생과 제자 사이에 불과했다. 민유는 그들을 강아지 다루듯 했고, 사내 녀석들의 시선에도 민유를 여자로 보는 그런 눈빛은 전혀 느껴지지 않았다. 정말 친한 형이라도 보듯 담백했다. 하지만 민유와 '신체적 접촉'을 했다는 것. 그 사실 하나만으로 우빈은 짜증이 났다.

미쳐도 단단히 미친 것 같다. 고작 저런 머리에 피도 안 마른 것들 한테 질투를 하다니.

민유의 세뇌 교육 때문인가. 하루하루가 지날수록 애틋하고 사랑스러운 민유는 그만의 것이어야 했다. 이런 제 마음이 그대로 보이는지 송우와 태한은 그의 행동 하나하나에 놀라고 있었다. 한 번도 이렇게 누군가를 살뜰히 챙겨본 적 없는 우빈이었다. 그리고 그 사실을 친구들도 잘 알고 있었다. 그러니 저렇게 경악하는 표정을 짓는 거겠지. 그때 주머니 속에서 진동이 느껴졌다. 모친의 전화였다. 그 순간 우빈은 머릿속에 문득 한 가지 생각이 떠올랐다.

"애한테 헛소리하지 마라."

우빈은 장난기 많은 제 친구 놈들이 민유를 놀려먹기라도 할까 봐 주의를 단단히 준 후에 일어났다. 그리고 그나마 조용한 곳을 찾아 전화를 받았다.

[우빈아, 집에 좀 들를 수 있니? 방금 전에 버섯 선물이 들어왔는데, 상태가 너무 좋아서 말이야. 네 몫 챙겨났으니 가져가.]

"예, 그럴게요. 근데 어머니, 여진이 남자친구요."

[어머, 네가 여진이 남자친구 있는 걸 어떻게 알았어?]

"이전에 여진이가 사진 보여줬어요."

[여진이가 오빠한테까지 수민이 자랑했나 보네. 그런데 개가 왜?]

"그 친구 지금 대학 축제에 와 있던데, 허락은 받고 온 건가 해서
요."

[대학 축제? 어머, 걔가 거긴 왜 갔지?]

"연예인이 왔는데, 그거 보고 싶다고 같이 과외 하는 친구랑 둘이
온 거 같아요."

[고등학생이 대학 축제에 가다니. 요즘 애들답네. 늦게 들어오면 수
민 엄마 걱정할 텐데.]

"일찍 들어가라고 혼내긴 했어요. 음, 그래도 혹시 모르니까 어머니
께서 그 애들 부모님께 알려주세요."

[응. 그렇게.]

아까 민유를 안은 괘씸한 고등학생들에 대한 우빈의 작은 복수였
다. 그때까지만 해도 그저 부모님께 혼만 날 것이라 생각했다. 설마 이
것 때문에 민유가 과외 자리를 잃을 줄은 몰랐다. 며칠 뒤, 수민과 윤
찬의 과외가 이번 달까지만이라고 통보받았다고 시무룩해하는 민유
를 보며 우빈은 굉장히 미안했지만, 더 이상 사내 녀석들과 한 방에
있을 일이 없어진 것에 안도했다.

【영화, 그리고】

"깨비야."

우빈은 제 팔을 꼭 껴안고 잠든 민유의 볼을 가볍게 쓸었다. 그런
데도 민유는 미동도 없다. 깊이 잠이 든 모습을 보니 우빈은 깨우기가
미안할 지경이었다. 영화가 채 시작되기도 전에 우빈의 팔에 기대 잠
들어버린 민유다.

'집에 가서 편히 자라고 그래도 고집을 부리더니.'

영화가 끝나고 자막도 다 올라가고, 조명까지 밝게 들어왔다. 더는 이대로 있을 수가 없어 우빈은 민유를 살짝 흔들어 깨웠다. 학점 욕심은 어찌나 많은지. 무슨 회사에 가고 싶어 이렇게 노력하나 안쓰러우면서도 대견해서 눈을 놓을 수가 없다.

우빈은 민유를 설득해 집으로 데려왔다. 그리고 민유 곁에 누웠다. 지난번처럼 떨어져 자고 싶지 않았기 때문이다. 민유를 품에 두고 더 만지고 싶어 손이 근질근질한 그와는 달리 민유는 편안한 얼굴로 쌔근쌔근 잠이 들었다. 우빈은 검지로 제 품에서 잠든 민유의 볼을 아주 살짝 건드렸다. 계속 그의 품 안에서 뒤척이는 민유 때문에 우빈은 쉽게 잠을 잘 수 없었다. 민유만 보면 자꾸 손이 나갔다. 만지고 싶고, 키스하고 싶고, 안고 싶고 제 곁에만 딱 붙여놓고 싶다.

이렇게 민유를 품에 안고 있으면 너무 좋으면서도 힘들었다. 순수한 눈의 민유를 보면 제가 속으로 생각하고 있는 걸, 남자로서의 욕망을 차마 드러낼 수 없었다.

'아직은 일러.'

그런 생각을 하며 우빈은 불쑥 불거져 나온 욕심을 꾹 누르고 눈을 감았다. 꿈에서는 마음껏 민유를 안을 수 있길 바라며.

【시험이 끝나고, 다음 날 아침】

긴 잠에서 깨어난 우빈은 멍한 상태였다. 느릿한 걸음으로 걸어가 방문을 열었을 때, 우빈은 거실에서 들려오는 콧노래 소리에 걸음을 멈췄다.

"민유."

맞다. 그녀가 있었다. 화분에 물을 주려 했는지 들고 있던 물뿌리개를 내려놓고 민유가 그에게 달려왔다. 그리고 생글생글한 얼굴로 그에게 종알거렸다.

"오빠, 고추 달린 거 봤어요? 조금만 더 있으면 먹어도 될 거 같아!"

아침에 눈을 뜨면 언제나 텅 빈 집이 그를 기다리고 있었다. 그리고 그런 상태를 가장 편안하게 여기던 우빈이었다. 그런데 지금, 민유가 제 앞에 있다는 사실 하나에 텅 빈 집이 꽉 찬 것 같았다. 한 번도 비어 있다고 느껴본 적 없었던 집이었는데 말이다. 민유를 품에 안으며 우빈은 차오르는 욕망에 순간 자제력을 잃어버렸다.

"하웅."

민유의 작은 신음이 우빈의 귀에 꽂히듯 박혔다. 그녀 역시 그에게 반응한다는 사실에 우빈의 숨이 더 거칠어졌다. 이렇게 급작스럽게 민유를 탐하게 될 거라곤 우빈 역시 예상하지 못했지만, 오늘은 여기서 결코 물러나기 싫었다. 그는 민유의 부드러운 허리를 어루만지던 손을 좀 더 위로 가져가려 했다. 하지만.

"끄아아아악!"

민유에게 몰두해 있던 우빈은 갑작스런 민유의 비명에 놀랄 수밖에 없었다. 민유가 밀쳐내는 바람에 민유에게서 떨어진 우빈은 순간 멍해졌던 정신을 차리고 그녀를 바라보았다. 자신이 낸 고함에 스스로도 많이 놀랐는지 민유의 눈동자는 지금 당장 도르륵 굴러 나온다고 해도 이상하지 않을 것 같았다.

"고추가 보고 있잖아요!"

어쩔 줄 몰라 하던 민유가 버럭 소리를 쳤다.

'뭐? 뭐라고? 고추? 지금 고추라고 한 건가?'

저도 모르게 우빈의 시선이 잔뜩 성이 난 제 분신으로 슬쩍 향했다.

'아직 꺼내지도 않았……. 이게 아니겠지.'

우빈이 급히 시선을 올려 민유의 표정에 눈을 두었다. 민유는 베란다에 시선을 두고 있다가 천천히 자신과 눈을 마주쳤다. 민유의 당황한 얼굴을 보니 정말 그 말을 던진 게 맞는 것 같아 보였다. 물론 그녀가 말한 고추는 우빈의 것이 아니라 베란다에서 무럭무럭 자라고 있는 고고와 추추를 말하는 거였지만.

"저, 저, 가볼게요!"

민유는 울 것 같은 얼굴을 하고선 급하게 제 옷차림새를 정비하며 집 밖으로 뛰쳐나갔다.

"민유야! 서민……."

민유를 잡으려 했지만 그는 달아오른 몸 때문에 멈칫해야 했다.

"젠장."

난감한 목소리가 우빈의 입에서 흘러나왔다.

"너무…… 성급했나."

우리 아가씨는 정말로 많이 놀란 듯 보였다. 우빈은 순간 이성을 잃은 자신을 자책했다. 관계에 있어 여러 위험 부담을 지는 것은 여자 쪽이다. 제 욕망을 채우려 무작정 덤벼서는 안 될 일이었다. 게다가 분위기도 잡지 않고 바로 졸라댄 꼴이라니.

"미친놈."

민유가 무서웠을 법도 하다. 이상한 핑계를 대고 그를 피해 집밖으로 내달릴 만큼. 우빈은 제 머리를 탁 치고는 털썩 소파에 앉았다. 그리고 몸의 열을 식히려 애를 썼다.

"하아."

민유가 사라진 집 안은 조용했다. 기이할 정도로 고요해 낯선 기분까지 들었다. 시간이 조금 흐른 뒤, 겨우 제 몸을 수습한 우빈은 그제야 거실에 놓인 민유의 짐을 발견했다. 가방이며 휴대전화, 지갑 등 모든 것이 고스란히 남아 있었다.

"깨비……"

민유가 빈손으로 나갔다는 것을 깨달은 우빈은 급히 집을 나섰다.

'아무것도 없이 어디로 갔을까.'

민유가 갈 만한 곳이 어디일까 고민하던 우빈은 일단 버스 정류장으로 향했다. 민유의 주된 교통수단이니 혹시나 하는 생각에서였다.

"저기 있다."

다행히도 민유는 그곳에 있었다. 지갑도 휴대폰도 없으니, 하릴없이 그냥 버스 정류장에 앉아 있었던 모양이었다. 혼란스러운 얼굴의 민유는 그가 다가가도 모를 정도였다. 우빈은 조심스럽게 옆에 앉아 민유의 마음이 진정되기를 기다렸다.

"오, 오빠?"

뒤늦게 우빈을 알아차린 민유는 움찔 놀라는 듯하더니 이내 굳어버렸다.

"집으로 가자."

우빈은 일단 집으로 데려가려 했지만 민유는 고개를 푹 숙인 채 고개를 좌우로 저었다.

"많이 무서웠지? 미안해."

그 모습에 죄책감이 밀려온 우빈이 사과를 했다.

"오빠. 내가……. 음, 그러니까 오빠가 싫은 게 아닌데……."

민유는 싫은 게 아니라고 하지만 사실 싫어해도 할 말이 없다. 아침부터 순진한 아가씨 놀라게, 무섭게 만든 건 우빈 자신이었으니까.

"알아. 우리 깨비 울겠다. 괜찮아."

우빈은 민유를 품아 안에 토닥였다. 괜찮다고 한참이나 민유를 위로했지만, 그를 무서워하며 피하지 않은 민유에게 오히려 우빈이 더 큰 위로를 받은 기분이었다.

【깨비의 완장】

"뭐가 돼?"

"반상회 반장이요."

"반장?"

"어차피 앞으로 두 달은 방학이잖아요. 그리고 반장님 말로는 한 달 정도는 학교 다니면서도 할 수 있을 만하대요. 그래서 제가 하겠다고 했어요."

민유가 조금 독특한 구석이 있는 건 익히 알고 있었다. 그런데 이런 완장을 차고 나타날 줄이야. 우빈은 한 번도 아파트에서 살아본 적은 없었지만 반장이 어떤 역할인지 대충은 알았다.

'보통은 어머니들이 하는 거 아닌가?'

그는 시원한 웃음을 터트렸다.

"우리 깨비는 조금 독특한 구석이 있는 것 같아."

"선우빈 씨에게 미친 여자 지킴이 자격을 정식으로 부여합니다."

"아하하하!"

뭘 해도 사랑스러운 여자는, 사실 과외 자리를 찾으려고 반장직을 수락한 거란다. 유치한 제 질투로 민유가 고생하는 것 같아서 미안하면서도 우빈은 '깨비 반장님'을 상상하자 웃음을 멈출 수가 없었다.

【분노】

우빈은 영어 학원에서 달갑지 않은 인물을 만났다. 민유가 불편해하는, 일전에 민유에게 수작을 부리던 그 남자였다.

'공…… 상철이라고 했던가.'

우빈이 알아본 바, 상철은 그를 겪은 사람 중에 좋은 소릴 하는 사람은 찾아보기 힘들 정도의 악질이었다. 토익 강의로 유명한 학원이니 졸업반이라는 저 남자가 여기 있는 건 이상하지 않았다. 하지만 민유도 이 학원을 다니고 있다는 게 문제였다. 혹시나 민유와 마주치고 또 들러붙을까 봐 우빈의 신경이 날카로워졌다. 다행히 그는 우빈과 같은 반이었다. 게다가 민유가 듣는 기초반과 시간대도 달랐기에 마주칠 확률은 없었다. 우빈은 건드리고 싶지도 않아 무시하기로 했다.

하지만 수업 마지막 날.

스터디가 끝나고 그간 모은 벌금으로 뒤풀이를 하기로 했다. 스터디가 느슨해지지 않도록 결석, 지각, 숙제를 안 했을 때, 테스트 점수가 너무 낮을 때 등 벌금 항목이 많았던 탓에 금액이 제법 두둑했다. 종강 기념 메뉴는 만장일치로 고기가 선택되었다. 점심을 먹기엔 조금 이른 시간이라 가게에는 우빈의 팀과 조금 뒤에 들어온 여섯 명 한 팀이 전부였다. 처음엔 같이 수업을 듣던 사람들인 줄 몰랐다. 그런데 두 팀 외에는 다른 손님이 없어 그들이 떠드는 소리가 우빈의 귀까지 들려왔다. 때문에 같은 학원 사람들인 걸 알게 됐지만 굳이 알은척하지 않았다. 그쪽 테이블에서 술이 오가고, 그들 중 유독 한 명의 목소리가 커지기 시작하기 전까진.

"저 남자 목소리 진짜 크다."

"말하는 내용도 완전 마초에 허세작렬이야. 으으, 일행들도 듣기 싫어하는 눈친데 적당히 하지."

남자는 자신의 일행뿐 아니라 우빈의 조원들조차 눈살을 찌푸리게 했다. 우빈도 불쾌해 고개를 돌렸더니, 그 남자는 바로 공상철이었다.

'역시.'

우빈과 조원들은 남자의 목소리를 애써 무시하며 바지런히 고기를 굽는 데 열중했다. 상철의 테이블에선 상철의 말을 듣다 못한 여자 두 명이 결국 먼저 가겠다며 일어서서 나가버렸다. 상철을 포함해 남자 네 명만 남게 되자, 상철의 이야기는 조금씩 노골적으로 변했다.

"하아, 공 존나 들였는데 결국 엄한 새끼가 채가네. 씨발. 결국 그년도 똑같아. 돈 많은 새끼한테 다리 벌려주는 거지."

"아, 형. 이제 진정하세요."

원색적인 단어가 나오자 옆에 앉은 남자가 상철을 말렸다. 남자는 아까 여자들이 갈 때 같이 일어났어야 했다고 후회했다. 다른 조원들도 같은 생각일 것이다. 상철을 제외한 세 명은 서로 불편한 눈빛을 주고받았다.

"가슴 존나 컸는데, 그거 한 번을 못 만져보네. 아, 그 새낀 철수 거 물고 빨고 다 했겠지? 걔 눈빛이 은근히 색기⋯⋯. 앗, 차가워!"

갑작스레 머리로 쏟아진 물세례에 상철이 놀라 소리를 쳤다. 그리고 무슨 영문인지 깨닫기도 전에 옆구릴 차여 바닥에 나뒹굴었다.

"으악!"

상철은 옆구리에 느껴지는 엄청난 통증에 일어나 앉지도 못하고 옆구리를 손으로 쥔 채 끙끙거렸다.

"일어나, 개새끼야."

딱딱하게 굳은 표정의 우빈이 상철을 내려다보며 무미건조한 말투로 말했다. 크지 않은 목소리였다. 하지만 그 목소리에 서린 분노가 서릿발처럼 차가웠다.

우빈은 아까워서 제대로 만지지도 못하는 민유였다. 그런 그녀를 감히, 쓰레기만도 못한 개자식이 더러운 입에 담아 안줏거리로 삼다니!

처음 상철의 말을 들었을 땐, 설마 했다.

'설마, 내가 아는 그 철수는 아니겠지.'

부정하며 다음 말을 들어보니 놈이 말하는 철수는 민유가 맞았다.

'저런 식으로 술자리에서 민유를 들먹였구나.'

분노로 눈앞이 하얘지는 것을 느끼며 우빈은 자리를 박차고 일어났다. 그리고 빠른 걸음으로 상철에게 다가가 물통에 있는 물을 쏟아붓고 바로 다리를 날렸다. 누가 말릴 새도 없이 우빈은 끙끙대는 상철의 멱살을 잡고 가게 밖으로 나왔다. 그리고 가게 바로 옆 골목으로 상철을 집어 던지듯 밀어 넣고 주먹을 날렸다.

"크헉!"

"감히! 너 같은 새끼가!"

한동안 속수무책으로 얻어맞던 상철이 소리를 지르며 반격을 시도했지만, 이미 우빈에게 여러 대 얻어맞은 탓에 그의 주먹은 허공을 휘저을 뿐이었다.

"너, 너! 고, 고소, 고소할 거야!"

상철이 엉망이 된 얼굴로 소리쳤다. 악을 쓰며 외친 탓에 다친 입술이 터져 피가 흐르는 꼴이 흉측했다.

"해."

고소라는 말에도 우빈의 표정은 덤덤했다. 허세 부리는 건가 싶어 상철이 다시 입을 열었다.

"하라면 못 할 거 같아? 각오해, 씨발!"

"나도 네가 떠든 걸로 명예훼손이건 모욕죄건 있는 대로 다 걸 거야. 그리고 네 앞길 막을 수 있는 거 뭐든 다 할 거야. 그러니 제발 고소해. 네가 잘 알다시피 우리 집, 돈 많아. 불법이건 합법이건 뭐든 할 수 있어."

"뭐, 뭐?"

우빈의 기세에 상철이 외려 겁을 먹었다. 우빈은 허세는커녕 단순한 협박도 아니었다. 그냥 하는 소리가 아닌, 진심이라는 것이 느껴졌다.

"한 번만 더 그 입으로 내 여자친구 들먹이면 그땐 이걸로 안 끝내."

우빈의 살벌한 눈빛에 상철은 저도 모르게 입을 다물었다.

얼굴만 반질한 샌님인 줄 알았는데 목을 물어뜯긴 기분이었다. 멀끔한 외모 안에 있는 것은 상철을 잡아먹을 수도 있는 포식자였다. 우빈이 골목을 빠져 나가자 안도감마저 들었다.

"씨발."

한참 후에야 상철의 입에서 욕설이 흘러나왔다. 입 안에선 비릿한 피 냄새가 났다.

【깨비 반장님】

반장은 일이 은근히 많은 듯 보였다. 반장 일 하느라 우빈의 전화를 못 받을 때도 있었다. 우빈은 바쁘신 '깨비 반장님'이 그렇게 귀엽고 웃길 수가 없었다. 그 귀여움에 적응하는 데에는 한 달이라는 시간이 필요했다.

"이걸로 이력서에 경력 한 줄 생겼네?"

"그건 생각도 못 했는데. 오빠, 이런 건 특이하니까 눈에 들어오겠죠?"

"탁월한 리더십으로 동네 주민들을 아우르며, 아파트를 한층 더 살기 좋게……."

우빈이 자기소개서를 읊기 시작하자 민유가 숨넘어갈 듯 까르르 웃었다.

더위가 가실 정도로 밝고 청량한 웃음에 우빈도 따라 시원하게 웃었다.

"그분들도 누군가의 아빠라고 생각하니까. 아, 말하니까 더 답답하네."

민유의 말에 우빈은 가슴속에서 뭔가 벅차올랐다. 우리 반장 아가씨는 정말로 열심히 일하고 있었다. 그것도 요즘같이 각박한 세상에서 상생을 외치면서 말이다.

'어떻게 이렇게 예쁜 사람이 내 것이 됐을까.'

전생에 나라를 구한 게 아니라 지구, 아니 우주라도 구했나 보다. 우빈은 하늘에 감사 기도라도 올리고 싶은 심정이었다.

"해고하자고 말하는 아줌마들이 밉고 싫은 건 아니에요. 그렇게 나오는 게 당연한 건데……."

우빈은 고민하는 민유에게 무언가 도움이 될 만한 일이 없을까 고민했지만 이번에는 그가 할 수 있는 일이 없었다. 그저 응원이나 하는 게 전부였다. 돕고 싶은데도 도움이 못 된다는 거, 제법 속상했다.

"그럼 최종 결정자한테 논의해볼 수도 없어?"

답답함에 던진 말에 민유가 힌트를 얻은 듯했다. 그 후 우빈은 민유와 함께 관리비 줄이기 보고서 작성에 몰두했다. 이런 거라도 도와줄 수 있어 다행이었다.

"오빠! 아저씨들 안 잘라도 돼요! 회장님이 이미 대책 마련 중이셨대요!"

활짝 웃으며 달려와서는 제 품에 안겨 보고하는 민유였다. 며칠간 그렇게 고심하더니 일이 잘 풀린 모양이다.

"잘됐다. 정말 잘했어. 깨비 반장님."

참 멋있는 여자다. 내 여자.

그들이 준비한 보고서의 내용 일부가 회장님이 준비하시던 관리비

절감 방법과 겹쳤다고 했다. 회장님이 흡족해하시며 서로의 의견을 모아 민유네 아파트에 맞는 방법을 정하기로 했다고 한다. 밤새 고생 고생해서 작성한 보람이 있었다.

"그리고 저 과외 자리도 찾았어요!"

부지런한 모범생 서민유 양은 이로써 일주일에 세 번 과외를 하게 되었고, 그 때문에 우빈과의 데이트 시간은 더욱 줄어들었다.

"자업자득인가."

이전 과외는 모두 우빈의 본가 근처였다. 하지만 이제 민유는 제 동네에서 과외를 하게 됐으니, 앞으론 학교-도서관-집 코스로만 착착 움직일 터였다.

"응? 오빠 뭐라고 했어요?"

'부지런히 사는 여자 만나는 것도 쉬운 게 아니네.'

그렇게 생각하며 우빈은 웃었다. 제가 자주 데려다주면 될 일이었다. 마음까지 예쁜, 사랑스러운 사람을 만나는데 그깟 거리가 무슨 대수라고.

"앞으로 오빠가 깨비네 동네로 자주 놀러 갈게."

민유가 만족한다는 얼굴로 마주 웃어주었다.

【선우빈과 선여진】

여진은 밖에서 신나게 놀다가 집에 들어가는 길이었다. 막차 시간이 얼마 남지 않았는데 아까부터 계속 소변이 마려웠다. 화장실을 찾았지만 마땅한 곳이 보이지 않았다. 식당이나 카페라도 있으면 뛰어 들어 갈 텐데 그럴싸한 곳도 안 보였다.

"아오, 쌀 거 같아."

도저히 집까지 참고 가기는 힘들 것 같은 절박한 상황에서 여진은 오빠가 이 근처에 산다는 사실을 뒤늦게 떠올렸다. 막차가 끊길 때면 가끔씩 오빠 집에서 자곤 했는데 오늘이 그런 날이 될 것 같았다. 여진은 빠른 걸음으로 우빈의 집으로 향했다. 오빠랑 통화할 시간도 없었다. 그야말로 싸기 직전이었으니까. 새하얗게 질린 얼굴로 빠르게 건물 입구의 비밀번호를 누르고 여진은 3층으로 올라갔다.

우빈이 막 새우볶음밥을 완성하고 프라이팬의 불을 껐을 때, 벨소리가 들렸다.

"이런 늦은 시간에 찾아올 사람이 없는데."

그가 주방을 나서기도 전에 문을 탕탕 두드리는 소리가 들렸다. 인터폰을 흘끗 본 우빈은 예상 못한 인물에 놀랐다.

"선여진?"

[오빠! 나, 여진이! 빨리 열어줘! 빨리! 빨리!]

"여긴 어쩐 일이지?"

여진의 목소리가 몹시 다급했다.

"또 놀다가 버스가 끊긴 모양이네."

다른 때 같으면 집에서 재웠겠지만 오늘은 민유가 있었다. 우빈은 현관에서 여진을 바로 집으로 데려다주려고 생각하며 티셔츠를 급히 입었다. 여진을 집에 들이지 않으면 욕실에 있는 민유와 서로 마주칠 일은 없을 것이라 여겨, 우빈은 문을 열었다. 하지만 우빈의 예상과는 다르게 현관문이 열리자마자 여진은 그가 막을 틈도 없이 집 안으로 내달렸다.

"아악! 화장실!"

그것도 곧바로 욕실로 돌진했다. 그리고 잠겨 있을 거라 여겼던 문이 너무도 쉽게 벌컥 열렸다. 욕실 안의 민유도, 여진도, 우빈도 그대로 굳어 말을 잃었다.

우빈은 저 앞에서 정류장을 향해 터벅터벅 걷고 있는 동생을 발견했다.

"여진아!"

창문을 내려 이름을 부르고 살짝 클랙슨을 울리니 여진이 멍한 얼굴로 그를 돌아보았다.

"얼른 타. 오빠가 집까지 데려다줄게."

여진이 쭈뼛대며 조수석 문을 열었다. 꽤나 충격받았는지 화장실이 급하다던 여진은 어느새 그 사실을 잊고 있었다.

집까지 가는 동안 두 사람 다 앞만 보고 아무 말도 하지 않았다. 아무리 매사 무심한 우빈이라지만 어린 동생에게 그런 광경을 보인 건 민망했다. 여진이 직접 애정행각을 목격한 건 아니더라도 집 안을 부유하는 더운 공기와 민유의 모습으로 바로 알 수 있었을 것이다. 아무리 중학생이라도 알 건 다 아는 나이였으니까. 우빈은 제 동생에게도 민유에게도 미안한 마음이 들었다. 그런데 참 우연도 이런 우연이 없다.

'아니, 인연인가.'

작년에 처음 과외를 받기 시작한 여진은 그 선생님이 너무 좋다며 본가에 갈 때마다 쌤 타령을 했다. 그리고 우빈도 작년에 처음 민유를 알았으니 남매가 모두 작년부터 민유에게 반했던 셈이다.

"오빠, 나 대문 앞에서 내릴래."

"그래."

차고까지 들어가지 않고 우빈은 대문 바로 앞에 차를 세웠다.

"오빠 안 내릴게."

"응. 고마워. 데려다줘서."

안전벨트를 풀고 차 문을 열고도 여진은 내리지 않았다. 그저 제 오빠 얼굴을 봤다가 시선을 돌렸다가 하면서 입을 달싹거리고 있었다.

"오빠한테 할 말 있어?"

"그게……. 있잖아."

오빠 여자친구가 싫다고, 절대 반대라고 난리 치던 어린 여동생이었다. 그런 동생의 입에서 무슨 소리가 나올지 긴장하고 있는데 여진이 입을 열었다.

"울 쌤이, 그러니까 민유 언니가."

"응."

"학교를 되게 좋아해."

우빈이 예상했던 범주를 벗어난 말이었다. 그는 설명해보라는 눈빛을 여진에게 보냈다.

"민유 언니, 자기 학교 엄청 좋아한단 말이야. 그러니까……. 언니 학교 졸업은 하고 결혼했으면 좋겠어."

말을 마치고 여진은 포르르 차 밖으로 달려 나갔다. 멍하니 그런 여동생의 뒷모습을 바라보던 우빈은 웃음을 터트렸다. 걱정하는 포인트가 저거였다니.

"큭, 크큭."

시트에 머리를 기대고 우빈은 몇 분간 계속 킥킥거렸다.

일전에 민유와 나눈 이야기가 떠올랐다.

"주말에 새언니 좋아하는 과일 좀 사다 줄까 봐요."

새언니 입덧을 걱정하는 민유를 보니, 일곱 살 차이가 난다던 시누 올케 사이가 꽤나 좋은 듯했다. 민유의 말을 들은 우빈은 우려가 되었다.

'나랑 민유가 결혼을 한다면 민유와 여진이 딱 이런 상황인데 이렇게 사이좋을 수 있을까?'

여진은 '오빠 여자친구 싫어'를 입에 달고 다녔으니까.

"나이 차이 좀 나는 어린 시누가 있으면 어떨 것 같아?"

"음, 글쎄요. 그건 우리 새언니 전문인 거 같은데. 경우에 따라 다르지 않을까요?"

그렇게 대화는 끝이 났었는데, 이제는 확실히 알 것 같다. 민유의 어린 시누는 제 부모 말보다 새언니 말을 더 잘 들을 것이라는 걸.

【등산 후 카페에서】

등산으로 떨어진 당을 보충하겠다며 카페에 온 참이었다. 우빈의 본가가 있는 동네에서 민유와 산책을 하다가 발견한 곳이었다. 이전엔 걷는 걸 싫어하던 우빈이었으나, 민유와 사귀면서 바뀌었다. 차를 타고 다니면 운전밖에 할 수 없었지만, 걸으면서는 포옹이나 키스나 그런 것들이 가능했기 때문이다. 조금 불순한 의도가 있긴 했지만 그도 이제는 민유와의 산책을 즐기게 되었다.

사귀고 얼마 되지 않았을 때였다.

"오늘은 오빠네 동네 가볼래!"

처음 과외 할 때부터, 이 동네를 산책해보고 싶었다던 민유였다. 이 제야 소원을 풀게 됐다면서 신나서 방방 뛰었다.

"게다가 오빠랑 같이 걷고 있잖아요. 손잡고!"

그래서 더 좋다며 까르르 웃는다. 그 웃음에 우빈의 심장이 간질간 질하다. 언제나 제 마음, 제 감정에 솔직해서 더 예쁜 민유. 그런 그녀를 보며 우빈은 그간의 저답지 않게 최대한 자신의 감정을 말로 표현하려 노력했다. 민유를 보며 솔직한 마음이 상대방에게 어떻게 닿을 지 잘 알게 되었기 때문이었다. 어색할 거라 생각했는데 한번 제 마음을 표현하고 나니 그다음은 쉬웠다. 우빈 스스로도 자기 입에서 나온 말이라곤 믿지 않을 때도 있었다. 머리보다 마음이 말하는 것 같았다. 서민유라는 여자는 그렇게, 마음 표현에 인색하던 선우빈을 바꾸어놓았다.

자몽 케이크를 두 조각 사서 자리에 앉았다. 민유가 이 카페에서 가장 좋아하는 메뉴였다. 언제나처럼 민유는 케이크 조각을 절반 가까이 뚝 떼내어 입 안 가득 밀어 넣었다.

「케이크 첫 입은 항상 풍족하게.」

민유의 모토였다. 그 때문에 케이크를 먹으면 민유 입가에 크림 따위가 조금씩 묻고는 했다. 그거 닦아주겠다는 평계로 우빈이 입술을 들이미는 것도 이들 커플의 공식(?) 애정 행각 중 하나였다.

"흐음. 맛있어."

민유는 먹을 때 정말이지, 무지하게 행복한 얼굴을 한다. 밥도 복스럽게 잘 먹어서 보고만 있어도 배부르다는 말을 우빈은 실감했다. 등산이 힘들었던지 오늘은 유독 행복해하는 얼굴이다. 볼에 발그레하게 홍조까지 피어서는 우빈을 향해 방싯거린다.

"유혹은 깨비가 먼전데?"

"유혹? 내가 뭘 어쨌는데요?"

"방금 케이크 먹었을 때, 오빠랑 키스하고 나서 표정이랑 똑같았는데."

순진한 아가씨는 이내 얼굴을 완전히 붉히며 당황한다. 이런 상황들이 우빈은 못 견디게 좋았다. 등산 데이트를 봉사 동아리 때문에 망쳐 아쉬웠는데, 이제야 제대로 데이트하는 기분이다.

"역시, 맞잖아! 언니! 오빠!"

하지만 우빈의 그 기분은 오래가지 못했다. 여진이 성빈까지 데려와 달콤한 데이트를 박살 냈다. 거기다가.

'어라? 이것 봐라.'

우빈의 미간이 찌푸려졌다. 성빈의 눈동자가 민유에게 고정되어 움직이질 않는다. 안경 너머 작은 눈이 연신 깜빡이며 그녀를 훑었다. 노골적이지 않게 조심스러운 시선으로. 민유가 우빈의 여자친구라는 것을 알자 실망하는 기색이 역력하다. 우빈의 촉은 늘 민유를 향해 있었기에 아무도 눈치 못 챌 이런 일도 단박에 알 수 있었다. 역시 내 눈에 예쁜 건 남들 눈에도 예쁜가 보다.

'이걸 어쩐다.'

우빈은 심기가 불편했다.

"허어."

성빈이 안경을 벗자 민유가 감탄사를 내뱉었다.

'젠장.'

우빈은 속으로 작게 욕을 내뱉었다. 이번엔 민유의 눈이 성빈의 민얼굴에서 떨어지질 않는다. 성빈은 지독히 나쁜 시력 때문에 압축에 압축을 거듭한 안경을 썼다. 그래서 예쁘장한 본래 얼굴이 강제적으로 가려진 상태였다. 민얼굴과 안경 얼굴 사이의 격차를 목격한 사람들은 다들 저런 반응을 보였다. 하지만 다른 사람도 아닌 민유가 저런 얼굴로 성빈을 바라보니 우빈의 심사가 꼬였다.

"성빈아. 여진이 옆으로 가."

제 옆에 민유를 붙여놓고 '내 거'라고 확인시키는 수밖에. 성빈에게도, 민유에게도.

【구해주님】

한국대 축제에서 만났을 때 느꼈지만 민유의 친구들은 확실히 어딘가 독특한 구석이 있었다. 다들 기본으로 유쾌를 장착하고 그 위로 각종 특이 소스를 얹은 느낌이었다. 이런 아이들 넷이서 몰려다녔으니 학창 시절 시트콤 같은 에피소드들이 뽑혀 나오는 건 당연한 일이었을지도 모른다.

"구해주님?"

분명 우빈 저를 지칭하는 말일 터였다. 민유의 친구들이니 당연히 악의는 없겠지만, 뭐랄까, 거창한 느낌이다. 어떤 뜻인지 우빈은 궁금했다.

"정말 말 안 해줄 거야?"

"아, 그게요……. 저를 구해주신 주님이라고."

"구해?"

정말 거창한 거 맞네.

"모태솔로에서 구원을……."

모태솔로라는 말에 우빈의 귀가 번쩍 뜨였다.

"정말? 정말 그런 뜻이야?"

민유 인생의 첫 남자친구가 우빈이라는 말이 아닌가.

처음? 그게 무슨 대수라고. 그렇게 생각했는데, 막상 민유의 첫 남자가 자신이라고 하니 확실히 기분이 좋았다. 서민유의 처음과 끝은, 그리고 그 중간도 온통 자신뿐이라는 그런 쾌감에 우빈의 심장에 작게 전율이 일었다.

"절 데려가 주셔서 감사하다고. 그런 뜻이에요."

저 말은 우빈이 자신의 친구들에게 들은 바로 그 말이었다.

「너 같은 성질머리도 다정해서 좋다는 여자라니. 감사하며 모시고 살아.」

「선우빈을 거둬갔어? 마더 테레사냐?」

「너 같은 새끼 구원해줘서 내가 감사하다고 전해라.」

축제가 끝난 다음 날. 우빈 친구들이 모인 휴대폰 채팅창은 간만에 불을 뿜었다. 한결같이 선우빈에 대한 비난과 민유에 대한 걱정이 가득한 내용이었다.

"오빠 친구들도 너 같은 새끼 구원해준 여자니까 민유 너한테 감사하며 살라고 하던데."

민유가 유쾌한 듯 하하, 웃음을 터트렸다.

【선우빈, 연애 중】

우빈의 품에 안겨 있는 여자를 보고 세연은 겉으론 크게 내색은 못했지만 실은 소스라치게 놀랐다. 눈앞에 있는 남자는 분명 '선우빈'이었다. 언제나 무심한 듯, '쿨시크'를 선보이던 그, 선우빈. 그랬던 그가 남들 다 보는 학교 벤치에서 여자를 끌어안고 있다니. 심지어 여자를 보는 눈이 다정하기 그지없다. 바로 옆에 있는 자신은 신경도 쓰지 않았다.

두 눈으로 보고도 믿을 수가 없어 멍하니 있는데, 우빈이 부드럽게 여자의 입가를 손가락으로 쓸어내리는 것을 보고 정신이 들었다. 그리고 깨달았다. 자신은 가짜였다. 사귀는 동안 한 번도 우빈이 이런 표정, 이런 행동을 보인 적이 없었다. 결단코 처음 보는 모습이었다. 이런 광경을 본 세연은 그냥 인사만 하고 돌아설 수밖에 없었다.

"짜증 나."

허탈한 기분이 들었다. 우빈이 제게 이별을 고했을 때도 이렇게까지 뭔가 치미는 감정이 들진 않았는데, 지금 와서 화가 났다.

'선우빈이, 그 선우빈이 저런 눈빛, 저런 행동을 할 수 있는 남자였다니!'

하지만 왜 나를 사랑하지 않았느냐, 이제 와 따질 수도 없었다. 세연의 잘못으로 헤어진 거였으니까. 괜히 한수와 우빈을 놓고 저울질하다가 둘 다 잃어버렸다. 주변에서 저를 흘끔거리는 눈길이 느껴지자 세연은 허리를 더 꼿꼿하게 세우고 걸었다. 마치 처음부터 학과 선배라서 선우빈을 알은척했다는 것처럼 도도하게, 주변 사람들에게 인사를 하고 지나쳤다.

학과에서 선우빈이 공대 여자와 연애한다고 난리였을 때, 세연은 아무렇지 않았다. 어떤 여자가 되었건 간에 우빈을 다시 차지할 자신이 있었으니까. 저 같은 여자가 우빈에게 다가서면 공대 여자는 지레 겁먹고 떨어지거나, 우빈에게 불안한 심리를 내보이고 닦달하며 그를 피곤하게 할 게 분명했다. 그러니 언제든 자신이 선우빈을 가질 수 있을 거라 여겼다. 하지만 예상이 빗나갔다.

"진짜 연애하잖아?"

분하지만 그랬다. 선우빈은 정말로 연애 중이었다.

【아들의 연애】

세희는 제 앞에 나란히 앉아 있는 민유와 우빈을 보며 미소를 짓고 있었다. 일전에 아들이 말한 '좋아하는 여자'가 누군지 궁금해서 한동안 밤에 잠도 안 왔었다. 운학도 마찬가지였다. 궁금해서 물어봐도 우빈은 부부의 질문에 그저 웃음으로만 답했다. 기회가 될 때마다 몇 번 더 물어봤으나, 아들은 그저 때가 되면 꼭 알려드린다고만 말할 뿐이었다. 그런데 세상에나, 이렇게 지척에 숨겨뒀을 줄이야. 게다가 민유는 운학을 알고 있었다. 원래 강연 같은 것은 하지 않는 운학이지만 지인의 부탁으로 몇 년 전, 딱 한 번 고등학교에서 강연을 한 적이 있었다.

"내가 뭐 얼마나 대단한 사람이라고 강단에 서?"

그렇게 몇 번이나 고사했지만 지인인 교장의 끈질긴 설득으로 결국 운학은 학교로 향하게 되었다. 그는 투덜거리면서도 열심히 강연 내용을 준비해 갔다. 그런 노력이 학생들에게 잘 전해진 듯했다. 그때 강연을 듣고 고등학생 때부터 S.H. 입사를 결심했다는 민유의 말에 부부는 미소를 지을 수밖에 없었다. 이것도 참 인연이지 싶다.

"어머머. 우빈이 쟤 좀 봐."

우빈이 제 접시에 담긴 새우를 민유 접시로 옮겨주고 있었다.

'우빈이도 새우 좋아하면서.'

감정적으로 항상 서늘한 온도를 유지하던 아들이 제 여자라고 꼼꼼히도 민유를 챙겼다. 저런 남자로 키운 건 세희였지만, 막상 눈으로 그런 광경을 보니 신기하면서도 묘한 기분이 들었다. 운학 역시 아들의 다정한 모습에 놀람을 금치 못했다. 다정하게 애칭을 불러가며 여자친구 챙기는 게 여간 살뜰하지가 않다. 세희와 운학 모두 우빈이 저런 눈빛으로 웃을 수도 있는 아이었구나를 이제야 알게 되었다. 자신

들에게 보여주지 않던 모습이라 한편으론 섭섭하기도 했지만, 아들의
새로운 모습이 싫지 않았다.

'여자친구'라는 존재가 아들에게 미치는 힘은 컸다. 우빈이 항상 두
르고 있던 접근 금지 테두리는 온데간데없었고, 그간 어딘가 대하기
어려웠던 아들을 놀릴 수 있을 정도였다. 덕분에 아들을 유하게 변화
시킨 아가씨에게도 절로 애정이 생겼다.

【이거 신혼?】

현관에서 민유의 배웅을 받으며 우빈은 심장이 기분 좋게 콩콩 뛰
는 것이 느껴졌다. 설레고 신나는 그런 기분. 크리스마스 아침에 머리
맡에 선물이 놓여 있는 것을 보는 기분이 이럴까. 마냥 좋기만 한 사
람. 그런 사람이 우빈, 제 곁에 있다.

같이 새벽까지 지샜다고는 하나, 거의 민유 혼자서 해낸 과제였다.
우빈은 그저 옆에서 단순히 돕기만 했을 뿐이었다. 거기에 제 욕망으
로 잠도 제대로 못 재웠다. 우빈도 피곤하긴 했지만 민유 아침은 먹여
야지 생각하고 몸을 움직였다.

그는 어느 정도 식사 준비를 해놓고, 민유를 깨웠다. 밥 차릴 동안
좀 더 누워 있으라고 했는데 민유는 그동안 그가 입을 옷을 고르고 있
었다. 이런 모습이 너무도 사랑스러웠다. 자신이 넥타이를 매주겠다며
방긋 웃던 민유는 막상 넥타이를 맨 그를 보더니 미간을 찌푸렸다.

"깨비 마음에 안 들어? 별로야?"

"응. 안 들어요. 너무 심하게 섹시해서 안 되겠다."

그러면서 민유는 넥타이를 슬쩍 풀었다. 자신이 없는 곳에선 이렇게 섹시하면 안 된다고 심각한 표정을 짓는 모습에 우빈의 마음이 간질거린다.

"아우, 진짜. 선우빈 왜 이렇게 멋있어서 나 불안하게 해요? 오늘 그냥 빨간 내복 입고 가요. 아니, 앞으로도 계속."

투정하는 민유가 귀여워서 볼에 살며시 입술을 대자 기분 좋은지 까륵, 하고 웃는다. 출근만 아니었다면, 민유 학교만 아니었다면, 당장에 침대로 데려갔을 텐데 아쉽기만 하다.

"빈이 오빠, 잘 다녀와요."

현관까지 나와서 손을 흔드는 민유에게 그는 다시 가볍게 키스를 했다. 그리고 떨어지지 않는 발걸음을 억지로 떼어 회사를 향해 차를 몰았다.

"앞으로 결혼하면 매일 이렇게 깨비 배웅을 받겠지?"

그 생각에 가는 내내 웃음이 멈추지 않았다.

"아니다. 그렇진 않겠구나."

우리 마나님은 함께 집을 나설 것이다. 그리고 함께 출근할 것이다. S.H.에 들어오겠다고 고등학생 때부터 결의에 찼던 민유니까. 그날이 오기 전까지 이렇게 종종 그의 집에서 함께 아침을 맞이했으면, 그리고 그를 배웅해줬으면 좋겠다. 우빈은 그렇게 생각하며 설레는 마음으로 출근을 했다.

【민유의 인생 최대 흑역사】

그리고 그날 저녁.

퇴근한 우빈은 어둠 속에 혼자 우두커니 앉아 있는 민유를 보고 소스라치게 놀랐다. 그런데 그를 더 놀라게 한 건 처음 보는 민유의 눈물이었다. 온몸의 수분을 모조리 빼내기라도 할 것처럼 우는 민유를 우빈이 품에 안아 달랬다.

"왜 그래, 무슨 일이야?"

언제나 씩씩한 민유에게 대체 무슨 일이 있는지 짐작도 되질 않는다. 우빈은 민유를 이렇게까지 울게 한 미지의 원인에 대한 공포로 온몸에 소름이 돋았다. 등을 토닥이며 달래자 한참 만에 민유가 입을 열었다.

"오빠아. 흐흑. 아까아……."

민유가 더듬더듬 울먹이며 낮에 있었던 일을 늘어놓았다. 민유의 얘기를 들으며 그는 웃음을 참기 위해 제 허벅지를 계속 꼬집어야 했다. 소름은 이미 가신 지 오래였다.

"선우빈이 자꾸 웃어, 허어엉."

하지만 웃음이 다 참아지지 않았나 보다. 그가 웃는 것을 알아챈 민유가 더 크게 울기 시작했다.

"어어, 깨비야. 크흡. 진정해. 진정."

우빈은 다시 한참 민유를 품에 안고 달랬다.

"오빠, 어흑. 어지러워."

치욕스러운 실수 때문에 눈물을 쏟아내던 민유가 쉰 목소리로 바들바들 떨었다. 처음에는 웃음을 참느라 눈치를 못 챘는데 민유는 정말로 탈진한 것처럼 울고 있었다. 뒤늦게 심각성을 깨달은 우빈이 놀라서 민유를 살폈다. 어느새 민유는 기력 없이 축 늘어져 있었다. 그러

면서도 여전히 훌쩍거리는 민유다. 우빈은 민유가 쓰러지지 않게 소
파에 잘 기대어 앉히고는 급히 물을 챙겨왔다.

"물이야. 좀 마셔봐."

"목 따가워."

"그래도 조금만. 마시면 괜찮을 거야."

우빈이 컵을 잡고 민유의 입 안으로 물을 조금씩 흘려보냈다. 목이
따가운지 살짝 인상을 쓰면서도 민유는 천천히 물을 한 컵 다 비워냈
다.

"다 오빠 때문이야."

"알아. 정말 미안해. 전부 오빠 잘못이야. 이런."

민유의 몸이 스르륵 흘러내리자 우빈이 놀라 그녀를 부축했다.

"몸에 힘이 안 들어가."

"우리 깨비, 누워서 조금 쉬어야겠다."

우빈은 사색이 된 얼굴로 정성스레 민유를 돌봤다. 손대면 깨질 것
같은 보물을 다루듯이, 아주 조심스러운 손길로 민유를 안아 든 우빈
은 침대 위에 그녀를 가만히 내려놓았다.

한숨 자고 났더니 민유는 좀 진정된 듯했다. 우빈은 민유에게 죽을
끓여 먹이고, 집까지 차로 데려다줬다. 그리고 민유와 함께 내려 엘리
베이터 앞까지 바래다주었다. 기력이 조금 회복된 듯했지만 여전히
걱정스러웠기 때문이다.

"오빠, 조심히 가요. 도착하면 나한테 꼭 연락하고."

"응. 그렇게. 우리 깨비 아무 생각 하지 말고 푹 자."

우빈은 그러면서 민유에게 다가가 입술을 살짝 훔쳤다.

"오, 오빠. 여기 우리 집 앞이에요."

"아무도 없으니까 괜찮아. 어서 들어가."

우빈은 민유가 탄 엘리베이터가 7층에 도착하는 것까지 보고 나서야 천천히 걸음을 옮겨 차로 돌아왔다. 방금 전까지만 해도 민유가 있던 차 안은 텅 빈 것처럼 썰렁해 보였다.

집으로 돌아가는 길. 빨간 신호에 차를 멈추고 기다리던 우빈은 돌연 민유가 말했던 '참사'가 떠올랐다.

"……옆 분단 여학생 가방을 잡고 넘어졌다고. 푸흡."

자신이 그 현장에 없어서 다행이었다. 있었다면 눈물 쏙 빠지게 웃었을 것이다. 아니지, 있었다면 민유가 넘어지기 전에 잡아줄 수 있었을지도 모른다. 아까는 탈진한 민유에 놀라서 웃음이 가셨었는데, 다시 생각하니 참았던 웃음까지 한꺼번에 터져 나왔다. 우빈은 집에 도착할 때까지 미친 듯이 웃었다. 민유에게는 조금 미안했지만 웃긴 건 어쩔 수 없었다.

그리고 그는 민유가 가끔 보여주는 그 웃긴 모습까지도 사랑했다.

【졸업 1】

우빈은 다가가기 힘든 사람이었다. 후배들뿐만 아니라 그의 선배나 동기들도 우빈을 좀처럼 편하게 대할 수가 없었다. 우빈은 접근을 막는, 어딘가 냉한 그런 아우라를 풍겼었다. 그런데 오늘은 달랐다. 가족이 있기 때문일까. 우빈의 공기가 어딘가 느슨해진 것에 졸업식이라는 특수한 조건이 겹치자 변화가 생겼다. 사람들이 우빈에게 적극적으로 알은척을 해오기 시작했다. 졸업이라 이제 우빈을 보는 것이 마지막이라는 사실은 사람들이 용기를 낼 수 있게 했다. 그리고 인사를 건넨 사람들은 우빈에게 다가가는 것이 평소보다 더 수월하다고 느꼈다. 그에게 다가오지 못했던 사람들이 그의 옆에 섰다. 함께 사진을 찍자고 하기도 했고, 꽃을 건네기도 했다.

사람들의 눈길은 선우빈뿐만 아니라 그의 주변 사람들에게도 향했다. 인형같이 예쁜 어린 여동생과 선우빈과 똑같이 생긴 아름다운 어머니는 학교에 도착하는 순간부터 절로 이목을 끌었다. 그리고 학교 앞부터 강당까지 오는 내내 선우빈이 어깨를 꼭 감싸고 있던 그의 여자친구에게까지 시선이 모였다.

선우빈이 스킨십을 하고 있다는 것도 시선을 끌었지만, 무엇보다 놀라운 점은 그의 눈이 여자친구에게서 떨어질 줄을 모른다는 사실이었다. 사귀는 것은 잘 알려져 있었지만 평소엔 담백한 두 사람이었기에 선우빈이 저런 남자였다는 사실은 사람들에겐 꽤나 충격이었다. 다들 커플을 보며 수군거렸다. 대체로 '대박'이 단어가 가장 많이 언급이 되었다.

가족들과 떨어져 사람들의 인사를 받던 우빈의 기류가 급작스레 바뀌었다. 한순간 마치 사람이 바뀌기라도 한 것처럼 우빈은 다시 냉랭해졌다. 방금 전과 똑같은 표정인데 이상하게 이전처럼 다가가기 힘든 기운을 풍겼다. 몰려들었던 사람들이 쭈뼛거렸다.

[학위 수여식, 시작하겠습니다. 내빈 여러분들께서는 자리에 앉아주십시오.]

때마침 학위 수여식이 시작되었다. 자연스럽게 사람들이 그의 주변에서 물러났다.

"갑자기 다가가기 힘드네. 뭐지?"

"그렇지? 나만 그렇게 느낀 거 아니지?"

사람들은 저마다 느낀 점을 나누며 우빈을 흘끗거렸다.

학위 수여가 끝나고 우빈이 단상에서 내려왔을 때, 그는 다시 유해져 있었다. 방금 전까지 선우빈의 변화를 두고 수군거리던 사람들이 작게 탄식을 뱉었다.

"오빠, 졸업 축하해요."

선우빈이 한 손에 장미꽃다발을 들고 다른 손으로 여자친구를 품에 안는 것을 보고, 사람들은 왜 우빈의 기가 달라졌는지 어렴풋이 눈치챌 수 있었다. 우빈 자신도 몰랐지만, 그는 민유가 있으면, 아니 민유가 시야에 보이기만 해도 저절로 차가운 날이 사라졌다. 멀리서 아들의 모습을 바라보던 세희가 피식 웃음을 터트렸다.

"제대로 임자를 만났네."

"누구? 오빠?"

"응."

"그치? 엄마도 그렇게 느끼지?"

"네 오빠가 정말로 연애를 하긴 하나 보다."

아들의 연애를 보면서 세희는 자신의 연애 시절이 생각나 설레는 마음이 되었다. 앞으로도 저렇게만 예쁘게 잘 사귀었으면 좋겠다고 그녀는 생각했다.

【졸업 2】

세연도 졸업식에 참석했다. 비단 우빈 때문이 아니더라도 친한 선배들이 많았기 때문이다. 솔직히 썩 오고 싶지는 않았지만 학과 선후배들 잘 챙기기로 유명한 자신의 이미지를 위해 안 올 수가 없었다. 졸업식장에 와서도 세연은 마치 우빈은 안중에도 없는 것처럼 행동했다. 사람들이 모두 그와 그의 가족을 흘끔거릴 때도 고개조차 돌리지 않았다. 그게 그녀의 마지막 자존심이었다. 하지만 우빈이 학위 수여식을 위해 강당 앞쪽으로 와서 자리를 잡자 어쩔 수 없이 시야에 들어오게 되었다.

'볼수록 탐나는 남자야.'

냉하다고만 생각했던 그가 제 여자에게 뜨거운 시선을 보내는 것을 알게 된 이후로 계속 놓친 고기가 아까워 견딜 수가 없었다. 세연은 슬쩍 뒤를 살폈다. 그의 가족들이 보였다. 예전에 한 번 만난 적 있는 그의 어린 여동생과 모친. 하지만 그가 싸고도는 여자친구는 보이지 않는다.

'왜 이런 날 없지? 혹시 모친이 있어서 안 온 건가?'

그의 어머니는 평범한 주부는 아닌 것 같았다. 고고하고 고급스러운 분위기로 보건대, 우빈의 집안은 돈뿐만 아니라 품격도 보통이 아닐 것이다. 그 공대 여자, 어머니의 반대라도 있는 걸까.

'하긴 하고 다니는 꼬락서닐 보니 변변찮은 것 같더라.'

그의 집안에서 반대하는 거라면 제법 괜찮게 사는 집안인 자신에게 승산이 있을지도 모른다. 세연은 미소를 지었다. 졸업하고 나면 우빈이 학교에 오지 않을 테니 어떻게든 오늘 그와 만나야겠다는 생각에 그녀의 머리가 바삐 움직였다.

'우선 강당 밖으로 나가야겠다.'

졸업식장 안은 너무 조용했고, 보는 눈도 많았다. 강당 밖에서 우연히 마주칠 만한 루트를 물색하기 위해 세연은 학위 수여식이 끝나기 전에 미리 밖으로 나왔다.

'강당 입구는 너무 눈에 띄려나? 사람들이 몰려나오면 만나기 쉽지 않을 것 같고.'

우빈을 만나고 이야기를 나누려면 조금은 한적한 곳이어야 했다. 세연은 다시 걸음을 옮겼다.

그러나 세연의 계획과 다르게 그와 마주칠 시간은 주어지지 않았다. 학과 인기인인 세연이었다. 친구들, 아는 선후배들이 사방에 포진해 있었다. 덕분에 세연은 여기저기 불려 다녀야만 했다. 무시해버리고 싶었지만, 다른 이들의 졸업을 축하하는 척이라도 해야 했다. 이럴 때 주변 사람들을 잘 구슬려놔야 나중에 이용해먹기 편했으니까.

물론 이런 애들 중에는 지나치게 앞서나가는 분자들도 존재했다. 가령 세연의 한 학년 아래 후배인 승주와 현지, 선화 같은 애들 말이다. 학교 밖에서도 몇 번 어울려주었더니 그 셋은 그녀를 절대적으로 따랐다. 세연이 은근슬쩍 귀찮은 일을 떠맡겨도 그녀가 자신들과 친해서 그런 거라고 오히려 의기양양해했다. 나중엔 과제를 다 넘겨도 그들은 그게 소위 말하는 '셔틀'이라는 것을 몰랐다.

"미안. 이거 못 빌려줘. 세연 언니가 부탁하신 거거든."

"언니가 저번에 자료 정리해준 거 너무 고맙다고, 이 귀걸이 사주셨다?"

"세연 언니가 저번에 대리출석 해준 답례라고 진짜 예쁜 카페 데려갔었는데, 거기 케이크 예술이더라."

그녀의 이름을 팔아가며 주변 사람들에게 콧대를 세우던 세 명이었다. 세연에겐 이런 아이들이 가장 이용하기 편했다. 노예 같은 아이들. 노예인 주제에 주인의 명성을 업고 거들먹거리며 다른 자유인들을 무시하는 그런 어처구니없는 노예. 그래 봤자 노예면서 말이다. 이런 세연의 본성은 여간내기가 아닌 이상 눈치채지 못했다. 진세연은 털털하고, 성격 좋고, 불의에 맞서는 그런 여자니까. 사람을 교묘히 이용해 먹는 짓은 '진세연'과 가장 어울리지 않았다. 하지만 그게 바로 '진세연'이기도 했다. 그런 진세연도 자신이 휴학한 중에 그 트리오가 그녀의 이름을 팔아 우빈에게 달라붙어 있을 거라고는 꿈에도 생각 못 했다. 학과 다른 후배가 전해온 메시지를 봤을 때, 세연은 화가 나서 부들부들 떨어야 했다.

「언니, 걔들 거의 우빈 선배 지킴이던데요? 든든하시겠어요.」

'감히 나 없는 데서 선우빈에게 접근해?'

마음 같아선 당장 학교로 찾아가고 싶었지만 그럴 처지가 못 됐다. 그 세 명을 제 손을 대지 않고 어떻게 떼어낼까 고민하던 세연은 자작글을 보자마자 회심의 미소를 지었다. 말투, 자주 틀리는 맞춤법, 그리고 아이디. 분명 트리오의 짓이었다. 세연은 아이디를 새로 만들고 글을 썼다.

「이거 아무래도 자작 같은데. 피해자분 이거 캡처해서 고소하세요. 이런 거 명예훼손으로 소송 가능합니다.」

그녀가 단 덧글 아래, 동조하는 글들이 수십 개가 달렸다. 이전의 상황을 모르는 사람들을 위해 세연은 다른 아이디로 캡처한 화면도 달고 사건 설명도 해주었다. 만약 이야기 주인공인 'ㅅㅁㅇ'가 고소를 위해 캡처 화면을 증거로 달라고 하면 얼마든지 응해줄 용의도 있었다. 아니, 그러길 바랐다. 고소를 도와준 것을 계기 삼아 다시 선우빈에게 접근할 수도 있기 때문이었다. 하지만 애석하게도 민유는 '친절맨'의 도움까지는 필요 없는 듯 보였다. 이 점이 무척 애석했다. 후에 들린 소문으로 그 셋은 결국 피해자에게 고소를 당했고, 합의는 없었다고 했다. 그렇게 세연은 큰 노력을 들이지 않고 그녀들을 처리했다는 데에 만족해야 했다.

"세연아! 같이 사진 찍자!"

"잠시만요. 저 화장실 좀 다녀올게요."

그녀는 그렇게 말하며 슬쩍 무리를 빠져나왔다. 좀 전에 우빈이 제 동생과 강의실로 가는 걸 봤다는 소리를 들었기 때문이다.

"어디로 갔을까."

그가 들었던 수업을 떠올리며 여기저기 헤매던 세연은 저 멀리 우빈의 여동생을 발견했다. 마침 여진은 화장실로 향하고 있었다. 세연은 바로 지금이 우빈과 둘이 있을 기회라고 생각하고 강의실을 향해 천천히 걸었다.

【끝장전】

우빈은 안절부절못하며 강의실 안을 서성였다.

"하. 진세연."

콧대 높은 아가씨가 아니었나. 진세연이 이렇게 끈질기게 질척거릴 줄은 우빈도 몰랐다. 이전에 그가 민유를 다정하게 안고 있는 모습도 봤고, 그 후로 아무 반응이 없어 깔끔하게 다 끝난 거라고 생각했는데 이렇게 나올 줄이야. 우빈은 속이 타들어 가는 것 같았다. 그리고 치미는 짜증으로 머리까지 지끈거렸다.

"오빠 여기 가만히 있어요."

민유는 단호하게 '여기 가만히 있으라'고 명령을 하고 밖으로 나가 문까지 닫아버렸다. 그런 싸늘한 얼굴은 한 번도 본 적이 없었다. 민유의 그 표정이 떠오르자 우빈은 겁이 덜컥 났다. 이대로 민유가 그냥 가버리면, 자신의 얼굴도 보기 싫어하면 어쩌지 하는 공포감이 우빈의 짜증을 순식간에 지웠다.

'아냐, 이런 무서운 생각은 하지 말자.'

불안을 애써 달래며 우빈은 계속 서성였다.

"안 되겠어."

하지만 도저히 가만히 있을 수 없었다. 민유 말대로 얌전히 안에 있었지만, 아무래도 자신이 나서야 할 것 같았다. 진세연이 만나고 싶어 하는 당사자가 자신이니, 자신이 직접 쳐낼 것이다. 다신 접근 못 하게. 처참하게. 그런 생각으로 우빈이 막 강의실 문에 손을 댔을 때.

"선우빈이 내가 좋다잖아!"

민유의 큰 소리에 우빈은 우뚝 동작을 멈췄다.

"내가 주변 여자 다 떨구고, 오빠를 고립시켜도 그 선우빈이 내 곁에 있는다고 하잖아! 조금만 지나보라고? 조금만 지나서 헤어질 것 같으면 진세연 씨는 닥치고 그 기회나 기다리면 될 걸 왜 여기 와서 시비야? 거기다 감히 우리 예쁜 시누를 사생 취급했어? 너야말로 무슨 자격으로 그 지랄을 했는데?"

너무 말이 빨라 한 번에 알아들을 수 없었다. 민유의 말을 되새겨보니 진세연이 민유와 여진에게 어떤 망발을 했는지 짐작할 수 있었다. 민유가 흥분할 만도 했다.

"사생 취급이라. 그래서……."

그리고 여진이 왜 그렇게 세연을 싫어했는지 비로소 그 이유를 알게 되었다.

"그래, 이유도 없이 싫다고 할 애가 아니지."

우빈의 표정이 와락 구겨졌다. 아무리 주변 사람을 떨어뜨리기 위해서였다고 해도 저런 여자와 사귀었다니. 처음부터 동기가 불순했던 탓일까? 제 잘못으로 인해 민유와 여진이 상처를 받은 것 같아 우빈은 스스로에게 너무 화가 났다. 우빈은 자책하며 자신을 향해 욕을 내뱉었다. 스스로가 이렇게 한심한 적은 처음이었다. 그때, 문이 벌컥 열리며 민유가 상기된 얼굴로 그의 손을 잡아 끌었다.

"가요, 오빠."

천만다행으로, 그가 두려워하던 것과는 달리 민유는 우빈의 손을 잡아주었다. 다신 보지 않겠다고 하면 무릎 꿇고 빌든 매달리든 뭐든지 할 작정이었는데, 민유는 시원하게 세연을 쳐내고는 다시 그에게로 와주었다. 민유의 온기가 느껴지는 순간, 불안으로 꽉 조였던 심장이 풀어지는 것 같았다.

"아우씨! 회사에서도 이래?"

"그럴 리가 없잖아. 오빠는 서민유밖에 없어. 정말이야."

울 것 같은 얼굴의 민유를 우빈은 품에 안고 다독였다.

"미안해. 미안. 오빠가 잘못했어. 내가 진작 제대로 끊어냈어야 했는데, 우리 깨비 볼 면목이 없다."

계속되는 그의 사과에 들썩이던 민유의 몸이 조금씩 안정을 찾았다.

"내 동영상 지울래요? 아님 내가 한 명을 더 만날까?"

민유의 질문에 우빈은 즉시 주머니에서 휴대폰을 꺼내 들었다. 그리고 이전에 민유가 바깥일뿐만 아니라 모든 집안일도 하겠다고 약속하는 모습을 촬영한 동영상을 삭제했다.

"오빠. 앞으로 또 저런 애가 나타나서 날 막 공격하면……."

"없어. 그런 일 절대 없어. 만약 저런 일 또 생기면 오빠 평생 서민유 노예야. 민유가 하자는 대로 다 하고, 시키는 대로만 살 거야. 숨 쉬는 것도 허락받고 쉴게."

"정말이에요?"

"응. 진심이야."

민유의 표정이 눈에 띄게 풀어졌다. 우빈은 안도의 한숨을 쉬었다. 하지만 거기서 끝이 아니었다.

"……동영상?"

이번에는 민유가 휴대폰을 꺼내 들며 말했다. 서민유가 곁에 있는데 이깟 노예 계약이 무슨 대수인가. 정말로 숨 쉬는 것도 허락 받으면서 살 것이다. 평생.

우빈은 곧바로 고개를 끄떡이며 촬영에 응했다.

【예비 프러포즈】

우빈이 접시를 내려놓을 때마다 민유는 볼을 발갛게 물들이며 활짝 웃었다. 매번 박수까지 아낌없이 치고 환호성을 내질렀다. 민유는 요리를 만든 사람을 정말 기분 좋게 해주었다.

"이렇게 예쁘게 만들다니. 존경합니다, 셰프!"

수고한 우빈을 향해 경례까지 해 보이고 나서야 자리에 앉은 민유는 언제나처럼 복스럽게 식사를 했다. 그리고 민유는 눈이 마주칠 때마다 우빈의 심장이 간지러울 정도로 예쁜 미소를 지어 보였다. 이렇게 사랑하는 사람과 같이 앉아 밥을 먹고, 마주 보고, 함께하는 거, 정말 좋은 거였다.

"이번 한 번만 내가 할게요. 앞으론 오빠가 평생 설거지해요. 내 손에 물 한 방울 묻히지 마요."

"당연하지. 샤워도 오빠가 다 해줄 거야."

"어, 어머. 어머머."

민유는 입을 삐죽 한 번 내밀어 보이곤 싱크대로 홱 몸을 돌리더니 말없이 설거지를 시작했다. 그런 민유의 볼이 빨갛다. 서로 설거지하 겠다고 실랑이하는 것도 행복하게 느껴졌다. 민유가 흥얼거리며 설거 지하는 뒷모습을 지켜보며 우빈은 세상을 다 가진 듯한 기분이었다. 마음이 주체할 수 없을 정도로 거세게 계속 민유를 향해 흐른다. 민유 가 설거지를 끝내자마자 우빈은 민유를 감싸 안았다.

"깨비야."

"네."

"우리 먹깨비."

"응."

"서민유."

"응."

이렇게 평생 서민유의 이름만 부르고 살고 싶었다. 우빈은 민유를 안은 채로 아까부터 계속 속에 쥐고 있던 반지 케이스를 열었다. 그리 고 반지를 빼내 손에 쥐었다. 지금은 서로의 탄생석이 박힌 반지를 주 고받지만, 머지않아 꼭 그녀의 손에 결혼반지를 끼워줄 것이다. 그렇 게 생각하며 우빈은 천천히 그녀의 네 번째 손가락에 반지를 끼워주 었다.

Epilogue
취중고백

비틀비틀 몇 발 걷다가 민유는 풀썩 바닥에 주저앉았다.

"허어, 이거. 민유 씨! 정신 차려!"

만호가 난감한 얼굴로 민유 주변을 뱅뱅 돌았다. 지난 1년간 그녀가 이렇게 몸도 제대로 가누기 힘들 정도로 술을 마신 건 처음 있는 일이었다.

"히잉. 오빠아."

"그래, 민유 씨. 기다려, 선우빈 씨 금방 올 거야."

"우리 오빠요오오?"

"응. 그래, 선우빈 씨 말이야."

"왜애애? 왜 불렀는데에에?"

'왜긴 왜야, 서민유 씨가 취한 후로 계속 경영팀 선우빈만 불러댔으니까!'

이 말을 만호는 목구멍 속으로 꿀꺽 삼켰다. 취한 사람과 대화하느니 차라리 벽과 대화하는 게 더 의사소통이 수월할 거였다.

"선우빈은, 선우빈은 다른 부서 회식······."

바닥에 주저앉아 무어라 중얼거리는 민유다. 하다못해 저기 저 벤치에라도 앉아 있으면 좋을 텐데 길 한복판에서 이게 뭔 일인가.

그렇다고 섣불리 민유 몸에 손을 댈 수도 없었다. 이 근처에서 회식 중이라던 선우빈이 연락을 받고 달려오고 있을 거였다. 혹여 만호가 민유를 부축하는 장면을 우빈이 보기라도 한다면?

'으으. 그러면 죽지, 죽어.'

우빈이 별말은 안 할 것이다. 선우빈은 만호에게 정중하게 고맙다고 인사할 것이고 실제로 그 어떤 해도 끼치지 않을 것을 잘 안다. 하지만 저에게 쏟아져 올 그 냉기, 그걸 이겨낼 자신이 만호에겐 없었다. 그 어떤 이유로든 선우빈은 제 여자 몸에 누군가가 손을 대는 것을 '본능적으로' 경계하고 싫어했다. 여자들은 그런 선우빈을 잘 몰랐지만 남자들은 '본능적으로' 알아챘다. 개중에 둔한 몇은 민유에게 섣불리 다가갔다 말 그대로 살을 에일 듯한 우빈의 눈빛을 받는 대가를 치렀다.

'뼛속까지 공처가인 건지 뭔지.'

하여튼 그런 선우빈이 이쪽으로 오고 있으니 섣불리 민유를 부축해선 안 된다고 온몸이 경고하고 있다.

"하이고, 민유 씨. 좀 일어나봐요. 저기, 벤치까지만 좀 걸어봐."

하지만 계속 술 취한 민유를 바닥에 앉혀둘 수만은 없어 만호는 고민했다. 팀이 달랐기에 우빈과 자주 마주칠 일은 없었다. 하지만 업무 때문에 마주칠 때마다 느끼는 사실. 우빈은 대하기 조금 불편한, 아니 어려운 사람이었다. 처음엔 저만 그리 느끼는 줄 알았다. 그런데 웬걸. 웹개발팀 사람들 모두 그렇게 느끼고 있다는 사실을 방금 전 회식 때 알게 되었다. 딱히 무뚝뚝하게 대하거나, 불친절한 것도 아니고, 자신들을 싫어하는 것도 아니지만 선우빈이란 존재는 어딘가 사람을 긴장시키는 구석이 있었다. 외모와 능력 모두를 갖춘 우빈은 사람들을 끌어들이는 매력이 있었다. 하지만 동시에 쉽게 다가갈 수는 없는, 그런 남자였다.

"송 대리님……."

흐물거리는 민유를 부축해 벤치에 데려다 앉혔다. 민유는 엉덩이에 벤치가 닿자마자 털썩 주저앉으며 고개를 푹 숙였다. 일말의 정신은 남아 있는지, 양팔을 벤치에 디뎌 넘어지지 않으려는 최소한의 방어책은 만들어두고서.

"송 대리니임."

민유는 제 옆에 앉아 저를 쳐다보고 있는 만호에게 느릿하게 입을 열었다. 머릿속에서는 입을 열지 말라고 재차 경고하는데 몸이 따라주질 않는다. 이래서 절대 과음하지 않는 민유였다. 술을 과하게 먹었다 하면 한없이 사람이 솔직해진다.

마음에 있는 진심이 여과 없이 흘러나오는 괴상한 주사, 일명 취중진담.

이런 제 주사를 잘 알기에 그녀는 미미 시스터즈와의 술자리가 아닌 이상 단 한 번도 밖에서 취해본 적이 없었다. 하지만 오늘은 달랐다. 요 며칠 선우빈에게 알짱대는 경영기획팀 신입 때문에 신경이 곤두셨기 때문인가. 민유는 오늘 회식에서 선을 넘고야 말았다.

"저는요오. 으음. 아직도 우리 빈이 오빠만 보면 설레요. 설레 죽겠어요."

스물세 살 봄에 사귀기 시작해서 올해 스물다섯 살까지, 햇수로 벌써 3년 차 연인이었다. 졸업 후, 바로 서민아 씨는 서 씨 집안 막내를 해치울 것처럼 굴었지만 민유는 '아직'을 외쳤다. 물론 민유 역시도 하루빨리 선우빈을 공식적으로, 법적으로 제 남편으로 데려오고 싶은 마음은 굴뚝 같았다. 하지만 자신은 이제 막 사회생활을 시작한 초년생이었다. 그토록 꿈꾸던 S.H.에 입사하고는 하루하루가 구름 밟는 기분이었다. 회사에서 확실히 자리를 잡은 뒤에, 좀 더 완성된 '서민유'라는 인간으로 선우빈에게 다가서고 싶었다. 이런 자신의 의견을 우빈은 군소리 없이 받아들여 줬다.

"처음 사귈 때처럼 심장이 두근거리고오."

그런데 그게 이토록 후회될 줄이야.

"너무너무 좋아요."

"……그렇게 좋아?"

민유는 고개가 빠질 듯 끄덕였다.

"어제보다 오늘 더 좋아요. 그리고 내일은 오늘보다 더 좋을 거고, 모레는 내일보다 더 사랑할 거예요. 내가 눈 감는 순간이 빈이 오빠를 가장 많이 좋아할 때가 될 거예요."

구구절절한 고백 후에 민유가 눈물방울을 떨어뜨리기 시작했다.

취중진담 다음은 눈물이다.

"송 대리님. 있잖아요. 저는 우리 빈이 오빠만 보면 설레는 거 있죠."

다음은 했던 말 반복하기. 진상 주사 베스트 5 안에 들어가는 행위를 다 하고 있는 서민유였다.

"이씨, 그냥 빨리 데려올걸. 여자들 꼬이는 거 꼴도 보기 싫어어헝."

결국 민유는 서럽게 통곡하기 시작했다. 치렁치렁하게 늘어진 머리카락을 살짝 걷어 올려 귀에 꽂아주자 술기운과 눈물로 온통 붉어진 얼굴을 하고 민유가 울고 있다.

"우리 오빠 보고 시퍼어어어. 불러와아앙."

민유가 꺼이꺼이 울어 젖히는데 옆자리에 있던 만호가 조심스레 그녀를 껴안아온다. 취한 와중에도 민유가 끄아아악 소리를 질렀다. 평소에 그녀를 잘 챙겨준다 싶었던 송만호 대리였다. 다 속셈이 있었나 보다.

"나능 선우빈 거야아!"

민유가 휘청거리며 만호의 품을 벗어나려고 발버둥을 치는데 귓가에 나직한 목소리가 들렸다.

"우리 깨비, 술 좀 깨야겠네. 오빠 와도 알아보지도 못하고."

우뚝. 동작이 멈췄다.

"오…… 빠?"

민유는 고개를 들어 저를 안고 있는 사람의 얼굴을 확인했다. 그 와중에도 눈물은 쉴 새 없이 굴러떨어지고 있었다.

"히이잉. 우빈 오빠아아."

옆에 있는 남자의 정체를 확인한 민유는 그제야 마음을 놓고 푹 그에게 안겼다. 술이 확 깨는 기분이다.

"역시 오빠한테선 피톤치드가 나오나 봐."

플라세보 효과인지 선우빈 효과인지, 정말로 선우빈의 얼굴을 보자마자 서서히 머리가 맑아지기 시작했다.

"그런 가슴 떨리는 고백은 깨비 맨정신일 때 해줘."

울먹이는 그녀의 등을 토닥이며 우빈은 피식 웃었다. 술주정도 어쩌면 이렇게 사랑스러울 수 있는지.

"뭐, 뭐가? 뭐를……? 피톤치드?"

"아니, 그 전에."

"오빠 보고 싶다는 말?"

"오늘보다 내일, 내일보다 모레 더 사랑할 거라는 말."

대체 선우빈은 언제부터 여기 있었던 걸까.

"오빠 언제 여기로 온 거예요?"

"우리 깨비 벤치로 데리고 온 거 오빠야."

"서민유 씨 머리카락에도 손 하나 안 댔어요."

바닥에 앉은 민유 옆에서 진땀을 빼던 송만호 대리는 우빈에게 인사를 한 후, 저 말을 남기고 곧바로 회식자리로 돌아갔다.

우빈이 서민유가 있는 웹팀 사람들을 조금 불편해한다는 사실을 만호도 알고 있는 듯 보였다. 웹개발팀엔 민유를 포함해 여자가 단 두 명뿐이었고, 나머진 전부 남자들이었다. 이 사실을 알고 난 우빈은 여간 신경 쓰이는 게 아니었다. 사내에서 경영팀 선우빈과 웹팀 서민유가 교제 중인 것을 모르는 이는 없었다. 하니, 그들이 민유에게 무슨 짓을 할 리가 없다는 것도, 설사 그렇다 해도 민유가 넘어갈 리 없다는 사실은 잘 알고 있었다. 하지만 시커먼 사내들뿐인 팀에 민유가 있다는 사실은 그의 마음을 언짢게 하기 충분했다. 때문에 우빈은 은연중에 그들을 향해 날을 세우고 경계했다. 나름 자제한다고 했는데, 역시 티가 났나 보다. 미안한 마음이 조금 들었지만 그도 어쩔 수가 없었다.

"오빠아."

"응."

"오빠아아."

"응."

우빈은 챙겨온 물병의 뚜껑을 열고 민유 입에 살짝 물을 흘려 넣어주며 대답했다.

"오빠는 왜 경영팀이야아? 거기 여자가 너무너무 많잖아."

웹개발팀과 달리 경영기획팀은 남녀 성비가 거의 1대 1이었다. 게다가 예쁜 사람 천지다. 경영팀 외에도 S.H.엔 훈녀들이 발에 걸리고 채일 정도로 많았다. 외모도 입사 조건인가? 그렇게 딴지를 걸자니 입사할 때 사진 없이 제출하는 이력서가 '노놉'을 외친다. 하지만 이상하게도 현실은 늘씬한 미녀들이 가득하니 아무리 선우빈이 냉하다고 해도 걱정이 되는 거다.

이전에 그 진세연도 민유가 있는 걸 뻔히 알면서도 선우빈 주변을 빙빙 돌지 않았던가. 또 그런 상황이 올까 봐 민유는 무서웠다. 그때처럼 일일이 하나하나 언제 다 퇴치를 하냔 말이다.

조금 더 완전한 사람으로 선우빈 곁에 서기는 개뿔. 친언니 말처럼 그냥 졸업하자마자 식을 치렀어야 했다. 왜 여태 미뤘을까 후회막심이지만 제가 천천히 하자고 해놓고 이제 와서 결혼하자 먼저 말하려니 입이 안 떨어진다.

"누가 할 소릴. 오빠는 처음 웹팀 보고 얼마나 놀란 줄 알아?"

민유는 언짢음이 가득한 우빈의 목소리에 배시시 웃음이 나왔다. 우빈의 목을 꼭 껴안고 그의 목덜미에 코를 묻었다. 회식하다가 온 사람답지 않게 언제나처럼 우빈 특유의 청량한 향기가 났다.

"서민유 맨정신일 때 제대로 말해야 하는 거 아는데, 지금 일단 그냥 들어둬."

"뭔데요오?"

"이제 오빠 좀 데려가 주면 안 되겠어?"

이렇게 꼭 껴안고 있지 않고 그의 목소리만 들었다면, 민유는 우빈이 가볍게 던져본 말이라고 생각했을 것이다. 하지만 이 말을 하는 우빈의 몸이 가늘게 떨리는 것이 술에 취한 와중에도 생생히 느껴졌다.

선우빈이 떨고 있다.

그러니 쉽게 내뱉은 건 아닐 것이다.

"머리로는 아무렇지 않은데, 오빠 심장이 불안해."

민유가 천천히 고개를 들고 우빈을 바라보았다. 그리고 이내 옷매무새를 단정히 하고 음음, 목소리를 가다듬고 입을 열었다.

"……선우빈 씨."

"응."

"우리 결혼해요."

Epilogue
깨비와 빈이 오빠의
결혼식

덜덜덜. 덜덜덜.

민유의 치마 속 다리가 속절없이 떨리자 그것을 눈치챈 연우가 그녀의 다리를 탁 쳤다.

"적당히 좀 떨어라. 무슨 신부가 드레스가 다 풀썩일 정도로 다리를 떨어?"

"처음이라 긴장되는 걸 어떡해. 농부!"

민주가 사이다를 들고 신부대기실에 등장했다. 긴장돼 미치겠다며 민유가 부탁한 사이다였다. 민주는 사이다 캔에 빨대를 꽂아 민유에게 건넸다. 민유가 빨대를 쭉 빨아들이자 탄산 한 모금이 톡톡 입 안에 머물다 사라진다. 그나마 긴장이 조금 가시는 기분이 들었다.

"한 모금만 더."

"너 지금 한 모금 만에 절반 마셨거든? 대단하다. 트림 안 나와?"

민주가 사이다 캔을 흔들어보며 경악했다.

"긴장돼 미치겠는데 그런 게 나오겠냐. 좀 더 줘봐."

민유가 손을 뻗자 연우가 말렸다.

"그만 먹어. 화장실도 못 가는데."

"딱 한 모금인데?"

해준이 냉정히 말했다.

"딱 한 모금이니까 참아. 이 정도면 충분해."

"저기 저 50m도 안 되는 거리 느긋하게 걸어가면 끝인 걸 왜 떨어? 떨기는."

연우의 말에 민유가 고개를 끄덕였다. 그래, 저건 그냥 길이라고 치자. 길이다. 길이다. 길······.

"아냐, 그래도 떨려. 저 길이 너무 길게 느껴진단 말이야."

"구해주님 손 붙들고 갈 건데 뭐 얼마나 길다고. 걍 마음 비우고 걸어, 짜샤."

민주가 힘내라는 듯 민유의 어깨를 살짝 두드렸다.

"어차피 혼인 신고도 했잖아. 결재 끝내고 결혼 축하 선물 들어 있는 택배 박스 가지러 간다고 생각해."

"어, 택배 박스. 그거 좋다. 생각만 해도 신나잖아."

택배로 생각하라는 연우의 말에 민유는 피식 웃고 말았다. 평소와 다름없는 미미 시스터즈의 거친 사랑에 민유의 긴장도 풀어졌다.

"니들 시집갈 때 긴장 하나 안 하나 어디 두고 보자."

"뭐 대단한 거라고 긴장을 해."

"하는 네가 더 이상하다."

"그래. 남들 다 하는 건데 뭐 긴장씩이나."

말은 이렇게 해도 오늘 새벽부터 내내 군소리 없이 민유의 수발을 들어주던 친구들이었다.

"너네 회사 진짜 좋다."

사내 구경을 마친 민아가 신부대기실에 들어왔다. 그리고 그런 민아 뒤에 바짝 붙어선 호연이 민아를 보호하듯 어깨를 감싸 안았다.

"그럼. 우리 회사가 어떤 회산데."

회사에 대한 자부심에 어깨가 으쓱해진 민유다.

오늘 그녀의 결혼식은 회사에 있는 너른 연회장에서 치러졌다. 민유는 모두가 함께 예식을 구경하고, 다 같이 식사할 수 있는 결혼식을 원했다. 시간에 쫓기지 않고 느긋하게 즐길 수 있는 식이면 좋을 것 같다는 민유의 말에 운학이 생각해낸 아이디어였다.

"언니 그렇게 막 돌아다녀도 돼?"

"안 될 거 뭐 있어?"

작년 가을에 결혼한 민아는 지금 임신 21주 차에 접어들었다. 임산부가 뭐 저리 씩씩한지 모르겠다. 호연이 옆에서 보물 다루듯 살피는 것과 달리 당사자는 지옥 같은 입덧이 지나자마자 활개 치고 사방을 돌아다녔다.

"많이 걸었으니까 이제 쉬면 안 될까?"

'이제 쉬자'가 아니라 '쉬면 안 될까'라는 호연의 애절한 권유였다. 그 누가 저렇게 될 거라고 예상했을까. 예전엔 민아가 호연을 쫓아다녔는데, 결혼하고 나서는 호연이 민아의 뒤만 졸졸 따라다니는 상황이 되었다.

"그래, 언니 좀 쉬어. 언니는 괜찮아도 조카가 힘들 수도 있잖아."

"엄마 뱃속에서 가만히 누워 있기만 하는데 뭘."

"아이고, 언니야."

"민아야, 제발."

호연이 절절매며 민아의 허리에 제 팔을 둘렀다. 억지로라도 끌고 가 앉힐 셈인 듯했다. 민아는 못 이기는 척 남편 손에 이끌려 나갔다.

"민유야."

그리고 오늘의 주인공, 선우빈이 신부대기실에 모습을 보였다. 턱시도 차림의 우빈은 시상식에 나가는 배우라도 해도 믿을 만큼 매끈한 모습이었다. 민유는 잠시 멍하게 우빈을 바라보았다. 이런 남자가 제 것이라니, 볼수록 얼떨떨하다.

"우리 이제 가봐야 해."

우빈이 내민 손을 잡고 민유가 천천히 몸을 일으켰다.

드디어 오늘, 만천하에 서민유를 제 것이라 공포한다. 하얀 웨딩드레스를 입고 작은 왕관을 쓴 자신의 신부를 바라보는 우빈의 눈빛이 그 어느 때보다 따뜻하게 빛났다.

"오빠, 나 조금 떨려요."

입장 직전 민유가 우빈의 귓가에 작게 속삭였다. 우빈도 떨리긴 마찬가지였다. 하지만 저까지 떨린다고 말하면 민유가 더 떨 것 같아 우빈은 민유의 말에 미소로만 답했다.

"넘어지면 어떡하지?"

"걱정 마. 오빠가 잘 잡아줄게. 걸을 때 오빠 팔 꼭 잡고 가."

"선우빈 씨, 빨리 걸으면 안 돼요. 나 구두 엄청 높은 거야."

두 사람은 동시에 입장하기로 했다. 아빠 손 잡고 가다가 마지막에 그 손을 놓으면 펑펑 울어버릴 것 같아서였다. 민유도 그랬지만 더 큰 문제는 아빠였다. 작년 민아 결혼식 때, 덤덤하게 있던 아버지 영준은 큰딸 민아를 호연의 손에 건네주고 자리에 앉자마자 눈물을 보였다. 그 바람에 민아도 주르륵 눈물을 떨어뜨렸다. 폐백 때는 아예 두 부녀가 꺼이꺼이 통곡까지 했다. 그 광경을 보고 처음엔 눈물 짓던 도숙은 결국 남편의 등을 후려치며 적당히 좀 하라고 말리기까지 했었다. 감동, 시원섭섭함, 기쁨 등 여러 감정 때문에 눈물이 나는 거겠지만, 민유는 그런 모든 감정을 뒤로하고서 즐겁고 신나는 결혼이길 바랐다.

"신랑 신부 동시 입장하겠습니다. 신랑 신부, 입장!"

사회를 보는 송우의 명쾌한 목소리에 두 사람이 발걸음을 떼었다. 주례사는 양가 부모님들의 축사로 대신하기로 해서 단상은 아직 비어 있는 상태였다. 민유와 우빈이 빈 단상 앞까지 갔을 때, 송우가 말했다.

[양가 어른들의 축하 말씀에 앞서 신부 친구분들의 축가 먼저 듣겠습니다.]

"엉?"

민유가 고개를 갸웃했다. 보통은 주례 다음 축가 아닌가? 게다가 신부 친구? 축가는 우빈의 친구들이 한다고 그랬는데? 갑자기 순서와 등장인물이 뒤죽박죽이다. 민유는 사회자 대본이 바뀐 건 아닐까 하는 생각까지 잠시 들었다.

'내 친구라면 미미들?'

고등학교 때 서로의 결혼식에서 축가를 불러주자는 말이 나오긴 했

었지만 반 장난 삼아 했던 얘기였다. 그 뒤로도 가끔씩 화두에 올랐으
나 우스갯소리로 넘어가곤 했었다. 뭣보다 미미 시스터즈는 축가에
대해 그녀에게 단 한마디도 하지 않았다. 민유는 궁금증이 가득 담긴
눈을 깜빡였다. 곧이어 그녀의 눈앞에 방금 전까지만 해도 대기실에
서 자신의 수발을 들던 친구들이 모습을 보였다.

'뭐야, 설마 진짜? 그냥 농담 아니었어?'

게다가 나한테 말도 없이!

민유의 눈에 놀라움이 서렸다. 아까와 전혀 다른 의상을 입은 세 친
구가 그녀 앞에 섰다. 어쩐지 이상하게 사회자가 이런저런 말을 많이
한다 했더니만 옷 갈아입을 시간을 벌려고 그랬었나 보다. 그런데.

'저, 저 의상은! 저 액세서리는! 설마, 설마!'

민유의 귀에, 아주 낯익은 전주가 흘러나왔다.

"예예예이예에."

저도 모르게 민유는 작게 노래를 따라 불렀다. 자신이 즐겨 듣던 1
세대 아이돌, S.E.S.의 〈너를 사랑해〉였다. 미미 시스터즈 세 명은 그
그룹의 의상과 액세서리를 완벽하게 재현해서 멋진 무대를 선보였다.

"아하하하!"

예상 못한 축하 선물에 민유가 웃음을 터뜨렸다.

'맙소사, 정말로 축가를 해줄 거야!'

그녀 모르게 연습도 많이 했는지 동작이 딱딱 맞았다. 춤뿐 아니라
노래도 꽤 연습한 듯 라이브인데 춤을 추면서도 꽤나 잘 불러내고 있
었다.

"어? 어어?"

중간에 남자의 랩 부분이 나오자 갑자기 태한이 등장했다.

"어떻게 태한 오빠가……. 뭐예요? 설마, 오빠 알았던 거예요?"

우빈이 씩 웃어 보였다.

"어머, 어머머. 나만 몰랐던 거야?"

이런 서프라이즈라니. 덕분에 결혼식은 축제 분위기가 되었다. 민유가 원했던 대로 즐거운 결혼식이다. 민유는 노래를 같이 따라 부르며 부케를 든 손으로 열심히 춤도 추었다. 그런 민유를 보며 우빈 역시 행복한 얼굴로 미소를 지었다. 미미 시스터즈는 〈너를 사랑해〉 말고도 〈I'm Your Girl〉, 〈Oh, My Love〉까지 총 세 곡이나 부르고 하객들의 열화와 같은 성원을 받으며 퇴장했다. 민유 역시 깜짝 선물을 해준 친구들에게 손바닥이 부서져라 박수를 보냈다. 한껏 들뜬 분위기 속에서 예식은 계속 진행되었다.

[……서로 아껴주며 잘 살길 바란다.]

민유의 모친 도숙의 축사가 끝나고 다음에 이어진 부친 영준의 축사는 제대로 마무리되지 못했다. 축하 멘트를 읽어내리다가 영준이 결국 눈물을 보이고 말았기 때문이다. 감수성이 풍부한 아버지의 눈물에 민유가 울컥하자, 그 광경을 보던 민아가 씩씩하게 단상으로 올라갔다. 그녀는 '아버지가 못 읽을 것 같아 제가 대신하겠다'며 영준이 준비한 축사를 끝까지 마쳤다.

[감사합니다. 아, 혹시 언니분께선 하실 말씀 없으십니까?]

"안 돼! 하지 마!"

송우의 말에 민유가 즉답으로 버럭 소리를 질렀고, 우렁찬 목소리에 사람들이 웃음을 터트렸다.

[아, 예, 그럼 한 말씀 드리지요.]

"하지 마! 하지 마!"

민유가 부케까지 휘저으며 민아를 말렸다. 하지만 민아는 그런 민유를 향해 씨익 웃어만 보일 뿐이었다.

[음음. 아아. 마이크 테스트.]

"까아악!"

여태 잘 나오고 있던 마이크였다. 그런 마이크를 굳이 테스트까지 하는 민아를 보며 사람들이 다시 한 번 웃음을 터트렸고, 민유의 비명에 폭소가 터졌다. 우빈 역시 옆에서 키득거리고 있었다.

[일단 바쁘신 와중에 참석해주신 귀빈 여러분께 감사를 드립니다. 그럴 리는 없겠지만, 정말 그럴 리는 없겠지만! 혹시나 서민유 양을 마음에 품고 '이 결혼은 무효야'를 외치려 하셨던 분이 계셨다면 지금 빨리 돌아가 주세요. 신부가 성깔이 좀 있어서 부케로 때릴지도 모릅니다.]

"언니아아."

[마찬가지로 신랑 선우빈 군을 마음에 품고 있던 분들. 좀 많겠네요. 안타깝지만 그래도 돌아가세요. 웬만한 쪽수로 감당할 수 있는 신부가 아닙니다.]

"아아, 서민아 씨. 제발."

민유가 애원을 했지만 민아는 전혀 개의치 않았다.

[혹시나 저를 보고 흔들린 분들이 계신다면 역시 조심해주세요. 남편도 같이 왔거든요. 배 속에 애도 있고요.]

동생 결혼식에서 자신의 자유분방한 정신세계를 널리 설파하는 민아였다.

"후우."

민유는 이제 포기했다는 얼굴을 했다. 고개를 돌려 흘끔 호연을 살피니 호연 역시 두 손 두 발 다 들었다는 얼굴로 체념한 듯 앉아 있었다.

[……오늘의 결혼을 있게 한 선우빈 군의 콩깍지에 진한 감사를 드리며 이만 축하의 말을 마치겠습니다.]

인생에서 중요한 건 밥과 S.H밖에 없던 민유에게 이제 하나가 더 생겼다는 축하(?)의 말과 우빈의 콩깍지에 대한 감사로 연설을 마친 민아는, 하객들의 우레와 같은 함성과 박수를 받으며 퇴장했다. 박수를 치지 않은 건 신부인 민유 혼자였다. 그다음에 이어진 신랑 측 어머니의 축하 멘트는 결혼의 '정석'대로 따뜻하고 사랑스러운 글이었다. 그리고 마지막, 신랑의 아버지가 축사를 위해 단상으로 올라왔다.

[예, 그……. 흠흠. 신랑 선우빈 군 아비, 선운학입니다.]

그간 회사에서 운학은 우빈과 민유를 '직원'으로만 대했다. 마찬가지로 두 사람도 운학을 '사장님'으로 깍듯이 대했다. 덕분에 사내에서 그들 사이를 아는 사람은 아무도 없었다. 우빈이 자신의 아들임을 밝히면 무슨 말이 나오지 않을까 걱정이 되었지만, 그렇다고 아들 결혼식에 아비가 안 갈 순 없지 않은가. 우빈의 청첩장을 받은 직원들이 혼주의 이름을 보고 의심하며 물었지만, 우빈은 별다른 반응을 하지 않았다. 그리고 결혼식장에 혼주로 서 있는 운학을 확인한 직원들은 경악의 기색을 감추지 못하고 축하 인사를 건넸었다.

[절 보고 놀라신 분들 계신 거 잘 압니다. 오늘 저는 대표가 아니라

아비로서 이 자리에 섰습니다. 그리고 회사로 돌아가면 다시 아비가 아닌, 대표의 자리에 있을 겁니다. 그 점은 걱정하지 않으셔도 됩니다.]

그렇게 서두를 시작한 운학은 우빈과 민유에게 준비해 온 말을 전했다.

[몇 년 전 한 고등학교에서 강연한 이후, 이렇게 많은 분들 앞에서 이야기 하는 것은 정말 오랜만입니다.]

이 말을 하며 운학은 앞에 서 있는 민유를 바라보았다. 민유 역시 운학과 눈을 마주치며 활짝 미소 지었다. 운학의 강연을 듣던 그때가 떠올라 어떤 축사를 해주실지 한층 기대가 되었다.

[좋은 말씀은 앞에서 다 나왔으니, 저는 아들에게 조언을 하나 하겠습니다. 우빈아, 혹시 부부싸움을 하게 되면, 일단 네가 뭘 잘못했는지부터 생각해라. 분명 네가 잘못한 게 있을 테니. 아내들은 절대 틀린 말은 안 하거든. 네 잘못이 아닌 것 같아도 네 잘못이야. 아내를 화나게 한 것부터가 말이지.]

운학의 말에 사람들은 우빈의 애처가 기질이 어디에서 비롯되었는지 단번에 알 수 있었다.

[그리고 우리 가족은 모두 새아가의 편을 들 거란다. 남편이 남의 편이 되는 서러운 상황에 우리라도 힘이 되어줘야지. 그러니까 민유 잘 모시면서, 둘이서 지금의 마음 잊지 말고 언제나 연애하는 것처럼 잘 살 거라.]

"네!"

우빈은 씩씩하게 대답했고 민유는 웃음이 가득한 얼굴로 운학을 바라보았다. 저런 분이 시아버지라니, 정말 든든했다.

[이상 마치겠습니다.]

운학은 짧게 축사를 마쳤다.

[아버님, 짧지만 굵은, 좋은 말씀 감사합니다. 뜻깊은 축사를 해주신 네 분께, 아니 다섯 분께 다시 한 번 큰 박수 부탁드립니다.]

사람들의 박수가 그칠 즈음이었다.

[이번 순서는 축하 공연입니다.]

'축하 공연? 아까 축가 했는데?'

아. 오빠 친구들이 축가 불러준다고 했는데. 그거 말하는 건가 보다. 민유는 그렇게 단순하게 생각했다.

[참고로 이번 공연은 양가 어른들의 허락을 사전에 받았음을 알려 드립니다.]

"허락?"

축가에 허락이 필요한가? 뭔가 자신이 모르는 게 또 있나 하는 생각에 민유가 우빈을 쳐다보았다.

"뭐예요? 뭐가 또 있어요?"

"보면 알지 않을까?"

민유의 질문에 우빈이 씩 웃으며 답했다.

"깨비야, 부케 오빠 줘."

"부케는 왜요?"

"우리 깨비 신나게 흔들어야 하니까."

그 말을 하고 우빈은 민유 손에 들린 부케를 가져갔다.

'대체 뭐가 얼마나 신나기에 이렇게까지?'

민유의 생각이 채 끝나기도 전에 단상이 옆으로 치워지고 조명이

어두워졌다. 그리고 어리둥절한 민유의 귀에 익숙한 음악이 들렸다.

"허, 헐. 설마……. 아니죠?"

우빈이 어깨를 으쓱해 보였다. 들려온 곡은 바로 〈Blossom〉이었다. 예전에 한국대 축제에서 민유가 신나게 따라 부르던 가현의 노래. 그리고 그 순간 약속이나 한 것처럼 하객들이 일제히 함성을 내질렀다. 민주가 검은 스키니진에 배가 살짝 드러나는 뷔스티에를 입고 나타난 것이다. 그뿐만 아니라 짙은 아이라인에 눈가에 붙인 반짝이 펄까지. 강렬한 가현 메이크업이 완벽히 재현된 상태였다.

"……어어?"

가현으로 퍼펙트하게 변신한 민주는 노래에 맞춰 화끈한 가현의 춤을 선보이기 시작했다. 순식간에 분위기가 콘서트장으로 변했다.

"이, 이게 무슨……."

민유는 눈동자가 휘둥그레졌다가 이내 놀란 얼굴을 진정시키곤 피식 웃었다. 앞선 축가와 오빠 친구가 부른다는 축가는 페이크였던 모양이다. 이게 본 무대일 터. 역시나 미미 시스터즈답다. 그래. 저들의 멘탈에 비해 앞의 축가는 너무 약했다.

"워어, 나 그대 손에 피어나!"

민유는 다른 하객들과 함께 노래를 따라 부르며 아까처럼 열심히 춤을 덩실거렸다. 웨딩드레스 때문에 마음껏 움직일 수 없는 것이 조금 아쉽기까지 했다. 민주가 화끈한 무대를 마치고 꾸벅 90도 인사를 했다. 하객들은 결혼식장이 떠나갈 것 같은 기립박수로 보답했다.

[엄청난 공연을 해주신 우리 친구분, 한 말씀 해주세요.]

송우의 말에 민주는 씩 웃으며 단상으로 가 마이크를 집어 들었다.

[하아, 하아. 민유야, 이거 준비하는 데 한 달 걸렸다.]

다행히 하객 앞에선 홍선이라 부르지는 않는 민주였다. 민유는 민주에게 양손으로 엄지를 척 세워 보였다.

[이런 무대를 허락해주신 양가 어른들께 감사, 드립니다. 사실 양가 어른들께선 진짜 가현처럼 핫한 의상을 입으라 하셨어요. 죄송합니다. 가현 몸매 만들기가 쉽지 않았습니다.]

저런 스토리가 있었을 줄이야. 하객들이 민주의 말에 와하하 하고 웃었다.

"저는 댄스에 올인하느라 립싱크를 했지만, 이어지는 무대들은 전부 라이브입니다. 혹여 음 이탈이 생겨도 너른 마음으로 양해해주세요."

민주는 다시 한 번 꾸벅 인사를 하고 무대에서 내려왔다. 다음은 누가 무슨 공연을 할 것인지 하객들의 관심이 쏠리는 그때, 두 번째 타자가 등장했다.

"아아, 이건 정말 생각도 못 한⋯⋯."

은갈치 부츠에 어깨에 뽕이 잔뜩 들어간 무대의상. 소찬휘를 완벽하게 재현해냈다.

[잔인하안! 여자라아! 나를 욕하지이는 마.]

미미 시스터즈 중 가장 노래를 잘하는 해준의 〈Tears〉 라이브 무대였다.

대한민국에서 결혼식에 저 노래를 부르는 사람이 과연 몇이나 될까. 하지만 신나기는 무지하게 신났다. 민유는 모든 것을 내려놓고 마음껏 즐기기로 했다. 그래. 원래 자신이 하고자 했던 결혼식은 〈이등병의 편지〉가 축가로 나와도 신나는, 그런 예식이 아니었던가.

'딱, 지금 같은 거였지.'

민유의 오랜 친구들답게 미미들은 민유가 좋아하고 즐겨 듣던 노래들이 무엇인지 정확히 파악하고 있었다.

'혹시 마지막 공연은 피망이 군복 입고 나와서 〈이등병의 편지〉 부르는 거 아니야?'

하지만 그녀의 예상은 한참을 빗나갔다. 마지막은 의상은 물론 손가락 마이크, 부채 소품까지 완벽하게 준비한 연우의 〈와〉였다.

그렇게 27세, 5월의 신부인 민유의 결혼식 사진에는 연예인 세 명이 함께했다.

사진 속 모든 사람이 활짝 웃고 있는, 세상에서 가장 즐거운 결혼식 사진이었다.

Epilogue
러브 인 오피스

민유가 안전벨트를 채우는 것을 본 후에 우빈이 차를 출발시켰다.
매일 아침, 두 사람은 손을 꼭 잡고 지하주차장으로 내려와 함께 차로
출근했다.

"오빠, 저기! 그 맛없는 떡볶이 집 없어지고 마카롱 가게가 생겼어
요!"

차창 밖을 보던 민유가 외쳤다.

"퇴근하는 길에 몇 개 사 갈까?"

우빈의 말에 민유는 고개를 저으며 괜찮다고 답했다.

"오늘 회사에서 마카롱 먹을 거라서 괜찮아요. 우리 파티시에 선생
님 거 진짜 맛있거든요. 이제 다른 마카롱은 굳이 찾아서 먹고 싶지는
않아요."

"S.H. 까순이답네. 오늘도 그 동선엔 변함없구나?"

"내가 안 가면 카페 점장님이 엄청 서운해하실 걸요."

벌써부터 오후 간식을 먹을 생각으로 잔뜩 부풀어 있는 모습이 소풍 전 어린이 같다. 잠시 신호대기를 하는 동안 우빈은 민유의 볼을 부드럽게 쓰다듬었다.

"까순 씨! 이것도 선 대리님한테……. 아, 대리님!"

만호가 민유와 우빈이 있는 곳으로 다가와 포트폴리오 파일을 내밀었다.

"검토해보시고 연락 주세요."

"네, 송 대리님. 감사합니다."

우빈이 파일을 받아 들자 만호는 바로 몸을 돌려 웹팀 사무실을 향해 걸었다.

"그런데 '까순 씨'는 뭐야? 방금 그렇게 불렀던 거 같은데."

만호의 모습이 시야에서 사라지자 우빈이 물었다.

"제 별명이요."

"별명이 생겼어?"

"얼마 전 회식 때 붙었어요. 사밖 시간 때 무조건 카페에 간다고, 카페 죽순이라고 까순이래요."

"우리 먹깨비, 어딜 가나 별명이 생기네. 별명 부자야."

S.H.는 업무 시간 중 2시간은 사무실 밖에서 일해도 된다는 훌륭한 규정이 있었다. 업무 중 졸리거나, 피곤하거나, 사무실에서 집중이 안

될 때 등 본인이 원하는 시간에 회사 건물을 벗어나지 않는 선에서 어디서나 자유롭게 일을 할 수 있었다. 이 시간을 직원들은 '사밖 시간'이라 불렀다. 회사 정원, 연회장, 카페, 휴식용 발코니, 휴게실 등 곳곳에서 직원들은 자유롭게 사밖 시간을 향유했다. 여기저기 옮겨 다니는 것이 보통인데 민유는 입사 이래 오로지 '카페'만 이용했다. 그 이유는 바로 '먹을 것이 풍족'했기 때문.

"사무실에서 제 모습이 안 보이면 이젠 전화로도 안 찾아요. 무조건 카페로 와요."

"그래서 카페 파티시에분이 신메뉴만 개발하면 무조건 우리 각시부터 찾았던 거구나."

민유와 우빈은 사밖 시간을 일부로 맞추거나 하진 않았다. 그 시간은 업무 중에 효율이 떨어질 때 그 효율을 올리기 위한 시간이었기 때문이다. 대학 시절, 시험 기간 때 서로 시간을 맞추기보단 각자 열심히 공부했던 것과 같았다. 우연히 시간이 맞아서 같이 쉬게 되면 함께하는, 그런 식이었다. 한시도 떨어지기 싫어하는 잉꼬부부로 소문난 것에 비해 둘은 회사에서는 철저하게 '공적'인 관계를 유지했다. 그래서 두 사람이 점심시간이나 출퇴근 시간 전후로 함께 있을 때 닭털을 날려도 아무도 뭐라고 하는 사람은 없었다. 둘 다 누구보다 열심히 일을 잘했고, 남들에게 민폐 끼치지 않는 선에서 신혼을 만끽하고 있으니 말이다.

"나 카페에서 뭐 제일 잘 먹는 줄 알아요?"

"우리 깨비가 잘 못 먹는 게 있나?"

"에이."

민유가 우빈의 팔을 툭 치며 살짝 미간을 찌푸려 보이자 우빈이 큭 큭 하고 작게 웃었다.

"마카롱이에요."

"마카롱?"

"응. 예전에 우리 남편하고 썸 탈 때, 남편이 나 꼬시려고 마카롱을 잔뜩 사줬었거든요. 그 생각이 나서 마카롱만 보면 꼭 먹게 돼요. 그때 가 떠올라서 설레거든요."

우빈이 파일을 펄럭이던 움직임을 멈췄다. 민유는 갑작스레 미동도 않는 그를 의아한 얼굴로 올려다보았다. 우빈은 잠시 주위를 둘러보고 사람이 없는 걸 확인하고는 가볍게 민유의 입술에 입을 맞추었다.

"까순 씨, 경영기획팀 가는 길이죠?"

"네."

"그럼 이거, 가는 길에 경영 팀장님께 전해줄래요?"

"그냥 드리기만 하면 되는 거예요?"

"네. 팀장님이 요청하신 자료라고 하면 아실 거예요."

"어? 까순 씨! 그럼 저도 부탁 좀 할게요. 이거 선 대리님 전해주세요."

"이것도요!"

민유가 경영기획팀에 들른다는 말에 웹개발팀 여기저기서 기다렸다는 듯이 의뢰가 빗발쳤다.

매번 이런 식이니 누가 보면 웹팀이 경영팀을 굉장히 싫어하는 줄 알 터였다.

"그동안 안 갖다 주고 뭐 하셨던 거예요?"

"아아, 뭐 그냥. 까순 씨가 경영팀 갈 때를 기다렸달까."

"왜요?"

"선 대리, 무서워."

우빈은 아무 짓도 안 하는데, 왜인지 그를 무서워하는 사람들이 회사에 있다. 아니 은근히 많다. 비단 사주의 아들이라서가 아니었다. 그 사실이 알려지기 전에도 사람들은 선우빈을 조금 불편해했다. 다정하기로는 세상에 둘도 없을 선우빈인데 어찌하여 이런 오명이 붙었을까 민유는 의아했다. 하지만 저희 팀 사람들뿐만 아니라 제법 많은 사람들이 저러니 그들의 말대로 우빈이 어딘가 서늘한 구석이 있긴 한가 보다. 그런 모습을 한 번도 본 적이 없는 민유는 사람들의 이런 반응을 볼 때마다 궁금해지곤 했다. 민유는 서류들을 다시 잘 고쳐 잡고 경영팀으로 향했다.

"민유 씨가 웹팀 우체부인 것 같네요."

경영 팀장인 혁주가 민유가 갖고 온 여러 개의 서류철을 보며 놀리듯 말했다.

"오는 김에 받아 오는 거죠 뭐."

선우빈이 무서워 안 온다는 말은 차마 할 수 없었다.

"나머지도 우리 팀원들 거죠? 저한테 주고 가요."

"아녜요, 번거로우실 텐데 제가 직접 드리고 갈게요."

"아하, 이참에 남편 얼굴 한번 보고 가려고 그러는구나? 내가 눈치가 부족했네. 선 대리 이제 곧 올 거예요. 차 한잔하고 있을래요?"

"흐흣, 네."

민유는 우빈과 같은 회사니 자주 볼 수 있을 거라고 생각했다. 하지만 하는 일도 다르고 부서도 다르니 점심때 아니면 만날 일이 거의 없었다. 이렇게 가끔 일 때문에 서로의 사무실을 가게 되는 경우를 빼면 대학 마지막 학기 같았다. 아니, 그때보다 더 마주칠 일이 없었다. 그래서 민유는 지금처럼 잠깐 우빈을 보는 것이 더없이 기뻤다. 평소에는 굳이 기다려가면서까지 보진 않지만 오늘은 우빈이 없는 틈에 그에 대해 물어보기로 했다.

"근데 팀장님."

"네."

"선우빈 씨요. 평소엔 어떤가요?"

"어떻다뇨?"

"그게, 음. 다른 사람이 보는 선우빈이 어떤지 궁금해서요. 저는 이미 그 남자에 대한 객관성을 상실한 사람이잖아요. 그러니 팀장님께서 보시는 선 대리는 어떤 사람인지, 솔직하게 말씀해주세요."

"유능해요. 일 잘하고, 눈치도 빠르고. 아쉬운 게 있다면 이미 품절남인 거? 우리 팀 신입 여직원들 선우빈 씨 반지 볼 때마다 몰래 한숨 쉬는 거 알아요?"

"아이고, 저런. 손가락 쳐다보기 전에 알 수 있도록 선 대리 얼굴에 'sold out' 써놔야겠네. 팀장님, 이거 좀 빌려주세요."

민유가 혁주 테이블에 있던 유성 매직을 잡는 시늉을 했다.

"이런 면에 선 대리가 반한 건가?"

"그런 것 같아요."

민유의 솔직한 대답에 혁주가 소리 내어 웃었다.

"그렇게 걱정 안 해도 될 거예요. 선 대리, 쉽게 다가가지 못하는 사람이라."

같은 팀 부하 직원인데도 그렇게 느끼고 있다니 민유는 조금 놀랐다.

"대놓고 벽을 치고 있는 건 아닌데, 뭐랄까. 선 대리는 쉽게 접근하기 어려운 그런 아우라를 풍겨요. 선우빈 씨가 이상하다는 게 아니라 그냥 그런 기질을 타고난 사람인 거죠. 타인의 관심을 자동적으로 거부하는 그런 기질."

그렇게 말하고 혁주는 혹여 자신의 말이 불쾌하게 들리진 않았을까 잠시 민유의 기색을 살폈다.

"그래도 결혼하고 나서 그런 날 선 기운이 많이 누그러진 거 보면, 결혼이 선 대리에겐 좋은 안정제가 됐나 봐요."

혁주가 부드럽게 미소 지으며 말하자 민유도 마주 웃어주었다. 하지만 조금 혼란스러웠다.

'오빠가 타인을 거부한다니.'

우빈을 처음 만났을 때부터 지금까지 민유는 그런 건 전혀 느끼지 못했다. 애초에 우빈이 먼저 다가왔기 때문일까.

"여직원들이 선 대리에게 관심을 가지는 건, 이성으로서가 아니라 연예인으로 보는 그런 거예요. 품절남이라고 해도 남자로서 멋있는 사람이니까."

"호호호."

남편의 칭찬에 민유가 밝게 웃었다. 맞다. 선우빈은 어느 각도에서 봐도 최고의 남자였다. 그리고 그 사실은 그 누구보다도 민유가 가장 잘 알고 있기도 했다.

"아, 선 대리 왔네요."

뒤를 돌아보니 사무실로 들어오는 우빈이 보였다.

"그럼 가볼게요. 차, 감사합니다. 팀장님."

우빈은 팀장 옆에 민유가 있는 것을 못 봤는지 이쪽으로 눈길도 주지 않고 제 자리에 앉았다. 민유는 그런 우빈의 뒷모습을 보며 조용히 자리에서 일어섰다.

"선 대리님, 이거 확인했어요?"

그리고 우빈을 향해 몰래 다가가는데, 한 남자가 우빈에게 무언가를 물었다. 우빈도 무언가를 설명하며 모니터를 가리켰다. 그 남자는 우빈의 말에 고개를 몇 번 끄덕이고는 자리를 벗어났다. 1분도 안 되는 짧은 순간이었다.

그런데 그 잠깐 사이, 민유는 우빈에게 선뜻 다가설 수 없는 그런 느낌을 받았다. 비단 우빈이 업무 이야기를 하고 있어서가 아니었다. 왠지 다가서면 안 되는 그런 기분이었다. 그러고 보니 민유도 이전에 한 번 이런 기분을 느낀 적이 있었다. 민유는 우빈의 뒷모습을 보며 잠시 고민했다.

"언제였지, 분명히 있었는데……. 아. 맞아. 전에 학교 다닐 때."

정식으로 우빈과 교제하기 전, 한참 썸으로 간질간질하던 시기였다. 교수와 면담하고 나오는 우빈을 기다리던 날. 진세연하고 같이 있는 모습을 목격하고, 두 사람이 풍기는 분위기 때문에 알은척도 못 하고 그냥 돌아섰던 때. 그때다. 그때 받았던 느낌과 똑같다. 이 세상에 둘만 있을 테니 다가오지 말라는 것 같았던 묘한 거리감.

"그럼 그때, 둘 사이가 범상치 않아서 그랬던 게 아니라……."

선우빈이 혼자 잔뜩 접근금지 아우라를 풍기던 거였다. 그런 와중에도 선우빈한테 다가섰던 진세연이라니. 진세연도 역시 보통이 아니었다. 확실하게 떨어내길 잘했다는 생각이 새삼 든다.

"이거였구나."

'선우빈이 어렵다'는 말의 의미를 민유는 이제 확실히 알게 됐다. 민유는 조심스레 우빈에게 걸어갔다. 모니터에 인영이 비치는 것을 본 우빈이 뒤를 돌아보더니 이내 활짝 미소를 지었다. 그의 주변을 감싸던 뾰족한 기운이 순식간에 사라졌다.

"뭐가 이렇게 많아? 세 개나 되네?"

"경영팀 선우빈 대리님께 전해드리라는 게 많네요."

우빈은 민유가 내민 서류 파일을 받아 들었다.

"이건 여유가 있는데도 벌써 주셨네."

"제가 갈 때 같이 전해줘야 한다고 부랴부랴 하셨거든요."

둘이 가볍게 대화를 나누는데 사람들이 우빈에게 다가와 자료를 건네거나 말을 걸어왔다. 민유 덕분에 우빈이 누그러진 지금이 기회인 양, 잉꼬부부라느니, 한창 좋을 때라느니, 평소에 우빈에게 못 했던 말들을 이참에 하는 듯했다. 한동안 그들의 말을 받아주던 우빈이 민유에게 물었다.

"오늘 저녁은 외식할까? 집 근처에 새로 생긴 가게 괜찮아 보이던데."

"응. 좋아요. 선 대리님이 쏘는 건가?"

"당연하지."

퇴근 시간이 얼마 남지 않아 자연스럽게 저녁 이야기가 나왔다.

"선 대리님, 그럼 저도?"

혁주가 웃으며 다가와서 묻는다.

"팀장님. 아무리 팀장이시더라도 부부의 오붓한 저녁에 끼어드는 거 아니에요."

민유의 철벽에 혁주가 껄껄 웃었다.

회사 1층 엘리베이터 앞에 비닐 포장이 벗겨지지 않은 새 의자 예 닐곱 개가 놓여 있었다.

"이것들은 다 뭐예요?"

민유의 질문에 웹개발 팀장 혜라가 답했다.

"사내 의자 고장 난 것들 이번에 싹 교체한다더니 그건가 보네."

"은근히 많았네요."

둘은 외부에서 점심을 먹고 오는 길이었다. S.H. 사내 급식이야 말할 것도 없이 최고였다. 직원들을 위해 사내에 디저트 카페까지 운영하고 있으니 여간하지 않은 이상 점심 때 밖에 나갈 일은 거의 없었다. 그래도 가끔은 회사 밖에 있는 음식점에서 먹고 싶을 때가 있었다. 오늘처럼 분식이 당기는 날 말이다. 그래서 웹개발팀의 모든 여직원, 즉 팀장인 혜라와 민유 두 사람은 의기투합해 밖에 나가 떡볶이와 튀

김으로 배를 채우고 들어온 참이었다.

"이거 바퀴 엄청 부드럽게 움직이는 의잔 거 알아요?"

혜라가 의자를 손으로 톡톡 두드리며 말했다.

"의자 바퀴에도 차이가 있어요?"

"이건 앉아봐야 알아요."

혜라가 민유를 의자에 앉혔다.

"자, 까순 씨 발 살짝 들어봐요."

그러고는 의자를 슥 밀었다.

"우와아아!"

민유가 앉은 의자가 복도를 스르륵 미끄러져 나갔다.

"정말이네? 팀장님, 진짜 부드러워요!"

의자에서 승차감을 느낄 줄이야. 벤틀리 뒷좌석에 앉으면 이럴까
싶은 느낌이었다.

"한 번 더 밀어줘요?"

"네, 네!"

민유가 씩씩하게 답하자 혜라는 방금 전보다 더 힘을 주어 의자를
복도 반대편으로 쭉 밀었다. 의자는 생각보다 멀리, 빠르게 움직였다.
혜라가 뒤에서 외치는 소리가 들렸다.

"어머, 지금 좀 빠르지? 잡아줄게요!"

"아뇨! 꺄핫, 딱 좋아요! 재밌어!"

민유를 태운 의자가 복도를 신나게 달렸다. 다음엔 팀장님도 태워
드려야겠다 생각하는데 낯익은 인영이 눈에 들어왔다.

"어어?"

사장 운학이 복도로 들어서고 있었다. 그리고 자신의 남편을 포함한 네 명의 직원들도 함께. 민유가 급히 다리로 의자를 멈추려 했으나 워낙 속도가 빨라 쉽게 멈춰지지 않았다. 운학은 제 앞으로 의자를 타고 돌진하는 민유를 어리둥절한 눈으로 보다가 어느 정도 속도가 줄어든 의자를 양손으로 잡아 멈춰주었다. 시아버지의 얼굴을 보며 민유는 서서히 얼굴에 열기가 몰리는 것이 느껴졌다.

"뭐, 하는 거니?"

희한한 민유의 등장에 운학은 잠시 사장의 지위를 잊고 평소에 집에서 그러하듯 편안한 말투로 물었다.

"예에, 그게, 그러니까……."

민유는 슬쩍 뒤를 돌아보았다. 혜라와 잠시 장난 중이었다고 말하려고 했는데, 이럴 수가. 혜라의 모습이 보이지 않는다. 사장의 모습이 보이자마자 줄행랑을 친 모양이다.

"아장님, 그게. 어. 의자 승차감이 너무 좋아서……."

당황한 나머지 저도 모르게 '아버님'이라 부를 뻔한 민유가 급히 '사장님'으로 호칭을 바꾸었다. 그 덕에 '아장님'이 된 운학은 빨개진 얼굴의 며느리를 보고 푸하하 웃음을 터트렸다.

"남편이 운전을 못하나? 왜 의자에서 승차감을 느끼고 그래요?"

운학이 제 뒤에 선 우빈을 보며 말했다. 우빈은 운학의 말에 머쓱한 듯 웃다가 민유에게 다가와 물었다.

"이게 그렇게 재밌었어?"

아후, 창피하다. 사장님과 제 남편만 있었으면 그나마 덜 창피했을 텐데.

'이게 웬 망신이야.'

망신살은 대학 때 끝난 것이 아니었단 말인가. 혁주를 비롯한 다른 팀 팀장들까지 키득거리는 걸 보며 민유는 오랜만에 쥐구멍이 그리워졌다.

"위험하니까, 회사에선 의자 타고 다니지 마세요."

운학의 말과 함께 사람들은 흠흠거리며 부부를 남겨놓고 조용히 사라져 주었다. 우빈이 다정하게 제 아내의 뺨을 쓰다듬는 것을 보고 나서였다. 결혼 1주년을 앞에 둔 신혼부부의 닭털 날리는 광경을 굳이 눈앞에서 볼 필요는 없었으니까.

"떡볶이는 잘 먹고 왔어? 그거 먹겠다고 남편까지 버리고 밖에 나가고."

민유는 우빈의 손을 잡고 의자에서 일어났다. 그리고 원래 자리에 가져다 놓기 위해 의자를 밀었다.

"저도 사회생활 해야죠. 오늘을 웹팀 '걸즈 데이'로 하기로 했어요."

일하는 부서가 달라 길게 함께할 수 있는 시간은 점심시간뿐이었다. 그래서 남편 곁에 조금이라도 더 오래 있고픈 민유는 늘 우빈과 함께 점심을 먹었다. 물론 각자 업무가 있거나 할 때는 따로 먹었지만 오늘은 일이 아닌데도 그렇게 됐다. 하나, 떡볶이가 너무나 먹고 싶었던 걸 어쩌겠는가. 팀장님도 적극적으로 '떡볶이!'를 외치셨고 말이다.

"걸즈 데이?"

"네. 앞으로 한 달에 한 번씩 맛집에서 점심 먹고 오기로 했어요."

그 말을 하고 민유는 우빈의 눈을 보더니 그의 허리를 꼭 껴안았다.

"서운해하지 말아요. 오빠랑 가려고 답사하는 거니까."

"오빠는 보이즈 데이라도 만들어야겠다."

"응?"

"시커먼 남자들도 맛집 얼마나 좋아한다고. 우리 누가 찾은 맛집이 더 맛있나 내기할까?"

우빈의 말에 민유가 좋다며, 까르르 웃었다. 그런 민유의 볼에 우빈은 쪽하고 뽀뽀를 남겼다.

얼마 전 코엑스에서 열린 S.H. 신제품 발표가 성공적으로 마무리되었다. 그리고 오늘 그 성공 기념 회식이 열렸다. 사내 카페 직원들과 식당 직원들까지 포함한 온 직원이 회사 연회장에 모였다. 삼겹살에 소주가 아닌, 케이터링 서비스를 통해 호텔급 만찬이 뷔페로 차려졌다. 회식이 시작되기 무섭게 계속 음식을 퍼 나르는 민유를 보고 사람들은 고개를 저었다. 잘 먹는다고 소문이 자자했지만, 이 정도로 화끈하게 위장을 채우는 줄은 몰랐던 듯했다. 우빈은 사람들의 놀라워하는 표정을 보며 작게 키득거렸다.

"오빠, 그건 뭐에요? 난 못 본 거야."

우빈은 대답 대신 제 접시에 있던 소고기 초밥을 젓가락으로 집어 민유의 입에 넣어줬다.

"맛있다. 이걸 왜 못 봤지?"

그렇게 말하고 바로 일어서려는 민유의 어깨를 우빈이 잡았다.

"앉아서 먹고 있어. 오빠가 갖다 줄게."

"응, 울 남편 최고."

민유가 입술을 쭉 내밀고 엄지를 치켜세웠다. 그런 아내의 어깨를 우빈이 다정하게 토닥여주고는 자리를 벗어났다. 그 모습에 맞은편에 있던 사람들이 고개를 저었다.

"1년이 넘어도 신혼이네. 저 부부는."

"저흰 평생 이렇게 달달하게 살 예정이니, 익숙해지소서."

민유의 말에 사람들이 피식거렸다. 개중에 몇은 '나도 빨리 결혼해야지' 하는 소리를 내뱉기도 했다. 사람들의 부러움 반, 타박 반 소리를 듣고 있자니 금세 우빈이 접시 세 개를 손에 들고 나타났다.

"다 먹으면 또 갖다 줄게."

우빈은 소고기 초밥뿐만 아니라 민유가 좋아하는 것들을 골라 잔뜩 가져왔다. 박수를 치며 좋아하는 민유와 그걸 보고 경악한 사람들의 눈빛이 이어졌다. 그 눈빛은 잉꼬부부가 아닌 그 '세 접시'를 향해 있었다.

어느 정도 식사가 마무리되어가면서 분위기가 차분해지자 사장 운학은 잠시 주위를 끌고 마이크를 잡았다.

[여러분께, 드릴 말씀이 있습니다.]

사장의 발언에 사람들의 시선이 쏠렸다.

[일전에 말씀드렸던 대로 내년에 우리 S.H 공채는 없습니다.]

이전부터 공채를 없앤다는 말은 종종 논의되곤 했었다. 풍문으로만 돌던 것이 지난 몇 개월 사이에 조금씩 가닥이 잡히는 듯하더니, 이렇게 직원들 앞에서 사장이 직접 언급을 하기에 이르렀다.

현재 커지는 매출에 비해, 새로 인원을 보충해야 할 만큼 할 일은 많지 않았다. 지금의 업무량도 직원들이 야근이나 잔업 없이 충분히 커버하고도 남았다. 괜히 아까운 인재들을 데려다만 놓고 너무 일도 없이 방치하는 건 아닌가. 이런 고민을 계속해오던 운학이었다. 일이 적은 것을 좋아할 사람도 물론 있겠지만 운학은 적정량의 일이 있어 야 그만큼 사람도 성장할 수 있다고 생각했기 때문이다. 결국 그는 매 년 새로운 사람을 계속 불러들이는, 공개채용은 당분간 그만두기로 결심했다. 각 팀에서 인원이 부족하다고 하면, 거기에 맞게 새로이 인 재를 선발하는 게 더 나을 것 같았다. 그는 이런 자신의 생각을 인사 팀과 경영팀에 알렸다. 그 후 그들은 함께 회의를 해서 새로운 채용 방법을 정리했다. 그리고 오늘 그 결과를 발표한 것이다.

[추가적인 인력이 필요하면 언제든지 보고 올려주세요. 바로 검토 하겠습니다. 그리고 공채가 없어진 대신 사내 이벤트를 할 예정입니 다. 1년에 한 번 체육대회를 열까 하는데.]

연회장이 술렁였다. 체육대회?

[꼭 체육대회가 아니어도 좋으니 이에 대해 자유로이 의견 주세요.]

사내 체육대회는 'S.H. 운동회'라는 이름으로 명명되었다.

체육대회 외에 등산, 여행 등의 소수의견도 있었지만 전 직원의 투 표 결과 사내 이벤트는 체육대회로 결정되었다. 무려 81%의 압도적 인 득표율이었다. 운학은 억지로가 아닌, 직원들이 정말 즐거워서 참 여할 수 있는 행사가 돼야 한다며 자신은 진행 과정에 관여하지 않겠 다고 선언했다. 그리고 모든 것을 직원들에게 일임했다. 체육대회의 이름, 종목, 개최 시기, 상금 등등 운동회와 관련된 내용 전부를 말이다. TF팀이 꾸려졌고, 아이디어를 얻기 위한 익명 투고함도 만들었다. 운학이 필체를 가리기 위해 왼손으로 '공 굴리기'라고 써서 넣은 것은 사내의 공공연한 비밀이었다. 운동회는 매년 10월, 둘째 주 목요일에 여는 것으로 결론이 났다. 여러 가지 종목이 리스트에 올랐지만 최종적으로 선택된 것은 콩주머니로 박 터트리기, 미션 수행 달리기, 피구, 계주, 공 굴리기였다. 부서 구별 없이 뽑기 통 안에 있는 같은 색 구슬을 집은 사람들끼리 한 팀을 이뤘다. 총 4개 팀으로 구성이 되며, 우승팀에게는 사장님이 금일봉까지 하사하기로 했다. 그 외에도 응원상, 인기상 등 각종 수상 부문을 만들어 팀뿐 아니라 각 게임의 우승자를 비롯해 여러 개인에게도 상품이 돌아가도록 했다. 처음에 시큰둥한 반응을 보이던 몇몇 직원들도 들뜬 분위기에 결국 동화되었다.

S.H. 운동회 때문에 온 회사가 들떠 있었다. 회사 웹 사이트에 운동회 배너까지 만들어 띄우는 정성도 동원됐다. 경리팀은 게임에 쓸 각종 도구 및 상품을 구매하고, 손재주 좋은 사람들은 게임용 소품들을 정성을 다해 만들었다. 첫 번째 대회라 그런지 직원들은 마치 S.H가 원래 운동회 기획을 하는 회사인 것처럼 눈에 불을 켜고 운동회 준비를 했다. 그리고 본업에도 집중하랴, 마지막 공채 신입사원 서류 지원서도 받으랴, 바쁘게 9월을 보냈다.

"신난다."

운동회 아침. 민유는 상당히 들뜬 모습이었다. 아니, 그전부터 계속

신이 나서 운동회 날만 줄곧 기다리고 있었다. 출근하는 차 안에서 민유는 살짝 발까지 동동 굴렀다.

"그렇게 좋아?"

"응! 좋아요. 내가 오늘을 얼마나 기다렸는데요."

"우리 깨비가 이렇게 운동을 좋아하는 줄 몰랐네."

민유는 산책을 좋아하긴 했지만 그 외엔 몸 움직이는 걸 그리 즐기지 않는 편이었다. 그래서 운동회가 다가올수록 설레어하는 모습이 우빈에겐 새롭게 느껴졌다.

"운동이 아니라 오빠가 좋은 거예요."

민유의 말에 우빈이 시선을 민유에게 두었다가 다시 앞으로 향했다. 아내의 고백에 가벼이 뽀뽀라도 하고 싶은데 애석하게도 운전 중이다.

"오늘 하루 종일 오빠랑 같이 있을 수 있잖아요."

민유의 말이 끝나자마자 타이밍 좋게 신호등에 빨간 불이 들어왔다. 우빈은 차를 멈추고 사랑스러운 아내의 입술에 짧지만 깊은 키스를 남겼다.

빨강 팀이 세 차례 펼쳐진 미션 수행 달리기에서 두 번 1등을 하며 첫 경기 우승을 차지했다. 뒤이어 노랑 팀이 공 굴리기에서 우승. 보라 팀이 가장 먼저 박을 터트리며 세 번째 우승을 차지했다.

"민유, 괜찮아?"

보라 팀의 함성을 뒤로하며 우빈이 민유의 이마를 어루만졌다.

"괜찮아요. 별로 세게 맞지도 않았는걸."

하늘 높이 치솟은 콩주머니들 중 하나가 민유 이마에 추락을 했다. 그때부터 우빈은 민유가 또 주머니에 맞을까 봐 경기는 뒷전, 민유 곁에서 떨어지는 콩주머니만 예의주시했다.

"와, 진짜 저 커플 장난 아니구나."

"그러게요. 선 대리님 눈에 꿀 떨어지는 건 익히 알고 있었지만……."

"설마 저 정도였을 줄이야."

사람들은 우빈의 모습에 새삼 감탄하고 있었다. '선 대리의 아내 사랑'이 절절하다는 것은 사내에 익히 알려진 사실이었다. 하지만 이렇게 하루 종일 아내에게서 눈을 못 떼는 우빈의 모습엔 놀랄 수밖에 없었다. 점심시간마다 닭털을 날리기에 '정말 사랑하는구나' 이렇게 생각했었는데 지금 보니 많이 자제를 하고 있던 거였다.

"저런 남자는 어떻게 해야 만날 수 있는 거지?"

"그걸 알면 내가 지금 애가 셋일걸요."

초록 팀 사람들은 우빈과 민유를 보며 부러움의 한숨을 쉬었다.

점심시간. 이제 남은 경기는 피구, 계주 두 가지였다. 한 번도 승리하지 못한 초록 팀은 남은 경기 두 개 모두 1등을 해야 최종 우승을 할 수 있었다. 초록 팀은 점심을 먹으며 치열하게 남은 경기의 전략을 짰다.

"아자! 아자!"

각 팀별 응원 소리가 크게 울려 퍼졌다.

"오빠, 공 맞으면 내 마음이 아프니까 죽어라 피해야 해요."

칸 안에 들어서면서 민유가 우빈의 양팔을 잡고 이야기했다. 우빈이 미소 지으며 대답했다.

"응. 그럴게."

오후 경기는 민유가 운동 중에 유일하게 '잘하는 편'이라고 표명한 피구부터 시작했다. 남자는 남자만 아웃시킬 수 있고 여자는 남녀 구별 없이 모두 아웃시킬 수 있는 혼성 피구는 칸 안의 공격수가 모두 아웃되면 경기 끝이었다.

삐익!

심판의 휘슬 소리와 함께 경기가 시작되었다.

"안 돼!"

우빈이 기껏 받아낸 공을 놓치며 아웃당했다. 이로써 남은 공격수는 초록 팀 3명, 보라 팀 7명. 민유의 무서운 불꽃 슛으로 노랑 팀을 꺾고 결승에 오른 초록 팀이었지만, 숫자적 열세에 다들 체념의 한숨을 내쉬고 있는 상황이었다.

"아앗!"

그리고 지금 초록 팀에서 또 한 명이 아웃을 당하고야 말았다. 이제 초록 팀에 남은 것은 민유와 기태 두 명뿐. 우승이 바짝 다가오자 보라 팀의 사기가 무섭도록 올랐다. 이기면 금일봉이다. 민유가 함께 남은 웹팀 기태에게 말했다.

"공 잡지 말고 무조건 피하세요. 공격은 제가 합니다."

훗날 기태는 이때 서민유의 눈빛이 거사를 앞둔 독립투사 같았다고 회상했다.

공격권이 초록 팀으로 넘어왔다. 민유는 바닥에 공을 몇 번 통통 튕기더니, 눈을 번뜩이며 보라 팀을 향해 던졌다. 마치 투수가 던진 것처럼 빠른 속도로 날아간 공은, 다 이긴 거라며 방심하고 있던 상대편 남자 두 명을 한 번에 아웃시키는 쾌거를 이루었다.

"우와아아악! 서민유! 서민유!"

초록 팀이 괴성을 지르며 민유의 이름을 연호했다. 이후 민유는 '감히 우리 신랑한테 공을 던져?'라는 닭살 발언과 함께 또 한 명을 아웃시켰고, 계속된 불꽃 슛으로 초록 팀에게 1승이라는 기적을 행사했다. 그런 그녀에겐 '갓민유', '서통키'라는 별명이 뒤따랐다. 그리고 부상으로 사람들의 눈을 피해 남편의 키스가 주어졌다.

"오빠야, 다치면 안 돼."

민유가 걱정 가득한 얼굴로 우빈의 다리를 마사지했다.

"오빠 뛰는 거 잘해. 걱정하지 마."

마지막 계주가 남았다. 이 경기로 최종 우승 팀이 가려지기 때문에 다들 출전 주자에게 정성을 쏟고 있었다. 그중에서도 경기에 나가는 제 남편의 몸을 지극정성으로 풀어주는 민유가 으뜸이었다.

"거, 선 대리 잘 뛰라고 진하게 뽀뽀라도 해줘요, 통키 씨."

평소라면 닭살이라고 난리 치던 사람들이 한마음 한뜻으로 부부의 애정행각을 종용했다. 그들은 너무나 잘 알고 있었다. 선 대리의 무시무시한 아내 사랑을. 점심시간에 아내 손이라도 한 번 잡고 돌아온 날이면 그는 업무 능력이 한층 상승하곤 했다. 그리고 오늘. 우빈과 민유가 종일 같이 있는 모습을 보면서 그걸 다시 한 번 확인하게 되었다.

부부의 눈은 서로에게서 한순간도 떨어지는 법 없이, 늘 서로를 향해 있었다.

"뽀뽀가 부족할 것 같으면, 갓민유 기운 좀 제대로 받게 선 대리님한테 진하게 키스해주셔도 됩니다."

항상 미묘하게 우빈을 감싸던 냉한 공기가 없는 지금, 이젠 농담까지 건네는 사람들이었다.

"선 대리님. 파이팅."

민유가 초록 팀의 염원대로, 출전 준비를 마친 우빈의 볼에 가볍게 뽀뽀를 했다. 그리고 우빈은 답례로 제 아내의 입술에 쪽 소리가 나도록 진한 뽀뽀를 했다. 초록 팀의 괴성 비슷한 함성을 뒤로하며 우빈이 출발선에 섰다.

[제1회 S.H. 운동회, 우승 팀은 초록 팀입니다!]

운학의 발표에 초록 팀이 함성을 질렀다. 계주 마지막 주자였던 우빈이 막판 대역전극을 펼치며 따낸 극적인 승리였다. 초록 팀 우승의 주역인 부부는 피구와 계주 부분에서 MVP에 선정되어 우승 상금 외에 별도의 상품도 받았다. '역전의 부부'라는 별칭까지 함께 얻었다.

"아우, 죽겠다."

초록 팀이 받은 상금은 내일 초록 팀 회식비로 쓰기로 했다. 당장 오늘 저녁 회식은 무리였다. 다들 간만에 격한 운동을 한 탓에 너 나 할 것 없이 '휴식!'을 외쳤기 때문이었다.

"우리 깨비, 오늘 고생 많았어. 초록 팀 갓민유."

우빈은 별명 부자, 아니 이제는 별명 재벌이 된 제 아내를 보며 따뜻한 미소를 지었다. 오늘 민유가 활약하는 모습은 우빈도 처음 보는 것이었다. 그녀는 노란 고무줄로 머리카락을 대충 동여매고는 장군처럼 우렁차게 명령을 내리고 엄청난 속도로 공을 던졌다. 던지는 것뿐만 아니라 피하는 것도 재빨랐다. 만약 피구가 올림픽 종목이었다면 민유를 국가대표로 내보내도 될 정도였다.

"우리 각시 피구 잘하는 걸 왜 몰랐지? 이렇게 잘하면 관림픽도 나갔겠네? 이 정도 실력이면 꽤 유명했을 법도 한데."

"새내기 때 딱 한 번 관림픽에 나갔었으니까요. 그때 나 '피구 여왕'이라고 불렸다고요."

상철과 짝이 돼서 짝피구를 한 이후로 한동안 운동장에도 안 갔던 기억이 떠오른다. 그때 생각 없이 열심히 했었는데, 짝피구가 예선에 떨어져서 다행이었다. 아니었으면 상철은 토너먼트를 치르는 내내 민유와 계속 짝을 하려고 설쳐댔을 것이다. 민유는 고개를 흔들었다. 핑크빛 대학생활에 드리워졌던 먹구름을 몰아내듯이.

"우리 빈이 오빠도 힘껏 달리느라 고생 많았어요."

그러면서 민유의 눈이 가물거렸다. 운동회는 4시가 좀 못 돼서 끝났지만 그 여파는 엄청났다. 우빈의 다리를 다시 주물러주고 싶은데 온몸이 피곤하다고 난리였다. 운동장에서 구르느라 흙투성이일 게 분명했다. 그런데도 씻고 싶다는 생각이 들지 않을 정도로 민유는 지쳐 있었다. 우승이 뭐라고 그렇게 열을 냈는지. 어차피 상금은 회식비로 탕진될 것을 말이다.

"먼저 샤워해요. 나 좀 쉬다가 할게."

"오빠가 씻겨줄까? 같이 하자."

"정말 씻겨주기만 한다면 그럴 텐데. 안 그럴 거 아니까 같이 안 할 래. 지금 몸 움직일 기력도 없어요."

우빈이 유혹하면, 힘들어도 자신은 그에 응할 게 분명했기에 민유 는 단호히 거절했다.

"너무 피곤해 보여서 씻겨준다고 한 거야. 오빠 그렇게 짐승 아니 야."

"안 믿어요. 안 믿어. 뭐, 날 못 믿기도 하고."

그러고 민유는 다음 운동회 때는 몸을 좀 사려야겠다고 생각하며 소파에 기댔다.

"이럴 줄 알았지."

샤워하고 나온 우빈이 가장 먼저 본 광경은 소파에 잠들어 있는 민 유였다.

"진심이었는데."

정말로, 힘들어 보이는 민유를 씻겨줄 생각이었다. 좀 더 솔직히 말 하자면 민유가 진짜 피곤해하면 씻겨주기만 할 생각이었고, 괜찮겠다 싶으면 딱 한 번만 할 생각이었다. 아내를 위하는 그의 마음은 언제나 진심이었다. 다만 제 아내가 너무 예뻐서 가끔씩, 아니 꽤 자주 주체를 못 할 뿐이지. 그 때문에 이 방면으론 그의 신뢰도는 제로였다.

"민유야, 일어나봐. 오빠가 샤워 도와줄게."

"으응."

이번만큼은 욕망을 꾹 참자 다짐하며 우빈은 민유를 욕실로 데려갔 다.

우빈은 민유의 머리까지 드라이기로 잘 말려주었다. 민유는 평소처럼 그의 허리를 팔로 껴안을 생각도 못하고 그의 품에서 축 늘어져 있었다. 드라이를 마친 우빈은 그런 제 아내를 안아 들고 침대에 살포시 뉘었다. 피곤으로 가물거리던 눈을 잠시 동그랗게 뜬 민유가 제 옆에 눕는 우빈의 품을 파고들며 말했다.

"오빠, 고마워. 나랑 결혼해줘서."

그리고 우빈의 가슴에 머리를 기대고 눈을 감으며 말을 이었다.

"오빠도 많이 피곤하고 힘들 텐데, 나 이렇게 챙겨줘서 고마워. 매번 다 참아주고 나 받아주고 챙겨주고 그런 거 다 고마워. 나는 정말로 결혼을 참 잘한 것 같아."

"……우리 깨비는 오빠가 하고 싶은 말을 항상 먼저 들려주네."

잔잔하게 귓가에 울리는 우빈의 목소리에 온몸이 따뜻해진 민유는 기분 좋게 미소를 지었다.

"오빠야말로 고마워. 아침에 눈뜰 때마다 깨비가 곁에서 자고 있는 거 얼마나 행복한지 몰라. 오빠 설레게 하는 사람이 언제나 곁에 있어서 참 좋아. 오빠도 결혼 정말 잘했다고 생각해. 고마워, 우리 깨비 나한테 와줘서."

그러자 민유가 더 꼭 우빈을 끌어안았다.

둘 다 좋은 꿈을 꿀 것 같은 밤이었다.

가족의 완성

콩.

꾸벅꾸벅 졸던 민유의 이마가 기어이 모니터에 닿았다.

"안 잡니다!"

민유가 화들짝 놀라 몸을 일으키며 하는 소리에 사무실 사람들의
웃음이 터졌다.

"까순 씨, 사밖 시간 한 시간 남았지? 휴게실 가서 좀 자고 와요. 그
러다 이마에 멍 들겠네."

팀장인 혜라가 차라리 푹 자고 오라며 민유를 사무실 밖으로 떠밀
었다.

졸지에 쫓겨난 민유는 처음으로 사밖 시간에 카페가 아닌 발코니로
비실비실 걸음을 옮겼다. 찬바람을 좀 쐬고 오면 낫겠지 하는 마음에
서였다. 3월이지만 아직도 추웠다. 며칠 전엔 눈까지 내렸다. 어제 날

씨가 점점 여름과 겨울밖에 없는 느낌이다.

여름, 여어름, 겨울, 겨어울. 이렇게.

"우씨, 선우빈 진짜."

나이 먹으면 좀 줄어야 정상인 거 아닌가. 30대가 되면 꺾이기 시작
한다더니, 다 헛소리였나 보다. 우빈은 여전히 침대 위에서 훨훨 날았
다.

한동안 서성이던 민유는 회사 옥상의 정원으로 향했다. 바람이 많
이 불어서 잠이 더 잘 깰 것 같아서였다.

"어우, 추워. 옥상은 진짜 춥구나."

날이 추워서인지 사원들은 한 사람도 얼씬거리질 않았다. 민유는
조금 빠른 걸음으로 정원을 몇 바퀴 빙빙 돌았다. 찬바람을 쐬며 몸을
움직이니 잠이 좀 깨는 것 같았다. 민유는 숨을 고르며 벤치에 슬쩍
엉덩이를 내렸다.

"이것도 운동이라고 땀이 나려고 하네."

운동 부족이 절로 느껴졌다.

"회사 근처에 헬스장 이용권이라도 끊어서 운동을 좀 할까."

그런 생각을 하는 와중에 또 졸음이 몰려왔다.

"안 되겠어. 차라리 커피를……. 꺄악!"

몸을 일으키려던 민유가 비명을 지르며 다시 벤치에 털썩 주저앉았
다.

"미안, 깨비야. 많이 놀랐어?"

작은 것에도 잘 놀라는 아내 때문에 민유에게 다가설 때면 언제나
요란하게 발소리를 내며 다가가던 우빈이었다. 꾸벅 졸던 민유가 그

소리를 놓치고 제 앞에 누가 서 있자 놀란 것이다.

"오빠, 여기 추운데 웬일이에요?"

"깨비야말로 추운 데서 뭐 해? 감기 걸려."

우빈은 민유를 일으켜 세우고 제 품에 꼭 껴안았다. 민유가 우빈의 점퍼 안으로 파고들어 그를 껴안자, 우빈이 옷과 함께 민유를 다시 감싸 안았다.

"너무 졸려서 잠 깨려고 왔어요. 오빠요?"

"우리 깨비 여기 있다고 그래서 같이 쉬려고."

"선우빈 씨는 왜 맨날 멀쩡하지? 나만 피곤해."

같이 밤을 보냈는데 저만 힘들다며 민유가 투덜거렸다.

"어젯밤 때문에 졸린 거 맞아? 요즘 우리 깨비 보면 잠이 많이 늘었어."

최근 아침에 일어나는 게 예전보다 굼떠진 민유였다. 우빈이 몇 번이나 깨워야 겨우 일어나서는 식탁에서 밥 먹으며 졸기도 했다.

"겨울잠을 자야 했는데 못 자서 그런가 봐요. 나 아까 자다가 꿈까지 꿨다?"

"휴게실 갔었어?"

"아뇨, 졸다가 모니터에 이마 박고 깼어요."

"괜찮아? 예쁜 이마 멍들면 안 되는데."

우빈은 키득거리며 민유가 박았다는 이마를 살펴보더니 입술을 쪽 부딪쳤다.

"꿈에서 엄청 큰 달이 떴어요. 그래서 내가 그 달을 따겠다고 숲을 막 걸어간 거 있죠."

"현실 민유나 꿈속 민유나 엉뚱한 건 똑같네."

우빈의 말에 민유가 입술을 살짝 삐죽이고 말을 이었다.

"숲 한가운데에 연못이 있었는데 그 못에 달이 비쳐서 보석처럼 막 반짝이는 거예요. 엄청 눈부시게. 그래서 거길 뛰어들었더니 그 달이 내 품에 뚝 들어오는 거 있죠. 달도 엄청 샛노래서 꼭 태양 같았어요!"

"뭔가 굉장한 꿈이네."

"응. 오늘 퇴근길에 우리 복권 하나 사요. 이제 우리가 S.H.를 인수할 때가 되었어요."

"으하하하. 아버지가 며느리 야망을 아셔야 하는데."

우빈은 회사 탈취를 꿈꾸는 민유를 꼭 안은 채 정원을 벗어나며 말했다.

"안 그래도 이번 주말에 저녁 같이 먹자고 하셨어."

"아버님이요?"

우빈이 고개를 끄덕이자 민유가 살짝 놀란 얼굴을 했다. 가족 모임이나 행사 같은 게 있을 때면 언제나 민유에게 먼저 말하는 가족들이었기 때문이다.

"아까 복도에서 잠깐 만났었는데, 그때 말씀하셨어."

"내 야망을 눈치채셨나 봐요. 나한테 말 안 하시고 오빠한테 말씀하시네."

그때, 주머니에서 민유의 휴대폰이 짧게 울렸다.

"여진이가 꼭 오래요."

민유가 우빈에게 휴대폰 화면을 보여주었다. 「언니 꼭 와야 돼!」 하고 뒤에 하트 수십 개를 달아놓은 것을 보고 우빈이 피식거렸다.

"여진이는 새언니 사랑하느라 연애도 못하겠네."

"그래서 안심하고 있죠? 오빠, 여진이 수민이랑 헤어졌을 때 몰래 좋아했던 거 나 다 알아요. 은근히 시스터 콤플렉스라니까."

"그 정도는 아니야. 내가 무슨."

"긴장하세요. 여진이 이번 달에 MT 간대요. 자기가 찜한 선배가 같이 간다고 좋아하고 있어요."

민유의 말에 우빈이 살짝 움찔거렸다. 우빈과 꼭 붙어 있던 민유가 그 작은 움직임을 느끼고 까르르 웃었다.

"그 정도 맞네!"

민유가 놀리자 우빈이 멋쩍게 웃었다. 민유는 그런 감정을 좀 동생에게 표현해보라며 우빈의 등을 두드렸다.

"언니이!"

민유가 시댁에 가면 언제나 가장 먼저 보는 광경은 여진이 민유를 부르며 달려오는 모습이었다. 이번에도 현관에 들어서자마자 거실에 있던 여진이 민유를 향해 달려와서 그녀를 꼭 껴안았다.

"아가씨 잘 있었어요?"

"응! 무지하게 잘 있었어요. 흐흐흐. 언니이이."

"여진아, 우리 일단 좀 들어가자."

우빈의 말에 그제야 아차, 하며 민유를 제 품에서 떼어놓는 여진이다. 두 사람이 신발을 벗고 거실로 들어서자 운학과 세희가 둘을 반겼다. 여느 때보다 훨씬 더 방글거리는 모습의 부부는 인사를 하는 두 사람을 보며 뭔가 하고 싶은 말이 있는 듯한 표정을 했다.

"하실 말씀 있으시면 편하게 하셔요. 아니 해주세요."

밥을 먹을 때까지 줄곧 이어지는 부부의 시선에 결국 민유가 젓가락을 들다 말고 입을 열었다.

"뭐어. 별건 아니고."

민유의 말에 세희가 손사래를 쳤다.

"그냥 가만히 있자니까. 애들 부담돼."

그리고 그걸 말리는 운학까지. 저러시니 더 불편하다.

"무슨 말씀을 하셔도 부담 안 느낄게요. 그냥 편하게 말씀해주세요."

두 사람은 잠시 눈을 마주치더니, 세희가 서두를 띄웠다.

"그게 말이다. 저기…… 너희 혹시 아직이니?"

"뭐가 아직인데요?"

우빈이 물었다.

"아기 말이야."

그간 은근히 기대하는 눈치는 있었지만, 제 아무리 부모라 해도 자식의 결혼생활이나 가족계획에는 타인이라 말하며 2세와 관련된 이야기는 일체 꺼내지 않던 세희와 운학이었다.

"간섭하겠다는 건 아니란다. 간밤에 여진이가 꿈을 꿨다고 하는데, 그게 아무리 들어도 태몽 같아서. 주변에 임신할 만한 사람이라곤 너희밖에 없으니까 혹시나 싶어서 말이야."

"꿈이요?"

"웅! 언니 있잖아, 내가 꿈에서 친구들이랑 엄청 비싼 호텔 리조트에 놀러 갔다?"

"현실 같은 꿈이네."

여진의 꿈 내용은 민유에 비하면 확실히 현실적이었다. 하지만 역시 꿈은 꿈인지, 이어진 내용은 비현실적이고 조금 독특하긴 했다. 호텔에서 서비스라고 준 작은 상자에는 보석이 가득 차 있었단다. 함께 간 친구들은 그 보석함에서 별 볼 일 없는 그저 그런 보석만을 챙겨간 데 반해 여진은 엄청 큰 보석이 달린 화려한 반지만 골라서 열 손가락에 모두 끼었다고 했다. 그리고 역시나 큼직한 보석 브로치를 하고 목걸이까지 걸었다고. 여기까지만 들었을 땐 태몽인지 재물이 들어오는 꿈인지 알 수 없었다. 그런데 다음이 아주 신기했다. 온갖 보석을 걸친 채로 수영장에 간 여진은 깜짝 놀라고 말았다. 수영장 물이 황금색이었다. 금빛으로 빛나는 물이 신기해서 여진은 호텔 직원을 불렀다. 어떻게 이럴 수 있느냐는 그녀의 질문에 직원이 다음과 같이 대답했다.

"태양이 물에 비쳐서 그렇습니다."

"그리고 거기서 보석 감고 휘적이며 노는데 아기 웃음소리 같은 게 들리면서 깼어요."

여진의 꿈 이야기에 민유와 우빈이 멍한 얼굴을 했다. 낮에 민유가 꾼 꿈은 달빛이 찰랑이는 연못이었다. 해를 황금빛으로 녹여낸 물과 달빛을 담고 있던 물. 지금 여진의 꿈 이야기를 들으며 생각해보니 낮에 민유가 꿨던 꿈은 복권 꿈이 아니라 태몽에 더 가까워 보였다. 우

빈이 제 옆에 앉은 민유를 바라보았다. 민유 역시 그와 같은 생각이었
던지 눈을 깜빡이더니 고개를 끄덕였다.

"낮에 민유가 달빛이 가득한 연못에서 달을 따는 꿈을 꿨어요."

"어머머. 그거 확실히 태몽이네."

"맞네, 맞아. 너희 정말 아무 일 없니?"

사실 민유와 우빈은 3개월 전부터 가족계획을 시작했다. 산전 검사
도 마쳤고 피임도 하지 않았다. 하지만 아이라는 게 마음먹었다고 바
로 생기는 건 아니었다. 보통은 1년 정도 걸린다고 해 둘은 느긋한 마
음으로 기다리기로 했다. 아직 둘만의 시간을 갖고 싶다는 생각도 있
었다. 그러나 두 사람이 비슷한 시기에 꾼 비슷한 꿈이 모두 태몽 같
은 양상이니 마냥 무시하긴 어려웠다.

"오빠, 나 떨려."

민유가 우빈의 품에 파고들며 소곤거렸다. 이게 뭐라고 이렇게 떨
리는지. 민유는 집에 오는 길에 구매한 임신 테스트기를 화장실에 두
고 침대에 누웠다. 아침 첫 소변이 가장 정확하다고 해서 내일 아침까
지 기다리기로 한 부부였다.

"그러게. 오빠도 떨린다."

"우리 아들 나 닮았으면 좋겠는데."

"아들인 건 어떻게 알고?"

"그냥 내 소망이에요. 오빠는? 오빠는 우리 애기 누구 닮았음 좋겠

어요?"

"날 닮아도 좋고, 예쁜 우리 각시 닮아도 좋은데. 그런데 민유야, 아들도 괜찮지만 딸 하나만 낳아주면 안 돼?"

"아하하하! 빈이 오빠는 딸 좋아하는구나?"

우빈의 바람을 들은 민유가 크게 웃음을 터트렸다.

"아들딸 상관없어. 그런데 그냥, 음. 딸은 꼭 있었으면 좋겠는데. 우리 깨비가 든든한 아들 둘 원하는 것처럼."

"셋은 너무 많지 않아요?"

"그럼 아들 하나 딸 하나면 어때?"

"좋아요, 그것도. 아들 둘은 그냥 내 로망이에요. 실은 아들이건 딸이건 둘 다 괜찮아요."

그렇게 말하며 씩 웃은 민유가 살짝 불안한 얼굴이 되었다.

"근데 있지, 오빠. 꿈들 그냥 복권 꿈이었으면 어쩌지?"

"먹깨비 닮은 예쁜 아기 대신에 S.H.를 갖게 되겠지."

"아항. 그럼 오빠, 우리 아기가……."

두 사람의 대화는 자정이 넘어서까지 계속 이어졌다.

그리고 다음 날 아침. 민유는 떨리는 손으로 세 개의 테스트기를 살펴보고 있었다.

"깨비야, 어떻게 됐어?"

욕실 밖에서 궁금함이 가득한 목소리로 우빈이 물었다. 그러자 민유가 문을 벌컥 열고 욕실에서 튀어나와 우빈의 품에 와락 안겼다.

"빈이 오빠. 어쩌지?"

민유의 가라앉은 목소리에 우빈은 살짝 실망했지만 짐짓 아무렇지 않은 척 민유의 등을 토닥였다.

"괜찮아. 이제 시작인걸."

"응. 이제 시작이에요. 앞으로 우리 생활이 많이 달라질 거예요."

혹시 몰라 세 개를 전부 테스트해봤는데, 모두 두 줄이 선명했다.

"임신, 이야?"

우빈이 떨리는 목소리로 물었다. 그의 질문에 민유는 우빈의 허리를 감싼 팔을 풀었다. 그리고 손에 쥐고 있던 세 개의 테스트기를 한꺼번에 그에게 보여주며 활짝 웃었다.

"아, 목소리 때문에 속았잖아!"

민유가 흐흐, 하고 웃으며 우빈의 목덜미에 쪽쪽 키스를 하고 말했다.

"병원 가봐야 할 것 같아요."

"응, 당연하지."

우빈의 목소리에 여전히 떨림이 묻어났다. 자신을 안고 있는 우빈의 팔도 떨리는 것을 민유는 느낄 수 있었다. 민유 역시 떨리긴 마찬가지였다.

"부모가 되겠다고 마음먹었는데 막상 정말로 다가오니까 조금, 무서워요. 내가 잘할 수 있을까 하고."

"같이 노력하자. 우리 둘 다. 좋은 엄마 아빠가 되도록."

이렇게 말해주는 남편이 있어서 든든했다. 임신 사실을 안 순간 마음에 살며시 자리 잡았던 작은 불안이 흐릿해지는 기분이었다.

"오빠가 더 잘할게. 깨비야, 고마워."

요 며칠 감당 못할 정도로 민유가 자꾸 졸려하던 이유가 이거였던 모양이다. 아기를 갖자고 해놓고서는 정작 민유의 임신을 빨리 눈치 못 챘던 게 미안했다. 그 미안함과 고마움을 모두 담아 우빈이 민유를 끌어안았다.

"어머님, 아버님. 저희 왔습니다."
우빈이 인사를 하며 방 안으로 들어섰다.
"그래. 어서 들어와라."
"꼬모오오!"
여진만큼이나, 아니 그보다 더 민유를 반기는 도현이다. 씩씩하게 민유에게 달려오는 조카 도현을 우빈이 낚아채 번쩍 안아 올렸다. 민유의 배 쪽에 절대로 충격, 그 비슷한 것은 아주 조금이라도 주고 싶지 않은 마음이었다. 물론 아직 자그마한 아이는 민유의 허리 아래에 있지만 안아달라고 덤빌 수도 있는 노릇이니까 말이다. 높게 들려진 도현이 아이 특유의 까르르 하는 웃음소리를 내며 우빈의 목을 껴안았다.
"꼬모부, 한 번 더어!"
민유의 친오빠 민준의 아들인 도현은 탈 것을 무척 좋아했다. 진짜 차는 물론 놀이기구, 아이들용 자동차에 사람까지 가리지 않았다. 그저 두 다리가 바닥에서 떨어지면, 만족할 때까지 어딘가에 올라타 있어야 했다. 그 때문에 민준은 도현이 칭얼대면 차에서 아들을 재우고

서 집으로 돌아올 때도 있었다.

"얘 또 불 들어오려나 보네. 도현이 이제 내려주세요. 안 그러면 계
속 안고 있어야 해요."

우빈은 한 번 더, 도현을 높게 안아주고 민준의 아내인 희연에게 아
이를 넘겼다.

오늘은 민유의 모친, 도숙의 생일이었다. 축하를 위해 오랜만에 서
씨 집안 온 가족이 모였다. 제대로 된 한정식 먹고 싶다는 도숙의
소원대로 삼 남매가 돈을 모아 인근에서 알아주는 고급 한정식집으로
예약을 해뒀다. 도숙과 영준 부부를 모시고 민준의 가족이 도착한데
이어, 얼마 지나지 않아 민유와 우빈도 막 도착한 참이었다. 막내딸까
지 시집을 간 뒤, 부부는 작은 집으로 이사를 했다. 평생을 끼고 살던
자식들이 떠난 집이 그렇게 넓게 느껴질 수가 없어 이사를 결정한 것
이었다.

"언니 아직 안 왔어?"

민유의 질문에 영준이 답했다.

"아까 출발했다고 했으니까 이제 올 때 됐겠지. 너희도 어서 앉아
라."

예약한 방에 모두 자리를 잡고 앉은 지 오래지 않아 바로 음식이 들
어왔다. 미리 메뉴까지 엄선해서 주문을 해둔 덕분이었다. 형형색색
눈으로도 즐거운 한 상이 차려졌다. 민유도 평소에 한번 와보고 싶어
했지만 비싼 가격에 엄두를 못 냈던 곳이었다. 이번 기회에 제대로 먹
고 갈 생각으로 누구보다 신난 민유는 활짝 웃으며 음식을 살폈다.

"우리 많이 늦었어요?"

그때 문이 열리며 민아가 모습을 드러냈다. 그리고 잠든 서진을 안고 있는 호연이 뒤따라 들어섰다.

　"아이고, 우리 서진이 자네."

　민아와 호연의 장남 유서진 군은 미동도 않고 곤히 자고 있었다.

　"민아 너 몸은 괜찮은 거야?"

　도숙의 걱정에 민아가 고개를 끄덕였다. 민아는 얼마 전 호되게 몸살감기를 앓았었다. 호연의 극진한 간호에 나흘 만에 감기를 떨쳐내긴 했지만, 그 후로도 며칠간 남편의 엄명에 출근 외의 외출은 전면 금지당했었다.

　"그동안 집에만 있느라 숨 막혀서 혼났어."

　"어이구, 우리 딸 씩씩하네. 그래도 몸 따뜻하게 하고 있어."

　"그렇지 않아도 오빠가 꽁꽁 싸매놨어."

　호연은 아이를 나은 지 며칠 안 된 아내 몸에 행여나 찬바람이 들까 노심초사였다. 그래서 제 손으로 직접 꼼꼼하게 옷차림을 점검해준 터였다. 약간 더울 정도로 옷을 껴입고 온 민아가 자리를 잡자 본격적인 식사가 시작되었다.

　"쟤들은 언제까지 저렇게 살까."

　한창 식사 중에 민아가 동생 부부를 가리키며 말했다. 우빈은 민유가 시선을 조금이라도 보낸다 싶으면 음식을 잽싸게 집어다 민유의 그릇에 놔주고 있었다. 다른 가족들이 없었다면 민유를 제 무릎 위에 앉혀서 직접 떠먹여 줄 것 같은 지극정성이었다.

　"여보, 아."

"늦었다. 유호연."

"그래서 남편이 주는 거 안 먹을 거야?"

민아가 씩 웃고는 호연이 내민 불고기를 답삭 입에 넣었다.

"서진이 안고 있어서 불편하지? 이제 나 주고 당신 편하게 밥 먹어."

잠든 서진을 뉘일 곳이 없어 계속 품에 안고 있는 호연을 보며 민아가 팔을 내밀었다.

"괜찮아. 내 걱정 말고 식사해. 처제한테 다 뺏기기 전에."

"콜록!"

민유가 기침을 하자 우빈이 소스라치게 놀라며 물을 대령하고 민유의 턱 아래에 바로 휴지를 가져다 댔다.

"괜찮아?"

우빈의 질문에 민유가 민아에게 시선을 두며 말했다.

"응, 그냥 언니네 닭살 보려니까 위장이 놀라서."

"저것이 닭 중에 왕닭이 누군데 지 언니 까고 있어. 야, 우린 니들에 비하면 병아리, 아니 달걀이야, 달걀!"

"아가씨네가 무슨 달걀이에요. 아가씬 병아리고 우리가 달걀이죠."

희연이 합세했다. 그 말에 그녀의 남편 민준이 옆에서 조용히 흠흠거렸다. 희연은 민아와 절친한 친구였다. 동생의 친구를 보고 첫눈에 반한 민준의 구애로 결혼하게 된 커플이었기에, 희연과 민아 둘은 시누올케의 색이 옅었다. 서로 각자의 절친들과 맺어진 민준과 희연, 민아와 호연 두 커플은 종종 부부 모임을 가지곤 했다.

"아이고, 얘들도 참."

투덕이는 삼 남매 부부들의 모습에 영준과 도숙이 웃음을 흘렸다.

"매제는 잘 먹고 있는 건가? 사지 멀쩡한 애 두고 옆에서 수발드느라 바빠 보이는데."

"예, 형님. 저도 잘 먹고 있습니다. 우리 민유가 지금 2인분을 먹어야 해서 바쁘거든요."

우빈의 말에 모두의 동작이 우뚝 멈췄다.

"선 서방, 지금 무슨 소릴……. 민유야, 너 애 가졌니?"

도숙의 물음에 우빈이 아차 하는 얼굴을 했다. 초기에는 여러 위험요소가 많아 3개월 정도 지난 후에 집안에 알릴 생각이었는데, 우빈 탓에 예상보다 빨리 아이의 존재를 공개하게 되었다. 하지만 영준과 도숙의 기뻐하는 표정을 보니 일찍 알리길 잘했다 싶은 생각도 들었다.

"사실 조금 안정이 되면 말씀드리려고 했는데, 맞습니다. 민유, 지금 임신 중이에요."

우빈의 말에 방 안이 탄성으로 가득 찼다.

"그래서 그렇게 정성이었구먼! 허허."

한참 축하가 오간 후에 민아가 물었다.

"너 몇 주 됐어?"

"지금 5주 접어들었어."

민유의 대답에 영준과 도숙, 민아와 호연 네 사람의 표정이 묘해졌다. 그리고 민아가 제 앞에 있던 고기 산적과 대하구이를 민유 앞으로 재빨리 옮기기 시작했다.

"먹어. 많이 먹어."

"오, 서민아 씨. 나 감동이야. 울 언니 짱!"

"시끄럽고, 이제 2주 남았다. 맛있는 거 빨리, 많이 먹어둬라."

"우리 막둥이. 아까 불고기 잘 먹던데 그거 좀 더 시켜줘?"

도숙과 민아의 모습은 임신한 서 씨 집안 막내를 돌봐주는 분위기라기보다는, 전투 직전 부하들에게 맛있는 걸 먹이는 장군의 모습 같았다.

"응? 뭐야, 이런 공격적인 분위기는?"

그리고 호연은 우빈에게 힘내라며 어깨를 토닥이고 있었다.

"사돈어른들은 아시는가?"

영준의 질문에 우빈이 고개를 저었다.

"안정기고 뭐고 기다리지 말고 빨리 말씀드리게. 아마 얼마 안 가서 주변 사람들이 다 알게 될 거니까."

"으읍!"

민유가 입을 틀어막고 화장실로 향했다. 비틀거리는 아내 뒤를 바지런히 쫓아 달리는 우빈을 보며 세희와 운학, 여진까지 모두 안절부절못하는 얼굴이었다.

본격적인 입덧이 시작되자 제대로 된 끼니는커녕 물 종류도 잘 먹지 못하고 골골거리는 며느리였다. 그게 안쓰러워 세희가 입덧 줄이는 한약을 지어왔다. 지금은 민유가 한약을 한입 먹은 직후였다. 먹을 것을 제 남편 다음으로 좋아하던 아이였다. 그런 민유가 음식 냄새도 못 맡고 있었다. 다행히 한약 냄새를 맡고는 멀쩡했지만 입 안에 담긴 한약은 채 목 안으로 흘러 넘어가지 못하고 밖으로 튀어나왔다.

"퉤에."

물로 입을 헹궈낸 민유가 인상을 썼다. 7주 중반에 본격적으로 입덧이 시작됐다. 처음엔 그저 음식이 평소만큼 맛있게 느껴지지 않는 수준이었던 것이 10주가 가까워지면서 사람을 잡기 시작했다. 코에서 느껴지는 온갖 냄새에 구역질이 올라왔다. 먹을 수 있는 음식도 점차 줄어들더니, 11주 차인 지금은 물도 넘기기 힘들었다. 세상에, 물이 비리다고 느껴질 줄이야.

민유가 냄새에 워낙 예민하게 반응하다 보니 우빈은 샤워를 하지 않으면 민유 근처에 다가가지도 못했다. 민유는 출근은커녕 15분, 20분에 한 번씩 올라오는 구역질에 일상생활도 힘들 정도가 되었고, 결국 출산 휴가를 미리 보름 끌어다 쓸 지경에 이르렀다. 다 죽어가는 며느리를 보며 운학은 '산중 휴가'를 도입했다. 초기가 더 위험한 임산부들을 위해 임신 중에도 한 달까지 유급으로 휴가를 쓸 수 있는 제도였다. 이 때문에 S.H.의 복지는 한층 더 업그레이드되었다. 「임신 중 유급 휴가 한 달 도입한 '복지의 끝판왕'」이라고 기사까지 날 정도로 유명한 사건이 되었다.

"죄송해요. 기껏 신경 써주셨는데."

우빈의 부축을 받으며 거실로 온 민유가 파리해진 안색으로 사과를 했다.

"죄송하긴, 뭐가 죄송해? 내가 너무 미안하다, 아가. 가뜩이나 힘든 애를."

"아니에요. 저 괜찮아요, 어머니."

사실 한약 냄새를 맡자마자 속이 뒤집혔었다. 하지만 저를 위한 것임을 알기에 한 모금이라도 참고 넘기려 했던 민유였다. 그러나 입 안에 약이 들어오자마자 울렁거림을 도저히 참을 수가 없었다. 예민해진 저를 위해 다른 가족들이 저녁 시간이지만 식사 준비도 안 하고, 언제나 거실 한쪽에서 은은한 향기를 내던 꽃 화분들도 치워둔 것을 잘 알고 있었기에 민유는 한층 더 미안한 마음이었다.

"언니, 올라가서 좀 쉴래요? 지금 차 타면 또 냄새 때문에 힘들지도 모르잖아. 내가 오빠 방 냄새 안 나게 싹 치워놨어요."

"그래, 새아가. 오늘 그냥 여기서 자고 몸 좀 진정되면 집으로 가. 내일 우빈이 녀석 연차 처리해주마."

"아버님이 사장님이셔서 정말 좋네요."

민유가 힘겹게 미소를 지어 보였다.

"감사해요, 아버지. 그럼 민유 데리고 올라가 보겠습니다."

"저 아침까지 쭉 잘게요. 그러니까 더 늦기 전에 식사하세요."

"우리 저녁은 우리가 알아서 잘 챙겨 먹을 테니까, 네 몸부터 잘 돌보렴."

그렇게 민유는 시댁 식구들의 걱정을 한 몸에 받으며 방으로 올라왔다.

침대에 누운 민유가 우빈을 보며 말했다.

"오빠, 오빠도 빨리 가서 저녁 먹어. 나 때문에 굶지 말고."

하지만 우빈은 민유의 머리카락을 다정하게 쓸어 넘기며 괜찮다고 했다.

"너 잠들 때까지 있다가."

민유 때문에 요즘 집에서 밥도 제대로 못 먹는 우빈이다. 대개 밖에서 먹고 들어왔고 집에서 먹을 것 같으면 최대한 냄새가 안 나는 것들로 빠르게 먹고 바로 치웠다. 우빈이 저 때문에 덩달아 고생하고 있는 걸 민유는 잘 알고 있었다. 아내의 입덧에 남편인 우빈까지 같이 말라가는 듯해 걱정이었다.

"나 정말 괜찮으니까 내려가서 같이 가족들과 저녁 맛있게 먹어요. 빈이 오빠 말라 죽겠다."

민유는 남편의 등을 떠밀었다. 민유와 같은 증상을 먼저 겪은 모친 도숙과 언니 민아의 말에 의하면 12주가 지나면 서서히 괜찮아진다고 했으니 이제 일주일 정도만 버티면 될 일이었다. 도숙은 이런 경험을 두 번이나 했다고 했다. 첫째 민준 때 가장 심했고 둘째라고 민아 때는 그보다는 조금 덜 했다고 했다. 그러나 그 덜한 정도가 다른 이들보다 훨씬 심했다고. 막내 때에야 그럭저럭 참을 만했다고 했다. 그리고 민아의 입덧 역시 굉장했다. 물비린내가 나서 물도 못 마신다는 언니의 말을 민유는 믿지 못했었다. 정수된 물이나 생수에서 무슨 비린내가 난다고. 하나 그것은 사실이었다. 물에서도 이상한 냄새와 맛이 느껴져 고생하는 중이다. 새언니인 희연은 그냥 속이 조금 울렁거리는 정도로 지나간 것을 보면, 지독한 입덧은 아무래도 서 씨 집안 여자들의 내력인 듯했다.

"일주일만 참자. 윤슬아."

민유가 제 배를 토닥이며 작게 숨을 내쉬었다. 해와 달이 물에 비친 꿈을 꾸고 생긴 아이라 '윤슬'이라 명명된 우빈과 민유의 2세는 태명

없이 바로 이름을 얻었다. '윤슬 양'이 될지, '윤슬 군'이 될지 아직 알 수는 없으나 느낌으론 우빈을 닮은 딸일 것 같은 기분이 들었다. 아들 딸 상관없다고 했지만 은근히 딸 바라기인 우빈의 소망 때문인가 요즘은 민유조차도 여자 아기들 용품에 자꾸 눈이 갔다.

"배고프…… 지 않아."

민유는 배가 고파 저도 모르게 고기를 떠올렸다. 불판 위에 치이익, 소리를 내며 구워지는 고기가 눈앞에 그려짐과 동시에 냄새가 떠올랐다.

"으읍."

헛구역질이 나와 민유는 상상도 그만두고 눈을 감았다. 뭐든 풍족하게 잘 섭취해야 하는 임산부였지만 입덧이 절정에 오른 요 일주일간 제대로 먹은 게 없었다. 목숨을 연명할 정도의 최소량의 채소 따위만 겨우 섭취하며 골골대고 있었다. 그러니 주변 사람들의 걱정이 이만저만이 아니었다. 민유는 살짝 심호흡을 하며 잠을 청했다. 입덧에 지친 탓인지 누우면 얼마 지나지 않아 잠이 들어 그나마 다행이었다.

한참 자던 잠이 설핏 깼다.

민유는 눈을 뜨지 않고 다시 그대로 잠을 자려 했다. 기력이 없으니 만사가 귀찮았다. 그런데 배 쪽에 느껴지는 따뜻한 손길과 나직한 목소리에 조금씩 정신이 들었다. 눈을 슬쩍 떠보니 우빈이 민유의 배를 아주 조심스럽게 문지르며 말을 하고 있었다.

"윤슬아, 엄마 그만 힘들게 하고 밥 좀 먹을래? 아빠가 엄마 혹시라도 쓰러질까 봐 걱정돼서 죽겠어."

너무도 다정한 말투였다. 아내에게 하는 것과는 또 다른, 아빠로서의 다정함이 어려 있었다. 매번 자기 전에 민유의 배에 손을 올리며 한마디씩 해주던 것과는 다른 느낌의 목소리였다. 그게 듣기 좋아 민유는 다시 눈을 감았다.

"아빠가 엄마 뭐라고 부르는 줄 알지? 배 속에서 많이 들었을 테니까. 깨비, 그거 먹깨비 말하는 거야. 엄마가 먹는 거 엄청 좋아해. 그런 엄마가 물도 제대로 못 먹고 있으니까 아빠가 너무 속상하다. 엄마가 못 먹으면 우리 윤슬이도 제대로 못 먹는 거잖아. 그러니까 내일부터 조금씩이라도 좋으니까 뭐라도 먹어줘."

그러면서 우빈은 배를 쓰다듬지 않는 다른 쪽 손으로 민유의 손을 꼭 잡았다. 그 손이, 저를 걱정하는 목소리가 너무 따뜻해서 민유는 자는 척하던 것도 잊고 눈물이 나왔다.

임신을 한 뒤 감정 기복이 수시로 널을 뛰듯 하고 있었다. 거기에 제대로 밥도 못 먹다 보니 신경은 예민하기 이를 데 없었고 감정은 뾰족하게 솟아 있었다. 그런 감정이 우빈의 자그마한 말소리에 사르르 누그러졌다. 어차피 민유는 잠들어 있었는데, 혹여 냄새 때문에 민유가 깰까 봐 우빈은 샤워까지 마치고 왔다. 그가 잡고 있는 손에 물기와 청량한 기운이 느껴졌다.

"오빠."

"깼어? 미안, 오빠 목소리가 좀 컸······. 민유야."

눈물을 줄줄 흘리는 아내를 보고 우빈이 당황한 목소리로 다급히 민유에게 다가갔다. 민유는 제 얼굴 위로 와서 부드러운 손길로 눈물을 닦아내 주는 우빈을 꼭 끌어안았다.

"짜증 내서 미안해. 자꾸 오빠한테 신경질 부리는 것도 안 해야지 하면서 계속해서 미안해. 세상에 이런 남편 어디 있다고. 예민한 거 다 오빠한테 풀어서 미안해. 또…….'

"쉬쉬. 괜찮아. 당연한 일이잖아. 우리 각시 힘들어서 그러는 건데."

예쁜 말만 하는 우빈의 입술을 민유가 고개를 들어 답삭 물었다. 우빈이 그에 화답해 민유의 입 안을 훑었다. 임신 사실을 안 순간부터 좋은 엄마가 되겠다고 씩씩하게 외치던 민유다. 병원에서 임신 확정을 받은 날이었다. 의사와 면담을 하면서 민유는 임신 중인 줄 모르고 일전에 졸린다고 커피 두 잔을 마셨다고 고백했다.

"그거 때문에 잘못되면 어떡하죠?"

민유는 아이에게 미안하다며 결국 눈물을 보이고 말았다. 그 정도는 괜찮다는 의사의 말을 들어도 안심을 못 했다. 초음파 검사 후, 아이는 아무 이상 없으니 걱정 마시라는 말에야 겨우 진정하던 아내였다. 아이에 대한 걱정과 심한 입덧으로 예민해질 수밖에 없는 상황이다. 더 투정 부리고 더 예민하게 굴더라도 우빈은 얼마든지 참을 수 있었다. 그런데도 민유는 최대한 자신의 짜증을 다스리려고 애를 썼다. 이런 아내가 예쁘지 않을 리 없었다.

"형님 하시던 말씀 생각나네. 새벽 두세 시에 깨워서 이거 사 와라, 저거 사 와라 할 때가 더 행복하다는 거. 못 먹는 거 보면 어떻게 해주고 싶어도 못 해줘서 그게 더 속상하다고."

한창 민아가 입덧으로 고생할 때를 상기하며 호연이 우빈에게 해준

말이었다.

"그러니까 입덧 그치자마자 눈길 닿는 음식 다 해다 바쳐."

호연은 이렇게 조언하기도 했다. 그 고생 끝에 나온 호연과 민아의 2세 서진은 강철 같던 민아를 수술대 위에서 통곡하게 했다. 역아라 어쩔 수 없이 수술로 낳은 아들이었다. 인생 첫 수술에 잔뜩 겁을 먹었던 민아는 응애, 하고 우는 아들을 품에 안고 아들보다 더 크게 울었다.

"너무 스트레스 받지 마. 내일부터는 먹을 수 있을 거야."

오늘 밤도 여전히 민유를 다독이는 우빈이었다.

우빈이 1박 2일 출장이 잡혀 어쩔 수 없이 민유 혼자 집에 남았다.

"혼자 있어도 괜찮으니까, 걱정 말고 다녀와요."

민유의 말에도 우빈은 여진을 불렀다. 새언니라면 자다가도 일어나는 열혈 시누 여진은 군소리도 없이 바로 민유를 찾아왔다. 여진은 집에 도착하자마자 당연한 것처럼 욕실로 달려가 샤워를 했다. 막 점심을 먹고 온 길이었기 때문이다. 혹여나 음식 냄새가 남아 있을지 모르니 조심해야 했다.

"어, 언니."

욕실에서 나온 여진은 눈에 보이는 광경에 놀라움을 금치 못했다.

민유가 거실 소파에 앉아 과일 맛 캐러멜을 '먹고' 있다.

"언니 그건······?"

"아가씨 옷 정리하다가 주머니에서 나왔어요. 이거, 먹으면 안 되는 거야?"

"아뇨, 아뇨! 당연히 먹어도 되죠! 어, 언니 그거 괜찮아요? 먹어도 아무렇지 않아?"

"응. 이건 신기하게 괜찮네. 나도 신기해서 계속 먹는 중이야. 맛있다."

민유가 바지런히 캐러멜 껍질을 벗겨 입에 넣는 것을 멍하니 바라보던 여진이 벌떡 일어났다.

"언니, 나 잠깐 나갔다 올게요!"

"어딜 가······. 여진아?"

민유의 말이 끝나기도 전에 요란하게 현관문이 닫혔다. 여진은 덜 말린 머리카락에서 물을 뚝뚝 흘리며 부리나케 아파트 밖으로 뛰어나갔다.

그리고 30분 뒤 헉헉대며 집으로 돌아왔다.

"이게 다 뭐야?"

"근처, 헉헉, 편의점에 있던 캐러멜, 씨를 말리고 왔어요."

여진이 내민 비닐봉지 안에는 민유가 먹던 캐러멜이 맛별로 네댓 개씩 들어 있었다. 새콤한 과일 캐러멜 외에도 각종 과일 주스들, 그리고 바나나 한 송이가 보였다.

"언니, 우리 오늘 바나나 세 개까지 먹어봐요."

그리고 다시 30분 뒤.

우빈은 여진에게 사진이 첨부된 메시지 하나를 받았다.

"뭐지?"

「올 때 과일.」

내용은 이 네 글자가 전부였다. 그리고 함께 첨부된 사진엔 민유가
수북이 쌓인 캐러멜 껍질을 앞에 두고 바나나를 먹고 있었다.

민유는 우빈이 카트에 집어넣은 파인애플 하나를 슬쩍 꺼내 원래
놓여 있던 자리에 두었다. 그리고 다른 파인애플을 또 하나 카트에서
꺼내 들고, 그것 역시 원래 자리에 놓으려는 찰나.

"……봤어요?"

다른 과일을 고르던 우빈과 눈이 딱 마주쳤다.

"우리 깨비, 파인애플 말고 다른 게 먹고 싶은 거야?"

"아뇨. 하나면 충분해요. 넘치게 충분해요. 오빠. 다시 한 번 말하지
만 파인애플 세 통은 너무 많아요."

간만에 마트에 나온 민유와 우빈 부부였다. 민유의 극심한 입덧이
지나고 나서 처음으로 함께 장을 보러 왔는데, 우빈 덕분에 쇼핑을 시
작한 지 얼마 되지 않았는데 벌써 카트가 넘치려 하고 있었다. 민유의
시선이 3초 이상 머무른다 싶은 것들은 두말없이 카트 안으로 직행했
다. 민유가 '그냥 보기만 한 것'이라고 만류해도 우빈은 꿋꿋이 카트
에 넣었다. 그것도 하나가 아니라 여러 개씩.

"그동안 먹고 싶어도 못 먹었었잖아. 우리 먹깨비가. 이제라도 실컷

먹어야지.”

“그럴 거예요. 하지만 아무리 저라도 이렇게 많이는 다 못 먹어요.”

음식을 먹을 수 있게 됐을 때, 민유의 머리에 가장 먼저 떠오른 건 치맥이었다. 무알콜 맥주를 발명하신 분께 마음속으로 ‘폭풍 감사’의 절을 올리며, 우빈이 내민 닭 다리를 한입 베어 먹었을 때.

‘어라?’

민유는 알았다. 아직 입덧이 끝나지 않았음을.

치느님이라 불리는 맛나디맛난 치킨이었다. 그런데 이게 웬일, 그다지 맛있지 않았다. 처음엔 지독한 입덧 때문에 입맛까지 바뀐 건가 싶었다. 하지만 치킨뿐만 아니라 피자, 돈가스 등 먹는 것마다 다 예전처럼 맛있지 않으니 아무래도 그건 아닌 듯했다. 시간이 조금 더 흘러야 완전히 입덧이 사라지는 모양이었다. 물론 맛있지 않다고 해서 민유가 식사를 하지 않는 건 아니었다. 먹을 수 있게 된 것만 해도 어딘가! 그리고 아기를 위해서, 걱정하는 주변 사람들을 위해서 민유는 열심히 먹었다. 하지만.

“마트에 있는 과일은 전부 다 살 생각이에요? 게다가 두 사람이서 고기 3kg이 가당키나 해요?”

그뿐만 아니라 빵, 과자도 카트 안에 가득이다.

“집에 깨비 먹고 싶은 거 풍족하게 있어야 오빠 마음이 편해.”

우빈은 그렇게 말하면서 민유의 허리를 팔로 감쌌다.

“새벽에 먹고 싶은 거 있다고 잠 깨워서 내보낼까 봐?”

민유가 짐짓 눈을 흘기자 우빈이 웃으며 고개를 저었다.

“새벽에 열두 번씩 내보내도 괜찮아. 밤새 대기하고 있을게.”

민유가 우빈 다음으로 좋아하는 것이 먹을 거라면, 우빈이 민유 다음으로 좋아하는 것은 의외로 잠이었다. 피로를 풀거나 쉬고 싶을 때면 그는 으레 침대로 향했다. 쉬는 날이면 거의 매번 민유를 꼭 껴안고 낮잠을 즐기곤 했다. 그런 우빈이 잠도 안 자고 대기하겠단다.

"윤슬아, 들었니? 아빠 최고다."

민유가 우빈의 품에 살짝 안기며 활짝 웃었다.

"와아, 또 차는 것 봐!"

민유 배에 닿은 우빈이 움찔할 정도로 윤슬이 안에서 바르작거리고 있다.

태동 한번 느껴보겠다고 쉬는 날이면 내내 민유의 배만 만져대던 지난날이 거짓말 같다. 그 정도로 활발한 윤슬이었다.

"아빠가 만져주는 거 아나 봐요. 오빠 손이 닿으니 더 잘 움직이네."

복도에 서서 다정한 시간을 보내는 부부를 본 직원 둘이 말을 걸었다.

"어머, 부부가 정말 보기 좋네요."

"민유 씨 이제 몸은 괜찮은 거예요?"

"네, 걱정해주신 덕분에 이제 괜찮아요."

사람의 얼굴색이라고 생각할 수 없을 정도로 새하얗게 질려서 화장실로 뛰어들어 가는 민유의 모습을 여러 차례 목격한 사람들이었다.

그것도 이제는 3개월도 더 전의 이야기가 되었다.

"그런데 태명이 깨비예요? 너무 귀엽다."

"아뇨, 그거 태명이 아니라……."

민유가 조금 부끄러운 듯 얼굴을 붉혔다. 사내에서 서로를 애칭으로 부른 적이 한 번도 없어 직원들이 착각한 듯했다. 민유 대신 우빈이 덤덤하게 말을 이었다.

"깨비는 아내 애칭이고, 아이 이름은 따로 있어요."

그 말에 두 사람은 역시 S.H.의 소문난 닭살 부부답다며 엄지를 척 치켜세웠다. 이제 30주 차 '선윤슬 양'은 엄마 아빠의 보호 아래 선 씨 패밀리의 새내기로 무럭무럭 성장 중이었다.

윤슬의 성별을 처음으로 알게 된 날.

"윤슬이는 보타이보다는 리본 머리띠가 더 잘 어울릴 것 같네요."

의사의 말이 끝나자마자 우빈이 민유의 손을 꼭 잡았다. 차오르는 환희를 감추지 못하고 활짝 웃던 우빈. 그가 감격을 누르고 가장 먼저 한 말은 '무조건 데릴사위야'였다.

민유 산모의 남편은 의사가 본 중에 최고의 애처가였다. 그런 그가 정색하며 내뱉는 소리에 의사는 깜짝 놀라며 '윤슬이가 태어나기도 전에 딸바보 아빠를 됐다'며 웃음을 터트렸다.

"오빠, 이거 봐요!"

요즘 틈만 나면 부모의 역할에 대한 책이나 각종 인터넷 지식들을 찾아보는 두 사람이었다. 오늘 밤도 변함없이 이런저런 글들을 보고 있는데 민유가 눈에 띄는 정보를 발견했다.

"뭔데?"

우빈이 복숭아를 민유의 입에 넣어주며 물었다. 깨끗하게 씻어서 껍질을 벗기고, 먹기 좋은 크기로 자른 정성 어린 복숭아였다.

"부모 어느 한쪽만 높임말 하면 안 된대요. 아이가 부모 사이에 레벨이 다르다고 인지해서 은연중에 존대하는 쪽을 무시하게 된다고 하네요. 둘 다 높임말을 하든, 둘 다 낮춤말을 하든 똑같아야 부모가 평등하다고 알 수 있대요."

"그래? 진짜 소소한 것 하나하나 다 신경 써야 하는구나."

이번엔 민유가 복숭아를 포크로 콕 찍어 우빈의 입에 넣어주며 말했다.

"그러니까 나 앞으로 말 놓을게, 우빈아."

푸흡.

우빈이 입에 들어간 복숭아를 조금 뿜어냈다.

"이거 생각보다 타격이 좀 오는데?"

우빈이 제가 흘린 복숭아를 닦으며 말했다.

"처음이라 어색해서 그래, 우빈아. 앞으로 괜찮아질 거야, 우빈아."

민유의 생글생글한 얼굴을 보며 우빈은 그저 웃을 수밖에 없었다. 너무 귀여웠으니까.

"우리 깨비를 어쩌면 좋지? '우빈아'에 맛 들린 모양인데."

"어쩌긴 뭘? 계속 사랑해야지."

민유가 우빈의 다리에 올라앉으며 그의 목에 팔을 감았다.

"말 놓는다고 나 안 사랑할 거야?"

"설마, 그럴 리가. 서민유가 욕을 해도 난 사랑할 거야."

그의 말에 민유가 까르륵 웃었다.

"나도 사랑해, 빈이 오빠."

"나도 사랑해."

"영원히?"

"영원히."

그리고 복숭아 맛이 나는 키스가 이어졌다. 한동안 조용하던 윤슬
이 저도 있다는 걸 알아달라는 듯 톡톡 움직였다.

그 움직임에 부부의 웃음소리가 집 안을 울렸다.

현관에서 들리는 벨소리에 우빈의 시선이 인터폰으로 향했다.

"어? 민유?"

화면 가득 싱글벙글한 아내의 얼굴이 보였다.

친언니 민아, 모친인 도숙과 함께 오랜만에 서 씨네 여자들끼리 뭉
치기로 했다며 윤슬을 데리고 친정으로 놀러 갔던 민유였다. 편히 놀
다 오라며 우빈이 윤슬을 맡겠다고 했지만 민유는 우빈더러 간만에
조용히 혼자만의 시간을 즐기라며 딸과 함께 집을 나섰었다. 그리고
지금, 그런 민유를 데려다준 지 두 시간도 안 되었는데, 민유가 집으로

돌아왔다. 우빈은 읽던 책을 테이블에 올려놓고 의아해하며 문을 열었다.

"오빠!"

신발을 빠르게 벗어 던지며 민유가 뛰듯이 우빈에게 다가왔다. 민유가 이렇게 달려오면 언제나 그 끝은 우빈을 양팔로 꼭 껴안는 것이었다. 하지만 지금 민유는 품 안에 안긴 딸 때문에 그저 우빈의 코앞에 서는 것이 전부였다.

"잘 다녀왔어?"

대신 우빈이 민유를 윤슬과 함께 꼭 껴안았다.

"왜 벌써 와? 혹시 윤슬이가 자꾸 보채? 여기까진 어떻게 왔어? 올 거면 나 부르지 그랬어."

쏟아지는 우빈의 질문에 민유가 하나하나 답했다.

"윤슬인 얌전했고, 여기까진 언니가 태워다줬고, 벌써 온 이유는……."

민유의 품에서 윤슬이 바동거렸다. 우빈이 윤슬을 안으려고 하자, 민유가 반걸음 물러났다.

"오빠, 잠깐만. 소파에 앉아봐. 빨리."

민유의 손짓에 우빈은 얌전히 소파에 앉았다. 그러자 민유가 맞은편에 앉아 자기 무릎 위에 딸을 앉혔다.

"윤슬아, 자 아까 했던 거. 제대로 다시 해봐. 아빠 쳐다보면서."

"아우으."

"우리 딸, 관객이 줄어드니까 할 맘이 안 나?"

"아웅."

"메인 관객이 여기 있는데?"

"아브."

우빈은 자신의 앞에 앉아 있는 두 여자를 사랑이 가득한 눈으로 바라보았다. 평생의 반려자와 세상에 나온 지 이제 6개월 된 딸이 그에게 뭘 보여주려는지 모르겠으나, 두 사람이 그저 제 눈앞에 있는 것만으로도 더없이 행복했다.

"……아부으, 아쁘."

"그렇지, 그렇지! 윤슬아, 한 번만 더!"

윤슬의 작은 입이 오물오물 움직였다.

"아빠아. 아빠."

우빈의 심장이 쿵, 하고 뛰었다. 처음 듣는 딸의 '아빠' 소리였다. 그것도 아주 명확한 발음이었다.

"우리 딸, 아빠 했어! 오빠, 들었지?"

"응. 들었어. 확실히 들었어."

우빈이 싱긋 웃자 두 여자가 까아거리며 좋아했다. 그 모습을 보며 우빈은 마음이 뭉클해졌다. 처음으로 '아빠' 하고 불러준 딸에게, 이걸 보여주려고 나간 지 두 시간도 채 되지 않아 다시 집으로 돌아온 아내에게.

"잘했어. 선윤슬. 성공이다!"

우빈은 두 사람에게 다가가 애정 어린 뽀뽀를 한 번씩 해주었다. 우빈의 감격한 얼굴을 본 민유가 말을 이었다.

"이거 그냥 나온 거 아닙니다. 오빠 모르게 맹연습한 결과랍니다."

"연습했어? 아빠를?"

"응. 틈날 때마다 아빠, 아빠, 시켰어."

아기들은 '엄마'를 먼저 말하는 경우가 태반이다. 그런데 윤슬이 '아빠'를 먼저 말할 수 있었던 건 엄마의 노력 덕분이었다.

"자, 미스 선. 이제부턴 '엄마' 맹연습이다! 아빠 해봤으니까 엄만 쉽게 하겠지? 엄마, 해봐."

"어무으. 아빠."

"아빠 말고 엄마. 엄마."

"아빠! 아빠!"

윤슬이 아빠를 부르며 우빈에게 양팔을 벌렸다. 우빈은 민유 무릎에 있던 윤슬을 안아 들고 민유 옆에 앉았다.

"어머, 이제 아빠 안 시켜도 잘하네? 아빠도 알아보고. 엄마 감동이에요."

아빠 품에 안긴 윤슬의 엉덩이를 토닥인 민유가 우빈을 보며 뿌듯한 얼굴로 웃는다.

"서민유 씨."

"네."

우빈이 윤슬을 한 팔로 고쳐 안고 다른 팔로 민유를 꼭 껴안았다.

"고마워."

"……아빠 먼저 연습시킨 거?"

"전부 다. 오빠 여자친구 되어준 거부터 나랑 결혼해주고, 이렇게 예쁜 딸 낳아준 것까지 모두. 앞으로 더 잘할게. 평생 사랑할게."

민유의 귓가를 울리는 잔잔하고도 뜨거운 고백이었다.

"아, 음. 오빠. 나 윤슬이 낳고 나서 감성이 엄청……."

우빈이 부드럽게 미소 지으며 어느새 눈물이 그렁그렁한 민유의 볼을 쓰다듬었다. 그리고 천천히 입을 맞추었다.

처음인 것처럼. 떨리고, 설레는 마음으로.

우빈과 민유 모두.

캠퍼스에서 '분홍분홍'으로 시작했던 두 사람의 사랑은 시간이 갈수록, 점점 더 진해지고 깊어가고 있었다.

〈完〉

뜻밖의 진실게임

컵 위로 산처럼 솟아오른 휘핑크림 위엔 갈색 눈이라도 내린 것처럼 코코아 파우더 또한 수북했다.

"역시 선우빈 파워."

자신 옆에 앉아 있는 우빈에게 민유가 감격스러운 얼굴로 엄지를 척 치켜세워 보이고는 크림을 크게 한입 물었다. 이렇게 양껏 입에 넣었어도 먹은 흔적이 안 보일 정도로 크림은 풍성했다.

"크림 많이 달라고 했으니까 그렇게 준 게 아닐까."

우빈의 대답에 민유는 입 안 가득한 크림을 재빠르게 삼키고는 오른손 검지를 좌우로 저었다.

"아니. 이건 분명 선우빈 때문이에요. 내가 크림 많이 달랬을 땐, 이렇게 과하다 싶을 정도로 휘핑크림 올려준 적 한 번도 없었어요."

왼손 넷째 손가락에 유부남 인증하는 결혼반지가 곱게 끼워져 있는

데도 선우빈의 위력은 여전하다.

'하긴, 카운터에서 손가락이 보이진 않겠구나.'

유부남, 유부녀 딱지 단 지 이제 막 한 달 된 신생 부부는 카페의 구석진 자리에 나란히 앉아 산책 후 차 한잔을 즐기고 있었다.

"앞으로 뭐 먹을 땐 무조건 오빠가 주문하는 걸로 해요."

"응. 그럴게."

순순한 우빈의 대답에 민유가 잠시 생각에 잠겼다.

'근데 오빠가 안 그런 적이 있던가?'

우빈과 함께한 스물셋부터 지금 스물일곱까지, 4년이란 시간 동안 언제나 서민유 수발은 선우빈 담당이었다. 민유는 몸을 틀어 옆에 앉은 우빈을 물끄러미 바라보았다.

뉘 집 아들인지 참 잘생겼다. 귀티 줄줄 나고 태(態)도 좋은 것이 평생 시중만 받고 살았을 것 같은 남잔데.

"우리 빈이 오빠가 나 만나고 머슴이 다 됐네."

민유의 말에 우빈이 큭큭거렸다.

"당연한 건데 뭘."

"우리 머슴, 마님이 오늘 쌀밥 좀 줄까요?"

민유의 말에 우빈의 눈이 살짝 커졌다가 이내 보기 좋게 둥글게 휘었다.

"결혼하니 좋네. 서민유가 이런 말도 다 하고."

그러면서 우빈이 민유 허리를 살짝 팔로 감싸 자신 쪽으로 끌어당겼다.

"어머?"

"마님, 입술에 크림 묻으셨네요. 쇤네가 좀 닦아드려도……?"

"꺄하하. 그게 뭐야."

우빈의 입술이 까르르 웃고 있는 민유에게 닿았다.

크림이 묻은 윗입술에 부드럽게 혀가 스치고 이내 민유의 숨이 살짝 우빈에게 담겼다.

"……여기 밖이에요."

짧은 키스가 못내 아쉬운 얼굴의 우빈에게 발그레한 볼로 자그맣게 핀잔을 주는 민유다.

"자리가 으슥해서 괜찮아."

"오빠, 나 지금 이 광경! 어디서 본 거 같은……. 아, 몇 번 이랬었지."

'본 거 같은'이 아니라 '이미 했던 거'였다. 그것도 여러 번.

"그러고 보니 어쩜! 이렇게 완전히 구석진 데만 오면 빈이 오빠는……."

밖에서 사람들 시선이 닿지 않는다 싶으면 언제나 우빈이 제 입술을 덥석 물어 삼켰다는 사실을 지금 와서야 깨닫게 되었다.

치밀하다. 치밀해.

사람들이 있을 때 애정행각을 벌이는 걸 민유는 부끄러워했다. 이 사실을 익히 알고 있는 우빈이지만 그럼에도 불구하고 우빈은 착실히 민유에게 키스를 해왔던 거였다. 다른 사람들이 자신들을 보고 있지 않는다는 이유를 내세워서.

민유는 말을 잇는 대신 우빈을 새초롬하게 흘겨보았다.

"마님께서 이제야 눈치채셨네."

"늑대야, 늑대. 아우, 속았다."

"아하하. 그래서 싫어?"

그럴 리가요.

"다음번엔 오빠 입술 쭉 빼놓고 기다려요. 내가 먼저 쪽쪽 해볼라니까."

민유의 말에 우빈이 만개한 꽃처럼 활짝 미소 지었다.

"결혼, 이거 정말 좋네. 진짜 좋다. 마님, 우리 다음에 할 거 지금 당겨서 해볼까?"

은근하게, 조금은 끈적끈적한 느낌으로 우빈은 민유의 허리와 등을 어루만졌다. 민유는 우빈의 양 뺨을 양손으로 아주 살짝 치며 말했다.

"아저씨, 정신 차리세요. 여기서 이러시면 안 돼요."

"그럼, 깨비야, 집에 갈까?"

크림만 한입 먹고 음료는 아직 입에 대지도 못한 상태였다.

"아직 크림도 다 못 먹었는데?"

우빈은 대답 대신 테이블 위에 있던 컵을 들어 민유의 입가에 갖다 댔다. 얼른 먹고 가자는 신호였다.

"이 아저씨 좀 봐. 상큼쟁이 선우빈 씨! 돌아와요!"

"그 사람 집에 가면 있을 거야. 그러니까 빨리 가자."

"아하하하하!"

민유가 깔깔거리며 우빈의 손을 컵과 함께 잡고 크림을 한가득 다시 입에 넣었다.

"으흠? 흡! 쿨럭."

민유가 기침을 터트렸다. 뭔가 잘못 넘어간 모양인지 연신 쿨럭이

는 모습을 보고 우빈은 당황했다. 자신의 재촉에 급히 먹다 잘못된 것
같아, 덜컥 미안해졌다.

"민유야, 괜찮아? 이거 좀 마셔 봐."

민유는 우빈이 내민 물컵을 잡으려 손을 뻗었지만, 컵은 민유 손에
닿지 못하고 그대로 테이블 위로 쓰러지고 말았다.

"어우, 어떡, 쿨럭! 쿨럭!"

"오빠가 치울 테니까 걱정하지 말고."

흘린 물이 민유에게 흐르지 않게 휴지로 대충 테이블을 닦은 우빈
은 자신이 마시던 아메리카노를 내밀었다. 급한 대로 마실 음료는 이
것뿐이었기 때문이다. 민유는 커피를 조금 넘기고 나서야 기침을 멈
출 수 있었다.

"크림 위에 있던 코코아 가루가 잘못 넘어갔어요."

"그런 것 같았어. 이제 좀 괜찮아? 오빠가 자꾸 재촉해서 서둘러 먹
느라 그랬나 보다. 미안해."

"으음. 괜찮아요. 오빠 때문에 그런 거 아니에요. 가루가 워낙 많아
서."

산더미 같은 크림만큼이나 수북했던 코코아 가루가 목구멍에 철썩
들러붙은 탓이었다.

"손님, 괜찮으세요? 테이블 치워드릴까요?"

카페 홀을 정리하던 직원이 다가와 물었다.

"예, 감사합니다. 부탁드려요."

"아닙니다. 제가 하는 일인데요."

이제 막 20대가 됐을 법한, 앳된 얼굴의 아르바이트생은 민유의 인

사에 방긋 웃으며 가지고 있던 천으로 테이블을 닦았다.

"오빠, 봤어요?"

아르바이트생이 정리를 마치고 다른 테이블로 향하자, 민유가 우빈의 옆구리를 톡톡 찌르며 물었다.

"뭘?"

"방금 그 알바생, 이름이 선우진이었어요."

"그걸 어떻게 알았어?"

"가슴에 이름표가 달려 있었거든요. 게다가 '선우진'이라잖아요. 우리 빈이 오빠랑 비슷한 것만 있으면 저절로 눈이 간단 말이야."

민유의 대답이 무척 맘에 들어, 우빈은 흡족한 얼굴로 웃었다.

"그래도 이름이 정말 너무 비슷한데요? 오빠, 저 친구 오빠 동생 아니야?"

"음, 글쎄. 나도 모르는 사이에 동생이 생겼던 건가?"

두 사람이 실없는 농담을 주고받고 있을 때, 카운터 안의 다른 여직원이 소리쳤다.

"진아! 여기 좀 봐줘!"

"예! 이것만 치우고 갈게요."

여직원의 외침에 홀에 있는 선우진이 대답을 했다.

"저 사람은 진짜 선우 씨였네."

민유가 작게 읊조리는 말에 우빈은 무언가가 걸리는 느낌을 받았다.

중요한 것이 훅 치고 들어온 것 같은 느낌이.

"진짜?"

"네. 저쪽은 진짜고 이쪽은 가짜……."

민유는 흘러나오는 말을 급히 막았다. 죽을 때까지, 관 뚜껑 닫힐 때까지 비밀로 하려 했던 '선우빈 이름 착각 사건'. 이렇게 허무하게 나와선 안 됐다.

'어휴, 하마터면 오빠가 선우 씨인 줄 알았다고 줄줄 고백할 뻔했네.'

"오빠아. 우리 이거 빨리 마시고 집에 가요. 상큼쟁이 선우빈 씨 만나러."

민유가 재빨리 화제를 바꿨으나 우빈은 이미 무언가를 깨달은 표정이었다. 아, 망했어요. 이 남자는 왜 이런 눈치까지 빠른 걸까요.

"깨비야, 내가 방금 엄청난 무언가를 들은 것 같아."

"응? 뭐가요? 잘못 들은 거여요."

갑자기 속이 타네, 속이 타. 황급히 우빈의 시선을 피하며 민유는 남은 크림과 카페모카를 입 안으로 들이붓듯이 마셨다.

"진짜 선우 씨?"

웃는 얼굴이 더 무서울 수도 있다는 건, 선우빈을 통해 진작 배웠던 사실이다. 화사하지만 무서운 선우빈의 가짜로 웃는 얼굴. 여간해선 보기 힘든 그 표정을 민유는 실로 오랜만에 마주했다.

"아니, 그게! 그러니까!"

"응. 그러니까?"

민유는 큰소리를 치려고 했다. '처음이니 몰랐을 수도 있는 거고, 지나간 일로 치사하게 그러지 말고 잊읍시다!' 하고 말이다. 그런데 우빈의 웃는 얼굴을 보고 있자니 그 말이 목구멍 너머로 쑥 내려가는 게 아닌가. 민유는 할 수 없이 더듬더듬 입을 열었다.

"선 씨보다 선우 씨가 더 많잖아요. 아닌가? 음. 아니, 난 선 씨가 내 주위에 있는 줄도 몰랐……."

말을 하면 할수록 어째 더 안 좋아지는 것 같은 느낌적인 느낌에 민유가 쭈뼛거리며 진실을 털어놓았다.

"그래서…… 처음에 난 당연히 오빠도 선우 씨인 줄……."

4년 만에 털어놓은 민유의 고백에 우빈이 허탈한 듯 웃었다.

"깨비가 '빈이 오빠'하는 거 애칭인 줄 알고 그렇게 좋아했었는데."

"당연히 애칭이지! 바로 알았어요! 바로 알았다구요! 선 씨인 거!"

"흐음."

"아유, 여보, 왜 이래에. 빈이 오빠아앙."

우빈의 표정이 좀처럼 풀리지 않자 민유는 우빈을 와락 껴안고 가슴에 볼을 비볐다.

"세상에, 우리 각시가 결혼하자마자 이런 폭탄을 던질 줄이야."

우빈은 제 품에 안겨 어쩔 줄 몰라 하는 아내를 향해 잔뜩 실망한 투로 말했다. 하지만 민유를 보는 눈빛엔 사랑스러움이 어려 있었다. 처음에 '빈이 오빠'라고 불렀던 것이 애칭이 아니었다는 사실이 조금은 섭섭하긴 했지만, 그걸로 크게 기분이 나쁘거나 실망한 것은 아니었다. 실제로 그의 이름을 들은 사람들 중에 민유처럼 헷갈려하는 사람들이 많았으니까. 하지만 그런 상황에서 보통은 성이 어떻게 되느냐 묻는 것이 일반적이건만, 당연히 '선우'인 줄 알고 그런 질문을 할 생각조차 안 했던 민유의 허술함조차도 그에게는 그저 예쁘게만 보일 뿐이었다.

"오빠. 그래도 우리 이미 결혼한 사이에요. 무르기 없어요."

고작 그 정도의 일로 쩔쩔매는 아내가 귀여워 우빈은 짐짓 서운한 척을 했을 뿐이다. 그런데 고작 이 정도로 결혼을 무르다니. 발상도 귀엽다.

"깨비야, 이거 사기 결혼 아냐? 오빠는 오빠 이름을 우빈으로 알고 있는 여자랑 결혼한 건데, 지금 와서 보니 빈으로 알고 있었던 거잖아."

진지해. 진지해. 선우빈 얼굴, 되게 진지해!

눈빛으로 우빈의 장난인 걸 알면서도 민유는 심장이 벌렁거렸다.

"안 돼! 절대 안 돼요. 한번 결혼했음 끝이지! 사기 결혼은 무슨 사기 결혼이야? 선, 우빈이건 선우, 빈이건 지금 내가 껴안은 남자 내 거에요. 절대 안 놔줄 거야!"

민유는 우빈을 더 꼭 끌어안고 진지하게 고백해왔다.

"정말 서민유 게 맞아?"

"확실하죠, 그럼."

"서민유 도장도 없는데, 어떻게 확신해?"

우빈의 말에 민유가 잠시 멍한 얼굴을 하다가 이내 눈꼬리를 동그랗게 말았다. 그리고 주위를 살짝 둘러보더니 사람들의 시선이 이쪽에 닿지 않는 걸 확인하고는, 우빈의 볼에 '쪽' 하는 소리를 내며 입을 맞췄다.

"인(印)을 찍는 곳은 거기만이 아닐 텐데."

당장 키스라도 할 것처럼 우빈이 민유의 턱을 살짝 들어 올리며 말했다.

"나머지는 집에서 찍으려고요."

제 턱에 닿은 우빈의 손을 잡아 내리며 민유가 씩 웃었다. 그리고 우빈의 귓가에 속삭였다.

"속옷만 입고서."

결혼. 정말 좋다.

우빈은 다시 한 번 그렇게 생각하며 민유의 카페모카가 담긴 머그 잔을 테이블에서 집어 들었다. 다음부터는 음료는 무조건 일회용 컵에 달라고 해야겠다고 결심하며 그는 다디단 커피를 들이켰다.

"오빠?"

제 커피를 들이마시는 우빈을 놀란 눈으로 쳐다보는 민유에게 그가 대답했다.

"내가 아는 서민유는 섹시하게 유혹해놓고선 커피 다 마시고 가자고 할 사람이어서."

정확한 그의 추측에 민유의 입술이 살짝 벌어졌다.

"그러니 빨리 가려면 내가 마셔야지."

"우와, 정확해. 나 소름 돋았어. 근데 오빠, 오빠가 다 마시면 난 뭘 먹어요?"

"나갈 때 한 잔 더 사서 테이크아웃 하면 되지."

"그거 진짜 오빠가 다 마실 거야? 오빠 단 커피 안 좋아하잖아요."

민유의 물음에 우빈은 대답 대신 씩 웃어 보이곤 남은 커피를 한 번에 다 마셨다.

"빨리 가자."

민유는 텅 빈 잔을 보며 약간 아쉬운 듯 웃었다. 그리고 우빈의 손에 이끌려 자리에서 일어나며 생각했다.

'이번 주말도 내내 침대와 함께하겠구나.'

"빈이 오빠, 오빠는 나한테 뭐 숨기는 거 없어요?"

카페를 나서며 민유가 물었다. 대단한 비밀은 아니었지만 그래도 무덤까지 가져가려던 것이 밝혀지니, 상대방은 이런 비밀이 없나 궁금했다.

'하긴. 있어도 말 안 하겠구나. 비밀인데.'

그렇게 민유가 생각한 찰나 우빈이 입을 열었다.

"오빠가 깨비한테 숨기는 거? 그런 게 있을 리 없잖아. 당연히, 없지."

하지만 우빈의 대답에서 민유는 '당연히' 다음의 미세한 머뭇거림을 읽었다.

'아항. 아까 우빈 오빠가 나한테서 캐치한 게 이런 거였구나.'

"있네요."

"……없어."

"확실히 있군요. 집에 가서 마저 이야기 좀 나눠봐요, 우리."

집에 도착하자마자 민유 입술부터 한번 삼키고 곧장 침대로 데려가야겠다고 생각하던 우빈의 귓가에 민유의 단호한 목소리가 들렸다.

"키스 안 돼요. 가면 무조건 거실 소파 행이에요."

우빈이 민유의 패턴을 잘 알듯이, 민유 역시 우빈의 행동 양식을 꿰고 있었다.

"그렇게 비 맞은 강아지처럼 애처롭게 봐도 절대 안 돼요."

민유가 이렇게 나온다면 우빈이 소파에서 어찌 해볼 수도 없을 터였다. .

끄응.

우빈이 작게 앓는 소리를 냈다.

"계속 사실대로 말하려고 했는데……."

멍한 얼굴로 입까지 턱 벌리고 있는 민유를 보자니 많이 놀란 듯하다. 그 모습에 우빈은 더 미안해졌다.

"나 과외 잘리고 일자리 구하려고 반장까지 했던 거, 오빠도 잘 알죠?"

"그래서 말 꺼내기가 더 힘들었어."

집에 도착할 때까지 내내 우빈은 민유를 어르고 달랬다. 집에 도착해서도 민유를 슬쩍 유혹해봤지만, 분명 무언가가 있다는 걸 감지한 민유는 결코 쉽게 넘어가 주지 않았다. 하여 우빈은 결국 실토할 수밖에 없었다. 예전에 민유가 과외 자릴 잃은 게 그의 잘못이었다는 그 사실을.

"언제까지 비밀로 하려던 건 절대로 아니야. 기회가 오면 말하려고 했어."

대충 아무거나 거짓을 만들어 고할 수도 있었지만, 언제나 솔직한 민유에게 그럴 순 없었기에 우빈은 정직하게 입을 열었다.

"수찬인지, 수윤인지 하여튼 그 남자애 둘 과외."

"수민이랑 윤찬이에요."

우빈의 머릿속엔 '남자애들'이라는 정보만 남아 있는 모양이었다.

"그래, 그 애들. 이전에 축제 때 대학교 왔던 거…… 우리 어머니께 이야기했었어."

어머니께 말한 게 뭐라고 우빈이 저리 난감해하는가, 하고 생각하던 민유는 이내 작게 아, 하고 탄식을 내뱉었다. 그 이야기가 윤찬의 모친에게 흘러들어 갔고, 그 결과 자신이 과외 자리를 잃은 거였나 보다.

"언제 말하려고 했어요? 내가 애 셋쯤 낳고 오빠가 날개옷 돌려줄 즈음?"

고전 동화를 들어가며 민유가 물으니 우빈은 더더욱 난처한 얼굴을 했다.

"안 돼."

"뭐가 안 돼요?"

"서민유, 내 거야. 결혼 무르기 없어."

우빈의 말에 민유는 웃음이 나왔다. 아니, 웃을 수밖에 없었다. '쿨시크' 선우빈이 이렇게 절절매는 사람이 세상에서 저 하나뿐이라는 사실은 그녀를 방긋 웃게 만들었다.

"깨비야, 정말 미안해. 난 그저 그 녀석들이 부모님께 따끔하게 혼나는 정도일 줄 알고 그랬던 거야."

우빈이 절대 놓을 수 없다는 듯이 민유를 꼭 품에 안으며 말했다. 웃음을 감추고 토라진 척하며 민유가 물었다.

"서민유 껴안은 죄로?"

"……응."

"세상에나."

"그냥…… 질투 나서 그랬어. 정말 미안해."

민유는 우빈의 품에 안긴 채 연신 올라가려는 입꼬리를 감추려 고개를 숙였다. 민유가 고개를 숙이니 우빈은 더더욱 안절부절못했다.

"용서할게요."

잠시 후 우빈의 등을 손으로 가볍게 몇 번 토닥이며 민유가 말했다. 이리도 미안해하니 장난으로라도 더는 화를 못 내겠다. 화가 난 것도 없었지만. 게다가 이미 오래전에 벌어진 일이었고, 그 덕분에 대학생 신분으로 반장이라는 귀한 경험도 해봤으니 그리 나쁠 것도 없었다.

"정말?"

쉽게 떨어진 용서에 외려 우빈이 놀란 듯했다.

"오빠가 걔들이랑 과외 하지 말라고 일부러 훼방놓은 것도 아니고, 그저 어머님께 말씀드린 것뿐이잖아요. 과외야 어디까지나 윤찬이랑 수민이 부모님이 결정하신 건데요."

"민유야."

"이런 걸로 쫄았어요?"

우빈은 그런 일을 벌였다는 것에 민유가 화를 낼지도 모른다는 사실이 겁났던 것이 아니었다. 그런 일을 여태 속여왔다는 것에 민유가 실망을 할까 봐 무서운 거였다. 결혼생활은 서로 간의 신뢰를 기본 바탕으로 해야 하는 일이었다. 사소하다고 해도, 그 일이 원인이 되어 어떤 사건이 일어났다면 비밀로 남겨두지는 말았어야 했다. 민유가 장

난스레 물은 말에 우빈이 고개를 살짝 끄덕이려는 찰나 그녀의 말이
이어졌다.

"어머, 그러고 보니 우리 오빠는 롤러코스터 잘 못 탔지? 빈이 오빠,
겁이 많네?"

방긋 웃는 아내의 얼굴에 우빈의 경직됐던 얼굴이 눈에 띄게 풀어
졌다.

"서민유랑 롤러코스터 한정이야."

"이참에 '진실게임' 할까요? 오빠, 또 나한테 숨기는 사실 있으면 털
어놔 봐요. 다 용서해줄게요.".

민유의 질문에 우빈은 잠시 생각에 잠겼다.

'민유가 모를 만한 일이라⋯⋯.'

이전에 민유를 주둥이로 더럽힌 쓰레기 새끼를 처리한 일 말고는
없었다. 허세 부리며 배짱 좋게 덤벼올 거라 생각한 그 쓰레기는 우빈
의 짐작보다 더한 찌질이였는지 그 후로 그의 눈에 띄는 일이 없었다.
민유에 대해 더러운 말을 옮긴다는 이야기도 더 이상 들리지 않았다.
이런 사실은 민유에게 알리고 싶지도 않고, 민유가 알 필요도 없다. 민
유는 그저 예쁜 것만 보고 꽃길만 걸으면 된다.

"그거 말고는 없어."

"정말? 다른 거 있는데 숨기는 거 아니고요? 선을 선우로 알았다는
것처럼 소소한 거라도 괜찮아요."

민유의 말에 우빈이 짐짓 미간에 인상을 쓰며 말했다.

"소소한 거? 우리 깨비가 오빠 이름 후려치기하네?"

"어머, 어머! 그런 거 아니에요! 이 남자 과장하는 것 좀 봐."

"깨비야말로 또 비밀 없어?"

"없어요, 없어. 선우 씨, 이거 내가 병풍 뒤에서 향내 맡을 때까지 절대로 비밀로 하려던 거였는데. 그런 게 또 있을 리가 없잖아요."

"하긴. 우리 각시 어제 취해서 취중진담했었지? 비밀은 이제 다 털어놓은 건가?"

우빈의 말에 민유가 크게 움찔했다.

"어제 말했던 거 있는데. 뭐라고 했었더라? 아, 맞아."

우빈은 키득거리며 민유가 어젯밤 술에 취해 고백했던 말을 하려고 했다. 그러자 그의 품에 안겨 있던 민유가 소스라치게 놀라며 우빈의 입을 손으로 막고 소리쳤다.

"아잇! 창피하니까 하지 마요!"

우빈은 자신의 입을 가린 민유의 손에 입술을 비볐다. 달콤한 향이 나는 기분에 민유의 손가락을 핥자, 민유가 파르르 떨며 그의 입에서 손을 살짝 떼었다.

"오빠 목이랑 쇄골 섹시하다고, 보고 있으면 막 하고 싶어진……."

"꺄아아아악! 선우빈 정말 왜 그래! 하지 마!"

민유가 양손으로 얼굴을 가리고 우빈의 품으로 파고들었다. 우빈은 그런 민유를 꼭 팔로 감싸 안으며 계속 놀렸다.

"목이 가슴까지 늘어난 티셔츠 집에 있나? 그거로 좀 갈아입고 와야지. 우리 와이프가 날 덮친다는데."

"끄으응."

우빈이 6박 7일 정도는 써먹을 귀한 취중진담이었다. 앞으로 이 남자는 서민유만 보면 자신의 목덜미와 쇄골을 보이지 못해 안달하리

라. 그럼 그걸 본 서민유는 남편 소원을 착실하게 들어줄 것이고. 품 안에서 어쩔 줄 몰라 하는 민유를 보며 우빈은 좋아하는 아이일수록 더 놀리던 제 친구들의 마음을 그제야 공감할 수 있었다. 예전엔 대체 왜 저러나 싶었는데, 복숭앗빛 볼을 하고 발끈하는 민유를 보니, 계속 놀릴 만도 했다.

"……다더니."

민유가 품 안에서 무어라 웅얼거렸다.

"응?"

"집에 오면 상큼쟁이 선우빈 씨가 있다더니. 나 놀리는 아저씨 선우 빈만 있잖아요."

민유가 붉게 달아오른 얼굴을 하고서 입술을 삐죽였다. 민유가 이렇게 입술을 쭉 내미는데 가만히 있을 우빈이 아니었다.

"그럼, 우리 상큼하게 키스부터 할까?"

말이 끝남과 동시에 깃털이 내려앉는 것처럼 아주 부드럽게 우빈의 입술이 살포시 민유의 입술에 닿았다. 잠시 멈칫하던 민유는 이내 팔을 뻗어 보기만 해도 유혹당하는 섹시한 남편의 목을 꼭 끌어안았다.

더듬더듬.

남편의 목과 쇄골을 손끝으로 더듬어 내리는 것도 잊지 않고서.

외전 2
ㅁㅣㅁㅣ ㅅㅣㅅㅌㅓㅈ, 수다

"그럴 거면 그냥 따로 먹지 그랬어."

연우가 내려놓은 유리잔을 보며 민유가 말했다.

초콜릿 맛 아이스크림이 담긴 예쁜 유리잔에 에스프레소는 온데간데없고 아이스크림만 덜렁 남아 있었다. 연우가 주문한 것은 아포가토였다.

"아이스크림이 너무 많이 녹으면 맛없어. 적당히 녹았을 때 먹어야 에스프레소가 맛있거든."

그렇게 대답하면서 연우는 잔 안에 남아 있는 아이스크림을 큼지막하게 한 스푼 떠먹었다.

"아무리 아이스크림이 조금 녹아 있었다고 해도 그 쓴 걸 한 번에 다 마셨네."

민유의 말에 민주가 대꾸했다.

"피망 먹는 거 하루 이틀 보냐. 홍선이 네가 매번 놀라는 게 더 신기하다."

해준이 말을 이었다.

"좀 신기하긴 하지. 피망 애는 달달한 것만 골라 먹게 생겨가지곤 단 거는 초콜릿 빼고 다 싫어하잖아. 초콜릿도 다크나 카카오 함량 높은 것만 먹긴 하지만."

"맞아. 쟨 먹는 거랑 생긴 거랑 아주 따로 논다니까. 전에 중국 놀러 가서 벌레 꼬치도 먹었었잖아."

그 말에 미미 시스터즈 넷이 동시에 몸서리를 쳤다.

"야, 너는 잘 먹어놓고 왜 소름 끼쳐해?"

"벌레 꼬치 생긴 게 생각나서."

민주의 핀잔에 연우가 대꾸했다. 맛과 별도로 모양새는…… 두 번은 떠올리고 싶지 않은 비주얼이었다. 미미 시스터즈는 벌레를 정말로, 정말로 싫어했다. 농사를 하면서 여러 곤충을 접하는 민주가 그나마 벌레에 익숙한 편이었지만, 메뚜기나 잠자리, 나비 같은 흔한 곤충류 외의 부류는 그녀 역시 질겁했다. 먹는 거라면 사족을 못 쓰는 미미들이지만 '벌레'는 그들에게 절대 음식이 아니었다. 그래서 넷 중 연우만이 도전을 했었다.

"지금 생각하면 어떻게 먹었나 몰라. 으으. 징그러워."

"개구리 뒷다리도 먹으면서."

"그건 그냥 먹을 만 해. 닭고기 같아."

민유의 결혼 이후 처음 모인 미미 시스터즈였다. 넷이 다 함께 만나기는 거의 3개월 만이었지만, 마치 어제 만났다가 헤어진 것처럼 자연스러운 수다가 이어졌다.

"강해, 아까 같이 있던 남자 혹시 너네 반 애였어?"

"응. 오는 길에 우연히 만났어."

민주는 카페 근처에서 해준과 마주쳤다. 그때 해준은 어떤 남자와 이야기 중이었는데, 몇 마디 나누더니 남자의 머리를 조금 거친 손길로 부비부비하고 등을 툭툭 쳐서 보내더란다.

"키도 크고 분위기가 고딩이 아니라 대학생 같더라."

민주의 말에 민유가 눈을 빛냈다.

"나도 보고 싶다. 궁금하네. 요즘 애들은 뭘 먹고 그런다니."

"어이고? 지척에 구해주님 같은 미남을 두고 이 아줌마 봐."

민주가 휴대폰을 들어 보이며 말했다.

"이 안에 구해주님 번호 있다. 당장 누른다. 보고한다. 홍선의 정신적 외도."

"야아! 이게 무슨 외도라고!"

"그래. 외도는 아니지. 그러니까 말해도 되지? 자기 아내면 껌뻑 죽는 구해주님은 지금쯤 집에서 친구 만나러 간 아내를 오매불망 기다리고 계실 텐데. 심심하시지 않게 이 사실을 전달……."

"야, 이 자식아. 멈춰! 멈춰!"

민유가 민주 휴대폰을 빼앗으려 바둥거리다가 멈칫했다.

"농부, 너. 그러고 보니 우리 오빠 번호를 어떻게 알아?"

민유의 질문에 민주가 엄지로 다른 미미들을 가리키며 말했다.

"너 결혼식 축가 준비하러 접선했을 때, 그때 교환했어. 애들도 다 알아. 준비하는 동안 자주 연락했고."

"진짜? 그랬었어?"

결혼 3개월 차에 처음 알게 된 사실이었다. 선우빈이 미미들이 축가를 부른다는 사실만 알고 있었던 게 아니라 돕기까지 했다는 거 아닌가.

"나는 식 끝나면 홍선이가 제일 먼저 축가 어떻게 된 거냐고 그거부터 물어볼 줄 알았더니."

연우의 말에 민주가 호응했다.

"나도. 그럴 줄 알았어."

"홍선이 얘 이제야 묻는 거 봐."

"신혼의 달콤함에 빠져 있느라, 다른 건 눈에 안 들어와서 말이지."

민유의 말에 연우가 '하긴. 연애 고자가 구해주님 같은 남자랑 결혼까지 했으니 얼마나 벅찼을까' 하며 인정한다는 듯 고개를 끄덕였다.

"니들이 하도 내 결혼이 기적이라고, 꿈이라고 레드선을 외쳐대서 증거 사진 가져왔다."

민유가 우빈과 결혼한다는 말을 꺼낸 이후, 미미들은 TV 프로그램의 성우 톤으로 '이 결혼은 홍선의 망상이 빚어낸 기적은 아니었을까' 내레이션을 하며 깔깔대곤 했었다.

미미들은 민유가 내미는 휴대폰 속 신혼여행 사진을 보고 탄성을 질렀다. 이탈리아를 배경으로 화보처럼 두 사람이 서로를 사랑 가득한 눈으로 바라보는 예쁜 모습이 담겨 있었다.

"와, 웨딩 화보도 예뻤지만 난 이게 더 예쁜 거 같다."

해준이 사진 몇 개를 더 넘겨보더니 흡족한 미소를 지었다. 그 표정이 마치 막냇자식 결혼시킨 뒤의 부모 표정이다. 그것을 본 나머지 미미들이 웃음을 터트렸다.

"꿈이라도 안 깰 거니까 레드선은 집어치우렴. 나 유부야."

"인간 승리 축하한다. 전생의 덕을 이제 보는구나. 홍선아."

민유가 우쭐한 얼굴로 어깨를 한 번 으쓱해 보이고 말을 이었다.

"그래서 축가는 어떻게 된 거였어? 털어나 봐."

"양가 어른들 허락부터 먼저 받아야 우리가 계획한 축가를 부를 수 있을 것 같아서, 제일 먼저 한 게 어른들 만나 뵙는 일이었어."

"안녕하세요! 아줌마, 오랜만에 봬요."

연우, 민주, 해준 셋이 도숙에게 꾸벅 인사를 했다.

"어서들 와라."

미미 시스터즈가 스물한 살 때, 그러니까 대학생 시절, 넷이서 이탈리아에 놀러 간 적이 있었다. 그때 혹시라도 생길지 모를 긴급 상황에 대비해서 서로의 부모님들께 연락처를 남겼었는데, 그걸 이렇게 이용하게 되었다. 바로 통화를 하기엔 너무 갑작스러울 듯해 휴대폰 메신저를 이용해 먼저 통화 양해를 구했다. 그리고 미미들은 도숙과의 통화 후, 민유 모르게 그녀의 집을 찾아갔다. 민유가 결혼하기 한 달하고도 보름 전의 일이었다.

"세상에. 너희들은 어떻게 매번 더 예뻐지니."

"아유, 감사합니다. 아줌마도 그대로시네요. 세월이 연예인들만 비켜가는 줄 알았더니 아줌마도 비켜가나 봐요."

"아하하하. 어쩜 이렇게 말도 예쁘게 해."

훈훈한 덕담이 오고 간 뒤, 도숙이 내놓은 간식을 먹으며 미미들은 용건을 꺼냈다.

"아줌마. 저희가 민유 결혼식 때 축가를 불러주고 싶은데요……."

"정말? 너희들이? 그래 주면 우리야 고맙지. 민유도 좋아하겠네."

"엄마, 우리 왔어요!"

그때 현관문이 열리며 민아가 호연과 함께 등장했다.

"아이고, 내 정신 봐. 쟤들 온다고 했었는데."

도숙이 자리에서 일어나 큰딸 내외를 반겼다.

"민아 언니, 안녕하세요!"

그리고 미미들도 벌떡 일어나 민아에게 인사를 했다.

"어, 미미들 왔네?"

민아 옆의 호연의 외모에 미미들은 움찔 놀랐다. 전생에 나라 구한 홍선이는 신랑뿐만 아니라 형부도 미남이었다. 한 나라가 아니라 두 나라는 구했었나 보다. 아무튼 명절날 친정에 온 가족이 모이면 눈이 배부르겠다 싶었다.

"미미들?"

호연의 물음에 민아가 대답했다.

"인형같이 예쁜 애들이라 미미 시스터즈라고 불러."

민아의 설명에 미미들이 키득거렸다. 민아도 미미 시스터즈가 무슨 의미인지를 잘 알고 있는 터였다. 그래도 처음 남편과 만나는 동생의 친구들을 곱게 포장해 설명해주고 있었다.

"민유도 없는데 어쩐 일로 왔어?"

"애들이 민유 결혼식에 축가 불러준다고, 그거 허락받으러 왔단다."

민아의 질문에 도숙이 대신 대답을 하며 기특하다는 얼굴로 미미들을 바라보았다.

"뭘 허락까지 받아. 그냥 해줘도 고마운 걸."

"아니오, 그게, 민유가 좋아하는 노래로 해주려고……."

미미들의 계획을 들은 민아와 호연은 웃음을 터트렸다.

"〈Blossom〉, 〈Tears〉, 〈와〉? 우하하하하! 아, 왜 난 이런 친구들이 없었던 거야!"

민아가 땅을 치며 웃었다. 그 옆에서 호연도 큭큭거렸다. 영문을 몰라 하던 도숙은 미미들이 챙겨온 노트북으로 각 가수들의 공연 영상을 보여주자 뒤늦게 웃음에 동참했다.

"재밌기는 하겠네."

"저기, 아줌마. 근데 여기 두 곡이 이별 노래예요."

"그래서 어른들께 허락받으려고……."

"민유가 좋아하는 거라니, 나는 상관없다. 민유 아빠도 그럴 거야."

도숙은 약속 때문에 외출한 영준의 몫까지 쿨하게 허락했다.

"해, 해! 언니가 지원해줄게. 마음껏 해."

"뭐 필요한 거 있으면 말만 해요. 도와줄게요."

민아의 적극 허락과 호연의 지지 공약이 이어졌다.

"허락해주셔서 감사합니다. 이제 민유 시댁에도 허락을 받아야 하는데……."

"잠깐 기다려봐."

연우의 말에 민아가 재빨리 주머니에서 휴대폰을 꺼내더니 어딘가로 전화를 걸었다.

"제부, 나예요. 지금 옆에 민유 있어요?"

거침없는 추진력의 소유자, 서민아 씨였다.

"어, 다행이네. 잠깐 우리 집 쪽으로 올 수 있어요?"

그렇게 해서 미미 시스터즈들은 한 시간 뒤 근처 카페에서 우빈을 만났다. 오늘 하루 만에 일이 이렇게 진전될 줄 몰랐는데, 의외의 성과였다. 사실 가사가 워낙 결혼식과 어울리지 않아 부모님의 반대를 예상했던 미미들이었다. 때문에 어떻게 설득을 해야 하나 걱정을 많이 했었는데, 의외로 도숙은 흔쾌히 허락을 해주었고 민아의 화끈함 덕분에 우빈까지 어렵지 않게 불러낼 수 있었다.

우빈이 카페에 도착했다는 건 굳이 얼굴을 보지 않아도 알 수 있었다. 카페 안 사람들의 시선이 몰린다 싶으면 100퍼센트 홍선이 신랑일 터였다. 친한 친구의 남편이라서가 아니라 객관적으로, 보면 볼수록, 민유의 이야기를 들으면 들을수록, 좋은 사람이었다. 외적으로나 내적으로나.

"오랜만이네요."

이전에 만나면 어딘가 서늘한 구석이 좀 느껴졌던 우빈이었지만, 결혼을 한 달여 앞둔 지금은 그런 냉한 기운이 많이 가신 듯했다. 민유 없이 혼자 미미들을 만나는 데도 우빈 특유의 뾰족한 기운이 처음 봤을 때처럼 느껴지지 않았다. 우빈의 인사에 미미들이 꾸벅 고개를 숙이며 답했다.

"저번에 청첩장 받을 때보다 더 잘생겨지셨어요."

"구해주님, 얼굴에서 꽃 피네요."

"바쁘시죠? 결혼 직전이라. 그런데도 빛이 나시네요."

"왜 이렇게 칭찬을……. 뭔가 불안한 기분이 드는 건 제 기우일까요?"

"네. 기우입니다. 절대 무언가를 위한 포섭이 아니에요."

단호한 해준의 말에 우빈이 피식 웃었다.

"안 그래도 민유 모르게 미미들 만나고 싶었는데. 도통 그런 기회가 안 생겨서 처형께 연락처 부탁할 생각까지 하고 있던 참이었어요."

우빈이 민유 모르게 자신들을 만나려 했다는 말에 미미들의 얼굴에 의아함이 떠올랐다. 결혼식은 아직 올리지 않았지만 이미 부부처럼 찰떡같이 붙어 다니며 뭐든 함께하는 두 사람이었기 때문이다.

"무슨 일이신데요?"

연우가 묻자 우빈이 살짝 뜸을 들이고 말했다.

"음……. 축가를 좀 부탁하고 싶어서."

세 여자의 귀가 번쩍 뜨였다.

"그 후로 일사천리. 완벽한 의상 지원까지 받았지."

"세상에나."

축가는 생각보다 꽤 큰 작업이었다.

의류 회사에 다니는 호연이 기본적인 옷가지와 천 등을 제공했고, 결혼식에 참석하기 위해 미국에서 잠시 들어온 우빈의 친구 영인이 제작을 도왔다.

우빈의 고등학교 친구 4인방 중 한 명인 그는 심지어 미국에서 디자이너로 활동 중이었다. 그렇게 미미들의 완벽한 의상은 무려 '전문가'의 손길을 거쳐 탄생한 옷이었다. 송우나 태한처럼 유쾌한 성격의 영인은 무척이나 즐거워하며 작업을 했다. 물론 '네 성질머리에 우리 중 첫 결혼이라니. 신부가 아직 네놈 본성 모르는 거지?', '야, 이 못된 새끼야. 부려먹을 거면 부르질 말았어야지! 내 몸값이 얼만 줄 알아? 아, 친구분들께 하는 말 아닙니다. 그냥 이 자식 까는 겁니다' 라며 틈틈이 우빈을 갈구는(?) 것도 잊지 않았다.

"의상 다 만들어지기 전에 양가 어른들께 메신저로 사진 보내드리면서 다시 한 번 여쭤봤거든. 이렇게 입을 건데 정말 괜찮으시겠냐고."

"가현 같은 경우는 뷔스티에랑 핫팬츠니 좀 얌전하게 하라고 하실 줄 알았고, 〈와〉 의상은 치마를 무릎까지만 트려고 했었어."

"그런데?"

"왜 그렇게 만드냐고, 원래대로 핫하게 하라고 하시더라."

민유의 집에서는 시작할 때부터 너희들 하고 싶은 대로 마음껏 하라는 '프리패스' 카드를 받은 상태였고 후에 합류한 우빈의 부모님들도 마찬가지였단다.

"홍선아, 네 시댁 어른들 되게 재밌으시더라. 원래는 구해주님 통해서 연락드렸었는데, 나중에 그게 답답하셨는지 직접 채팅방 여셨어."

"정말?"

"가현처럼 핫팬츠 안 입었다고 끝까지 아쉬워하셨던 게 홍선이 네 시어머니셨다."

"아이구야. 울 어머님 짱이다."

결혼식이 다 끝나고 미미 시스터즈들에게 와서 한 명, 한 명 일일이 손을 꼭 잡아주며 오늘 너무 고마웠다고 그동안 고생 많았다며 다독여준 것도 세희였다. 그러면서 세희는 딸 같은 며느리 친구들과 함께 기념사진도 찍었다. 물론 다른 어른들도 모두 미미들에게 감사의 인사를 전했지만 세희처럼 적극적으로 따로 사진까지 찍은 분은 없었다.

"어? 야, 강해. 저거 네 학생 아니냐?"

그때 연우가 카페 카운터에 시선을 보내며 물었다. 그 말에 세 사람이 모두 카운터를 향해 고개를 돌렸다.

"맞아. 눈썰미도 좋네."

"피망, 너 어떻게 알았어? 아까 내가 말한 애가 쟤야!"

민주가 호들갑스럽게 물었다.

"전에 본 적 있어. 머스마가 겁나 예쁜 게 얼굴만은 내 취향이라 기억한다."

"으아악! 피망! 철컹, 철컹!"

민주가 손목에 수갑을 차는 시늉을 했다.

"여보세요? 경찰 아저씨? 여기 아청아청한 사람이 있어서 신고하려고요!"

민유는 급히 휴대폰을 귀에 가져다 대며 경찰을 찾았다.

"피망 주려고 경찰서에서 구해온 전자발찌가 어디 있더라."

마지막으로 해준은 가방을 뒤적였다.

"이것들이 날 철창 안으로 보내려고 용을 쓰네. 야, 아무리 그래도 나 범죄는 안 저질러! 게다가 쟤는 이미 짝이 있는 애야."

"그걸 네가 어떻게 알아?"

"딱 보면 몰라?"

"우린 딱 본 적이 없어요. 이 싸람아."

"그럼 딱! 봐! 저기 오네."

"엉?"

"온다고?"

미미 시스터즈들의 고개가 획 하고 돌아갔다.

"꺄핫. 어머나."

"정말이네?"

해준을 본 모양인지 이쪽을 향해 남학생이 저벅저벅 걸어오고 있었다. 하얀 얼굴에 붉은 입술. 렌즈를 낀 것처럼 크고 새카만 눈동자. 작고 갸름한 얼굴 안에 예쁘게도 생긴 이목구비들이 완벽한 위치에 들어차 있었다. 카페 안의 시선들이 모두 꽂힐 정도의 미모였다. 키까지 크고 늘씬한 남학생은 가까이 다가와 미미들에게 꾸벅 인사를 했다.

"……그래. 딱 보니 알겠네."

연예인같이 화려하고 잘생긴 남학생이다. 주변 여학생들이 가만히 둘 리가 없을 게 분명했다. 가까이서 얼굴을 제대로 본 민주와 민유는 그제야 알겠다는 듯 고개를 끄덕였다.

"쌤."

"왜."

"커피 좀 사주세요."

"뭐? 너 아까 다른 데 가려던 거 아니었어? 왜 여기 와서 이래?"

"커피 먹고 싶어져서요."

"그런데?"

"주문하려고 보니까 돈이 없어서 계산 못 했어요."

미성이 흘러나올 것처럼 생긴 외모와는 다르게 목소리가 제법 낮았다. 그런데 그게 또 묘하게 잘 어울렸다. 목소리를 들으니 예쁜 얼굴이 남자답게 잘생겨 보였다.

"한우현, 너 카드도 있는 놈이잖아."

"지갑을 놓고 와서요."

"돈이 없으면 카페를 나가야 하는 것 아니니?"

"여기 쌤 있잖아요."

한우현이라 불린 남학생이 해준을 쳐다보며 싱긋 웃었다. 해준은 그런 우현의 얼굴을 보고는 기가 찬 얼굴을 했다.

"아후, 아주 삥 뜯는 방법도 가지가지야."

해준이 혀를 차며 일어나 카운터로 향했다. 그러자 우현은 자리에 앉아 있는 미미들에게 다시 살짝 인사하고는 해준의 뒤를 따랐다. 해준의 키가 171cm인데도 그런 해준보다 한 뼘 넘게 더 크다.

"아유, 요즘 애들 장난 아니다. 강해, 쟤 인문고가 아니라 예고로 들어갔다냐?"

"웬만한 아이돌 뺨 석 대는 가뿐히 후려치겠네. 아님, 이미 연습생인가?"

"쟤 예전에 강해한테 과외 받던 애야. 만나려니까 이렇게도 만난다야."

연우의 말에 두 사람은 인연 같다며 손뼉을 짝짝 치며 좋아했다.

"나한테는 아청아청, 철컹철컹이라더니?"

"누가 그런 의미로 인연이라든? 그냥 만날 인연이었다는 거지."

"그런……. 아, 전화다."

민주의 말에 반박하려던 연우가 휴대폰 화면을 보더니 인상을 확 썼다. 그리고 이내 퉁명스러운 목소리로 전화를 받았다.

"왜. 뭐. 어쩌라고. ……둘 다? 어이구? 대낮부터 병신미 풍기고 난 리네. 아, 거참. 알았어. 줄 테니까 받아가."

그러면서 연우는 툭 전화를 끊어버리더니 테이블 위에 휴대폰을 던 지듯 다시 올려두었다.

"누군데 그렇게 까칠하게 받아?"

"동생. 미친놈이 지갑이 없으면 집으로 기어들어 가야지 왜 나돌아 다녀, 다니길."

"너 지금 방금 전 예쁜 남학생이랑 동생을 한 큐에 깠어."

"아니. 그렇지 않아. 이놈은 바보라서 그렇고 예쁜 남학생은 그저 실수한 거야."

"크하. 혈육과 비 혈육의 차별 보소."

"혈육과 비 혈육의 차이가 아니라, 못생긴 놈과 예쁜 놈의 차이야. 그리고 남매 사이좋은 게 정상이냐?"

말은 이렇게 해도 연우는 두 살 터울의 남동생 연호와 꽤나 사이가 좋은 편이었다. 그리고 연호는 조각 같은 미남은 아니지만 훈남 측에 는 들어갈 수 있는 외모였다.

"누나!"

"근처에 있다더니 거 빨리도 왔네."

"누나들! 안녕하세요. 어? 강해 누나만 없네?"

연호는 키가 190cm가 넘었다. 거기에 덩치까지 좋아 어딜 가나 사람들의 시선을 끌었고, 체구만으로도 쉬이 상대방을 기선제압했다. 게다가 오늘 연호는 혼자가 아니었다. 옆에 저만큼 키가 큰 남자와 함께였다.

"어머, 연호 옆에 누구야? 오늘 눈 호강 한번 제대로 하는 날인가 보다. 예쁜 아이돌이 가니까 웬 배우가 오네."

민유가 싱글벙글한 얼굴로 옆에 앉은 민주에게 속삭였다. 때마침 해준이 자리로 돌아오자, 해준을 본 연호가 먼저 알은척을 했다.

"역시 강해 누나도 있었구나."

"연호 너, 못 본 새 덩치가 더 커졌다?"

"몸무게 그대론데요."

"아, 그러냐."

아무래도 바로 옆에 늘씬한 비교군이 있어서 그런 듯 보였다. 연호 옆에 있는 남자는 커다란 곰 같은 덩치의 연호와 있으면서도 뒤지지 않는 엄청난 존재감을 갖고 있었다. 키도 연호 못지않았고, 투박한 연호와 달리 날렵하지만 다부진 몸매에 배우 같은 마스크를 지니고 있었다.

"오늘 카페 손님들 계 탔네. 계 탔어."

계 탄 날. 해준이 오늘 카페 '물'에 대해 평가를 내렸다.

"야, 이거. 가져가."

연우가 지갑에서 5만 원권 한 장을 꺼내 연호에게 내밀었다.

"우와. 5만 원?"

"그냥 주는 게 아니라 '빌려'주는 거다. 이자 만 원 쳐서 토해내."

"어떻게 가족끼리 대부업을 하냐? 무슨 이자를 그렇게 많이 받아?"

"원래 돈거래는 가까운 사이일수록 칼 같아야 한단다. 그러길래 소지품 좀 잘 챙겨 나올 것이지. 어쩜 둘 다 지갑을 안 들고나올 수가 있냐?"

"지갑은 갖고 나왔는데 안에 달러밖에 없어서."

연우의 말에 연호 옆의 남자가 대꾸했다. 말투를 보아하니 연우와도 친분이 있는 듯 보였다.

"그러게 한화도 없으면서 왜 여기 붙어 있냐? 뭔 놈의 방학은 또 그렇게 길어? 권아휘, 너 빨리 너 사는 데로 가!"

연우가 귀찮다는 듯 남자에게 소리쳤다.

"왜 내 휴가 기간을 네가 정해?"

"너 휴가 기간 동안 내가 이렇게 돈 쓸 일이 생기잖니?"

미미들은 두 사람의 대화를 흥미진진한 얼굴로 관람했다. 연우와 아휘 사이에 몇 번의 투덜거림이 오가더니 이내 연우가 고개를 저었다.

"아, 됐어. 내가 너랑 뭔 말을 하냐. 돈 받았음 빨리 가버려."

자리에서 일어선 연우가 새를 쫓듯 휘이휘이하며 자기보다 머리 둘은 더 큰 두 남자 등을 밀어냈다. 워낙에 둘 다 장신이라 앞에서 보면 작은 연우의 모습은 보이지도 않을 정도였다.

"뭔가 분홍 스멜이 나는 기분이다?"

"홍선아. 방금 잡순 케이크에 슈가파우더 대신 청산가리 넣어 먹었니? 말 같은 소릴 해라."

"아냐. 확실해. 약간, 뭐랄까…… 하여튼 전체적으로 그런 기운이 온다."

"어이고, 썸 탈 때 썸인지도 모르고 고추 모종이나 사던 놈이 기운은 무슨. 나 재랑 만나면 불편하고 단둘이 있으면 어색한 사이야."

"누구야? 저 남자는. 오늘 눈 호강 제대로 한다."

민주가 물었다.

"우리 옆집 사는 애."

"옆집? 아, 알겠다. 우리랑 동갑인데 열여덟 살에 의대 들어갔다가 때려치웠다는 걔지?"

"맞아. 농부 넌 별걸 다 기억한다."

"이력이 특이하잖아. 네가 또라이라고 혀를 차던 기억이 아직도 생생하다."

"뭐랄까. 머리 좋은 애들이 똘기가 좀 있다는 게 쟬 보면 알겠다니까."

"안 그런 천재들도 있을 수 있다? 너 왜 천재 폄하하냐."

"범재인 농부가 왜 갑자기 천재 편에서 실드를 치나요."

"아냐, 이건 피망이 잘못했어. 빨리 이 세상 천재들한테 사과해."

민유까지 한마디 거들었다.

"피망, 너 그거 성급한 일반화다."

"우와, 강해 너까지! ……이렇게 다수가 말하는 걸 보니 내 실수네. 죄송합니다. 천재님들."

연우가 허공을 향해 꾸벅 인사를 해 보였다.

"캬하. 인정할 건 인정하는 멋진 모습."

"잘못은 빨리 시인하는 게 좋지."

"쿨한 사과, 받아들이겠다."

"강해, 네가 천재냐? 왜 내 사과를 네가 받아?"

그렇게 옥신각신하며 미미들의 수다는 계속 이어졌다.

외전 3
민아의 기준

"그놈보다 잘난 사람 소개해줄게!"

그놈이란 호연이었다.

민아가 이제 더 이상 짝사랑은 못하겠다고 마음을 내려놓던 날. 잘 생각했다며 민아의 등을 토닥이던 친구 윤정은 더 괜찮은 사람을 찾아주겠다며 자기가 더 홀가분해했다. 5년간 짝사랑으로 울고불고 난리 치는 민아를 옆에서 지켜봐 왔던 윤정이었다. 그녀는 자기 주변에서 괜찮은 사람들을 골라 바지런히 민아에게 데려다 바쳤다.

그리고 오늘은 윤정이 주선한 다섯 번째 소개팅 상대였던 우준과 세 번째로 만난 날이었다. 우준은 좋은 남자였다. 다정하고, 몸에 배려가 자연스레 배어 있었다. 함께 있으면 편하고 즐거웠다. 그가 던지는 썰렁한 농담에도 웃음이 저절로 비실 튀어나오곤 했다.

'이런 기분. 얼마 만이더라.'

사랑은 떨리는 건 줄만 알았다. 설레서 잠 못 자고, 그 사람을 만나면 심장이 쿵쾅거리고, 자꾸 생각나서 일상생활이 불가능하고, 뭐 그런 거.

'그런데 이렇게 편할 수도 있는 거였나 봐.'

상대방은 아무 생각 없이 하는 행동 하나하나에 의미를 부여하고 혼자 설레고 혼자 실망하고. 짝사랑 내내 그 꼴이었는데, 이렇게 감정을 주고 받으니 좋았다.

'내가 생각이 어렸네, 어렸었어.'

우준과 만나면서 꼭 호연에게 느꼈던 감정만이 사랑은 아니라는 걸 깨닫게 되었다. 아직 우준을 사랑하는 건 아니지만 롤러코스터를 타듯 감정이 요동치는 게 아니라 안정감이 들고 편한, 이런 관계도 나쁘진 않았다.

"설레는 거 얼마나 가겠니. 지금까지 혼자 많이 설레었으니 이번엔 너랑 잘 맞는, 편안한 사람하고 연애 좀 해봐."

윤정의 목소리가 귀에 맴돈다.

"민아 씨?"

"예?"

우준의 목소리에 정신을 차리고 보니 어느덧 자신의 집 앞이었다. 언제 여기까지 왔을까.

"무슨 생각을 그렇게 해요? 불러도 못 듣고."

'이 남자는 나를 마음에 들어 해.'

언제나 민아를 향해 부드러운 미소를 짓는 사람이었다.

"그냥, 음. 시간이 좀 빨리 가는 것 같다는 생각을 했어요."

"와, 그거 나만 그렇게 느끼는 줄 알았는데."

이런 간질간질한 멘트도 귀엽다.

"여기까지 데려다줘서 고마워요."

민아가 인사를 마치는 순간 바람이 휑 불었다. 얼굴로 날리는 머리카락을 민아가 손으로 치워내려는데, 그녀보다 우준의 손이 더 빠르게 움직였다. 아주 조심스럽게, 상대방이 불쾌하지 않을 선을 지키려는 듯 살짝 민아의 머리를 귀 뒤로 넘겨준다.

"들어가요."

우준은 차에 타더니 민아에게 손을 흔들어 보였다. 그리고 이내 사라지는 그의 모습을 민아는 멍하니 지켜보았다.

"……좋네."

이런 것도.

그의 손길이 닿을 때 살짝 떨린 것 같기도 했다. 볼이 달아오르는 기분이 들어 민아는 방금 우준이 살짝 스쳤던 귓가를 제 손으로 어루만졌다.

"데이트?"

"악!"

갑작스레 들리는 목소리에 민아가 크게 움찔하며 소리를 꽥 질렀다.

"아오, 깜짝이야."

제 동생이었다면 아마 발작을 일으키듯 놀라며 심장을 부여잡고 바닥을 구르고 있었을 터였다. 쿵쾅이는 심장을 다독이며 민아는 소리가 난 방향으로 몸을 돌렸다. 호연이 편안한 차림을 하고 서 있었다. 확실히 지금까지 같이 있었던 우준보다 배는 잘생긴 인물이다. 담배를 피우던 중이었는지 호연이 다가오자 그의 체향에 섞여 희미하게 담배 냄새가 났다. 이것조차 좋았다.

'……또 나도 모르게 튀어나왔잖아.'

민아는 고개를 마구 가로저었다. 안 될 일이다. 이런 생각은. 호연을 놓겠다고 결심했을 때, 민아는 한 가지 굳게 다짐했다. 이 사람과 누군가를 비교하는 것, 비슷한 점을 찾아내려 하는 짓 따윈 절대로 하지 말자고. 그것은 짝사랑을 잊는 데 가장 효과적인 방법이었고, 지금까지 제법 잘 먹히고 있었다. 눈앞에서 호연을 마주하기 전까진 말이다.

"여긴 왜 왔어?"

"어머니가 갈비찜 하셨다고 저녁 먹고 가라고 부르셨어."

영준과 도숙에게 호연은 거의 반은 자식이나 다름없었다. 민아의 부모님은 어린 시절 민준이 항상 집에 데려오던 예쁜 친구 녀석을 아들 챙기듯이 챙겼다. 호연이 제집에서 부모의 손길을 많이 받지 못했다는 것을 눈치챘기 때문이었다. 호연의 부모님은 이름만 대면 알 만한 의류 회사의 창립자였다. 때문에 항상 눈코 뜰 새 없이 바빴다. 호연은 어린 시절부터 커다란 집에 혼자 있기 일쑤였고, 부모님의 살가운 보살핌을 받으며 자라질 못했다.

열 살 때 부모님의 사업 확장으로 서울로 전학을 오게 된 호연은 민준을 만났다. 그리고 그의 손에 이끌려 민준의 집에 놀러 오게 되면서 크게 놀랐다. 부모님이라는 존재는 다가가기 어렵고 무서운 대상이라고만 여기던 호연에게 민준의 집은 그야말로 충격이었다.

'부모'라는 존재는 이런 거구나.

민준의 집은 어린 호연이 느끼기에도 따뜻함이 넘쳤다. 자신이 사는 집보단 훨씬 작았지만 아늑함을 주는 집에는 부모의 지지와 사랑을 받고 자란, 구김살 없이 밝은 삼 남매가 있었다. 호연은 민준의 집에 올 때마다 자신의 마음 속 구멍 난 어딘가가 메워지는 것을 느꼈다.

"갈비찜? 아, 엄마 너무하네. 나 저녁 먹고 들어오는 날 그걸 하냐."

호연은 투덜거리는 민아를 물끄러미 바라봤다. 아마도 방금 전의 그 남자와 분위기 좋은 곳에서 저녁을 먹고 왔을 것이다. 그 생각에 호연의 미간에 살짝 주름이 잡혔다. 자신의 뒤를 졸졸 따라다니던 아니, 좋아한다고 5년간을 고백하던 민아였다.

"좋네."

아릿하게 들려온 민아의 목소리에 호연은 순간 심장이 싸한 기분이 들었다.

민아는 여자이기 전에 여동생 같은 아이였다. 민아와 다른 사이가 될 수 있다고는 그는 단 한 번도 상상조차 하지 못했다. 그래서 민아가 좋아한다며 처음으로 진지하게 고백해왔을 때, 무서운 놀이기구라도 탄 것처럼 심장이 덜컥, 하고 놀랐을 정도였다. 그런데 지금, 제법 괜찮아 보이는 남자에게 민아가 '좋다'고 하고 있는 걸 보자니 호연은 왜인지 짜증이 치밀었다. 요즘 들어 예전 같지 않게 어딘가 냉한 민아의 태도에 안 그래도 신경이 쓰이던 차였는데 이런 광경까지 목격하니 속이 뒤틀렸다. 이것은 자신이 원하던 바였다. 이전처럼 그냥 오빠 동생 사이로 지내는 것.

'막상 바라던 대로 됐는데, 왜 이렇게 기분이…… 더럽지.'

이런 호연의 마음도 모르고 민아가 그의 앞을 무심히 스쳐 지나갔다.

"나 올라간다."

민아는 그렇게 툭 내뱉고 엘리베이터에 올라 망설임 없이 버튼을 눌렀다.

"잠깐만. 치사하게 혼자 타기야?"

호연이 급히 달려가 엘리베이터를 잡았다.

"아니, 뭐. 담배 더 피우고 올라오는 줄 알고."

민아는 아직은 좁은 공간 안에서 단둘이 있는 걸 버텨내기에는 조금 힘들었다. 그래서 일부러 먼저 탄 거였는데 호연이 따라 들어오자 난감했다.

'후.'

민아는 속으로 한숨을 삼키며 입을 다물었다. 그리고 엘리베이터 숫자판만 뚫어지게 쳐다보는데, 저를 보는 호연의 시선이 느껴졌다.

'봐달라고 그렇게 매달렸을 땐 고개도 안 돌렸으면서.'

아이씨, 괜히 생각했다. 울컥하잖아? 아, 이런 생각도 하지 말아야지.

오늘따라 느리게 움직이는 것 같던 엘리베이터가 마침내 도착했다.

내내 그의 시선을 무시하려 애쓰던 민아가 냉큼 밖으로 발을 막 내디딜 때.

"민⋯⋯."

"아, 전화."

때맞춰 걸려온 우준의 전화에 민아는 살았다는 얼굴로 휴대폰 화면에서 통화를 톡 눌렀다.

"우준 씨?"

잔잔한, 듣기 좋은 목소리가 수화기를 통해 흘러나왔다.

'확실히 우준 씬 목소리만큼은 호연 오빠보단 좀 더 내 스타일⋯⋯.'

아, 아니야. 이러면 안 돼. 유호연과 비교 금지! 민아는 일부러 더 반갑게 전화를 받았다.

"잘 도착했어요?"

호연은 민아가 통화하는 사람이 아까 그 남자라는 것을 깨달았다. 민아를 따라 내려 집으로 들어가려던 호연의 발걸음이 멈췄다. 통화를 하고 들어오려는지 민아가 그에게 먼저 들어가란 손짓을 하고 계단으로 향했기 때문이다. 그 모습을 지켜보며 호연은 또 한 번 짜증을 참아내야 했다. 그의 주변에 있는 사람들이 형제, 자매들의 결혼 이야기를 꺼내며 했던 말이 생각났다.

"막상 간다니까 좀 싸한 기분이더라."

외동인 호연은 알 수 없는 감정이었지만, 거의 대부분이 '허전하다'

366

는 이야기를 했다. 평소에 그렇게 싸우다가도 막상 결혼한다고 하면 상대방에게 가족을 뺏기는 기분이 들고, 서운하기도 하다고. 어쩌면 자신도 지금 그런 걸 느끼고 있는 게 아닐까. 호연은 그리 생각을 해보았다. 민아는 그동안 호연에게 여동생이나 다름없었으니 말이다. 하지만.

"……그런 게 이렇게까지 불쾌한 감정인 건가? 아무리 생각해도 서운한 느낌이 아닌데."

호연은 제 마음을 다시 고민해보았다. 지난 5년, 그동안에도 민아가 몇 번 냉담하게 굴었던 적이 있었다. 제 딴에는 마음을 정리하려고 그랬던 건지, 아니면 나름의 계획이었는지는 모르겠지만 호연을 봐도 모른 척했었다. 그때, 그런 노골적인 거부에 호연은 별 다른 감흥이 없었다. 그저 '이제 좀 민아를 보기 불편하지 않겠구나' 하는 생각만 했다. 하지만 지금 민아는 그때처럼 노골적으로 그를 피하지도, 숨으려 하지도 않았다. 그런데도 오히려 지금이 그때 느끼지 못했던, 거부당하는 기분이 들었다.

"……그런 건가."

호연은 깨달았다.

정말로 민아가 저를 놓았다는 것을.

호연의 휴대폰이 지잉, 울렸다. 짧게 한 번 울리고 끝나는 걸 보니 메시지가 왔다는 소리였다. 발신자는 민아.

근래 민아에게 귀찮을 정도로 먼저 연락을 하던 건 언제나 호연이
었다. 그녀가 먼저 메시지를 보낸 것은 실로 오랜만이었다. 호연은 반
가움에 바로 메시지를 확인했다.

「저녁 먹어요^^」

"오늘 예식 있다더니 이제 끝나려나 보네."
　호연이 침대에서 몸을 일으켰다. 저도 모르게 미소를 짓던 호연은
뒤이어 온 메시지에 바로 얼굴을 굳혔다.

「실수야. 잘못 보냈어.」
「미안.」

"하?"
　다른 사람에게 보내려던 것을 실수로 호연에게 보낸 듯했다.
　'분명 그때 그 남자에게 저녁을 먹자는 것일 테지.'
　민준에게 대충 이야길 들어보니 이전에 소개팅했다는 남자를 계
속 만나려는 것 같았다. 더는 그대로 둘 수 없었다. 며칠을 골머릴 썩
혀가며 고민했다. 여동생을 뺏기는 기분이라 치부했던 감정들은 거기
서 '동생'이란 단어를 지우자 명확해졌다. 아마 친동생이 시집간다고
해도 이렇게까지 화가 나진 않았으리라. 이건 제 것이라 여겼던 걸 뺏
긴 분노였다. 손에 굴러 들어온 보석을 제 스스로 던져버리고서는 다
시 찾으러 가는 꼴이다. 멍청하기 짝이 없었다. 하지만 그 사실을 깨닫

고서도 가만히 있는다면 그건 멍청함 이상이었다. 이제라도 소중함을 알았으면, 무슨 수를 써서든 데려와야 했다. 나갈 채비를 하는 호연의 손이 빠르게 움직였다.

그의 등장에 가족들은 놀란 눈치였다.

"민아 만나러 왔어요."

"나 약속 있어."

민아는 뚱하게 대꾸했지만 그런 민아의 반응에도 호연은 미소 지으며 민아만 바라봤다.

"같이 저녁 먹자며?"

"잘못 보낸 거라고 바로 메시지 보냈는데."

"그건 못 봤어."

"그래? 다시 확인해봐. 1분도 안 돼서 바로 보냈으니까. 헛걸음시켜서 미안하지만 나 약속 있어."

호연의 생각보다 민아의 반응은 한층 냉했다. 아니, 그가 그렇게 느꼈을 뿐, 딱히 냉할 것도 없었다. 선약이 있는데 막무가내로 들이닥친 사람에게 할 법한 말이었으니까.

"누구랑?"

"오빠가 그걸 알아서 뭐하게."

그걸 알면서도 너무나도 차갑게 느껴졌다. 이런 당연한 말조차도 차게 느껴지는데, 그동안 거절이랍시고 몇 번이나 화를 냈던 자신을 보며 민아는 얼마나 아팠을지. 호연은 이제 와서야 깊이 깨닫고 자책했다. 둘 사이의 미묘한 기류를 눈치채고, 민아의 가족들이 조용히 자리를 비켜주었다.

"민아야, 우리……."

"오빠, 얘기 좀 하자."

호연이 하려던 말이었다. 하지만 이 말을 내뱉는 민아의 표정은 그리 밝지 않았다. 절로 긴장이 되었지만, 호연은 심호흡으로 긴장을 달래려 애썼다.

"왜 이러는 거야?"

예식장 근처의 카페에 자리를 잡자마자 민아가 미간을 찌푸리며 물었다.

"뭐가?"

호연은 떨리는 마음을 숨기고, 태연한 척 커피를 한 모금 마시며 물었다.

"왜 갑자기 안 하던 친한 척을 해?"

민아가 곤란한 얼굴로 제 입술을 살짝 깨물었다.

"나 오빠 이전처럼 귀찮게 안 할 거야. 그렇다고 오빠 무시하거나 그럴 일도 없을 거니까 괜히 내 눈치 보면서 잘해줄 필요 없어. 그냥 예전처럼 대해. 친구 동생으로."

그게 이제 내 마음대로 안 돼. 네가 그냥 친구 동생으론 안 보여.

호연이 하고 싶은 말은 이거였지만 입이 쉬이 떨어지질 않았다. 지금 고백한다면 민아가 받아줄까. 아니, 믿어주기나 할까 싶었다. 호연 자신도 갑작스럽게 깨달은 제 마음이 믿기지 않는데 상대방은 오죽할까. 게다가 그의 눈앞에 있는 고백받을 상대는 시베리아 기운을 풍기며 냉랭하기만 하다. 하지만 고백해야 했다. 그녀가 믿건 믿지 않건 이 제라도 제 마음을 보여야 했다. 더 늦기 전에. 민아가 그 남자에게 더 빠지기 전에. 언제나 고백을 받는 입장이었던 호연은 처음으로 고백하는 사람의 심정을 알게 되었다. '좋아한다'는 그 짧은 한마디를 꺼내기 위해 얼마나 많은 용기를 쥐어짜 내야 하는지. 그동안 자신에게 고백해왔던 사람들에게 고맙단 말 한마디 없이 냉정하게 거절해온 일들이 엄청나게 미안했다.

"……있지, 예전에 민유 친구들이 집에 놀러 온 적이 있는데."

호연이 입을 열기 전에 민아가 불쑥 말을 꺼냈다.

"애들끼리 자기들 이상형 얘기 하면서 깔깔거리고 노는데, 걔들 중에 한 명이 그런 얘길 하더라."

"나는 나 예쁘다는 사람이 좋아."

"그냥 어린애답게 귀엽다고 생각했는데, 지금 보니까 그 애가 아주 현명한 거였어."

"그게 무슨……."

"그 사람, 항상 눈빛이 그래. '난 당신이 마음에 들어요', '당신이 좋아요' 하고 말하는 거 같아. 그 눈을 보고 있으면 내가 특별한 사람이 되는 기분이야."

초조한 듯, 자신도 모르게 테이블을 톡톡 내리치던 호연의 손가락이 움직임을 멈췄다.

"항상 오빠 뒤만 쫓아다녀서 몰랐는데, 누군가가 나를 그렇게 특별하게 생각한다는 거, 정말 기분 좋은 일이더라."

"민아야."

"그 사람, 만날 거야. 그러니까 이제 와서 그런 눈빛 하지 마. 오빠가 말했잖아. 난 친구 동생일 뿐이라고. 그럼 친구 동생으로 대해. 어장관리 하지 말고."

"어장…… 관리?"

"오빠 좋다고 맨날 뒤 졸졸 따라다니던 애가 그거 이제 안 한다고 하니까 아쉬운 거잖아. 막상 떠난다고 하니까 그냥 잡아놓고 싶은 거겠지."

"서민아!"

호연이 놀라 절로 큰 소리를 냈다. 민아가 자신을 그렇게 생각하고 있었다니. 꽤나 충격이었다. 하지만 민아는 눈 하나 깜빡하지 않고 말을 이었다.

"어떻게 친구 동생한테 어장 관리를 하냐? 아무리 유호연이라지만 정도껏 해. 나는 오빠 이제 안 좋아할 거고, 서민준 친구로만 대할 거야. 유호연 행동 하나하나에 의미 부여하고 말 한마디에 울고 웃고 하는 거 지쳤어. 그런 거 이젠 안 한다고. 그리고 이건 오빠도 바라는 바 아니었어?"

"그런……. 그게 아냐! 내가……."

"나한테 잘해주면 내가 좋다구나 하고 냉큼 넘어갈 것 같았어?"

'아, 이런.'

자신의 변한 행동이 이렇게 받아들여질 수도 있었구나. 잠시 멍한 표정을 하던 호연은 이내 결심한 듯 민아를 똑바로 바라보며 입을 열었다.

"널 좋아해."

그러자 민아가 작게 헉, 소리를 냈다. 꽤나 놀랐는지 입도 슬쩍 벌어졌다.

"지금 이 상황에서 고백하는 거 이상한 거 알아. 지난번에 잠깐 만난 후로 얼마 지나지도 않아서 갑자기 이러는 거, 못 믿을 거란 것도 알아. 그런데…… 그동안 내가 아무리 고민해도 끝엔 서민아만 남더라."

호연의 고백에 민아는 숨 쉬는 것도 잊은 듯 보였다. 눈동자가 파르르 떨리는 것 말고는 그 어떤 움직임도 없었다. 둘 사이에 한동안 침묵이 흘렀다.

"……그거 아마 착각일 거야. 5년을 붙어 있던 게 떨어져 나가서 잠깐 허전해서 그런 거야."

한참 만에 민아가 느릿하게 말했다. 목소리를 겨우 끄집어낸 듯, 나오는 소리가 살짝 흔들리고 있었다.

"그런 생각도 안 했던 것 아니야. 그런데……."

"오빠 5년을 한결같이 날 거부했었어. 그런데 고작 보름 만에 깨달았다는 걸 나더러 믿으라고? 나 오빠 봄부터 안 쫓아다녔어. 그럼 그때 알았어야 하는 거 아니야?"

"그땐, 내 마음을 헤아려보질 못했어. 무언가 울컥하던 걸 그냥 그런가 보다 하고 애써 무시했었으니까. 하지만 막상 네 옆에 다른 사람이 있는 걸 보니까……."

호연이 불안한 눈빛으로 말을 이었다. 이런 호연은 민아도 처음 보는 모습이었다. 잔뜩 긴장한 듯 보이는 얼굴에 경직된 어깨는 그의 불안과 긴장을 고스란히 내비치고 있었다. 항상 당당하고 때로는 오만해 보이기까지 하던 남자였는데.

"네가 못 믿을 거 알아. 하지만 진심이야."

호연의 눈빛이 무겁다. 오랜 시간 그를 보아온 민아의 눈에 호연이 진심이라는 것이 선히 보였다. 하지만 그 진심을 덥석 믿기에는 망설여진다. 지금 당장은 진심이라 해도 보름 만에 다시 식게 될지도 모를 일이다. 그가 마음을 깨달았던 시간처럼. 때문에 섣불리 믿을 수가 없었다.

짝사랑 3년 차에, 그때도 정말 힘들어서 포기했던 적이 있었다. 열심히 다른 사람을 만나려고 노력했었지만 결국 실패하고 다시 호연에게 돌아왔다. 물론 호연은 이 사실을 모를 것이다.

이번에 포기를 선언하면서 확실히 끝을 내고자 했던 민아는 고민했다. 왜 자신이 그때 호연을 떠나지 못했을까를. 그리고 한 가지 사실을 깨달았다.

호연보다 키가 작아. 호연보다 못생겼어. 호연 만큼 매너가 없어. 이럴 때 호연이라면.

남자를 대하는 모든 기준이 '유호연'이었다.

"……미안. 나 오빠에 대한 마음이나 기대 같은 거 이제 없어."

그래서 민아는 그 기준을 버리는 것부터 시작했다. 그 누구라도 절대로 호연과 견주지 않을 것. 오직 그 사람만 볼 것. 오랜 시간의 습관 같은 버릇이라 처음엔 힘들었지만, 조금씩 호연을 꺼내지 않는 것에 익숙해졌다.

호연과 단둘이 있는 지금도 민아는 여전히 떨렸다. 긴장보다 아마 설레는 쪽에 더 가까울 떨림일 것이다.

'하지만 이런 것도 머지않아 괜찮아질 거야.'

호연은 말이 없었다. 충격을 받은 것 같아 보이기도 했다.

'고작 이 정도 가지고 뭘.'

그동안 호연이 제게 했던 말에 비하면 새 발의 피였다. 민아는 피식 웃고 자리에서 일어났다. 오늘 미용실에서 세심하게 관리를 받았고, 예쁜 원피스도 입었다. 이 차림을 보며 '예쁘다'고 웃으며 말해줄 우준과 치맥을 할 것이다.

"나 먼저 가볼게."

호연의 고백은…… 그냥 잊어버리자. 고작 이걸로 설레고 좋아하기에는 마음이 너무 지쳤으니까. 하지만 쉽게 잊힐 것 같지 않은 그런 불길한 느낌은 지울 수가 없었다.

"민아야."

막 발걸음을 뗀 그녀를 호연이 불렀다. 민아는 가만히 멈췄지만 뒤를 돌아보진 않았다. 그가 어떤 표정으로 있는지 볼 자신이 없었다.

"오늘, 예쁘네."

하. 유호연, 정말 끝까지.

"그대로 있으라고 안 해. 가지 말란 말, 못 해. 다만……."

움직여, 서민아. 움직이라고. 저런 말, 계속 들을 이유 없잖아. 흔들리지 마.

"너무 빨리 가지는 마."

민아는 저도 모르게 숨을 잠시 멈췄다.

"내가 갈게. 이번엔 내가 다가갈 테니까."

호연의 말이 끝나자마자 민아는 겨우 다리를 움직여 도망치듯 카페를 벗어났다.

외전 4

엄마 초코

카페 안으로 들어선 남자에게 손님들의 시선이 쏠렸다. 그리고 한 번 던져진 시선은 좀처럼 돌아오질 않았다. 그건 직원들 역시 마찬가지였다. 쳐다보는 이유는 비단 남자의 키가 커서만이 아니었다. 아직 가을인데 한겨울에 입을 법한 두툼한 패딩을, 심지어 사이즈도 남자의 체격에 비해 조금 더 커 보이는 것을 입고 온 탓도 있었다. 하지만 무엇보다도.

'잘생겼다.'

다들 이런 생각으로 남자를 힐끗거리고 있었다. 이른 계절감의 커다란 패딩조차도 패션 아이템으로 만들어버리는 남자의 모습에 슬기는 저도 모르게 침을 삼켰다. 이 카페에서 아르바이트를 시작한 지 이제 3일 차인 신입 슬기는 '여기서 알바하길 정말 잘했어!'라고 속으로 환호하며 올라가는 입꼬리를 내리려 애썼다. 저녁 시간 길게 늘어선 주문 줄의 마지막에 선 남자는 자세히 보니 품 안에 무언가를 안고 있는 듯했다. 무언가 조금 크고 묵직한 것을 양손으로 고이 받치고 있는 모습이다.

'대체 얼마나 소중한 것이길래 저렇게 품에 안고 다닐까.'

슬기가 이렇게 생각하는 것도 잠시, 남자의 품이 불쑥 움직였다.

"으응. 왜? 답답해?"

그 움직임에 남자가 자신의 품 안쪽을 들여다보며 정말이지 꿀 떨어지는 다정한 목소리로 묻는다.

"주문 번호 98번입니다."

슬기는 주문을 받으면서도 뒷줄의 패딩 남자에게 온 신경을 쏟았다.

'제발, 제발, 저 남자가 강아지를 키우는 애견가이길! 아니면 애묘가!'

키우는 동물이 너무너무 좋아서 저렇게 품에 안고 다니는 것이길, 슬기는 빌고 또 빌었다.

마침내 남자가 주문할 차례가 되었다.

'우와.'

가까이서 본 남자는 정말 수려했다. 연예인이 아닐까 싶은 완벽한 비율까지. 물론 가을에 두툼한 패딩이라는 이상한 패션 감각을 지녔긴 하지만 패션의 완성은 얼굴 아니던가. 이미 완성이 되어 있는, 심지어 키마저 훤칠하기까지 한 완벽한 남자니 무엇을 입었든 상관이 없었다.

"핫초코 하나 주세요."

주문하는 남자의 목소리는 마치 '결혼해주세요'라고 하는 것처럼 달콤했다. 목소리가 떨려 나오지는 않을까, 슬기는 '음음' 하고 목을 작게 가다듬고 물었다.

"네. 더 필요하신 건 없으세요?"

"초코 휘핑으로 올려주세요."

"네. 초코 휘핑 말고 더 필요하신 건……."

그때, 또 한 번 남자의 품이 꿈틀꿈틀 움직인다. 그리고 작은 목소리가 들렸다. '마니' 하는 소리가.

"맞다. 그래야지? 우리 윤슬이가 언니한테 말해볼래?"

'우리 윤슬'에서 슬기는 불길함을 느꼈다. 옷 안에서 목소리가 들렸을 때부터 남자 품에 있는 것이 강아지 같은 게 아닐 거라는 직감은 있었지만, 막상 실체를 확인하려니 보고 싶지 않았다. 하지만 이런 슬기의 마음과는 달리 이내 남자가 입고 있던 패딩의 지퍼가 쭉 내려가고 그 안에서 인형처럼 귀여운 여자 아기가 얼굴을 내밀었다.

서너 살 정도 됐으려나. 파란 머리끈으로 묶은 양 갈래 머리카락이 아기가 얼굴을 움직일 때마다 살랑살랑 흔들렸다. 저도 모르게 두 눈을 잠시 질끈 감으며 슬기는 마음속으로 아까보다 더 간절히 기도했다.

'제발 이 아이가 남자의 조카이기를!'

"맛있겠다."

민유가 TV에서 나오는 핫초코를 보며 한마디 했다.

"나가서 한 잔 먹고 올까?"

민유 옆에 있던 우빈이 바로 대답했다. 자신의 무릎 위에 있는 딸과 노느라 정신이 팔려 있는 줄 알았는데 재깍 반응이 온다. 우빈은 연애할 때부터 지금까지 단 한 번도 아내 목소리를 놓치는 일이 없었다.

"으음. 그런데 나가기는 좀 귀찮아서……."

잠시 고민을 하던 민유는 이내 마음을 굳혔는지 '안 먹을래' 하며 소파에 깊숙이 몸을 기댔다. 결혼 후에도 변함없이 남편과의 산책을 즐기는 민유가 집 근처의 카페도 안 가겠다고 하는 것은 정말로 귀찮다는 이야기다.

"우리 마님께서 오늘 몸이 좀 무거운 것 같네."

"간밤에 남편이 오늘 주말이라고 잠을 안 재우더라고."

그러면서 민유가 살짝 눈을 흘긴다. 그 눈빛에 우빈이 피식 웃었다.

"그래서 낮잠 재워드렸잖아."

낮에 우빈의 품에 안겨 곤히 잠들었던 민유다. 그런 민유의 품 안에서는 윤슬이 쌔근쌔근 자고 있었고. 사랑스러운 두 여자를 바라보다 우빈 역시 잠이 들었었다.

"윤슬이가 보채서 자다가 깼어."

윤슬이 칭얼대는 소리가 들리면 우빈은 늘 민유보다 더 빠르게 반응하고 딸을 안아 들곤 했다. 그런 남편을 잘 알기에 민유는 윤슬이 더 큰 소리를 내기 전에 부랴부랴 딸을 달랬다. 우빈이 간만에 즐기는 낮잠이었기에, 달게 자는 그를 깨우고 싶지 않았다.

"날 깨우지."

"아빠 바라기 딸이 효심이 깊어선지 자는 아빠 안 찾고 엄마랑 잘 놀아서 괜찮았어."

"음. 그럼 오빠가 카페 가서 사 올게. 핫초코 먹고 싶은 거지?"

"꺄아. 정말? 울 남편 최고!"

민유가 우빈의 볼에 쪽 소리가 나게 뽀뽀를 하자 그에 대한 화답으로 우빈이 민유의 입술에 입을 맞췄다. 그리고 자연스레 품 안의 딸의 볼에도 뽀뽀를 해주려는데 윤슬이 포르르 아빠 품을 벗어난다.

"윤슬아?"

우빈의 부름에도 아랑곳 않고 방으로 달려간 윤슬은 잠시 후 제 몸보다 더 큰 우빈의 패딩 점퍼를 잡아끌면서 나타났다.

"아빠! 이거!"

아빠가 '나간다'는 것을 안 윤슬이 싱글벙글한 얼굴로 우빈에게 다가왔다.

"이것만 봐도 윤슬인 서민유 씨 따님이라니까. 그래, 윤슬아. 아빠랑 데이트하자."

"데이뜨! 데이뜨!"

윤슬은 우빈을 쏙 빼닮은 딸이었다. 신생아 시절부터 보는 사람마다 선윤슬은 선우빈 복제품이라고 인정하며 엄지를 추켜세웠다. 그런데 내용물은 서민유인지 엄마가 좋아하던 것을 똑같이 좋아했다. 그 예로 윤슬은 아빠 품에 안기는 것을 굉장히 좋아했다. 제 발로 뛰어다니다가 지치면 무조건 아빠 품을 찾았다. 특히 우빈의 커다란 옷 속에 쏙 들어가 있는 것을 좋아했다. 이전에 민유가 그의 코트 안에 갇혔던 것처럼.

따님의 취향 덕분에 우빈은 겨울도 오기 전부터 품이 넉넉한 패딩을 입어야 했다. 푹신하다고 윤슬이 좋아했기 때문이다. 어디 이것뿐인가. 세 살배기 조그만 녀석의 몸 안에 무슨 블랙홀이라도 있는지 웬만한 성인의 양과 비슷할 정도로 잘 먹었다. 그걸 보고 주위 사람들은 '얼굴이 아빠 유전자 몰빵이니, 위장만큼은 질 수 없다며 엄마 유전자 몰빵했나 보다'고 말을 했다. 걷기 좋아하는 것도 민유와 똑같아, 걸음마를 시작한 순간부터 윤슬은 엄마 아빠가 눈을 뗄 수 없게 만들었다. 집 안 온 사방을 방방거리고 돌아다녔고, 외출도 좋아해 밖으로 나갔다 하면 겁도 없이 여기저기 들쑤시고 다녀 부모의 가슴을 졸이게 만들곤 했다.

"그럼 이제 가볼까?"

"응! 응!"

윤슬이 우빈보다도 먼저 현관으로 달려 나갔다.

"윤슬아, 엄마한테 인사해야지."

우빈의 말에 윤슬이 다시 민유 앞으로 빠르게 다가왔다.

"엄마, 다녀오겠습니다."

행복 어린이집 3, 4세 작은별 반에서 배워온 대로 윤슬이 배꼽에 양손을 척 올리고 꾸벅 고개를 숙였다. 빨리 나가고 싶은지 고개를 숙였다가 올리는 속도가 평소보다 배는 빨랐다. 민유는 딸을 한 번 품에 안아주며 당부했다.

"네. 다녀오세요. 차 조심하고, 아빠 손 꼭 잡고 가야 해. 혼자 뛰어다니면 안 돼."

"응!"

그렇게 간만에 우빈과 윤슬 부녀는 단둘이 나들이를 나섰다.

골목 쪽에서 개가 우렁차게 짖는 소리가 들리자 윤슬의 시선이 골목을 향했다.

"저기 멍멍이!"

한 주택 대문 안쪽에 커다란 검은 개가 있었다. 그것을 발견한 윤슬은 꼭 쥐고 있던 우빈의 손을 놓고 작은 다리로 부리나케 달렸다.

"슬아, 아빠랑 같이 가야지!"

우빈은 빠르게 걸어가, 열심히 뛰고 있는 딸의 손을 다시 붙잡았다. 윤슬은 비틀거리며 달리느라 당장에라도 넘어질 것 같았다. 마음은 이미 개에게 닿았는데 몸이 따라주질 않아 욕심껏 더 빨리 뛰려다 보니 몸이 휘청거리는 거였다. 아빠의 손을 잡고서도 윤슬은 속도를 좀처럼 늦추지 않았다. 할 수 없이 윤슬의 속도에 맞춰 보폭을 넓히며 우빈은 다시금 딸의 손을 꼭 잡았다.

"컹컹!"

"멍멍!"

대문 너머로 도베르만이 위협적으로 짖는데도 윤슬은 겁먹지도 않고 저도 같이 멍멍거렸다.

"누구세요?"

문 하나를 사이에 두고 하염없이 개와 놀고(?) 있는 딸을 우빈이 옆에서 지키는 중, 뒤쪽에서 목소리가 들렸다. 우빈이 뒤를 돌아보니 20대 중반으로 보이는 여자가 경계하는 눈빛으로 그를 바라보고 있었다. 컹컹 짖던 개는 이내 짧은 꼬리를 맹렬히 흔들며 여자를 향해 낑

낑, 반가움을 표시했다. 아무래도 이 집의 주인인 듯싶었다.

"아, 죄송합니다. 지나가는 길인데 개가 예뻐서 잠시 구경 좀 했어
요."

"아아. 그러셨구나."

"윤슬아, 이제 가자. 여기 예쁜 언니가 집에 들어가야 한대."

"쪼끔만 더 멍멍이랑 놀다 가면 안 돼?"

우빈이 이제 가야 한다고 다시 윤슬을 달래려는데 주인 여자가 대
문을 열며 말했다.

"잠깐 동안은 괜찮으니까 들어와서 보실래요? 우리 동자는 제가 있
으면 다른 사람하고도 잘 있어서, 이제 짖거나 하지는 않을 거예요."

"고맙습니다!"

우빈이 뭐라 하기도 전에 윤슬이 성큼 언니에게 배꼽 인사를 하며
안으로 들어섰다. 우빈은 멋쩍게 웃으며 딸의 뒤를 따라 들어갔다.

"그럼, 실례하겠습니다. 개 이름이 동자인가 봐요."

"네. 이제 세 살 됐어요. 아이는 몇 살······."

그러면서 윤슬의 얼굴을 본 주인 여자는 순간 멈칫했다. 뒤늦게 윤
슬의 얼굴의 제대로 본 것이었다. 아이와 함께 있는 남자는 자신과 비
슷한 또래로 보였다. 그래서 옆에 있는 작은 아이는 당연하게 조카라
고 여겼다.

'될 놈은 어떻게든 된다고, 집 밖으로 나가지도 않고 베란다에서 눈
이 맞아 연애를 시작했다는 사람도 있다는 이야기를 얼마 전에 들었
는데.'

이번엔 자신이 그런 이야기의 주인공이 될 수도 있다고 생각했다.

우리 동자 구경하던 존잘남이랑 연애하게 됐어요. 이렇게. 그런데 아이의 얼굴을 보니, 이 아이가 조카라면 심각한 유전자 문제일 거였다. 아이는 누가 봐도 남자의 복제품이었다.

"……따님이신가요?"

"예, 우리 딸도 세 살인데. 동자랑 나이가 같네요."

이것도 인연이라며 전화번호라도 물어봤으면 부끄러울 뻔했구나. 설레발치지 않아 다행이었다.

그리고 다시 카페.

슬기는 슬쩍 눈을 뜨고 남자의 품 안에서 불쑥 나온 아기의 얼굴을 제대로 보았다. 그리고 절망했다.

"많이 주세요."

생글생글 웃는 아이의 얼굴이 남자의 얼굴과 똑. 같. 다.

"많이, 많이요."

아이는 팔로 커다랗게 원까지 그려가며 생글거렸다.

"아빠, 엄마는 크림 많이, 많이야아."

아빠……. 아빠. 아빠!

크흐윽. 기어이 관계를 명명백백 밝히는구나. 그냥 망상만으로라도 총각으로 남겨두고 싶었는데. 슬기가 마음속으로 울부짖었다. 역시. 저런 남자는 손 빠른(?) 여자들이 진작 채가서 품절시키기 마련이다. 아니면 게이든가.

"우리 딸이 알려줘서 다행이다. 아빠 깜빡할 뻔했어."

"그러면 안 돼. 아빠 까먹지 마."

딸의 귀여운 질책에 우빈이 살짝 미간을 찌푸리며 사과하는 시늉을
했다.

"안 그럴게요. 윤슬아, 우리 윤슬이는 뭐 먹고 싶은 거 없어?"

우빈의 말이 떨어지자마자 윤슬의 얼굴이 확 펴졌다. 그리고 기다
렸다는 듯 쿠키로 손을 뻗었다. 우빈은 딸이 잡기 쉽게 매대 가까이로
몸을 살짝 숙였다.

"이렇게 많이?"

윤슬의 작은 손이 초콜릿 칩이 박힌 큼직한 쿠키 세 개를 집어 들었
다.

"웅. 이거는 아빠 거, 이거는 엄마 거. 이거는 내 거."

쿠키를 하나하나 손으로 짚어가며 윤슬이 쿠키 주인들을 설명했다.
아직 어리니 제 것만 쏙 챙길 법도 한데, 엄마 아빠가 무언가를 살 때
언제나 가족들 것을 함께 챙기는 것을 보아온 덕분에 윤슬 역시 똑같
이 행동을 했다. 이런 윤슬이 너무 예뻐서 우빈은 딸의 볼에 쪽 소리
가 나도록 뽀뽀를 하고 쿠키를 하나 더 집었다.

"이것도 같이 계산해주세요."

우빈이 계산을 마치자 윤슬이 말을 이었다.

"아빠 것도 여기 있는데?"

"웅. 이건 윤슬이 거야. 우리 슬이 예뻐서, 아빠가 하나 더 사주는 거
야."

비치된 두 종류의 쿠키를 보면서 어떤 것을 고를지 쉽게 결정을 못

내리던 윤슬이었다. 아마 두 가지 맛이 다 먹고 싶었을 것이다. 제 욕심껏 먹고 싶은 걸 모두 골라도 되는데 엄마 아빠와 꼭 같은 개수로 먹어야 한다고 생각하는 듯했다.

"와아!"

쿠키 두 개를 모두 받게 된 윤슬이 활짝 웃으며 방싯거렸다. 그리고 이내 쿠키 하나를 아빠에게 내밀고, 엄마 거라는 쿠키도 또 아빠에게 전해준다. 아빠라면 엄마에게 잘 전해줄 것이라는 걸 어린 딸도 익히 알고 있었다.

"이거는 이제 내 거."

제 얼굴 절반만 한 쿠키를 양손에 하나씩 쥐고 윤슬이 활짝 웃었다. 자신을 쏙 빼닮았지만 이렇게 활짝 웃을 때만큼은 엄마의 모습과 똑같다. 한없이 예쁜 딸에게 우빈은 다시 뽀뽀를 퍼부었다. 그런 우빈을 바라보는 사람들의 얼굴에도 저절로 미소가 지어졌다. 자기 딸을 보면서 귀여워 어쩔 줄 모르는 기색이 역력하니, 보는 것만으로도 훈훈한 광경이었다.

"초코 휘핑 많이 하신 핫초코 나왔습니다."

주문한 음료가 나왔다는 소리에 우빈이 픽업 데스크로 다가갔다. 윤슬이 귀엽게, 거듭 부탁한 덕분인지 평소에 많이 달라던 때보다 더 많은 휘핑크림이 보였다.

"아빠, 내가! 내가!"

"잠깐, 잠깐만 윤슬아. 그거 뜨거워. 이거 끼우고……."

우빈이 컵에 슬리브를 끼우기도 전에 윤슬이 양손으로 답삭 컵을 잡았다. 작은 고사리손은 컵을 채 들어 올리기도 전에 화들짝 놀라 컵에서 떨어졌다.

"아, 아빠. 아파! 뜨거워!"

"윤슬아, 아빠 손 보여줘. 다쳤어? 응?"

윤슬의 눈에 물이 고이자 우빈이 놀라 다급히 딸의 손을 살폈다. 다행히도 다치진 않았다.

"흐어어엉. 뜨거워어."

하지만 제 생각보다 훨씬 뜨거운 컵을 쥐고 많이 놀랐는지 윤슬이 방울방울 눈물을 떨어뜨리기 시작했다.

"우리 딸 많이 놀랐구나? 괜찮아. 괜찮아."

우빈이 등을 토닥이며 윤슬을 달랬다. 아빠 목을 꼭 껴안은 딸이 꺼이꺼이 운다. 요 작은 녀석에게서 눈물 나올 데가 어디 있다고 윤슬은 잠깐 사이에 우빈의 목이 축축해지도록 울어댔다. 제 딸이 울 때마다 배는 더 마음 아파하는 딸 바보 우빈은 윤슬이 다치지 않은 것은 알지만 혹여나 제가 발견 못 한 다친 데는 없는지 다시 꼼꼼히 살폈다.

"엄마아. 어험마아. 뜨거워어."

윤슬이 엄마를 찾으면서 끅끅거리기 시작했을 때.

"윤슬아?"

민유의 목소리가 들렸다.

환청인가 하다가 너무도 선명한 목소리에 우빈이 고개를 돌리니 진짜 민유가 부녀 앞에 서 있었다. 두툼한 카디건을 하나 걸친 민유의 모습을 보자마자 윤슬이 팔을 뻗었다.

"엄마아. 엄마!"

민유가 윤슬을 안아 들며 물었다.

"오빠, 무슨 일이야? 윤슬이 왜 이렇게 울어?"

아빠 품에 안겨 서럽게 울던 윤슬은 엄마 품에 안기자마자 훌쩍이며 서서히 울음을 멈추었다.

"컵을 잡았는데 그게 생각보다 뜨거웠나 봐."

"혹시 다친 거야? 얼마나?"

민유가 화들짝 놀라며 급히 제 목을 껴안고 있던 윤슬의 손을 잡아내렸다.

"다친 건 아니고 좀 놀랐어."

안 다쳤다는 우빈의 말에 민유가 안심한 얼굴을 하고는 딸과 눈을 마주했다.

"윤슬아, 이제 괜찮아?"

엄마의 물음에 윤슬이 고개를 끄덕이며 '응' 하고 대답했다.

"컵이 많이 뜨거웠어?"

"응. 뜨거웠어."

"엄마한테 손 보여줘 봐."

민유의 말에 윤슬이 천천히 양손을 펼쳤다.

"후. 후. 우리 윤슬이 다 나아라."

민유가 입으로 윤슬의 손바닥에 바람을 불어주었다.

"윤슬아, 아직도 뜨거워?"

"아아니."

"다 나았네?"

"응."

민유가 윤슬을 어르는 사이 우빈은 민유의 핫초코를 챙겨 왔다.

"우와, 크림 정말 많다."

"처음보다 지금 많이 녹은 거야. 우리 딸이 엄마 크림 많이 달라고 해서 왕창 받았어."

"어머, 그랬어? 우리 윤슬이가 많이 달라고 했어?"

"응. 내가 그랬어. 많이, 많이."

"고마워, 딸."

"윤슬아. 엄마 이거 먹게 우리 슬이 아빠한테 와."

엄마한테 꼭 달라붙어 있던 윤슬은 순순히 다시 아빠의 품에 안겼다. 우빈은 한쪽 팔로 단단히 딸을 안아 들고는 다른 손으로 민유의 손을 꼭 잡았다.

"이제 갈까?"

우빈의 말에 민유가 고개를 끄덕였고, 이내 세 사람은 조용히 카페를 나섰다.

"보기 좋지?"

"네?"

슬기가 카페를 벗어나는 가족의 뒷모습을 멍하니 보는데, 카페 매니저가 그런 그녀를 툭 치며 말한다.

"저 가족 말이야. 선남선녀에 예쁜 딸까지."

"어, 알고 계셨어요?"

"우리 카페 종종 오는 손님인데, 잘생기고 예쁜 걸 떠나서 참 보기 좋더라. 서로 사랑하고 아끼는 게 눈에 훤히 보일 정도라서, 보고 있으면 마냥 흐뭇하더라고."

"……보자마자 결혼까지 생각했는데. 품 안에 저 딸을 보기까지 3

분 만에 차였어요."

"푸핫!"

쓸쓸하게 내뱉은 슬기의 말에 매니저가 웃음을 빵 터트렸다.

한적한 주말 저녁 시간. 세 사람이 나란히 자박거리며 걷는 소리가 골목에 작게 울렸다. 집으로 곧장 가지 않고 근처의 공원에 잠시 들렀다가 천천히 돌아가는 길이었다. 윤슬이 좌우에 있는 부모의 손을 꼭 쥐고 씩씩하게 걷고 있었고, 윤슬의 걸음에 맞춘 느릿한 속도로 민유와 우빈이 움직였다.

"피곤해서 나오기 싫다면서 어떻게 여기까지 왔어?"

우빈의 말에 민유가 피식 웃으며 답했다.

"근처 카페에 간 두 사람이 한 시간이 넘도록 연락도 안 되고 오지도 않는데 어떻게 안 나와. 걱정했잖아."

민유의 말에 우빈이 윤슬의 손을 잡지 않은 다른 손으로 주머니를 더듬었다. 하지만 손에 잡히는 건 지갑뿐이었다.

"아, 휴대폰 두고 나왔구나."

"전화를 해보니까 방에서 울리더라고. 그런데 왜 이렇게 늦었어?"

"윤슬이랑 골목 데이트 좀 했더니."

우빈의 말에 민유가 아항, 하고 웃었다. 윤슬이 또 골목길을 신나서 돌아다닌 모양이었다. 세 살 아이 걸음에 맞추다 보니 속도도 늦어질 수밖에 없는 데다, 그마저도 눈에 보이는 이 골목, 저 골목 여기저기 돌아다녔다면 이렇게 늦어질 만도 했다.

"엄마! 저기, 저어기에 아까 까만 멍멍이 있었어!"

"까만 멍멍이가 있었어?"

"응. 근데 막 멍멍! 했어. 이빨 이렇게, 이렇게!"

윤슬은 아까 봤다는 개를 흉내 내는 듯 미간을 찌푸리며 이를 드러냈다. 이런 딸의 모습이 너무도 귀여워서 민유는 넋을 잃고 윤슬의 얼굴을 잠시 쳐다보았다.

'이렇게 귀여운 강아지가 또 있을까. 세상에, 이게 내 딸이라니.'

볼수록 신기했다.

"까만 멍멍이 등 이렇게 만져봤다!"

윤슬의 자랑에 민유가 눈을 동그랗게 떴다.

"집까지 들어갔었어?"

"슬이랑 대문 밖에서 구경하고 있는데 집주인이 왔어. 우릴 보더니 들어와서 보고 가라고 하더라고."

우빈의 대답에 민유가 묘한 미소를 지었다.

"……아가씨였구나? 집주인."

"어떻게 알았어?"

우빈이 놀란 얼굴로 물었다.

"오빠 보고 들여보내 준 것 같은데, 그런 거면 뻔하지."

우빈을 두르고 있던 날 선 기운이 그가 결혼을 하면서 많이 누그러졌다는 이야기를 종종 들었었다. 이때까지만 해도 괜찮았다. 그러나 그 기운은 윤슬을 낳고 나서 더 온화해졌는지, 오히려 아빠가 된 이후 우빈은 헌팅을 잘 당했다. 정작 총각 때는 다들 힐끔거리기만 하고 접근을 잘 못 했는데 말이다. 아마 이번에도 집주인 아가씨가 우연을 인연으로 만들려고 하려다 씁쓸함을 맛보았을 것이다.

"아빠, 내 과자는?"

윤슬의 물음에 우빈이 주머니에 넣어둔 쿠키를 하나 꺼내 아이에게 내밀었다. 윤슬은 부모의 손을 꼭 잡은 자신의 양손을 한 번씩 바라보더니 이내 손을 풀고는 아빠가 내민 쿠키를 손에 쥐었다. 그러고는 우빈을 향해 팔을 활짝 벌렸다. 따님의 저 좀 안아달라는 신호에, 민유는 우빈이 손에 들고 있던 패딩을 자연스레 제가 가져갔다. 그러자 우빈은 재빠르게 윤슬을 품에 안아 들었다. 윤슬은 우빈의 품 안에서 쿠키를 크게 한입 베어 물더니 마음에 드는지 방긋 웃었다.

아빠 품 안에서 한동안 재잘거리던 윤슬이 조용하다 싶더니 이내 몸이 축 늘어졌다.

"우리 따님, 고새 주무시네."

민유가 아빠에게 축 기댄 딸을 보며 피식 웃었다. 잘 놀다가도 졸리면 장소가 어디든 꿀잠 타임을 갖는 딸이었다.

"평소보다 일찍 일어나서 낮잠도 안 자더니, 이제야 잠드네."

우빈은 잠든 딸의 이마에 쪽쪽이며 뽀뽀를 하고는 제 옆에 있는 아내의 이마에도 입술을 가져다 댔다.

"우리 딸은 아빠랑 잘 놀다가도 그럴 때면 꼭 엄마 찾더라."

"그럴 때?"

아무리 아빠와 잘 있어도 윤슬은 결정적인 순간에는 꼭 엄마를 찾았다.

"아까같이 놀라거나 했을 때."

"그래서 우리 빈이 오빠, 서운해?"

"……조금?"

"아하하하. 서운해 말아요. 나랑 있을 때는 아빠 찾던데?"

"그래? 정말?"

민유의 말에 우빈은 금세 화색이 돌았다.

"응. 처음에 나도 아빠 바라기 딸이 아주 약간 서운했는데, 우리 딸
은 그냥 부모가 다 있어야 안심이 되나 봐."

"우리 둘은 무조건 딸 옆에 붙어 있어야겠다."

"응. 찰싹 붙어 있어야지."

그러면서 민유가 윤슬과 우빈을 한꺼번에 꼬옥 껴안았다. 그 움직
임에 윤슬이 잠시 꼼지락대더니 무슨 좋은 꿈을 꾸는지 조그만 입가
에 살포시 미소를 띠었다.

다시, 벚꽃 피는 날

"엄마, 저기 이모 있어!"

우빈의 품에 안긴 윤슬이 외쳤다. 민유는 윤슬의 손목에 채워진 미아방지 팔찌를 다시 잘 조이며 물었다.

"누구?"

"이모."

"이모? 누구 이모?"

민유가 재차 묻자 윤슬이 우빈의 옷자락을 잡아당기며 말했다.

"아빠, 내려줘."

우빈이 딸을 바닥에 내려놓자마자 윤슬이 사람들 사이를 헤집고 뛰기 시작했다.

"윤슬아!"

"슬아! 엄마 아빠랑 같이 가야지!"

온 가족이 오랜만에 놀이공원을 찾은 참이었다. 지난번에 왔을 때
만 해도 하루 종일 유모차 안에 있어야 했던 아기 윤슬은 이제 두 발
로 씩씩하게 여기저기를 뛰어다녔다.

"이모!"

"으어?"

연우는 다리에 무언가 뜨끈하고 말랑한 것이 철썩 달라붙자 놀라서
들고 있던 컵을 놓칠 뻔했다. 다리에 붙은 무언가를 확인해보니 어린
아이다. 컵 안에 있던 커피가 연우의 손등 위로 몇 방울만 살짝 튀어
서 다행이었다. 행여 어린아이에게 쏟기라도 했다면 얼마나 큰일이었
겠는가.

"어머나, 우리 리틀 선 아냐?"

여기에 민유의 딸이 있다는 건…….

"피망? 진짜 피망이잖아?"

"오랜만이다, 홍선아. 이런 데서 다 만나네. 대박이다, 야."

연우는 우빈에게도 꾸벅 인사를 해 보였다.

"그러게. 진짜 신기하다. 이 넓은 데서 이렇게 딱 만나다니."

"리틀 선, 눈도 좋아요. 이모 여기 있는 건 어떻게 알았어?"

우빈을 쏙 빼닮은 윤슬은 '리틀 선우빈'이라는 의미로 미미 시스터
즈들에게 '리틀 선'이라 불렸다.

"이 삼촌이 보였는데, 옆에 이모가 있었어."

윤슬이 연우 옆에 있는 남자를 손으로 가리키며 말했다. 윤슬에게
있어 성인 남자는 무조건 삼촌이었다.

"삼촌 키가 커서 윤슬이한테 잘 보였나 보네."

그러면서 민유는 연우에게 네 곁에 있는 남자가 누구냐는 눈빛을 보냈다. 연우는 대답 대신 어깨를 한 번 으쓱해 보였다. 굳이 설명하고 싶지 않다는 뉘앙스다. 그런 연우의 반응을 뒤로하고 민유는 조심스레 남자의 얼굴을 살폈다.

"아! 그 천재……."

민유는 그가 예전에 카페에서 잠깐 봤던, 아휘라는 사람이라는 것을 기억해냈다. 우빈 같은 남자가 곁에 있기에 눈이 높아질 대로 높아진 민유였다. 그런 민유가 보기에도 눈에 확 띌 만한 미남이니, 몇 년 전에 한 번 본 게 전부지만 기억에 남아 있었나 보다.

'무슨 사이야? 둘이 여기서 뭐 해? 데이트였어? 애인이 생겼으면 말을 하지.'

궁금해 미칠 것 같다는 표정의 민유를 보고 연우는 씨익 웃음으로 답했다. 민유가 생각하는 건 죄다 틀렸을 테지만, 애인 사이가 아니라고 말해봤자 믿지도 않을 것 같았다.

"구해주님, 둘이서 데이트 잠깐 하실래요? 윤슬이 때문에 부부끼리 오붓한 야외 데이트하실 기회도 드물 것 같은데."

"솔깃하긴 하지만 우리 데이트하겠다고 한창 청춘남녀 데이트 방해할 순 없지. 괜찮다."

연우의 제안을 민유가 단칼에 사양했다.

"내가 데이트 아니라고 해도 안 믿을 거지?"

"응."

민유의 단호한 대답에 연우는 타깃을 바꿔 커다란 솜사탕을 들고 있는 윤슬을 안았다. 잠깐 사이 아휘를 공략했는지 그가 먹으려던 솜

사탕이 이미 윤슬의 손에 넘어가 있었다.

"윤슬아, 엄마 아빠 말고 이모랑 놀까?"

"응. 그럴래."

단번에 대답이 떨어졌다. 이거 안 돼, 저거 안 돼, 하는 엄마 아빠보다는 만날 때마다 선물 세례를 해주는 미미 시스터즈 이모가 윤슬은 더 좋은 모양이었다. 잠시뿐이겠지만.

"윤슬이가 엄마 보고 싶다고 하면 즉각 연락하마. 그럼 즐거운 데이트 하세요."

연우는 민유가 궁금해하는 것을 끝내 대답해주지 않고 그대로 윤슬을 품에 안은 채 떠났다.

"피망, 저거. 끝까지 대답 안 해주네."

"음, 올해 안에 청첩장 받으려나. 우리 깨비, 축가 준비해야겠네."

그렇게 말하던 우빈이 저 멀리를 바라보며 갑자기 미간을 찌푸렸다. 민유가 우빈의 시선을 쫓아가 보니, 사람들 속에 파묻힌 연우 일행이 보였다. 어찌 된 일인지 윤슬은 연우가 아닌 아휘의 품에 안겨 있었다.

"우리 딸이 낯 안 가리고 스스럼없기는 하지만 저렇게 빨리 낯선 사람 품에 안기는 거 보기는 또 처음이네."

워낙에 잘나고 멋진 아빠를 둔 윤슬은 웬만한 남자들에게 꿈쩍도 하지 않는 콧대 높은 여자였다. 그런 윤슬이 아휘의 목을 껴안고 방글방글 웃고 있다.

"이런 거 보는 것도 마음이 아픈데……."

우빈이 차마 끝말을 잇지 못하자 민유가 대신 말해주었다.

"'아빠, 내 남자친구야' 이런 상황이 오기라도 한……."

"깨비야, 난 윤슬이 무조건 서른 넘어서 연애 허락할 거야. 그러니까 26년 후에나 일어날 가슴 아픈 일을 벌써부터 꺼내지 말자."

맙소사! 결혼도 아니고 연애를 서른 넘어 하란다. 우리 딸, 어쩌누.

민유가 황당하다는 얼굴로 우빈의 손을 잡으며 물었다.

"우리 슬이가 선우빈 같은 남자 데려오면?"

"그래도 안 돼."

결연한 대답에 민유는 피식 웃음이 나왔다. 그러는 우빈은 스물셋 서민유랑 진도 빼고 스물일곱에 데려가지 않았던가.

"오빠는 나 대학생 때 찜콩 해놓고선."

"그래서 더 안 돼."

민유가 결국 까르르 소리 내어 웃었다.

"그럼 우리 딸, 아빠 때문에 서른 넘을 때까지 연애도 못 하는 거야?"

"엄마 닮았으니까 남자들이 대시해도 모르고 지나갈 거야. 그걸 서른 넘어서 알게 되길 바라야지."

우빈 아버님의 딸 지킴이벽은 높고도 견고했다.

"선우빈은 내 거니까, 질투는 나한테만 하는 건 줄 알았는데."

민유가 부러 새침하게 말하자 우빈이 잡고 있는 민유 손을 들어 올려 입을 맞추었다.

"우리 마나님한테는 더 심하게 해. 난 깨비가 다른 남자 쳐다보는 것도 싫어."

"어, 어머."

민유의 심장이 콩콩 떨렸다. 결혼도 했고, 아이도 낳았지만 우빈은 여전히 민유를 설레게, 떨리게 하는 남자였다. 이런 사람이 '부부'라는 이름으로 자신과 묶여 있다는 사실이 민유는 더없이 든든했다.

"깨비야, 저기 앞에 사탕 가게 보이네. 저거 사줄 테니까 오늘 밤에 어떠세요?"

예전엔 사탕 사줄 테니까 오빠 따라오지 않겠냐고 하더니 한층 업그레이드된 사탕 유혹이었다.

"싫으세요, 마님?"

이제는 손가락 하나하나에 입 맞추며 물어보는 우빈이다. 민유는 그의 애정 어린 동작에 살짝 볼을 붉히며 천천히 대답했다.

"……사주세요, 사탕."

주말이다 보니 놀이공원엔 어디나 사람이 많았다. 민유가 좋아하는 스릴 넘치는 롤러코스터는 대기 시간만 2시간이었다. 한두 시간 정도 윤슬을 맡길 생각으로 보낸 것이라, 기구를 타기에는 무리였다. 결국 두 사람은 기구 타는 것을 포기하고 손을 잡고 산책하듯 놀이공원을 거닐었다. 혹시 연우에게 연락이 올까 봐 휴대폰은 다른 손에 꼭 쥔 채.

"와. 이런 인형, 우리 딸이 엄청 좋아하는 건데."

상품점 진열대에 있는 하얀 곰인형을 보며 민유가 입을 열었다.

"여기 있었다면 사달라고 애처로운 눈빛으로 바라봤겠지."

"그러면 아빠는 전부 사주고 싶어서 어쩔 줄 모르는 안타까운 눈으로 날 바라봤을 거고."

민유가 우빈의 허리를 꼭 껴안으며 방긋 웃었다. 우빈도 민유를 감싸 안으며 미소를 지었다.

"우리 집 절대 권력자가 안 된다고 하시면 안 되는 거지. 아무리 안타까워도."

"아하하. 그치만 집에 비슷한 인형이 너무 많은걸. 우리 슬이 예쁘다고 미미들이 선물 해준 것도 잔뜩이고."

"우리 딸 예쁘니까 이모들이 좋아하네."

"그거 오빠 셀프 칭찬이지? 슬이는 누가 봐도 선우빈 붕어빵인데."

그때 민유 손에 있던 휴대폰이 부르르 몸을 떨었다.

"윤슬이 엄마 아빠 찾나 보네. 응, 피망."

[리틀 선한테 여기서 파는 소시지 먹여도 돼? 사달라고 하는데 그래도 되나 싶어서.]

윤슬이 연우와 함께한 지 두 시간. 아직은 이모랑 있는 게 더 좋은 듯했다.

"응. 괜찮아. 웬만한 건 다 먹을 수 있어."

[아, 그래? 다행이다. 그럼 윤슬이 이거 먹이면서 내가 조금 더 데리고 있을게.]

"애 데리고 있는 거 힘들 텐데."

[리틀 선 말도 잘 듣고 얌전해서 힘든 것도 없다. 내 걱정 말고 즐겁게 데이트나 하셔. 끊는다.]

전화가 끊기기 전, 휴대폰 너머로 연우가 '선윤슬 씨, 양손에 든 그거 다 먹을 수 있겠어?' 하는 소리가 들렸다.

"우리 따님은 예쁜 이모랑 잘생긴 삼촌 사이에서 행복하게 간식 타임 중이네요."

"그럼 우리 마님도 잘생긴 남편이랑 행복하게 간식 타임."

우빈이 손에 들고 있던 사탕 봉지에서 딸기 모양 젤리를 하나 꺼내 민유의 입에 넣어주었다. 민유가 그런 우빈의 손가락 끝을 가볍게 앙, 하고 물자 그가 살짝 곤란한 표정을 짓는다.

"이런 건 침대 위에서 해달라니까."

민유는 그의 손바닥에 쪽, 하고 입술을 맞추고 타박하듯 말했다.

"어쩌면 좋지. 담백했던 우리 빈이 오빠는 어디 가고 자기 입으로 잘생겼다, 침대 위, 이런 말만 하는 아저씨가 남은 거야?"

"오빠 아저씨 맞잖아. 아내뿐만 아니라 아이까지 있는."

"이런 아저씨가 내 거라니."

민유가 우빈을 꼭 끌어안으며 까치발을 들고 그의 입술에 살짝 입을 맞추었다.

"좋네. 이런 아저씨도."

"서민유도 아줌마 다 됐네. 사람들 눈 신경도 안 쓰고 이렇게 예쁜 짓을 다 하고."

놀이공원 상품점 옆, 조금은 구석진 자리라고는 하나 원체가 사람이 많은 곳이다. 지나가는 사람들이 흘끗거리며 부부에게 시선을 한 번씩 던지는데 그 수가 적지만은 않았다.

"부부는 이래도 괜찮아요. 아줌마 아저씨가 애정표현 좀 하겠다는 걸 뭐."

"이런 예쁜 아줌마가 내 거라니."

우빈이 민유가 한 말과 함께 키스까지 고스란히 돌려주었다. 꺄핫,

하고 민유가 웃는다.

"연애할 때 같네."

"응. 오빠랑 연애할 때 여기 처음 놀러 왔던 거 생각난다."

우빈을 꼭 끌어안은 채 지난 날을 떠올리며 민유가 행복해했다. 아직 윤슬이 태어나기 전. 팔에 안겨 있는 사랑스러운 존재가 생기기 전에는 이렇게 민유는 우빈을 곧잘 껴안고는 했다. 지금도 윤슬이 자고 있거나 혼자서 잘 놀 때에는 종종 서로를 가만히 껴안고 있기도 했지만 밖에 나와서 둘이서만 꼭 끌어안고 있는 건 오랜만이었다. 지나는 걸음마다, 눈에 보이는 아기자기한 캐릭터 상품마다 윤슬을 떠올리는 부부였지만 이렇게 잠시나마 둘만 있는 것도 흡족하긴 했다.

"오빠, 우리 다음 달에 벚꽃 피면 학교 한번 놀러 가자. 윤슬이 데리고."

학교는 여전했다. 입구의 벚꽃은 올해도 풍성했고 아름다웠다. 그런 벚꽃 아래, 주말이지만 좀비처럼 터덜터덜 학교로 향하는 학생들의 모습도 그대로였다.

"아차, 이제 시험이겠구나. 어쩐지 주말인데 학생들이 많더라니."

우빈이 윤슬을 고쳐 안으며 입을 열었다. 학교 주차장이 아니라 멀리 있는 공영 주차장에 차를 대고 천천히 학교까지 걸어왔기에 벚꽃 핀 풍경을 멀리서부터 즐기면서 올 수 있었다.

"그러게. 나도 졸업한 지 오래라서 잊고 있었네. 이때가 시험인 거."

생기발랄한 대학생들의 상큼한 기운을 기대했건만. 물론 대학생 특유의 청량함과 산뜻한 기운은 그대로였지만, 묘하게 가라앉은 분위기에 부부는 지금이 시험 기간이라는 것을 깨달았다.

"아빠, 아빠! 여기, 여기에 꽃 떨어졌어!"

윤슬의 어깨 위로 벚꽃 한 송이가 흩날리자 윤슬이 자그마한 손으로 그 꽃을 집어 들고 우빈의 얼굴에 내밀었다. 작은 아이의 씩씩한 목소리에 지나가는 학생들이 다시 한 번 가족에게 시선을 보냈다. 학교 초입부터 눈에 띄는 일행이었다. 일단 남자의 키가 커서 눈길이 가고, 그다음으론 얼굴 때문에 시선을 멈추게 된다. 그리고 옆에 있는 여자와 남자 품 안의 아이를 보고 '가족'임을 알게 된 순간, 순식간에 피어올랐던 망상을 순식간에 접으며 실망. 민유네 가족이 걷는 내내 그 과정이 반복되었다. 그들 외에도 주말을 맞아 가족 단위로 벚꽃을 즐기러 온 사람들이 꽤 보였다. 벚꽃 많고 예쁘기로 유명한 학교라 개화기(開花期)엔 으레 볼 수 있는 모습이었다. 하지만 그런 외부인들 중에서도 우빈 일행은 단연코 눈에 띄는 가족이었다. 예쁜 엄마, 잘생김의 표본인 아빠, 그리고 누가 봐도 그 아빠의 딸이 분명한 아이가 벚꽃과 어우러진 풍경은 마치 화보 같았다.

"아빠 내려줘, 내 꽃 떨어졌어."

손에 쥔 벚꽃을 바닥에 흘린 윤슬이 우빈의 품을 벗어나려고 바동거렸다.

"아빠가 주워줄게."

"내가! 내가 할 거야!"

"오빠, 윤슬이 내려줘. 어디 나오기만 하면 품에서 놓질 못하네. 애

걷는 거 까먹겠어.”

윤슬의 요구와 민유의 가벼운 핀잔에 우빈은 슬며시 품 안의 딸을 내려놓았다. 내키지 않는다는 듯 천천히.

“엄마, 여기도 꽃 또 있어!”

윤슬이 바닥에 떨어진 꽃들을 손으로 바지런히 주우며 방긋방긋 웃었다.

“그러게. 꽃이 엄청 많다, 그치?”

윤슬은 아예 바닥에 털썩 엉덩이를 대고 앉더니 손바닥을 땅에 꾹 댔다가 들었다. 고사리 같은 작은 손바닥에 벚꽃잎이 가득 묻어났다. 그걸 보며 까르르 웃던 윤슬이 ‘꽃이 잔뜩’이라며 엄마도 한 번 보여주고, 아빠도 한 번 보여주고는 제 손바닥을 팡팡 쳐서 눈송이처럼 잎을 휘날리게 했다.

“아유, 귀여워.”

“애기 봐. 진짜 예쁘다.”

지나가는 학생들의 시선을 사로잡은 윤슬은 수백의 언니 오빠들의 귀여움을 받으며 몇 분이나 바닥에 앉아 꽃잎을 가지고 놀았다. 민유와 우빈은 그런 윤슬을 흐뭇하게 웃으며 바라보았다.

우빈은 윤슬이 팔을 뻗자마자 번개같이 딸을 품에 안았다. 그리고 능숙하게 한 팔로 딸을 안아 들고 다른 손으로 윤슬의 옷에 묻은 꽃잎과 먼지를 톡톡 털어냈다.

“슬아, 엄마 손 보여줘. 아까 바닥 자꾸 만져서 지지야.”

민유가 물티슈를 찾으려 가방을 뒤적거렸다.

"어머, 물티슈 넣어놓은 파우치를 차에 두고 내렸네. 학교 들어가서 화장실 잠깐 쓸까?"

"외부인 출입 금지잖아. 게다가 시험 기간이니 더 통제할 거고."

"도서관은 빡빡해도 강의실은 별도로 통제 안 했었잖아."

자신도 남편도 둘 다 이 학교를 졸업한 학생이었다. 그런데 단지 졸업했다는 이유만으로 출입을 못 한다니. 새삼 울컥했다.

"세상에. 4년 동안 등록금을 얼마나 냈는데 졸업했다고 이렇게 외부인이 되네."

"우리 갑시 생각해보니 열 받는가 봐?"

"응. 어쩜 졸업하자마자 성적증명서, 졸업증명서 같은 각종 증명서 받는 데 돈을 배로 받질 않나. 도서관 이용도 못 해요. 불합리투성이야. 학교 나빠!"

민유가 투덜거리자 윤슬이 물었다.

"학교가 마니 나빠?"

"음. 아니, 많이는 아니고 쪼오금 나빠."

"혼내주까?"

윤슬이 미간에 주름을 잡고 제 딴엔 심각한 얼굴로 으름장을 놓았다. 그 모습이 너무 귀여워서 민유와 우빈은 웃음을 터트렸다.

"가자. 여기서 제일 가까운 건물이 인문대였지?"

"아니. 오빠, 도서관이 더 가깝지."

"거긴 경비 아저씨 계셔서 통제하실걸."

"이건 졸업생으로서의 권리야. 난 꼭 도서관 화장실을 쓸 거야."

"깨비가 이런 데서 투지를 불태우네."

"이리 와, 선윤슬. 경비 아저씨가 엄마 막으면 우리 딸이 예쁜 짓 보여줘. 애교로 통과하자!"

우빈 품에 있던 윤슬을 냉큼 데려다 안고는 민유는 씩씩하게 우빈보다 앞서 도서관으로 향했다. 그런 민유의 뒷모습을 보며 우빈은 피식 웃다가 발을 뗐다.

"어? 저 교수님."

도서관 입구에서 민유는 낯익은 사람을 발견했다.

"아직 계시네."

예전에 경영정보론 수업을 하셨던 교수님이었다. 민유에게 통한의 A를 주셨던 그 교수님.

"교수님, 안녕하세요!"

민유가 반갑게 인사를 하자 교수가 그녀를 물끄러미 바라보았다.

'아차, 날 기억 못 하시겠구나. 내가 스물세 살 때, 3학년이었지? 그리고 스물네 살에 4학년, 이듬해 2월에 졸업해서, 일곱에 결혼하고 지금 서른둘이니까……'

졸업한 지 벌써 7년이나 지났다. 그동안 수백, 수천의 제자들을 가르쳤을 교수였다. 거기다가 자신은 경영학과 학생도 아니었으니 더더욱 기억할 리 만무했다. 민유가 급히 설명을 덧붙였다.

"아, 저기. 이전에 교수님 수업 들었던 학생입니다. 지금은 졸업했고요. 윤슬아."

민유가 윤슬을 바닥에 살짝 내려주었다. 어른을 만나면 꼭 인사하라고 가르친 부모 덕에 윤슬은 지금 엄마가 자신을 부른 이유를 찰떡같이 알아들었다.

"안녕하세요."

정중하게 배꼽에 양손을 대고 꾸벅 고개 숙여 인사하는 윤슬을 교수가 따뜻한 눈으로 바라보았다.

"어허허. 귀여워라. 시간이 벌써 이렇게 됐나. 그, 선우빈 군……. 맞지요?"

교수가 확인하듯 조심스레 물었다. 그 말에 민유의 눈이 놀람으로 동그랗게 커졌다. 이렇게 오랜 시간이 지났는데 우빈을 기억하신다니.

"예. 맞습니다, 교수님."

"미안해요. 내가 가르치는 학생들이 워낙 많다 보니 이름 기억을 잘 못 합니다. 내 기억으로는 자네가 공과대 학생이었던 걸로 아는데. 그리고 우빈 군이랑……."

우빈과 자신이 그리도 유명한 커플이었던가. 여느 CC들처럼 조용하고 평범하게 사귀었던 것 같은데 교수님까지 알고 계셨다니.

'아, 하긴. 선우빈이 워낙 유명했어야지.'

몇 년이 지나도 이렇게 교수가 선명하게 기억할 정도의 남자. 그 덕에 저까지 같이 유명세를 탔나 보다. 아이의 얼굴이 우빈과 똑같아서 바로 기억을 하신 걸까. 어찌 되었든 만약 우빈과 결혼하지 않았다면 굉장히 난감했을지도 모를 상황이 됐을 것이다.

"안녕하셨습니까, 교수님."

"어어! 그래! 우빈 군. 여전하구먼."

한 걸음 늦게 도서관에 도착한 우빈이 교수를 향해 정중히 인사하자 교수가 반갑게 맞았다.

"역시. 둘이 결혼한 건가요?"

"예, 아내와 딸입니다."

"온 가족이 여기는 어쩐 일로?"

"아이 데리고 학교 벚꽃 보러 오자고 약속했었거든요."

담소는 교수가 시간을 확인하면서 짧게 끝났다. 약속이 있어 이만 가본다는 교수에게 인사를 하고, 도서관 경비에게 출입 허가를 받으려는데 민유가 말도 하기 전에 출입구가 열렸다. 아마 교수와 이야기 나누는 모습을 보고 열어준 듯싶었다.

"시험 기간이니까 아기가 시끄럽지 않게 해주세요."

경비 아저씨의 당부에 부부는 고개를 끄덕여 대답하고 화장실로 향했다.

윤슬의 손을 씻기고 화장실에서 나오자, 윤슬이 민유의 옷자락을 잡아당겼다.

"슬아, 왜?"

"엄마, 저기 라면 먹어."

지금 있는 곳은 매점이 있는 지하층이었다. 도서관에서 주말 내내 밤을 새운 학생들이 커피나 라면 따위를 먹으며 잠시 쉬고 있는 모습에 윤슬이 발걸음을 멈췄다.

"응. 언니 오빠들 열심히 공부하다가 잠깐 쉬면서 라면 먹는 거야."

"나는 공부 안 해도 먹을 수 있는데."

"언니 오빠들도 원래 공부 안 하고 먹을 수 있는데, 지금은 열심히 공부해야 하는 때라서 그래."

우빈은 다른 학생들처럼 매점 근처에 서서 민유와 윤슬의 모습을 지켜보고 있었다. 학생들로 가득한 도서관에서 보이는 모녀의 다정한 모습. 시험 기간 도서관에서 마주치기에는 이질적인 광경이라 사람들의 시선을 끌기에 충분했다.

"……윤슬아. 여기서 뭔가 먹고 싶어?"

잠깐의 대화 끝에 민유는 윤슬이 원하는 것을 콕 집어 물어봤다. 그러자 기다렸다는 듯 윤슬이 '엉!' 하고 씩씩하게 대답했다.

관대 화방에 글이 하나 올라왔다.

「제목: 이과생들아!!!!

시험이라 거지꼴로 도서관에 처박혀 있다가 졸려서 매점에 갔음. 스누피 님한테 뺨 좀 처맞으러. 비몽사몽 매점 냉장고에서 카페인 가득한 스누피 커피 우유 찾고 있는데 뭔가 분위기가 이상한? 들뜬? 여튼 그런 느낌.

뭐지? 하고 보니까 사람들이 한군데를 보면서 수군수군하고 있더라고.

뭘 보나 싶었더니, 세상에! 엄청 예쁜 아기가!

점심 먹는 중인지 입가에 밥풀 같은 걸 잔뜩 묻히고 있는데도 무슨 이유식 광고인 줄.

서너 살쯤 됐으려나. 근데 애가 겁나 예쁨. 아, 미친. 내가 풀메이크업을 해도 쟤보단 안 예쁠 거 같은 그런 느낌.

근데 왜 그 애기가 그렇게 예쁜지 같이 있던 엄빠 보니까 바로 알겠음.

아빠 품에 안겨서 먹고 있는데, 아빠가 매점을 한순간에 CF 촬영장으로 만드는 포스였음.

애가 완전 아빠 유전자 몰빵이었던 거임.

저런 남자를 만나야 내 2세가 이 험한 세상을 헤쳐 나갈 수 있겠구나 생각했는데, 맞은편에 앉아서 아기 얼굴 닦아주는 엄마 보고 내 2세를 포기함.

ㅅㅂ 그럼 그렇지.

한쪽 몰빵으로 나올 얼굴이 아녔어.

비루한 내 유전자로도 완벽한 아이를 낳을 수 있게 이과생들아 제발 힘 좀 내줘라. 잠은 죽어서 자줘ㅠㅠㅠㅠ」

글 하단에는 작은 사진도 한 장 첨부되어 있었다. 부모는 나오지 않은, 아빠 다리에 앉아 활짝 웃고 있는 아기만 찍힌 사진이었다.

ㄴ, 이 사진은 허락받고 찍어 올린 거임.

ㄴ, 애기 안고 있는 아빠 손 봐. 미친. 손도 잘생겼어.

ㄴ, 나 그날 도서관에 있었는데!!!!! 왜 못 본 거야ㅠㅠㅠㅠ

ㄴ, 무슨 애가 벌써부터 저렇게 예쁘냐.

ㄴ, 저도 봤어요, 저 가족! 두 분 다 우리 학교 졸업하셨대요!

ㄴ, 정보 입수!! 아빠가 경영학과 선우빈이래요! 재학 당시도 ㅈㄴ 유명했다고. 미친 미모로.

ㄴ, 졸업한 지는 꽤 됐는데, 몇몇 교수님들이 아직도 기억함ㅋㅋㅋㅋㅋㅋ 잘생긴 애가 공부도 잘했다고.

ㄴ, 엄마는 컴공과 서민유!!!!

ㄴ, 뭐야, CC였던 거임?

└, 공대생? ㅠㅠ 저 언니 공대의 희망이야!! 우리도 할 수 있어!!

└, 위에 원글 잘 읽어봐. 과연 할 수 있는지ㅠㅠㅠㅠ 이번 생은 틀렸어.

이 글은 재학생들의 폭발적인 관심에 힘입어 대형 포털 커뮤니티 사이트까지 퍼져 나가 유명세를 탔다.

탕평(蕩平)과 모론(母論)

"흐어어어엉! 어엄마아아."

윤슬의 곡소리가 집 안을 울렸다.

"엄마 괜찮아, 윤슬아."

효녀 윤슬은 민유가 화장실로 달려갔다가 나올 때마다 울음을 터트렸다. 어린 제 눈에 보기에도 새하얗게 질려 버석버석한 엄마의 얼굴이다. 그러니 안 울 수가 있나. 엄마가 아프거나 힘들 때면 언제나 아빠가 꼭 안아주며 병간호를 했는데, 이번엔 아빠가 아무리 껴안아줘도 엄마는 계속 아팠다.

"정말 괜찮아. 우리 딸, 뚝. 매번 이렇게 놀라서 어떡하니."

민유가 윤슬을 꼭 품에 안아주었다. 세상 모든 냄새에 구역질이 올라오는데도 신기하게도 윤슬에게서 나는 냄새는 괜찮았다. 이것도 모정의 힘인가.

"윤슬아, 이리 와. 엄마 힘들어."

민유의 배 위에 반쯤 올라타 안겨 있는 윤슬을 우빈이 안아 들었다. 이제는 우빈의 허리만큼 자란 6세 윤슬이니 민유 위에 올라가 있으면 무거울 터였다.

"아빠, 동생 때문에 엄마가 아파. 동생이 없었으면 좋겠어."

두 번째 겪는 민유의 입덧이었다. 그나마 이번엔 주변 사람들이 샤워를 하지 않아도 민유에게 다가갈 수 있었다. 다만 음식을 먹거나 냄새를 맡는 건 여전히 고역이었다.

"그런 말 들으면 엄마 배 속에서 동생들이 너무 서운할 거야."

우빈이 딸을 토닥여 달래며 말했다.

"그치만……."

"우리 윤슬이 엄마 배 속에 있을 때도 엄마 이랬어."

민유의 말에 윤슬이 깜짝 놀란 얼굴을 했다.

"진짜? 엄마, 그랬어?"

"응. 윤슬이 때도 그랬어."

"엄마 나 때문에 아팠어?"

"하나도 안 아팠어. 엄마 윤슬이랑 만날 생각에 얼마나 행복했는데."

"지금도?"

"응. 지금도 엄마는 괜찮아. 이제 일곱 밤만 코 자면 엄마 윤슬이랑 맛있는 거 먹으러 갈 거야."

"정말?"

며칠 째 음식은 입에도 못 대던 엄마가 맛있는 걸 먹으러 가자는 말에 윤슬의 표정이 환하게 펴졌다. 지금이 엄마가 자신을 가졌을 때보다 훨씬 더 나은 상태라는 사실은 꿈에도 모른 채.

민유는 근래 들어 잠이 부쩍 늘고 몸이 느슨하게 풀어지는 느낌이 들었다. 이런 느낌, 낯설지가 않다. 얼마 전엔 또 묘한 꿈까지 꿨다. 바다에 엄청 커다랗고 노란 해와 달이 동시에 떠 있는 꿈이었다. 어찌나 바다 가까이에 떴던지 바다 물결에 해와 달이 거울에 비친 것처럼 반짝이고 있었다. 윤슬을 가졌을 때와 비슷한 꿈이었다. 우빈과 둘째 계획을 세운 이후에 이런 꿈을 꿨다. 왜 그런지 이유를 알 것 같았다. 우빈 역시 민유의 달라진 신체 리듬을 느꼈는지 민유보다 먼저 병원 가보자는 말을 꺼냈다.

"축하드려요."

역시나. 둘째가 집안에 찾아왔다.

그런데.

"쌍둥이입니다."

한 번에 둘이 찾아왔다. 민유와 우빈이 눈을 깜빡였다.

"쌍둥이요?"

의사가 초음파 화면을 가리키며 말했다.

"네. 여기 보시면 아기집이 이렇게 두 개인 거 보이시죠?"

"그게 가능해요?"

민유의 질문에 의사는 황당한 표정을 지었다.

"······가능하니까 여기 이렇게 보이는 거겠죠?"

"아. 그러게요. 제가 엉뚱한 말을 했네요."

정신을 차리고 화면을 다시 보자 그제야 쌍둥이란 자각이 왔다.

"오빠! 나 쌍둥이래!"

"응. 우리 윤슬이 한 번에 동생이 둘이나 생겼네."

우빈이 민유를 품에 안듯이 감싸고 활짝 웃었다.

첫 아이를 낳고 5년 만에 찾아온 둘째였다. 우빈은 민유가 윤슬을
가졌을 때와 낳을 때, 지독하게 고생했던 것을 아직도 생생하게 기억
했다. 하여 섣불리 둘째를 갖자고 할 수 없었다. 그래서 민유가 둘째를
갖고 싶다고 말하기 전까지, 정확히는 둘째를 갖자고 조를 때까지 우
빈은 철저하게 피임을 해왔었다.

윤슬을 가졌을 때, 물 냄새도 못 맡는 극심한 입덧을 보내고 우빈은
민유가 이제 괜찮아졌다고 생각했다. 하지만 아내가 친구와 전화 통
화하는 것을 우연히 듣고 그게 아니란 것을 알게 되었다.

"입덧 때문에 그냥 다 맛이 없어. 근데 그냥 먹는 거야. 아예 안 먹
을 수는 없으니까. 아직도 냄새 강한 건 잘 못 먹어. 사실 속이 뒤집히
는데도, 괜찮은 척하고 몰래 화장실 가서 토했던 적도 있었어."

충격적인 말이었다. 왜 그런 사실을 말하지 않았을까, 속이 상했다.
아마 이런 제 마음을 더 잘 알고 있기에 민유가 꾹 참고 주변에 말을
안 했던 모양이었다. 하지만 다른 것도 아닌, 임신 때문에 그런 건데
남편인 자신에게 알리지 않았다는 사실은 우빈의 마음을 참담하게 했
다.

"응. 알아. 오빠한테 말 안 하는 거 미안하긴 한데, 그래도 몰랐으면 좋겠어. 너무 걱정한단 말이야. ……아, 그렇게 생각해보니까 진짜 잘못했네. 알았어. 당장 오빠한테 말할게. 그러니까 피망 그만 혼내. 나 임산부야."

수화기 밖으로 [바보냐?] 하고 버럭하는 소리가 들린다 싶더니만 맹렬하게 연우에게 혼난 모양이다. 얼마 지나지 않아 전화를 끊고 민유가 뒤를 돌자, 우빈은 저벅저벅 걸어가 민유를 꼭 품에 끌어안았다.

"피망이 뭐라고 혼냈어?"

"……오빠 들었어요?"

"이렇게 숨기면, 내가 알았을 때 얼마나 상심할지 생각 못 했어?"

아내 일이라면 결코 사소한 것도 지나치지 않았는데, 이번엔 전혀 눈치채지 못했다. 그저 민유가 제대로 음식을 씹어 넘기는 모습만 봐도 감동이라 다른 일은 잘 안 보였던 모양이었다. 그래도 그렇지 어떻게 몰랐을 수가 있을까. 그 사실이 너무 미안해서 우빈은 민유를 안은 팔에 더 힘을 주었다.

"피망도 그렇게 혼냈어요. 거기다 남들은 임신했을 때 신랑이 사소한 거 하나 못 해준 걸로도 평생 서럽다고 하는데 너는 왜 스스로 서러운 일을 만드냐고도 했고."

저 말을 하는 연우의 목소리가 절로 음성 지원돼서 귓가에 울리는 기분이었다.

"그러니까 앞으로 그런 거 숨기지 말고 무조건 말해. 뭐든 다 들어줄 테니까. 제발."

우빈의 목소리가 간절했다. 민유는 자신이 정말 큰 잘못을 했다는 것을 깨달았다. 그리고 어리석었던 것도. 아마 아직도 입덧 중인 걸 오래가지 않아 남편에게 들켰을 거였다. 언제나 자신에게서 눈을 떼지 않는 우빈이다. 불편해하는 걸 모를 리가 없다. 아무리 오랫동안 속인다고 해도 길어봤자 일주일 안으로 우빈이 눈치챘을 게 분명하다. 조금만 생각해봐도 이리 명확하게 답이 나오는데. 피망 말대로 자신은 바보가 맞는가 보다. 민유는 힘을 주어 우빈을 꼭 안았다.

우빈의 극진한 보호 속에 윤슬을 만나러 가는 날.
민유는 꼬박 16시간을 진통했다. 침묵과 함께. 사람이 정말 너무 아프면 소리 지를 엄두도 나지 않는다는 걸 민유는 알게 되었다. 간간이 끙끙대는 소리만 내며 민유는 바들바들 떨었다. 이를 너무 악물어 혹여나 이가 상할까 손수건을 물고 있는 상태로, 그러다 진통이 오면 눈을 꼭 감고 거칠게 숨을 몰아쉬었다.
우빈이 곁에서 할 수 있는 건 아무것도 없었다. 그저 하얗게 질린 민유의 손을 꼭 잡아주는 것 말고는. 진통이 올 때마다 우빈의 손에 민유의 손톱이 박혀 들었지만 그렇게 느껴지는 통증 정도는 민유가 겪고 있는 아픔에 비할 바도 되지 못할 게 분명했다.
"으윽."
앓는 소리가 나자마자 우빈이 민유 곁에 더 가까이 다가왔다.
"깨비야, 차라리 오빠 때려. 소리치고. 발로 차도 되니까 그렇게 죽을 것처럼 참지 마. 응?"
그녀만큼 하얗게 질린 얼굴로 우빈은 민유를 보살피고 있었다. 할 수만 있다면 제가 대신 낳고 싶다는 그런 눈빛이, 걱정을 가득 담아 그녀를 보고 있었다. 민유는 자기만큼 아파하는 우빈을 보며 고통으로 정신이 나갈 것 같은 와중에도 설레고 기뻤다.

"아가!"

"민유야!"

병실에 세희와 도숙이 나란히 들어왔다. 그리고 그 뒤를 이어 운학과 영준이 모습을 보였다.

"엄마아."

두 엄마를 보자마자 민유의 눈에서 절로 눈물이 주르륵 흘렀다. 병실에 오고 처음으로 민유는 세희와 도숙을 팔로 껴안고 아프다며 엉엉 소리 내어 울었다. 그리고 이윽고 민유가 분만실로 들어간 후, 가족들은 당장에라도 혼절해 쓰러질 것 같은 우빈을 달래야 했다. 아내의 진통이 시작된 이후 곁에 내내 꼭 붙어서 먹은 거라곤 물이나 몇 모금 마신 게 전부인 우빈은 얼굴이 이젠 하얗다 못해 파랗게 보일 정도로 안절부절못했다.

처음 보는 그런 우빈의 모습에 가족들이 말도 못하게 놀랐다는 이야기는 후에 윤슬의 백일 때나 민유는 들을 수 있었다. 말도 못 할 정도로 너무 아파하던 아내가 혹시나 잘못되기라도 할까 봐 무서웠다는 우빈의 고백은 윤슬의 돌잔치 때 들었다. 나날이 커지는 우빈의 사랑에 민유는 목이 멜 것 같았다. 같은 사람에게 매일매일 새로 반하고 또 반했다. 그 언젠가 고백했던 것처럼 어제보단 오늘, 오늘보다 내일 더 사랑할 남자에게 민유가 살짝 붉어진 눈으로 웃어 보였다.

"아빠!"

아이들 사이에서 윤슬이 뛰어나오며 우빈에게 안겼다. 7세 큰별반 퀸카 선윤슬 양 주변엔 언제나 친구들이 잔뜩 있었다. 우빈은 무릎을 꿇고 자세를 낮추어 딸을 꼬옥 안았다. S.H.는 2년 전, 일주일에 세 번 4시에 퇴근하는 날을 만들었다. 그것도 월, 수, 금, 징검다리로. 지옥의 월요일을 빨리 보내고, 일주일의 중간인 수요일에 조금 쉬고, 불금에 차 막히기 전에 빨리 퇴근하시라는 이유였다. 복지왕 사장님의 끝판 복지에 직원들은 감읍했다.

"윤슬아, 집에 가자."

"응!"

민유는 몸살 기운이 있어 오늘 하루 연차를 내고 쉬고 있었다. 몸 상태가 움직이지 못할 정도로 심각하지는 않아서 출근하려 했는데, 우빈의 걱정이 이만저만이 아니라 그의 마음을 편하게 해줄 생각으로 민유는 연차를 냈다. 민유는 회사를 여전히 처음처럼 사랑했다. 출근 하는 것을 몹시 좋아해서 오히려 주말에 집에서 쉬기만 하는 것을 무 료해할 정도였다.

"슬아, 선생님께 인사해야지."

아빠 손을 붙잡고 서둘러 어린이집을 빠져나가려는 윤슬에게 우빈 이 주의를 주었다.

"맞다! 안녕히 계세요."

꾸벅 인사하는 윤슬을 보며 선생님이 미소 지었다.

"윤슬이 동생들이 많이 보고 싶은가 보구나? 인사하는 것도 까먹고
빨리 가고 싶을 만큼."

"아니에요. 동생들 시끄럽기만 해요. 말도 안 듣고. 소리 지르고."

"정말? 동생들이 그래?"

선생님의 질문에 윤슬이 고개를 끄덕였다.

"그럼 동생들 선생님이 데려갈까?"

"어. 그건. 그건……. 음……. 안 돼요."

윤슬의 대답에 우빈과 선생님이 소리 내어 웃었다.

"다녀왔습니다!"

윤슬이 신발을 벗어 던지며 안으로 들어왔다.

"어서 와, 우리 딸."

처음 어린이집 등원할 때, 엄마 아빠 없다고 폭풍 오열하던 4세 윤
슬은 7세인 지금 집만큼, 아니 집보다 더 어린이집을 좋아하는 어린이
가 되었다.

"은결이랑 은파는?"

"동생들은 지금 낮잠 코 자는 중."

시끄럽기만 하다는 동생들이라면서도 윤슬은 집에 오면 손을 척척
씻고 제일 먼저 동생들에게 달려갔다. 그리고 한참을 동생들 사이에
서 있다가 오곤 했다.

"몸은 좀 어때?"

우빈이 민유의 이마에 입술을 대며 물었다. 아침만 해도 약간 미열
이 느껴졌는데 지금은 많이 좋아진 듯하다.

"낮에 어머님께서 쌍둥이들 봐주신 덕에 좀 쉬었더니 좋아졌어."

"맞다. 어제 오신다고 전화하셨었지."

"응. 등갈비 하신 거 주신다고 오셨어."

그러면서 민유가 휴대폰을 들어 우빈에게 보여주었다.

"오빠, 이거 봐. 18개월이 고기 뜯는 모습."

휴대폰 화면에는 아기 테이블에 앉은 은결과 은파가 등갈비 뼈를 붙잡고 자그마한 이로 열심히 고기를 물어뜯는 모습이 동영상으로 담겨 있었다.

"우리 아이들, 먹성은 전부 엄마 닮은 모양이네."

야무지게 물고 뜯는 모습에 우빈이 웃음을 터트렸다. 첫째 딸 윤슬이 우빈의 외모와 엄마의 성격을 쏙 빼닮았다면, 쌍둥이 은결과 은파는 민유의 복제품이었다. 자신과 똑 닮은 아들 둘을 보디가드처럼 세워놓고 쇼핑하고 싶다던 민유의 소원이 한 번에 이루어진 셈이다.

재미있는 건 한날한시에 태어난 쌍둥이지만 성격은 전혀 다르다는 점이다. 형인 은결은 우빈의 성격이 보였고 동생인 은파는 성격까지 민유를 닮았다. 생긴 것은 일란성 쌍둥이처럼 똑같은 녀석들인데 역시 이란성 쌍둥이라 그런지 성격은 천차만별이었다. 이렇게 엄마 아빠를 고루 닮은 삼 남매는 위장만큼은 모두 엄마 판박이인지 가리는 것 없이 밥을 참 잘 먹었다.

"엄마! 엄마! 은파가 쏟았어!"

윤슬이 다급하게 엄마를 불렀다. 고새 은파가 낮잠에서 깨서 누나랑 놀고 있던 모양이다. 민유와 우빈이 아이들 방으로 들어가자 커다란 사탕 통이 넘어져 있고 바닥에 사탕 수십 개가 쏟아져 있었다. 개별 포장된 사탕에, 통도 플라스틱이라 다행이었다. 사탕이 포장되어 있지 않았다면 이불 위로 설탕이 은하수의 별처럼 깔리게 됐으리라. 유리병이나 사기병이었다면 아이들이 다쳤을지도 모른다.

"아고! 은결아!"

소란 통에 잠에서 깬 은결이 자리에서 일어나다가 사탕을 밟고 미끄러졌다. 다행히 이불 위로 넘어져 다치지는 않았지만 놀랐는지 울음을 터트렸다.

"흐아아아앙!"

우빈이 재빠르게 달려가 은결을 안아 달랬다. 잠시 우빈의 품에서 훌쩍이던 은결은 이내 민유에게 팔을 벌렸다.

"엄마, 엄마아!"

엄마 바라기 두 아들. 쌍둥이들은 우빈이 조금 서운할 정도로 일편단심 민유 바라기였다.

윤슬은 공평했다. 엄마랑 있으면 아빠를 찾고, 아빠랑 있으면 엄마를 찾았다. 하지만 두 아들은 달랐다. 오로지 엄마. 엄마를 외치는 모론(母論)이었다. 아들이 둘이니 한 놈은 부론(父論)을 외칠 법도 한데 둘 다 뼛속까지 엄마 팬클럽이었다.

'아들놈들한테 탕평책을 어떻게 가르쳐야 하나.'

민유 곁에서 떨어지지 않는 아드님들 덕분에 아내와 사랑을 나누는 것도 힘들었다. 아들들은 결코 민유 옆자리를 쉬이 내주지 않았다.

"엄마아아!"

민유가 은결을 안고 어르고 있자니, 그 광경을 본 은파가 저도 안아 달라며 민유에게 달려든다.

"아고, 아고."

달려든 아들까지 같이 두 아들을 품에 안은 민유는 꼼짝도 못 하고 그 자리에서 30분을 아이들과 함께 있어야 했다.

"쌍둥이들 이제 어린이집 보내자."

아들 둘을 겨우 재우고 쌍둥이 방에서 나오는 민유를 보자마자 우빈이 하는 소리였다.

오늘 저녁, 모론 쌍둥이들은 어쩐 일인지 엄마도 찾지 않고 아빠의 손길에 꾸벅꾸벅 잠이 들었다. 처음 보이는 탕평적 처우에 우빈은 뛸 듯이 기뻐했으나 그건 일시적인 일이었다. 은결이 설핏 잠에서 깨 칭얼거리자마자 은파가 그 뒤를 이었다. 누가 9개월간 같은 공간에 있던 룸메이트 아니랄까 봐 한 놈이 어떤 일을 하면 다른 놈이 반드시 따랐다. 하모니를 이뤄 엄마를 외치는 두 아들 때문에 결국엔 거실에서 커피를 마시던 민유가 방으로 들어가 아들 둘을 달래야 했다.

"윤슬이처럼 네 살 되면 보내자고 했잖아."

"사내놈들이고 둘이니까 지금 가도 잘해낼 거야."

그러면서 우빈은 민유의 대답을 입술로 막았다. 도통 엄마에게 떨어질 생각을 안 하는 두 놈 때문에 민유는 날마다 아들 방에서 잠이 들기 일쑤였다. 이렇게 찰싹 붙어보는 것은 정말 간만이었다. 그 덕분인지 더더욱 달게 느껴지는 민유의 숨결에 우빈의 피가 화르륵 달아올랐다.

"아, 음. 오빠."

입술에서 턱으로 목으로, 우빈은 정신없이 입 안에 민유를 담았다. 그러면서 바지런히 손을 움직여 거추장스러운 옷가지들을 빠르게 벗기기 시작했다. 안방까지 들어가서 시작할 여유도 없었다. 일 분 일 초가 아까웠다. 거실에서부터 벗겨낸 민유의 옷가지가 징검다리처럼 안방으로 이어지고, 막 침대에 도착해 자리를 잡는 찰나였다.

"잠깐, 무슨 소리, 홋! 나는 것 같은데."

한창 정신없이 민유의 몸에 입술을 묻고 있던 우빈이 민유의 저지에 마지못해 고개를 들었다.

"아무 소리도 안⋯⋯."

"허엄마아아!"

잠에서 깬 아들이 엄마를 목놓아 부르며 문밖으로 나오는 소리가 들렸다.

"은파 깼나 본데⋯⋯."

민유의 말에 우빈의 얼굴을 훑고 지나가는 진한 슬픔이 보였다. 울 것 같은 얼굴의 우빈을 본 것은 처음이었다.

오늘도 낮에 놀이터에서 신나게 뛰어논 쌍둥이들은 엄마를 찾을 틈도 없이 잠이 들었다. 그리고 아침까지 큰소리가 나지 않는 이상 웬만해선 잘 깨지도 않았다. 이렇게 변한 이유는 우빈이 주도한 '탕평책-비글 육아' 때문이었다. 밖에서 진이 빠지도록 놀게 내버려 두면 집

안에서 얌전하다는 진짜 비글 견주의 말에서 힌트를 얻은 육아법이었다.

민유는 그저 우빈이 아들들과 더 친해지려고 전력을 다해 쌍둥이들과 놀아준다고만 생각하고 있었다. 엄마 바라기라고 쌍둥이들과 우빈이 서로 서먹하거나, 싫어하는 건 절대 아니었다. 쌍둥이들은 아빠도 좋아했다. 다만 엄마를 찾는 빈도가 아빠의 세 배 정도 되는 것 뿐.

올해 윤슬은 초등학교에 입학한 이후, 새로 사귄 학교 친구들과 노느라 정신이 없었다. 세 살이 된 쌍둥이도 올해 어린이집으로 등원을 시작했다. 우빈의 눈물 어린 호소(?)로 누나보다 한 살 빠르게 행복 어린이집에 다니기 시작한 두 아이는 '먹보 꽃돌이'로 S.H. 여직원들의 사랑을 듬뿍 받았다.

"흐음."

민유 무릎에 앉아 엄마 품에 고개를 푹 파묻고 있는 은파를 보며 우빈은 아주 작게 한숨을 쉬었다. 엄마를 차지하고 싶은 건 비단 아들들만이 아니었다. 쌍둥이들보다도 우빈이 더 민유를 원했다. 하지만 차마 이제 그만 엄마 놔달라고 엄한 소리를 낼 수가 없었다. 예쁜 아내를 너무나도 쏙 빼닮은 막내아들은 작은 민유를 보는 것 같았다. 은파는 아들인데도 애교가 제 누나보다 더 많았다. 히잉, 하고 입술을 쭉 내밀고 투정을 부리는 모습을 보다가 정신을 차리면 어느새 우빈은 은파의 온 얼굴에 뽀뽀를 퍼붓고 있었다. 그리고 은파에게 뽀뽀 세 례를 마치면 다음 차례는 큰아들 은결. 따님은 이제 좀 컸다고 뽀뽀는 양 볼에 한 번씩만 하라고 단단히 못을 박았다. 그 말에 제 아비 가슴이 무너지는 줄도 모르고.

윤슬이 아빠를 빼다 박아서 보는 사람들마다 우빈의 자식인지 훤히 알았다면 막내 은파는 누가 봐도 서민유의 아들이었다. 갓난아기 시절에는 민유를 쏙 빼닮았던 은결은 서서히 우빈의 모습이 나오면서 민유의 모습이 조금 흐릿해지고 있었다. 첫째에서 막내로 갈수록 아빠에서 엄마가 나왔다. 사람들은 그런 삼 남매를 도미솔, 상중하, 무지개 등으로 부르곤 했다. 점차 색이 변하는 리트머스 종이 같은 삼 남매의 공통점은 커서 이성 깨나 울릴 것 같다는 점이었다. 미남미녀 부모의 피를 고스란히 물려받았으니 오죽 예쁠까. 지금도 삼 남매는 학교와 어린이집에서 '한 인기'를 구가하는 중이었다.

"이제 나야! 내가 엄마 다리에 앉을 거야!"

우빈과 민유 사이에 앉아 있던 은결이 민유 다리의 소유권을 주장했다.

"싫어."

은파가 휙 고개를 돌리며 굳건히 민유 다리를 지켰다.

"저거 봐! 이제 나야!"

은결이 벽에 걸린 시계를 가리켰다. 저기 있는 제일 긴 까만 바늘이 12에 오면 그땐 자기가 엄마 다리에 앉기로 약속했었다. 둘이 서로 장난감이나 가지고 놀길 우빈은 간절히 바랐지만 쌍둥이는 둘이 잘 놀다가도 엄마에게 휙 달려와 품에 안겨 쉬고는 했다. 언제나 엄마를 차지하기 위해 아웅다웅하던 아들들은 아빠가 정해준 규칙대로 번갈아가며 엄마를 차지하기로 한 터였다.

"넌 아까 엄마 다리 했잖아!"

두 아들이 엄마 다리를 두고 설전을 시작했다. 주말 낮의 평화가 깨지는 순간이었다. 윤슬은 민아의 아들인 서진 오빠랑 놀기로 했다면서 아침 일찍부터 이모네 가 있는 중이었다.

"싫어! 너가 더 오래 엄마한테 있었잖아!"

"아니야! 아빠가 똑같은 거랬어!"

민유와 우빈은 오늘도 변함없이 아들들의 무한한 모론 때문에 난감한 듯 미소를 지었다.

"어린이집 보내놓으면 여자친구 사귀어서 엄마 좀 덜 찾을까 했더니."

우빈의 한숨 섞인 체념 같은 말에 민유가 화들짝 놀라 그를 쳐다봤다.

"그런 의도로 얘들 어린이집 보낸 거였어? 어머나, 세상에. 우리 남편 계략, 무섭네."

민유의 대답에 우빈이 웃으며 귓가로 다가와 속삭이듯 말했다.

"서민유는 내 여잔데 다른 남자한테 눈 시퍼렇게 뜨고 뺏기고 있잖아. 게다가 그 다른 남자가 둘이나 되는데."

갑작스러운 우빈의 독점욕 고백에 민유는 저도 모르게 미소를 지었다가 짐짓 미간을 찌푸리고 말을 이었다.

"지금 아들들을 남자 취급하는 거야?"

"여자는 아니잖아. 그런데 그 남자들을 서민유 못지않게 사랑하니 문제야. 어쩔질 못하겠네."

그러면서 우빈은 민유와 자신의 사이에 있는 은결을 안아 자신의 옆자리에 앉혔다. 그리고 민유 무릎에 있던 은파 역시 안아서 은결의 옆으로 옮겼다.

"너희들 그만 싸워. 엄마는 아빠 거야."

"어머!"

우빈이 민유를 안아 들어 자신의 무릎 위에 앉히자 놀란 민유가 가볍게 탄성을 냈다. 우빈의 사랑 표현은 여전히 민유를 설레게 만들었다. 민유가 발그레하게 물든 볼로 우빈의 목을 껴안았다.

"한 번씩 엄마 다리 앉았으면 됐어. 엄마 힘들잖아."

아빠가 엄마를 껴안고 단호한 눈빛으로 아들들을 보자, 둘의 입이 꼭 다물렸다. 어린아이들이었기에 동물적 감이 더 예민했다. 가끔씩 아빠가 저런 눈빛을 하면 절대로 거역할 수 없다는 것을 본능적으로 느꼈다.

"너희들도 다음번엔 이모네 가서 놀아. 아님 고모랑 놀든가."

삼 남매라면 껌뻑 죽는 여진은 조카들이 온다고 하면 무조건 스케줄을 조절했다. 쌍둥이가 태어나기 전, 여진이 대학생이던 시절 한 번은 민유가 앓아누운 적이 있었다. 아픈 민유를 대신해 여진은 자신이 윤슬을 데리고 학교에 가겠다며 의지를 불태웠다. 물론 세희와 운학, 우빈의 저지로 물거품이 됐지만 셋 중 하나라도 찬성했으면 당장에 윤슬을 등에 업고 등교할 태세였다.

"주말에 데이트하느라고 바쁜 고모한테 육아 넘기지 마요. 오빠가 돼서 못됐어."

이제는 취직을 해 선 대리님이 된 여진은 지금 세 살 어린 사원의 고백을 받아 사내에서 비밀 연애 중이었다. 이 사실은 민유가 가장 먼저 알았고, 여진의 부탁대로 비밀로 하고 있었다. 그런데 며칠 전, 당돌하게 입술을 들이미는 연하 남친의 패기에 밀려 집 앞에서 키스를 하다가 마침 본가에 들른 우빈에게 딱 들켜버렸다. 그 광경을 본 우빈은 앞으로 더 철저하게 윤슬의 철벽을 키워야 할 것 같다며 민유에게 푸념(?) 비슷한 마음을 털어놓았다. 여동생의 저런 모습을 보는 것도 울컥하는데 하물며 자기 딸이 그런다는 건 상상만으로도 속이 싸하다면서.

"데이트를 매주 하는 건 아니잖아. 아, 그래. 말 나온 김에 너희들 지금 고모네 갈래? 고모가 맛있는 거 사준다는데."

"진짜?"

"고모가 그랬어?"

쌍둥이들의 눈이 반짝였다. 여진이 자기들을 예뻐하는 걸 잘 아는지 아이들 역시 고모를 좋아했다. 아들들을 회유하면서도 우빈의 손은 민유의 등을 훑고 있었다. 애들만 없었다면 진작 몸에서 벗겨냈을 옷가지 위로 그는 느릿하고 유혹적으로 손가락을 놀렸다.

으음. 민유가 저도 모르게 나갈 뻔한 작은 소리를 급히 막았다. 아내를 달래는 끈적한 손과는 전혀 다른 평온한 얼굴과 목소리로 우빈이 재차 아이들에게 말했다.

"응. 고모가 너희들 엄청 좋아하는 거 알지?"

고모의 데이트를 방해함과 동시에 쌍둥이들도 처리하겠다는 의지가 우빈의 눈에 활활 타올랐다. 그런 그의 눈을 보면서 민유는 다시 한 번 결심했다. '윤슬이가 오늘 이모네 간 건 서진이 때문이 아니라 서진이 친구 때문이라는 건 절대로 말하면 안 되겠다'고.

"엄마, 나 경준 오빠가 좋아!"

윤슬이 서진의 친구 경준 오빠가 좋다고 말했던 건 이성으로서가 아니라 서진만큼이나 윤슬과 잘 놀아주기 때문에 좋다는 게 분명했다. 하지만 어떤 의미로든 윤슬이 여성이 아닌 남성에게 '좋다'고 표현한 걸 아빠가 듣는다면, 우빈의 쿠크(과자처럼 부서지기 쉬운 여린 마음)가 와사삭 바스러질 거였다.

'딸이라서 그런가.'

이렇게 생각하다가도 아직 어린 아들들에게 '너희들 여자친구 생길 것 같으면 아빠한테 먼저 꼭 말해' 하는 걸 보면, 우빈의 자식 사랑과 독점욕은 아내에게 향하는 것 못지않은 듯 보였다. 물론 늘 엄마를 차지하는 아들들에게 빨리 여자친구 만들라고 말을 하긴 하지만 막상 정말로 아이들에게 이성 친구가 생기면 속으로 끙끙댈 남자였다.

"지금 바쁘니?"

민유가 말릴 틈도 없이 우빈은 여진에게 전화를 했다. 예상대로 쉽게 여진이 승낙하자 그는 쏜살같이 본가로 둘을 데려다주었다.

현관문이 닫히자마자 우빈이 민유의 입술을 찾아 삼켰다. 우빈의 욕망이 가득 담긴, 진득하고 긴 키스가 한참이나 이어졌다.

"하아, 하."

입술이 떨어졌을 땐 어느새 민유는 침대에 누워 있었다. 우빈이 민유 위로 몸을 겹쳐오면서 입술로 민유의 귓불과 목덜미를 지분거렸다.

"예뻐. 서민유. 우리 깨비. 내 아내."

남편의 진심이 담긴 예쁘단 말에 민유의 마음이 파르르 떨렸다.

결혼도 했고 아이도 낳았다. 심지어 아이는 셋이나 되었고 그중 큰 아이는 초등학교에 들어갔다. 그럼에도 우빈은 언제나 연애할 때처럼 민유를 대했다. 민유를 늘 떨리게 만들었고, 다른 남자에게 보이는 걸 여전히 불편해했다. 애정 표현도 줄지 않았다. 오히려 하루하루 더 늘어났다. 그는 굳건하게 민유를 감싸 안는 튼튼한 울타리였다. 그리고 그 울타리 안으로 지금은 셋이 더 들어와 있다.

"우리 빈이 선배도 예뻐요. 내 거라서 그런가."

민유의 옷을 벗겨내던 손이 잠시 멈칫했다.

"그거 오랜만이다. 빈이 선배."

야할 것도 유혹적일 것도 없는 '빈이 선배'란 단어에 우빈의 아래쪽에 힘이 더 바싹 들어갔다. 아마 단어에서 울리는 민유의 열기와 떨림이 느껴졌기 때문일 것이다. 우빈이 민유의 티셔츠를 빠르게 벗겨내고 드러난 맨 어깨에 이를 세웠다. 그리고 아내의 속옷을 걷어내려는 찰나.

딩동.

초인종 소리가 울렸다. 불길하다. 아주 불길했다.

우빈은 기도하는 심정으로 느릿하게 고개를 돌렸다.

"……하아."

인터폰 화면에 호연의 품에 안겨 방싯방싯 웃고 있는 윤슬의 얼굴이 보였다.

"……."

민유는 아무 말도 할 수 없었다.

자신이 무슨 말을 해도 남편의 눈에 슬쩍 보이는 물기가 눈동자 밖으로 흐를 것 같아서.

외전 Plus
깨비네 마트 출동하는 날

"아무래도 마트에 가야겠다."

민유가 냉장고를 뒤적이며 중얼거리는 소리에 식탁에 있던 은파의 귀가 번쩍 뜨였다.

"엄마, 마트 가?"

"응. 아빠랑 잠깐 다녀올게."

민유의 말이 끝나자마자 은파가 방 안에 있는 은결을 불렀다.

"야! 선은결! 엄마 마트 가신대!"

방 안에서 잠시 소란스러운 소리가 나더니 은결이 부리나케 민유 곁으로 달려왔다. 오늘은 일찍 자겠다며 저녁을 먹자마자 방으로 들어간 장남은 마트 소리에 잠옷을 순식간에 외출복으로 갈아입고 허둥지둥 밖으로 나와 민유 곁에 섰다.

"너희도 가려고?"

외출 태세를 갖춘 쌍둥이가 민유의 물음에 힘껏 고개를 끄덕였다.

"엄마 코코마트 가려는 거잖아."

"뭐가 갖고 싶어서 이렇게 꼬리를 살랑살랑 흔들까. 엄마가 대충 짐 작은 가긴 하는데."

생김새도, 성격도, 취향도 다른 이란성 쌍둥이 아들이 18년 인생 처음으로 하나의 공통된 취미를 가지게 됐는데 그건 바로 레고였다. 두 달 전, 외삼촌 집에 놀러갔다가 조립된 레고를 보고 거기에 두 놈이 동시에 꽂혀서 용돈만 생기면 블록을 사들이기 시작했다. 레고 초보인 그들이 주로 블록을 구입하는 장소는 집 근처의 대형마트였는데, 그곳은 피규어나 다른 키덜트 용품을 많이 들이는 곳이라 쌍둥이들이 원하는 웬만한 것들은 거의 다 갖추고 있었다.

"어마마마! 소자, 진짜 딱 하나만 고르겠나이다!"

민유의 새초롬한 눈빛을 본 은파가 곧장 엄마 팔에 매달려오며 애교를 부렸다. 큰아들 은결은 당장에 노트북을 열어 '모친께서 레고를 사주셔야 하는 이유'에 대해 브리핑이라도 열 것 같은 분위기였다. 블록에 흥미가 생기기 전에는 민유가 마트 좀 같이 가자고 해도 뜨뜻미지근하던 녀석들이 이제는 이렇게 적극적으로 엉겨 붙는다.

"뭐가 갖고 싶어서 엄마한테 붙어 있어?"

우빈이 욕실을 나오면서 보게 된 광경은 아들 둘이 엄마 곁에 꼭 붙어 아양을 떨고 있는 모습이었다. 표면상으로 집안의 최종 승인권자는 아빠였지만 사실 아빠도 꼼짝 못하는 숨겨진 실세가 엄마라는 사실은 가족의 공공연한 비밀이었다. 그렇기에 삼남매는 갖고 싶은 물건이 생기면 엄마부터 찾았다. 지금 저렇게 민유에게 딱 붙어 있는 건

십중팔구 뭔가 사달라는 의미다.

"여보, 우리 지금 마트 좀 가야할 것 같아. 당장 내일 아침에 먹을 게 없다."

요즘 일이 바쁘다 보니 부부가 둘 다 녹다운 돼서 주말에 늘어져 쉬기만 했었다. 스물세 살 딸과 열여덟 살 두 아들, 세 명이나 되는 장성한 자식들이 있지만 최근까지 시험기간이라 마트로 보낼 수도 없었다. 그 여파로 냉장고가 텅 비는 사태에 이르고야 말았다.

"아하."

우빈이 알겠다는 듯 고개를 끄덕였다. 마트 소리에 아들들 귀가 트인 거였다.

"아빠, 딱 한 세트만 살 거야."

"정말이야!"

우빈의 표정에 단박에 쌍둥이들이 토를 달았다.

"평소에 엄마가 같이 마트 가자고 할 때도 그렇게 좀 적극적으로 가지."

아이들이 어렸을 때, 셋을 데리고 마트에 가는 건 전쟁과도 같았다. 사방을 쑤시고 돌아다니는 윤슬, 조금만 시야에서 벗어나면 손에 잡히는 대로 상품의 껍질을 뜯어내려는 은결, 눈에 보이는 건 뭐든 입에 넣고 보는 은파 덕분에 언제나 감시의 촉을 있는 대로 세우고 있어야 했다. 거기에 사달라는 것까지 쥐여주다 보면 예산 오버가 되는 일이 다반사였다.

아이들이 조금씩 자라면서 장 보는 게 슬슬 수월해지기 시작할 즈음엔 큰딸 윤슬 말고 쌍둥이는 부모님과 마트에 가는 걸 반기지 않았다. 저들끼리 놀겠다며 슬쩍 발을 빼곤 했다. 민유가 짐이 무거우니 너희들도 따라와서 짐 좀 챙기라고 말을 하면 그제야 따라왔었다. 그러던 쌍둥이가 레고 앞에 속절없이 무너지고 있다.

"저희가 마트까지 어머니를 모시고 가지 않던 날이 있었습니까? 소자는 그런 적이 없습니다."

"그렇습니다. 아버지께서 심히 크게 착각을 하신 모양입니다."

"놀고들 있네."

쌍둥이들이 정색을 하고 내뱉는 말에 윤슬이 코웃음을 쳤다.

"엄마! 들었지? 누나가 먼저 이렇게 시비 터는 거!"

은파가 윤슬을 가리키며 외쳤다.

"저게 지금 누나한테 감히 손가락질을 해?"

윤슬이 손가락을 잡아 똑 부러뜨리는 시늉을 하자 은결이 폭력적이라며 한마디를 거든다. 그리고 셋이 투덜거리는 소리로 한순간에 집이 시끌벅적해졌다.

"이제 가자."

우빈의 한마디에 소란이 우뚝 멈췄고, 아이들은 순식간에 현관 밖으로 튀어나갔다. 자동차 뒷자리 가운데를 피하기 위해 치열하게 선착순 달리기를 해야 했기 때문이다. 자리가 크게 불편한 건 아니지만 어느 순간부터 삼남매 사이에서는 그 자리를 피하기 위한 경쟁이 시작되었다.

"우리, 차를 바꿔야 할까?"

"차를 바꿔도 우리 애들은 저렇게 놀 것 같은데."

우빈의 대답에 민유가 '하긴' 하고 고개를 끄덕였다. 저것은 나름대

로 아이들만의 놀이였다. 그렇게 열심히 달려간 결과로 가운데 자리
에 앉은 사람은 내릴 때까지 두 사람에게 굼벵이, 루저라고 놀림을 당
했다.

"우리도 나가자."

우빈이 민유의 손을 잡으며 물었다. 여전히 멋있고 민유를 떨리게
하는 남편의 볼에 민유가 가볍게 뽀뽀를 했다.

"응."

평소와 다름없는 날이었다.

인근에서 알아주는 대형마트다 보니 마트는 언제나 사람이 많고 북
적였다. 주말 저녁 시간이면 카트를 밀고 다니기도 힘들 정도였다. 그
래서 웬만하면 평일 시간을 이용해 쇼핑을 해왔었다.

"무슨 일이라도 있나?"

우빈이 앞쪽의 차들을 보며 입을 열었다. 평일 저녁인 오늘은 주말
보다 주차장이 널널해야 정상인데 들어가는 입구부터 거북이 행렬이
다. 아무리 금요일 저녁때라고 하지만 이렇게 사람이 많기는 처음이
다. 우빈의 말에 민유가 창문을 열어 고개를 쭉 빼고 입구에 설치된
이벤트 게시판에 시선을 두었다.

"아, 오늘 저녁에 3층 전체 반짝 세일이구나."

그 말에 쌍둥이들의 귀가 번쩍 뜨였다. 3층이면 완구가 있는 층이
다.

"아싸! 대박!"

할인 폭이 큰 탓에 사람들이 몰려와 입구부터 전쟁이었다. 이 상태

라면 주차하는 데도 시간이 꽤나 걸릴 모양새다. 민유는 뒷자리에서 초조하게 발을 동동 구르는 쌍둥이들을 보며 피식 웃음을 흘렸다. 가운데 자리에 앉아 오는 내내 루저, 거북이 소리를 듣던 은결은 초조한지 제 손가락까지 잘근거리고 있었다.

쌍둥이에겐 마트에 오면 무조건 엄마 말만 듣고, 엄마 곁에 꼭 붙어 있으라는 아빠의 엄명이 있었다. 사람 많은 곳에서 엄마 혼자 있게 하면 그냥 두지 않겠다는 말에 덧붙여 엄마 곁에서 초조하게 굴지 말라는 조건까지 달렸다. 우빈이 화나면 정말 무서웠다. 민유가 달래기 전까진 절대 누그러지는 법도 없었다. 그랬기에 아이들은 결코 민유에게 먼저 빨리 가자고 조를 수가 없었다. 그 사실은 민유도 잘 아는 바였다. 우빈은 다정한 아버지였지만 단호할 땐 정말 무 자르듯 확실했고, 특히나 민유에 관한 일이라면 자식하고도 타협 따윈 하지 않았다.

"여보, 아무래도 주차 오래 걸릴 것 같은데 나 먼저 들어가서 장 보고 있을게."

그러니 민유가 먼저 쌍둥이들의 초조함을 알아차려 주는 수밖에.

"어마마마! 성은이 망극하옵니다!"

"쉰네가 보필하겠습니다!"

민유의 말이 떨어지자마자 쌍둥이들이 문을 열고 차 밖으로 뛰쳐나갔다. 그리고 민유가 채 문을 열기도 전에 조수석 문을 열어주기까지 했다.

"예쁜 따님께서 아빠랑 주차장 데이트 좀 해주세요."

"예, 어마마마. 성심을 다해 아바마마와 다정히 있겠습니다."

윤슬이 경례를 척 해 보이고는 민유가 내린 조수석으로 와서 아빠의 손을 꼭 잡아 보인다.

"사람이 정말 많네."

쌍둥이 등쌀에 밀려 식료품 코너는 가보지도 못하고 3층으로 직행
한 민유는 마트 한쪽에 마련된 의자에 앉아 물 만난 고기처럼 신나게
레고 구경 중인 쌍둥이를 바라보고 있었다. 은결과 은파 외에도 많은
사람들이 여기저기서 완구류를 품에 안거나 카트에 담아 가는 모습이
쉽게 목격되는 것을 보니 오늘 정말 할인을 제대로 해주는 듯 보였다.

"한참 걸리겠네. 쟤네들은 여기에 풀어놓고 내려가서 장 봐야겠다."

민유가 마침 눈이 마주친 은결에게 1층으로 가겠다고 하자 은결이
팔로 크게 원을 그려 보인다. 은결의 알았다는 신호를 보고는 민유는
식료품 코너로 와서 쇼핑을 시작했다.

"생각보다 사람이 많네."

사람들이 할인을 하는 3층에 전부 몰려 있을 거라 생각했는데, 예
상외로 아래층에도 사람이 많았다. 주말 한창 때만큼은 아니지만 시
식대 근처를 지날 때면 아무리 조심해도 카트끼리 부딪치거나 길이
막히거나 하는 일이 다반사였다.

"슬이랑 아빠는 언제 오는 거람."

심지어 아직도 주차 해결이 안 됐는지, 우빈과 윤슬은 모습을 보이
기는커녕 민유에게 어디 있냐고 위치를 묻는 연락도 없다. 이러다가
민유 혼자 장을 다 보고 주차장으로 가게 생겼다.

"저쪽 코너에서 윤슬이 좋아하는 과자부터 담아야겠네."

민유가 그나마 사람이 적어 보이는 과자 코너로 카트를 밀었다. 과

자 코너 맨 위 진열대에서 윤슬이 여기 올 때마다 꼭 사 가는 과자를 발견한 민유가 손을 뻗었다. 그때 옆에서 불쑥 팔 하나가 뻗어오더니 민유가 집으려던 과자를 잡아챘다.

"누나 과자, 맞지? 다섯 개면 되나?"

언제 내려왔는지 은결과 은파가 민유 곁에 서 있었다. 어느새 민유보다 더 훌쩍 큰 아이들은 각자 레고 박스 하나씩을 한 팔에 꼭 껴안고서 민유보다 쉽게 과자를 집어 내려 카트에 담았다.

"일찍 왔네? 사고 싶은 건 잘 골라 왔어?"

싱글벙글한 얼굴을 보니 대답은 이미 나와 있지만 자신들이 골라온 전리품을 자랑하고 싶어 하는 모습인지라 민유가 안 물어볼 수가 없다.

"응! 엄마, 이거 딱 하나 남아 있던 거 고른 거다?"

"내 것도!"

그러면서 상자에 인쇄되어 있는 완성 모형 사진을 보여주며 두 놈이 종알종알 자랑을 늘어놓는다. 이 모습을 보면 애들이 우빈의 팔뚝만 하던 아기 시절과 다르지 않아 보여 민유는 마냥 귀여웠다. 이래서 아무리 자식들이 어른이 되어도 부모의 눈에는 언제나 아이인가 보다.

"물건이 많이 남아 있었나 봐? 너희들 꽤 늦게 내려온 거 보면."

"아냐, 고르긴 잽싸게 골랐는데 일이 좀 있어서."

일이 있었다는 은결의 말에 어떤 일이냐고 민유가 묻자 은파가 흥분해서 대답했다.

"어떤 초딩이 자기가 늦게 와서 못 사고 내 거 달라고 부모까지 데려와서 찡찡대잖아! 학생이 형이니까 양보하라고 해서 저도 힘들게

겨우 하나 구한 거라 안 된다고 죄송하다고 정중하게 거절했는데 계
속 따라 붙으면서 달라고 그랬어. 애는 계속 지 아빠 옆에서 저거, 저
거 하면서 징징대고."

"저런."

민유가 미간을 살짝 찌푸리며 탄식을 뱉었다.

"계속 형이니까 양보하라고, 어른이 이렇게 말하는데 싸가지가 없
다고 막 뭐라고 해서 참다 참다 내가 왜 그래야 하냐고 했거든. 그렇
잖아? 내가 걔 친형도 아니고. 갖고 싶으면 일찍 왔어야지. 나도 이거
하나 기적적으로 겨우 건진 건데."

그러고는 돌연 목소리를 낮추더니 우물쭈물 말을 이었다.

"근데 그 아저씨랑 아줌마가 어른한테 건방지게 말대답 한다
고……. 그냥 무시하고 참고 가려고 했는데, 부모님이 그렇게 가르쳤
냐고 그래서……."

아드님들이 3층에서 예의 없는 사람들과 소동을 치른 모양이었다.
'아주라' 문화는 야구 경기장에서나 있는 줄 알았는데 마트에서까지
보게 될 줄이야. 심지어 안 준다고 부모까지 싸잡아 욕을 했단다.

"엄마, 미안해. 그런 데서 욕먹게 해서."

그런데 정작 사과는 아들이 하고 있다.

"왜 너희가 엄마한테 사과를 해. 잘했어. 어른이라고 다 맞는 소리
만 하는 거 아니야. 너희들도 힘들게 하나씩 집어 온 건데, 남의 노력
그렇게 무시하는 사람한테 쉽게 주면 안 되지. 엄마 아직 장 볼 거 남
았으니까 박스 꼭 잘 안고 다녀."

민유가 분이 난 아들들을 달래며 토닥였다. 어딜 가도 예의 바르단

소리 듣는 아이들이었다. 윗사람이든 아랫사람이든 언제나 친절하고 예의 있게 대하는 아이들이 소리 내 싸울 정도였으면 실제론 지금 말한 것보다 훨씬 더 사람 피곤하게 하는 무개념 가족이었을 것이다. 상대방이 예의를 말아 먹었는데 굳이 예의 차려 친절하게 대접해줄 필요는 없다.

"저거 좀 사갈까? 너희들 저번에 맛있다고 했던 과자다."

민유가 구석에 보이는 과자를 막 가리켰을 때, 누군가가 그녀의 어깨를 세게 치며 카트를 휙 밀고 지나갔다.

"아!"

민유가 휘청거리는 것을 본 두 아들이 놀라서 큰 소리를 냈다.

"엄마!"

"엄마!"

옆에 지나갈 공간이 충분히 있음에도 민유가 휘청거릴 정도로 세게 어깨를 부딪친 남자는 부딪치는 느낌이 났을 게 분명한데도 뒤도 돌아보지 않고 성큼성큼 걸어 나갔다.

"뭐야? 저 아저씨."

은결이 급히 제 엄마의 어깨를 감싸 안으며 품으로 보호를 했고, 민유가 다치지 않았다는 걸 확인하자마자 은파가 소리를 치며 남자의 어깨를 잡아 세웠다.

"아저씨! 지금 뭐하시는 거예요! 그렇게 세게 사람을 치고 그냥 가시면 어떡해요? 사과하세요."

"버르장머리 없게 학생 지금 뭐하는 거야?"

어딜 감히 어른 어깨에 손을 함부로 올리는 거냐며 예의 운운하는 남자의 얼굴은 아주 낯이 익었다.

"어? 레고 아저씨잖아?"

방금 전 3층에서 쌍둥이들이 가진 레고를 제 자식 주라고 강요하던 남자였다. 남자의 얼굴을 확인하자마자 은결의 표정도 은파처럼 구겨졌다. 쌍둥이들의 일그러지는 표정을 보며 남자는 주변 사람들 들으라는 듯 큰소리를 쳤다.

"요즘 애들은 예의가 없어. 어딜 어른 어깨를 이렇게 잡아채? 거기다 어른이 말씀하시는데 싸가지 없이 말 툭툭 자르면서 말이야, 어?"

남자의 고성에 사람들의 시선이 모여들고 민유의 화난 얼굴엔 열이 모여들었다.

"이보세요, 아저씨! 지금 말씀이 지나치신데요."

"당신이 이 애들 엄마야? 어, 그래 잘 만났다. 이봐! 당신 애들 교육……."

민유가 남자의 말을 끊으며 가시 돋친 목소리를 냈다.

"예, 잘 만났네요. 그쪽이 우리 애들한테 험한 소리 했다면서요?"

아들들의 든든한 방어를 받으며 민유가 광광대는 남자 앞으로 한 걸음 다가가 입을 열었을 때, 서늘하고 낮은 목소리가 들렸다.

"당신, 뭐야."

서슬 퍼런 우빈이 민유 곁에 서며 남자에게 싸늘한 눈빛을 보냈다.

무릎 꿇고 빌어야 할 것 같은 우빈의 눈빛과 엄마 지키겠다고 눈에 불을 켜는 세 아이들의 기세, 그리고 앞뒤 사정을 알게 된 구경꾼들의 차디찬 반응에 남자는 결국 개미만 한 목소리로 죄송하다는 사과를 내뱉고는 꽁지가 빠지게 자리를 벗어났다.

"여보, 나 진짜 괜찮아."

우빈은 민유의 손을 꼭 잡고 아직도 분이 안 풀린 얼굴을 하고 있었다. 자신이 없을 때 아내와 아이들이 그런 일을 겪고 있었다고 생각하니 속이 끓었다.

"애들 자기 레고도 잘 지켰고."

민유가 우빈의 손등을 토닥이자, 우빈이 민유의 손을 잡아 올려 손바닥에 입술을 묻는다. 마트 안 푸드코트에서도 그칠 줄 모르는 부모님의 사랑이다. 하긴, 저 정도면 많이 참은 표현이겠다. 집이었다면 아빠는 엄마 애칭 불러가며 품에 꼭 안고 뽀뽀를 퍼부었을 것이니 말이다. 어릴 적부터 숱하게 봐온 장면이라 세 아이들은 부모님의 이런 소소한 애정 행각은 신경도 쓰지 않고 제 앞에 놓인 저녁밥에만 집중했다. 아빠가 저리 나온다는 건 이제 속이 좀 정리됐다는 말이니 다행인 일이다. 우빈은 화가 나면 정말 무서웠으니까. 아까 그 아저씨는 운이 좋았던 거다. 아니, 꼬리를 내리고 몸을 피했기에 다행이었다. 아빠는 정말로 그 남자를 한 대 칠 기세였다.

"슬이 아빠. 밥 다 식겠다. 당신도 얼른 저녁 먹어."

"응. 아, 그런데 그 전에."

우빈의 눈이 맞은편에 앉아 신나게 비빔밥을 비비고 있는 딸에게 향했다.

"아까 봤던 그 친구, 아빠가 인사도 제대로 못 한 거 미안한데."

윤슬의 손이 우뚝 멈췄다.

"연락해봐. 아빠가 저녁 사줄 테니까."

445

다정한 아빠의 눈빛 속 시퍼런 칼날이 보이는 듯했다. 윤슬은 저도 모르게 아빠 옆에 앉은 엄마에게 시선을 보냈다. 찰나의 순간 딸의 다급한 눈빛을 읽은 민유는 무슨 일이었는지 사태 파악이 되었다.

'너, 아빠한테 들켰니?'라고 묻는 엄마의 눈빛에 윤슬은 하아, 하고 아주 작게 속으로 한숨을 쉬고 비빔밥 그릇에 시선을 내리며 고개를 살짝 한 번 끄덕였다.

"기록이다. 기록."

윤슬이 시간을 보고 혀를 내두르며 차에서 내렸다. 주차하는 데 40분이나 걸렸다. 평일에 이 정도 시간이 걸린 건 처음 있는 일이었다.

"엄마 많이 기다리겠다. 가자, 윤슬아."

우빈이 딸에게 손을 내민다. 주차장 조명 아래 우뚝 서 있는 아빠의 모습에 윤슬은 엄마가 왜 그렇게 가끔 넋을 잃고 아빠 얼굴을 뚫어져라 쳐다보며 사는지 알 수 있었다.

저게 어딜 봐서 대학생 딸이 있는 아저씨 얼굴이냐고!

"아빠, 엄마 은결이랑 은파 때문에 3층에 계실 것 같아."

윤슬은 자연스레 우빈의 손을 잡고 앞뒤로 흔들며 걸음을 옮겼다. 느긋한 것 같지만 우빈의 걸음이 평소보다 조금 빨랐다. 아주 잠시라도 엄마 곁에 없는 걸 못 견뎌 하는 아빠였기에 윤슬도 아빠 걸음에 맞춰 바지런히 다리를 움직였다.

평생을 연애하듯 사시는 부모님이었다. 손잡고 다니는 건 아주 기본적인 일이고 아이들 앞에서 가벼운 키스 정도는 서슴없이 하시는 분들이었다. 큰소리 내고 싸우는 모습도 본 적이 없었다.

이전에 TV 프로그램을 보는데 연예인들이 우스갯소리로 부모님이 물에 빠지면 누굴 먼저 구할 거냐고 했다. 그 소릴 들은 윤슬과 은결, 은파 셋은 심각하게 고민에 빠졌다. 둘 다 소중하고 좋은데 어떻게 한 분만 구하지. 그때 삼 남매의 소리를 들은 우빈은 생각할 가치도 없다는 듯 바로 단호하게 아이들에게 답을 내놨다.

"그런 상황이 오면 무조건 엄마부터 구해. 우리 집 1순위는 엄마야. 무슨 일이 있어도 최우선은 엄마니까, 엄마가 아빠 먼저라고 이야기해도 너희들 고개만 끄덕여주고 엄마 구해."

민유의 예상 답안까지 사전에 차단해가며 엄마 구하라는 아빠였다. 그런데 엄마도 같은 소리를 했다는 게 참 대단했다.

"아빠 먼저 구하고 나중에 엄마 구해줘. 아빠가 엄마 먼저 구하라고 해도 알았다고 대답만 하고 아빠 구해."

천생연분. 이런 거 엄마랑 아빠를 두고 하는 말 같다.
"아빠, 엄마랑 연애할 때도 안 싸웠어?"
딸의 질문에 우빈의 걸음이 살짝 늦춰졌다. 그러고 보니 지금 딱 윤슬의 나이 때 민유가 자신을 만났다. 벚꽃이 조금씩 꽃망울을 틔우기 시작하는 시기, 꽃보다 어여쁜 사람이 제 곁으로 왔다.

"왜, 왜요? 아빠 왜 그렇게 갑자기 진지하게 봐. 물어보면 안 되는 거야?"

"우리 딸 예뻐서."

다른 사람이 예쁘다고 하는 소리보다 아빠가 하는 예쁘다는 소리가 정말 듣기 좋았다. 엄마한테나 예쁘다고 하던 아저씨가 하니 말이다. 윤슬이 배시시 웃었다.

"딱 네 나이 때, 엄마가 아빠 만나줬거든."

"들었어요. 아빠가 먼저 고백했다고 엄마가 그랬어."

"응. 너무 이쁘니까 빨리 아빠 곁에 두고 싶더라."

한집에 살면서 매일 얼굴 보는 자식인 자신이 봐도 절로 엄지가 세워지는 조각 같은 아빠였다. 그런 우빈이 저렇게 그윽한 눈빛으로, 예뻐 죽겠다고 하는데 그 어떤 여자가 안 넘어갔을까.

"엄마는 보면 볼수록 예쁜 거 같아."

딸의 말에 우빈이 덧붙인다.

"첫눈에 봐도 예쁘고, 보면 볼수록 더 예쁘고."

"으아아, 아저씨 닭살이야! 진짜!"

윤슬이 아빠의 팔을 탁탁 치며 까르르 웃었다. 그때.

"선윤슬."

누군가가 뒤에서 윤슬을 불렀다.

성민은 마트 안에 북적이는 사람들을 보며 한숨을 쉬었다. 정말이지 사람이 너무 많다. 급작스런 심부름으로 학교에서 집에 오자마자 다시 마트로 나온 판이었다. 집 근처 슈퍼에서 사오겠다고 했는데 오늘 이 마트가 크게 세일을 하니 꼭 거기서 사오라며 아들의 등을 떠민 모친이었다. 거긴 너무 멀다는 아들의 투정에 어머니는 아버지가 얼마 전에 새로 뽑은 차의 열쇠를 던져주는 것으로 대답을 대신했다. 결코 운전이 허락되지 않던 신차. 두말 않고 집을 나왔다.

"그런데 이거 끌고 나오는 기름값보다 세일이 더 크긴 한 건가?"

지옥 같은 주차를 겨우 끝내고선 하여튼 빨리 장 보고 근처 도로나 몇 바퀴 돌다가 가야겠다고 생각한 성민의 눈에 낯익은 뒷모습이 보였다.

"어? 어어?"

뒷모습의 주인이 윤슬이라는 것을 확인하자마자 성민의 심장이 기분 좋게 콩콩 뛰었다. 아직 서로 사귀는 것은 아니지만 조만간 그렇게 될 것 같은 간질간질한 사이. 다음 주말에 둘이서 놀이공원에 놀러가자고 약속을 잡았다. 그리고 거기서 성민은 윤슬에게 사귀자고 고백할 생각이었다.

"이런 데서 다 보네."

성민은 부스스한 머리를 손으로 급히 빗어 내렸다. 옷가지도 톡톡 정돈하며 부산을 떠는 얼굴엔 미소가 가득했다.

"윤……."

옷매무새 정리를 끝낸 성민이 윤슬을 부르려는데 그녀 옆에 저보다 키가 큰 한 남자가 붙어 있는 것을 알게 되었다. 면바지에 카디건 차림의 남자는 윤슬의 손을 꼭 잡고 있었다. 멀리서 봐도 꽤나 친한 사이 같아 보였다.

"뭐야, 저건."

성민의 미간이 절로 찌푸려졌다. 윤슬이 다정하게 남자의 어깨에 머리를 기대자 남자가 윤슬의 볼을 쓰다듬는다.

"미치겠네."

저와 썸을 타고 있는 게 아니었단 말인가? 분명 다음 주에 놀러가자고 했을 때, 윤슬도 좋다고 했었다. 아마 자신이 그때 고백을 할 것이란 걸 눈치채고 있을 게 분명했다. 그런데 저 남자는 대체 누구란 말인가.

"혹시, 어장관리? ……양다리?"

자신은 아직 손도 제대로 잡아본 적 없는데 저렇게 볼 만져대는 꼴을 보니 보통 가까운 사이가 아니다. 성민의 표정이 서늘해졌다. 지금 당장 가서 아는 척을 하면 어떻게 되려나.

"확인해보자."

성민이 사람들을 헤치고 성큼성큼 그들에게 향했다.

"선윤슬."

이름이 불리자 윤슬이 뒤를 돌아보았다. 반가운 표정이 얼굴에 피어올랐다가 이내 사라지고 당황이 남는다. 그러고는 곧장 옆의 남자의 눈치를 살피기 시작한다.

뭐야, 왜 눈치를 보는 거야? 정말 이 남자랑 그렇고 그런 사이인 거야?

윤슬과 손을 잡고 있는 남자는 뒷모습만 봤을 때 제 또래라고 여겼는데 막상 얼굴을 보니 생각보다 나이가 훨씬 많다. 아무리 젊게 봐도 윤슬보다 열 살 이상은 되어 보이는 연배였다.

"어, 어어. 선배. 이런 데서 다 만나네."

"옆은 누구셔? ……애인?"

'애인' 소리에 옆의 남자가 피식 코웃음을 쳤다. 그 모습이 성민이 보기에 마치 기가 막힌다는 표정이다. 성민의 표정이 서서히 굳었다.

나이가 서른은 훌쩍, 아니 마흔은 족히 되어 보이는 아저씨가 여대생을 꼬셔? 이 아저씨가 미쳤나. 아무리 잘생겼다고 해도 그건 아니지! 이봐요, 스물세 살 여자면 아저씨 딸이야, 딸!

아무 말도 못하고 입만 어버버 벌리고 있는 모습을 보니 윤슬이 여간 놀란 게 아니다. 만약 그렇고 그런 사이가 아니라면 당당하게 자신에게 저 남자가 누군지 소개해야 맞는 상황 아닌가. 윤슬의 표정이 파랗게 질려만 간다.

"슬아."

그야말로 꿀이 뚝뚝 떨어지는 목소리로 남자가 윤슬을 다정하게 불렀다.

슬아? 스을아? 슬아 같은 소리 하네. 저게 뭐야? 저 애칭은. 진짜 애인 사이인 거야?

성민의 눈꼬리가 스으윽 올라가고, 다시 한 번 남자의 정체를 물으려는 때 윤슬이 입을 열었다.

"아빠, 그러니까……. 여긴 임성민이라고 학교 선배……."

조심조심 열리는 윤슬의 입에서 놀라운 호칭이 나왔다.

"뭐어?"

성민이 얼이 나간 얼굴을 하며 반문했다.

"선배, 이분은 우리 아빠예요. 아. 빠."

윤슬이 양손으로 우빈을 가리키며 또박또박 말했다. '아빠'라고.

"아, 아버, 아버지? 아빠?"

듣고도 믿을 수가 없어 다시 물어보니 윤슬이 위아래로 고개를 끄덕인다.

이, 이 아저씨가, 이 남자가 아빠라고? 스물세 살 딸이 있는 아저씨라고?

"우리 윤슬이 선배라고?"

이상한 기분이었다. 부드러운 목소린데 왜인지 죄송하다고 사과하고 싶어지는 박력이 느껴졌다.

"네? 네, 넷!"

자세히 보니 남자의 얼굴은 윤슬과 놀랄 만큼 닮아 있었다. 나이차 많이 나는 남매간이라고 해도 믿을 수 있을 것 같은데, 성민이 아는 바로는 윤슬은 남동생만 둘이 있다고 했었으니 아빠가 맞을 터였다.

"전 아빠요. 우리 아빠 같은 남자 만날 거예요."

윤슬의 새내기 시절, 신입생 환영회 때 윤슬이 당당하게 밝혔던 이상형이었다. 우리 아빠 같은 남자는 본 적이 없다. 진짜 잘생겼다. 엄마한테 미친 듯이 다정하다. 줄줄이 아빠 자랑을 늘어놨었는데 다들 윤슬이 파파걸이려니 하고 넘겼더란다.

'이런 아빠였다니!'

대학생 딸을 둔 아저씨라고는 믿기 힘든 외모였다. 굳이 유부남이라고 한다면 이제 초등학교 다니는 아이가 있을 정도? 모델처럼 늘씬하게 빠진 키나 몸매도 그렇지만 미모가 같은 남자가 봐도 멋진, 웬 연예인인가 싶은 사람이었다.

"엄만 더 예뻐요."

"어, 어엉?"

엄마까지 예쁘다고? 허어. 그리고 보니 이전에 윤슬이 막냇동생의 사진을 보여주며 엄마 판박이라던 기억이 난다. 참 꽃 같은 남고생이 었다.

대체 이 가족은 뭐지?

얼떨떨한 성민의 정신을 들게 한 건, 묵직해진 우빈의 목소리였다.

"슬아, 아빠 먼저 엄마한테 가볼게."

아까는 죄송하다고 사과해야 할 것 같은 목소리였다면 지금은 무릎까지 꿇고 양손으로 싹싹 빌어야 할 것 같은 냉기가 느껴지는 목소리였다.

"아빠?"

우빈은 딸의 어깨를 톡톡 두드리고는 부리나케 마트 가운데로 달려갔다.

모델이 런웨이를 뛰어가는 워킹을 선보이는 건가. 아저씨가 달리는 뒷모습인데 우아하기 짝이 없다.

"실례되는 질문인 거 알지만 그냥 할게. 정말 친아버지, 맞니?"

"네. 얼굴 보면 딱 답 나오지 않아요? 나 신생아 시절부터 우리 아빠 판박……!"

아빠가 달려간 방향을 살피던 윤슬은 눈에 들어오는 상황에 말을 멈췄다. 사람이 유독 득실득실 모여 있는 가운데에 엄마와 동생들이 보였다. 그리고 맞은편에 광광대는 모습의 배불뚝이 아저씨 한 명. 보자마자 트러블이 생겼다는 걸 알 수 있었다.

"선배, 나중에 봐요. 우리 엄마한테 누가 시비 거나 봐!"

윤슬이 눈에 불을 켜고 아빠가 가던 방향 그대로 달려간다. 그 모습이 마치 악당이라도 발견한 슈퍼맨 같은 기세다. 성민은 저도 모르게 윤슬의 뒤를 쫓았다.

엄청난 가족이었다. 꽃 같은 5인방이 조용히 남자를 조지고 있었다. 주변 사람들의 상황 설명은 새로운 구경꾼이 추가될 때마다 계속됐다. 저 아저씨가 진상이야. 자기 집 애들한테 장난감 안 줬다고 저 집 엄마를 때렸대. 마트 네트워크는 무섭도록 빠르게 싸움의 진상을 퍼뜨렸다. 남자는 몰려든 사람들이 그만하라고 수군거려도 계속 날뛰었다. 아저씨가 사과해라, 그만하라는 구경꾼들에게 외려 왜 끼어드냐며 난리를 치던 그는 서슬 퍼런 우빈이 등장하자마자 바로 꼬리를 내렸다. 치졸하고도 졸렬한 자태였다.

싸움이 끝나자 사람들은 흩어지기 시작했다. 그리고 흩어지는 구경꾼들 사이로 성민을 발견한 윤슬은 빨리 가라고, 연락하겠다는 제스처를 보였다. 쫓아내는 모습이 아주 다급했다. 성민 역시 아직 정식으로 사귀기도 전에 여자친구 될 사람의 가족들을 만나는 건 아무래도 불편했기에 군소리 없이 사람들 틈에 껴서 자리를 피했다.

"윤슬아, 엄마가 노파심에 하는 말인데. 남자친구 생기면 절대로 서른 전까지 아빠한테 알리지 마. 엄마한테만 알려줘. 우리 딸 애인 생겼다고 하면 내 남자가 앓아누울 것 같아서 그런 거니까 서운해 말고."

엄마가 이렇게 말 안 해도 윤슬도 본능적으로 느끼고 있었다. 아내 바보, 자식 바보인 아빠가 가족에게 다른 사람이 생긴다는 것을 알면 굉장히 슬퍼할 것을. 물론 아빠는 자식들이 연애하는 것도, 결혼하는 것도 진심으로 축하하고 기뻐할 것이다. 하지만 그것과는 별개로 자식들의 짝이 처음부터 그리 달갑게 와닿지 않을 것이란 건 잘 알고 있다.

"난 아빠 같은 사람 만날 거야!"

이런 윤슬의 말에 우빈은 딸이 사랑스러워 죽겠다는 얼굴을 하고는 딸의 볼을 쓰다듬으며 말했다.

"아빠 같은 사람이 아니라, 아빠보다 더 좋은 사람을 만나야지."

이런 우빈의 말에 대답한 건 엄마, 민유였다.

"그런 남자가 있을까? 당신보다 괜찮은 사람이 어떻게 있을 수가 있어. 세상 최고의 남잔데."
"아아악! 엄마, 진짜 닭살!"

윤슬이 팔을 비비며 발버둥을 쳤지만 엄마 말이 틀린 건 아니었다. 아빠는 피라미드 최상위에 있을 법한 사람이었다. 그런 아빠의 눈에 웬만한 남자는 성에 차지도 않을 것이다.

집으로 돌아오는 길은 침묵이었다. 우빈의 고요한 살벌함이 차 안을 메웠기 때문이다. 윤슬의 '썸남'이 존재한다는 사실을 안 이후, 그는 저도 모르게 신경을 세우고 있었다. 민유가 옆에서 그를 토닥일 때를 제외하곤 자꾸만 생각의 가지가 퍼져나가 저도 모르게 미간에 주름이 자꾸만 잡혔다.

"왜 들켜가지곤 그래?"

"내가 여기서 선배를 볼 줄 알았냐?"

"어유, 아빠 살벌해 죽겠네."

뒷자리에서 조용히 우빈의 눈치를 봐가며 삼 남매가 속닥거렸다.

"……아무래도 그래야겠지?"

은결의 말에 둘은 조용히 고개를 끄덕였다.

집에 도착하자마자 삼 남매는 후다닥 각자의 방으로 뛰어 들어가서는 다급히 짐을 꾸리기 시작했다. 그리고 채 5분도 되지 않아 커다란 가방 하나씩을 들고 거실로 나왔다.

"아빠, 우리 오늘 할머니네 가서 잘게!"

양가 어떤 할머니 할아버지 댁이든 이모네든 고모네든 외삼촌네 집이든 하루, 가능하다면 주말 내내 피신해 아빠와 엄마 둘만 남겨야 한다. 아빠를 풀어주는 건 엄마뿐이었다.

"뭐? 애들아 잠깐만. 너희……."

민유가 채 뭐라고 하기도 전에 세 아이들이 신발도 제대로 못 신고 현관 밖으로 뛰어나갔다. 다급히 나가는 와중에도 쌍둥이는 오늘 마트에서 '득템'한 레고를 품에 안고 가는 걸 잊지 않았다.

"선우빈 씨가 오죽 역성을 냈으면 아빠라면 좋아 죽는 우리 애들이 저렇게 뒤도 안 돌아보고 뛰어 나갈까."

민유의 말에 우빈이 힘 빠진 미소를 지으며 민유를 품에 안았다.

"깨비, 알았어?"

대답 대신 우빈의 품 안에서 작게 움찔하는 기색이 느껴진다.

"언제부터?"

"며칠 안 됐어. 보아하니 이제 막 시작하려는 단계니까 윤슬이 아버님 고정하세요."

"……엄마 따라 가려나. 어떻게 꼭 저 나이에 만났지?"

"요즘 애들은 유치원 때부터 여자친구 남자친구 한다는데 스물셋에 처음이면 늦은 거 아닌가. 우리 딸 저렇게 예쁜데 이제 대시 받았다는 게 난 속상한데."

"이렇게 예쁜 내 마누라도 스물셋이 처음이었어. 절대 안 늦어. 일러."

당연한 사실을 말하는 것처럼 덤덤한 우빈의 말투에 민유는 또 설레고 만다. 우빈을 안은 팔에 힘을 더 꼬옥 주며 남편의 입술에 제 입술을 들이밀려는 찰나, 현관문 잠금장치가 해제되는 소리가 들렸다.

"엄마, 아빠. 난 그냥 신발 좀 챙기려고……."

현관으로 들이닥친, 슬리퍼 차림의 은파가 죄지은 사람처럼 부모의 눈치를 보며 슬며시 신발장에서 제 운동화를 꺼낸다.

"하시려던 거 계속하세요. 이제 올 일 없어요."

"너희 어디로 갔니? 내일 올 거야?"

우빈의 품 안에서 민유가 물었다.

"고모네. 일요일 저녁에 올게."

모친의 물음에 잽싸게 대답을 하고는 은파는 서둘러 현관 밖으로 나갔다. 그리고 문이 닫히려는 찰나, 틈이 벌어지며 다시금 은파가 현관 안으로 얼굴을 내민다.

"딸 또 낳겠다고 막둥이 낳는 거 아니지?"

아직도 신혼인, 아마도 평생 신혼일 부모님이라 자리를 비우면서도 심히 걱정이 되더란다.

"……선은파, 빨리 안 나가면 네 소원대로 동생 생긴다."

우빈의 협박 아닌 협박에 은파가 부리나케 문을 닫았다.

쿵.

닫히는 문소리를 들으며 우빈은 아내의 입술에 조심스레 자신의 입술을 내렸다.

언제나 예쁜 아내의 입술에서 달콤한 맛이 난다.

딸의 첫 예비 남자친구에 대한 걱정과 불안, 일말의 짜증이 확 날아가 버리는 순간이었다.

〈러브 인 캠퍼스, 진실 혹은 거짓〉

안녕하세요, 정가온입니다. 이 자리를 빌려 독자님들께 인사드립니다.^^

〈러브 인 캠퍼스〉 즐겁게 읽어주셔서 감사합니다. 제 예상보다 훨씬 과분한 사랑을 받았습니다. 항상 응원해주시고 재미있다고 읽어주신 덕분에 저도 아주 행복했어요. 보내주신 사랑에 다시 한 번 진심으로 감사드립니다.

러브 인 캠퍼스의 몇몇 에피소드는 저와 지인들의 실제 일화들을 가져다 썼는데요, 그중에서 흥미 돋는 이야기 몇 가지를 공개합니다.

*3대 미남 - 진실 85%

대학 시절, 학교에서 이름만 말하면 다 아는 잘생긴 분들이 세 분 있었습니다. 공대 OOO, 공대 XXX, 법대 □□□. 학교를 대표하는 '3대 미남'이라고 지정된 건 아니었지만 전교 학생들 대부분 알고 있던 미남들이었네요. 다만 대학이란 공간이 워낙 크다 보니, 졸업 때까지 그들과 못 마주쳤을 뿐. 멀리서 공대 OOO의 이마만 봤던 기억이……. (한 분은 일찍이 연예인이 되셨습니다.)

주변에 학교에서 전교생이 다 알 만한 미남들이 있냐고 물어봤더니, 지인 중 한 분이 '경영학과 미녀 삼총사'가 있었다고 합니다. 타 단과대에서 구경을 올 정도였다네요. 특히 공대 남학우들이 그렇게 자주 오셨다고.

여기서 '3대 미남'을 만들어 냈습니다.

* '오빠가', '오빠는' 우빈의 말투 – 진실 60%

자주는 아니고 가끔, 본인보다 나이 어린 여자에게 '오빠' 소리 하는 분이 있습니다(물론 처음 들었을 때 주위 사람들은 경악을 했지만). 여동생을 잘 챙겨주는 분이에요. 좋은 오빠죠. 주변에서도 동생 때문에 그런 말투를 쓴다는 걸 알아서 처음만 경악하지 그 후로는 빠르게 적응합니다. 허세부리지 않는 '오빠' 소리는 의외로 가끔 들으면 들어줄 만합니다(가끔입니다. 가끔!).

우빈이도 그렇게 여진일 잘 챙기려는 마음에서 그분의 말투를 차용해 내놓았습니다. 오글거린다, 정말 복학생 같다는 말씀들 해주셨는데요. 하하. 로봇 수준으로 완벽남인 우빈에게 인간미 느껴지라고 작은 흠을 하나 만들어주고 싶은, 이상하고 비틀린 작가의 욕망 탓에 말투가 강화돼버리고 말았습니다. 저도 처음에 쓸 때 약간 오글오글 했습니다만, 애초에 시놉 짤 때 이 글의 장르는 '달달 오글물'이라고 정해놓아 그런가 금세 적응했어요.^^

* 체대생에게 인사 받기 – 진실 98%

헐렁한 청바지에 흰 컨버스화, 흰 티셔츠, 민얼굴, 대충 묶은 머리를 하고 수업을 들으러 가던 지인은 체대 신입생들에게 우렁찬 목소리의 '선배님 안녕하십니까!' 각 잡힌 90도 인사를 받았습니다. 학생이니 저런 편안한 차림인 건 당연한 일이지만, 그녀는 그 당시 체대생이 아니라 새내기 법대생이었습니다. 누구에게 인사를 받을 학번이 아니었다는……;

 * 극악의 모의고사 등급 - 진실 95%
　고3 시절, 모의고사에서 같은 반 친구가 수학 0점을 맞는 기적을 이뤄냈습니다.
　수포자(수학 포기자)였던 친구는 수학을 반타작이라도 해보자는 목표로 과외를 시작했고, 그 결과 저런 점수를 받았습니다. 만점 받을 수 있는 사람만 가능하다는 전설의 0점을요. 비법을 물었더니, 자기 나름으로 다 푼 거라고;;
　어설프게 아는 게 이렇게 무섭습니다. 민유도 이런 식이었습니다. 어설프게 풀어서 답만 피해간 케이스입니다.

 * 사물함 속 사탕 - 진실 70%
　대학 사물함을 같이 사용하는 A와 B(둘 다 여자). 그러던 어느 날, 사물함에 정성스레 포장된 사탕과 초콜릿에 좋아한다는 고백 편지가! 사물함의 원주인 A는 친절하게 선물 받은 것들을 B에게도 나누어주었는데요. 알고 보니 고백 받은 건 B였습니다.
　결과적으로 커플이 되지 않았다는 훈훈한 이야기^ㅁ^

 * 축제 이야기 - 진실 95%
　타코야키 파는 일문과, 막걸리와 소시지 만드는 생명과, 회 뜨는 해양생물학과.
　축제 때 이야기들은 모두 진실입니다. 두 개 학교 축제 이야기를 섞어서 한 학교의 축제로 만들었습니다. 그렇다면 5%가 빠지게 되는데요, 이 부분은 불문과의 '카나페'입니다. 그들은 치킨을 팔았습니다. 닭 튀기던 불문과 학생들은 죽을 맛이었겠지만, 대호황이었습니다. 축제엔 치맥이죠.

 * 대학생 반장님 - 진실 97%

 캠퍼스 물을 쓰겠다고 결심하고 패관처럼 지인들께 에피소드를 수집하고 다녔던 지난날. 들었던 여러 이야기 중 가장 특이했던 일화였습니다. 대학 시절, 과외 자리를 찾으려고 어머니 대신 3개월간 반장을 하셨다네요. 장부 정리도 하고, 경비원 아저씨들도 챙기고, 모임도 주도하고. 반장 일 끝물에 과외 자리 따내셨습니다.

 * 안경 변신 - 진실 99%

 '안경 벗으면 꽃미남 되는 거 순정 만화에만 있는 뻥인 줄 알았는데, 아니야! 진짜야!'

 시력이 굉장히 안 좋아서 압축에 압축을 거듭한, 안경알에 소용돌이가 칠 정도의 안경을 썼던 지인의 동료. 키는 크지만 눈이 너무 작은 탓에 인물이 그저 그랬던 그가 잠시 안경을 벗었습니다. '누구세요?' 처음 보는 웬 꽃미남이 안경을 닦고 있더랍니다.

 * 발표 준비 - 진실 85%

 '조별 발표에 대한 이야기를 들려 달라.'

 이 요청에 지인의 입에서 난생처음 거칠게 욕설이 흘러나오는 것을 들을 수 있었습니다. 알고 지낸 오랜 시간 동안 욕 한 마디 안 하던 분인데. 조별 과제 에피소드를 전하던 모든 이들이 그러하였습니다. 좋은 방향보단 극악한 방향이 훨씬 많은 궁극의 과제, 대학 조별과제입니다.

저는 최악의 팀워크와 최고의 팀워크 양쪽을 모두 경험해봤는데요, 여러 지인들의 극악한 이야기를 듣다 보니 제 최악은 최악도 아니었다는 것과 제가 경험한 좋은 팀워크는 쉽게 이루어지기 힘든 최상의 조별 경험이었다는 것을 알게 되었습니다.

그렇게 발표 준비는 모두의 '빡침'과 '울분'과 몇몇 사이다를 취합해 상황을 만들었습니다. 여기서 '빡침'의 강도는 실제보다 흐리게 했습니다. 과정을 일일이 다 쓰면 고혈압 옵니다.

* 졸다가 책상 밖으로 넘어지기 – 진실 80%

지인의 고교 시절 실화를 대학 버전으로 각색했습니다. 그분은 야자 시간에 옆 분단 여학생 가방을 붙잡고 책상과 함께 넘어지셨어요. 감독 중인 담임 선생님은 일으켜 세워주시진 않고 혀를 쯧쯧 차며 '아주 가지가지 한다. 누가 쟤 좀 일으켜 줘라'라고 하셨다고. 이 에피소드가 공개되고 같은 경험했다며 공감하시는 분들이 계셔서 재미있었어요.

러브 인 캠퍼스 2

초판 1쇄 인쇄 2017년 3월 16일
초판 1쇄 발행 2017년 3월 27일

지은이 정가온
펴낸이 김선식

경영총괄 김은영
기획 심혜정 **편집** 주은영 **디자인** 이소연 **책임마케터** 양정길, 김국현
디지털콘텐츠팀장 서대진 **디지털콘텐츠팀** 심혜정, 최수아, 윤보라, 김국현, 주은영, 장기호, 이소연
마케팅본부 이주화, 정명찬, 최혜령, 양정길, 박진아, 최혜진, 김선욱, 이승민, 이수인, 김은지
경영관리팀 허대우, 권송이, 윤이경, 임해랑, 김재경

펴낸곳 다산북스 **출판등록** 2005년 12월 23일 제313-2005-00277호
주소 경기도 파주시 회동길 357 3층
전화 02-702-1724(기획편집) 02-6217-1726(마케팅) 02-704-1724(경영관리)
팩스 02-703-2219 **이메일** dasanbooks@dasanbooks.com
홈페이지 www.dasanbooks.com **블로그** blog.naver.com/dasan_books
종이 한솔피엔에스 **출력·제본** 민언프린텍 **후가공** 평창P&G **제본** 정문바인텍

ISBN 979-11-306-1176-1 (04810)
ISBN 979-11-306-1174-7 (SET)